LUZIFER
VERLAG

RICK JONES

DIE RUINEN VON EDEN

LUZIFER VERLAG

Deutsche Erstausgabe
Titel der Originalausgabe: THE CRYPTS OF EDEN

www.luzifer-verlag.de

Umschlaggestaltung: Michael Schubert | Luzifer-Verlag
Übersetzung: Madeleine Seither
Lektorat: Manfred Enderle

ISBN: 978-3-95835-599-6

Dieses Buch wurde nach Dudenempfehlung (Stand 2021) lektoriert.

Bibliografische Information der Deutschen Nationalbibliothek:
Die Deutsche Nationalbibliothek verzeichnet diese Publikation in der Deutschen Nationalbibliografie; detaillierte bibliografische Daten sind im Internet über *http://dnb.d-nb.de* abrufbar.

– PROLOG –

IRGENDWO IM OSTEN DER TÜRKEI

Der alte Mann war euphorisch, als er den verborgenen Tempel von *Edin* entdeckte.

Drei Tage später rannte er um sein Leben.

Eine Hand aufs Herz gepresst, das in seiner Brust zu versagen drohte, bewegte sich Professor Jonathan Moore mit unsicheren Schritten vorwärts, während er und sein studentischer Mitarbeiter, Montario, vor *etwas* innerhalb der Tunnel flohen.

Was immer es war, es hatte sich die ganze Zeit außerhalb des Lichtrands gehalten, den Professor gequält, indem es ihm nur kurze Blicke gewährte, sich aber nie vollständig gezeigt. Es war schnell, still und in seiner Vorgehensweise erfahren, schnappte sich die Teammitglieder einzeln und zog sie dann in die Dunkelheit, bis ihre Schreie erstarben.

Der Professor fiel zurück und die Lücke zwischen ihm und Montario wurde größer. »Montario, du bist zu schnell!«

Montario blieb stehen und drehte sich um. Er leuchtete mit der Lampe in den Schleier aus Dunkelheit hinter dem Professor.

Da, noch ein kurzer Blick, ein Aufblitzen der Kreatur mit ihrem transparenten Kragen, der um ihren Kopf herum aufgefächert war wie ein elisabethanischer, blitzschnell. Und dann war sie fort, flüchtig wie eine unterschwellige Botschaft. Ihr Schwanz peitschte durch den Lichtstrahl, bis dort nur noch eine Wand aus Dunkelheit zurückblieb.

»Es ist hinter Ihnen, Professor!«

»Ich weiß«, rief er. Sein Atem ging schwer. »Ich konnte spüren, wie es näher kam, während ich zurückfiel!«

Montario schwenkte die Lampe in Richtung ihres Fluchtwegs. Nirgends gab es eine Form von Licht, nicht einmal einen winzigen, stecknadelkopfgroßen Schimmer, der ihnen die Hoffnung geschenkt hätte, dass sich irgendwo entlang des Korridors eine Öffnung befand.

»Geh weiter«, sagte der Professor. »Auf diesem Weg sind wir reingekommen.«

Sind Sie sicher?

Montario sah sich mithilfe des Lampenlichts um: Die Wände, die Decke, die Böden – alle waren gleich, alle aus schwarzem Silikatgestein geschaffen, so glatt wie die Oberfläche von Glas.

»Geh weiter.« Der alte Mann stieß Montario sanft vorwärts.

Die Gänge glichen einem Labyrinth: Alle liefen T-förmig zusammen oder bildeten Kreuzungen.

Doch der Professor zögerte nicht; sein Erinnerungsvermögen und seinen Verstand wie einen Kompass nutzend, folgte er einer gewundenen Biegung nach der anderen, bis ein Funken von Licht am anderen Ende des Gangs aufflackerte.

»Da«, sagte Professor Moore. »Da ist der Weg nach draußen!«

Der Professor verzog das Gesicht und sank auf ein Knie, eine Hand an die Brust gepresst.

Montario griff nach ihm und versuchte, den alten Mann auf die Beine zu ziehen, doch er schaffte es nicht. »Wir sind fast da«, sagte er ruhig.

Etwas zischte aus dem Mantel der Dunkelheit heraus.

Montario schwenkte die Lampe.

Und sah nichts.

Doch sie wussten beide, dass es da war, wartete.

»Es wird uns nicht gehen lassen, oder? Wir werden hier unten sterben.«

Der alte Mann biss die Zähne zusammen und wartete darauf, dass das Gefühl der zunehmenden Enge in seiner Brust vorüberging. »Wie alt bist du, Montario? Vierundzwanzig? Fünfundzwanzig?«

Sein Mitarbeiter sah ihn fragend an. »Ich bin achtundzwanzig.«

Der alte Mann nickte. »Ich will dir mal was sagen.« Er quälte sich hoch. »Du hast noch jede Menge Zeit vor dir, also red nicht so.« Im schwachen Licht konnte Montario sehen, dass das Hemd des Professors auf der Brust, dem Rücken und unter den Armen verschwitzte Rorschachkleckse bildete. Sein Gesicht wurde immer glänzender und grauer, wie die Unterseite eines Fischs.

»Alles wird gut«, sagte Montario leise zu ihm. »Sie werden schon wieder.«

Der Professor lächelte gezwungen. Er wusste es besser. »Wie weit müssen wir noch gehen?«

Montario schwenkte die Lampe in Richtung des Lichts. »Nicht allzu weit«, antwortete er.

Der Professor schätzte die Entfernung ein, dann sagte er: »Für mich, Montario, ist es das vielleicht. Aber für alle Fälle.« Mit einer klauenartigen Hand griff er in seine Hemdtasche, holte ein kleines, schwarzes Buch heraus, und hielt es in den Schein des Lampenlichts. »Ich will, dass du das hier an dich nimmst«, sagte er zu Montario, »und es Alyssa gibst.«

»Professor, bitte ...«

»Montario, ich halte dich nur auf!«

Montario sah an dem alten Mann vorbei in die Dunkelheit hinter ihm.

Doch der Professor lenkte Montarios Aufmerksamkeit auf sich zurück, indem er ihm mit dem Zeigefinger gegen die Brust tippte. »Ich will, dass du das hier Alyssa gibst«, wiederholte er und schwenkte das Buch. »Und ich will, dass du ihr sagst, dass *es* existiert.« Er drückte das Buch in Montarios Handfläche und schloss dann Montarios Finger darum, bis es vollständig im Griff seines Mitarbeiters war.

»Professor, Sie können es ihr selbst geben.« Er versuchte, ihm das Buch zurückzugeben, doch der Professor lehnte es ab.

»Schau, Montario, ich bin ein alter Mann und ich hatte ein erfülltes Leben. Aber falls ich es nicht hier rausschaffe, dann will ich, dass du ihr die Wahrheit über *Edin* erzählst, hast du verstanden? Ich will, dass du Alyssa sagst, dass das, *was* wir hier entdeckt haben, kein biblisches Paradies ist, wie immer behauptet wird. Sag ihr, dass es ein kalter, dunkler Ort ist, der ein furchtbares Geheimnis hütet.«

»Bitte, Professor …«

»Und erzähle ihr von den Krypten. Sag ihr, dass sie den verschlüsselten Passagen in diesem Tagebuch wie einer Karte folgen soll. Sie werden sie zu den Krypten unter der Kuppel des Tempels führen. Und sag ihr, sie soll vorbereitet sein. Die wahren Bewohner darin zu enthüllen, könnte dazu führen, dass sie ihren Glauben infrage stellt.«

»Professor, bitte! Wir müssen weitergehen!«

Der Professor blickte über seine Schulter und sah nichts außer einem Schleier aus Dunkelheit, der vollkommen und absolut war. »Ich bin direkt hinter dir«, sagte er. Und dann packte er seinen Mitarbeiter am Ellbogen und zog ihn näher. »Aber wenn ich dich aufhalte, Montario, dann lässt du mich zurück, hörst du? Du lässt mich … zurück.«

Montario nickte.

»Ich meine es ernst, Montario. Sorge einfach dafür, dass Alyssa dieses Buch bekommt.«

Montario steckte das Buch widerwillig in seine Hemdtasche. *Sie werden es Ihr selbst geben.*

Hinter ihnen entstand ein Geräusch, ein Klicken von Krallen auf dem schwarzen Silikatboden.

… *Klick-Klick* … *Klick-Klick* … *Klick–Klick* …

Was immer es war, es näherte sich dem Rand des Lichtscheins: Etwas, das noch schwärzer war als Schwarz.

Zusammenzuckend, während er sich an die Brust fasste, zwang Professor Moore Montario, auf das Licht am Ende des Ganges zuzugehen. »Los jetzt, und schau nicht zurück!«

Die Öffnung wurde breiter, größer, während der Professor sie aus der Dunkelheit ins Licht der Hoffnung führte.

Die schwarzen Silikatwände schimmerten wie poliert, und ebenso der Boden und die Decke, ein Wunder architektonischen Fortschritts, gemessen an heutigen Standards, ganz zu schweigen von den Werten einer Kultur, die für vierzehntausend Jahre alt gehalten wurde.

Edin existierte. Und nachdem er die Keilschriften übersetzt hatte, die im Tempel von Göbekli Tepe gefunden worden waren – welcher derzeit der ältesten bekannten Zivilisation zugerechnet wurde, von der man annahm, sie sei zwölftausend Jahre alt – war es ihm möglich gewesen, die Bezüge auf eine *technologisch fortschrittliche Stadt im Norden* zu entziffern, die weitere zweitausend Jahre älter war. Indem er den in der Keilschrift, den religiösen Texten und den antiken heiligen Schriften zitierten Spuren nachgegangen war – nach Jahren, in denen er unter dem Spott von Gelehrten gelitten hatte, die *Edin* für ebenso mythisch hielten wie die Stadt Atlantis –, hatte er endlich seinen Heiligen Gral gefunden. Seine früheren Entdeckungen waren nicht mehr wichtig. Nicht die Schätze, nicht die Antiquitäten – absolut gar nichts konnte es mit den Krypten aufnehmen, die in diesem Tempel lagen.

Absolut gar nichts!

Der alte Mann riss sich aus seinen Gedanken und bemerkte, dass er wieder zurückfiel.

Montario wartete, doch der Professor winkte ihn weiter. »Was hab ich dir gesagt? Ich hab gesagt, du sollst weitergehen!«

Der Professor trottete mit ungleichmäßigen Schritten weiter. Seine Brust wurde enger. Und dann gaben seine Beine nach, knickten unter ihm ein und ließen ihn auf die Knie fallen. Mit einer Hand an der Wand versuchte er, sich langsam wieder aufzurichten, doch er schaffte es nicht.

Montario kam entgegen den Wünschen des Professors zurück. Der alte Mann winkte ihn fort, während sich sein Gesicht vor Qualen verzerrte. »Kümmer dich nicht um mich!«, sagte er. »Bring das Buch ...« Der alte Mann packte sich wieder an die Brust und biss die Zähne zusammen; sein gesamter Körper war mittlerweile ein Gefäß des Schmerzes. »Bring einfach das Buch zu Alyssa.«

Montario hielt die Lampe vor sich, während er auf den Professor zu und damit vom Licht wegrannte.

Kehr um, du verdammter Narr!

Während er sich dem Professor näherte, sah er den alten Mann eine Schulter gegen die Wand pressen, als dieser sich auf den Boden setzte, die Gesichtszüge erschlafft, vollkommen erschöpft.

Er hielt die Lampe hoch. »Profess …« Er unterbrach sich.

Was ihnen gefolgt war, betrat jetzt den hellen Kreis. Sein Kopf durchdrang die Grenze des Lichts, schoss vor und wieder zurück und testete das Ausmaß seiner Intensität. Zum ersten Mal konnten sie einen guten Blick auf ihren Jäger werfen. Seine Haut war rau und schieferfarben, seine Augen gelbgolden, mit schwarzen, vertikalen Schlitzen als Pupillen, und seine Klauen waren gebogen und fürchterlich scharf, offensichtlich zum Aufschlitzen und Zerreißen bestimmt.

Die Kreatur kam ins Licht, den Kopf gesenkt, näherte sich dem Professor mit Vorsicht. Ihre Zunge schnellte aus ihrem Maul und wieder hinein: Sie schmeckte die Luft. Ihr Geruchssinn verriet ihr, dass ihre Beute verwundet war.

Aus einem Schutzinstinkt heraus streckte Professor Moore die Hand aus und flüsterte: »Lauf, Montario.«

Sein Mitarbeiter sah mit lähmender Angst zu, wie das Ding sich ihnen näherte.

»Montario, lauf!«

Der plötzliche Aufschrei versetzte die Kreatur in einen Zustand der Unruhe. Abrupt dehnte sich ihr Kragen um ihren Kopf aus und vibrierte intensiv. Ihr Maul öffnete sich. Fäden dickflüssigen Speichels verbanden ihren Ober- und Unterkiefer. Und dann machte sie einen Satz nach vorne und schnappte den Professor aus dem Lichtkreis heraus.

Der alte Mann war im einen Moment noch da und im nächsten fort. Der einzige Hinweis darauf, dass der Professor überhaupt hier gewesen war, waren seine verklingenden Schreie, während die Kreatur ihn in die Dunkelheit zerrte.

Während Montarios Verstand versuchte, die Realität des Augenblicks zu begreifen, richtete Montario das Licht auf die leere Stelle, an der der Professor gerade noch gesessen hatte.

Er war jetzt der Letzte seiner Gruppe.

Als ihm schließlich mit absoluter Gewissheit klar wurde, dass der Professor fort war, eilte Montario auf das Licht zu. Er hoffte, dass das Herz des alten Mannes versagt hatte, bevor die Kreatur ihn in den Winkel, in dem sie gewöhnlich ihre Beute verschlang, geschleppt hatte.

Mit den Fingern die Konturen des Buchs in seiner Tasche nachfahrend, rannte er.

Als er durch das Einstiegsloch sprang, wurde er von einer ungastlichen Hitzewelle getroffen. Die Sonne brannte glühend heiß. Dann drehte er sich nach der konturlosen Öffnung um, die sich als Einladung mit tödlichen Konsequenzen herausgestellt hatte.

Sofort stellte er Distanz her, indem er auf dem Bauch durch den Sand kroch, bevor er sich schließlich auf den Rücken drehte.

Er beobachtete, wie die Vögel über ihm perfekte Kreise vor einem eintönig blauen Himmel zogen, und lauschte dem Rauschen eines Windes, der wie ein leises Flüstern klang.

Und dann gedachte er dem Professor, indem er mit einem Finger über das Buch in seiner Tasche strich.

Es war noch da.

Nachdem er die Lampe angesehen hatte, als sei sie etwas Fremdartiges, warf er sie beiseite. Sie rollte über den Hügel aus Wüstensand und Steinen hinunter, bevor sie an dessen Fuß zum Liegen kam. Er stand auf, sah über die raue, schonungslose Wüstenlandschaft hinweg und begann, nach Süden zu gehen.

Er blickte oft über seine Schulter, um sicherzugehen, dass ihn nichts verfolgte.

Und als das nicht der Fall war, überkam ihn vollkommene Dankbarkeit.

–1–

GÖBEKLI TEPE, SÜDOSTTÜRKEI
VIER TAGE SPÄTER

Alyssa Moore war zierlich und athletisch, mit muskulösen Armen und Beinen, die sie all den Jahren verdankte, in denen sie ihrem Handwerk nachgegangen war und auf archäologischen Ausgrabungen Spitzhacken geschwungen und spatenweise Erde geschaufelt hatte. Mit schwarzen Haaren, mandelförmigen Augen und kakaobrauner Haut, die sie von ihrer philippinischen Mutter geerbt hatte, war die einzige Veranlagung, die sie von ihrem Vater abbekommen hatte, seine Ambitionen. Bereits mit sechsundzwanzig Jahren war sie leitende Archäologin beim New Yorker Archaeological Institute of Ancient Antiquities, dem AIAA, eine Einrichtung, die zufällig von ihrem Vater, dem unnachahmlichen Professor John Moore, geleitet wurde.

Als Repräsentantin des AIAA und für das Deutsche Archäologische Institut in Istanbul arbeitend, machte sie Digitalfotografien der Flachrelief-Ornamente entlang der Steinpfeiler, die zum antiken Tempel von Göbekli Tepe gehörten, dem Amphitheater der ältesten bekannten Zivilisation, die zwölftausend Jahre zurückdatierte.

Im Jahr 1995 hatte ein Archäologe namens Klaus Schmidt mit der Ausgrabung des Hügels begonnen, den er für ein unnatürliches Merkmal in der Landschaft gehalten hatte, und schließlich T-förmige Säulen freigelegt, die zwanzig runde Gebäude umgaben. Verblüffend war, dass die Kalksteinsäulen mit Werkzeugen aus neolithischer Zeit errichtet worden waren, ausschließlich mit primitiven Feuersteinspitzen. Weiterführende Untersuchungen des Orts – angeregt durch verschieden gebänderte Schichten – enthüllten eindeutig, dass hier mehrere Jahrtausende lang Aktivitäten stattgefunden hatten, zwischen der Mittelsteinzeit und etwa zwölftausend Jahren vor der Zeitrechnung, also achttausend Jahre, bevor die Griechen und Ägypter die Standards zur Erschaffung der ersten Zivilisationen gesetzt hatten.

Doch Göbekli Tepe veränderte alles und wurde zur neuen Wiege der gesellschaftlichen Entwicklung des Menschen.

Alyssa machte aus allen Winkeln Fotos eines gemeißelten Reliefs einer Eidechse, das aus einer der Säulen vorstand. Der Kopf des Tieres war nach unten gerichtet; sein langer Schwanz war um seinen Körper gewunden. Es war eine von mehreren Abbildungen von Tieren wie Ebern, Schlangen, Füchsen, Echsen und Bären – Anzeichen dafür, dass Göbekli Tepe einstmals, vor mehr als zwölftausend Jahren, von einer üppigen Landschaft umgeben gewesen war, die in der Lage war, eine solche Fauna zu nähren.

Als sie fertig war, fuhr sie die Figur der Eidechse mit den Fingerspitzen nach. Aus irgendeinem Grund war sie die Hauptfigur auf den Säulen. Sie war auch in Piktogrammen und Keilschriften auf den Tempelwänden abgebildet.

»Ms. Alyssa.«

Noah Wainscot war ein britischer Archäologe, früher beim Royal Archaeological Institute of Great Britain and Ireland, doch jetzt seit fast fünfzehn Jahren führendes Mitglied des AIAA. Normalerweise war er ein Mann überragend guter Laune, der immer andeutete, dass *heute* »der Tag« sei, der etwas Wundersames in Form »*jener* wahrhaften Entdeckung« hervorbrächte, die dem AIAA Erfolg bescheren würde; er war stets die Stimme der Hoffnung.

Doch heute wirkte er grimmig.

»Ms. Alyssa, hast du kurz Zeit?«

Sie erfasste seinen Gemütszustand augenblicklich, bemerkte die bedrückten Züge anstelle der Lachfalten, die so oft seinen Mund einrahmten. »Für dich, Noah, habe ich alle Zeit der Welt. Warum? Was ist los?«

»Ich möchte dir mitteilen, dass Montario von der Expedition zurückgekehrt ist.«

»Geht es ihm gut?«

»Es geht ihm gut«, sagte er. »Er ist nur ein wenig dehydriert.«

Sie nahm die Anspannung in seiner Stimme wahr. »Wo ist er?«

Der leitende Archäologe zögerte einen Moment mit seiner Antwort, als suche er nach den richtigen Worten. »Ich fürchte, es gibt schlechte Nachrichten«, sagte er. »Mr. Montario würde gerne mit dir sprechen.«

»Worüber?«

Noah trat von einem Fuß auf den anderen; offensichtlich war ihm unbehaglich zumute. Er war so alt wie ihr Vater, zweiundsechzig – ein hilfsbereiter Kollege, der ihr gegenüber ganz genauso fürsorglich war wie ihr Vater. Er war freundlich und sanftmütig und sprach und handelte mit einer gewissen aristokratischen Art, obwohl keine Spur von Adel durch seine Adern floss.

Und dann fiel ihre Miene in sich zusammen, haltlos wie eine Gummimaske. »Es geht um meinen Vater, nicht wahr? Ist ihm etwas zugestoßen?«

»Bitte, Ms. Alyssa, ich kann nur so viel sagen: Du musst dich gefasst machen«, sagte er und zog sie in eine Umarmung. »Ich fürchte, was du gleich hören wirst, wird keine gute Nachricht sein.«

Sie drückte ihr Gesicht gegen seine Schulter und weinte, den Schweiß seiner Arbeit in der Nase.

KAHRAMANMARAS SUTCU IMAM UNIVERSITY HOSPITAL SÜDOSTTÜRKEI

Als Alyssa im Krankenhaus ankam, saß Montario auf dem Rand eines Untersuchungstisches. Sein Gesicht war rot und wund

und die Haut auf seiner Nase und seinen Wangen warf Blasen oder schälte sich ab. Seine Lippen waren rissig und geschwollen; ihre feinen Linien wirkten wie Rasiermesserschnitte.

Sobald er Alyssa sah, versuchte er zu lächeln, doch als er seine Lippen teilte, durchfuhr ihn der Schmerz, und der plötzliche Schock zwang sein Lächeln in eine angespannte Grimasse.

»Montario.« Alyssa schloss die Lücke zwischen ihnen mit ausgestreckter Hand, damit er sie ergreifen konnte. »Wie geht es dir?«

»Ich bin müde«, sagte er. »Der Arzt meinte, mir geht es gut – nur ein wenig dehydriert, das ist alles. Sie haben mir etwas Kochsalzlösung gegeben, um mich aufzupäppeln.«

Sie umarmten einander, dann trennten sie sich und betrachteten einander mit niedergeschlagenen Blicken.

In tieftraurigem Ton sagte Montario: »Es tut mir leid, Alyssa. Das mit deinem Vater tut mir leid.«

Ihr Kinn begann zu beben. »Wie …« Mehr brachte sie nicht heraus.

Montario schien furchtbar unbehaglich zumute zu sein. Wie erzählt man jemandem, dass sein Vater Opfer von etwas geworden war, das viel weiter oben in der Nahrungskette stand als er?

»Montario, was ist meinem Vater zugestoßen?«

Einen Moment lang blieb er so unbeweglich wie eine griechische Statue.

Sie musterte ihn aufmerksam und fragte sich, ob das Krankenhaushemd, das er trug, zu groß war und ihn klein aussehen ließ, oder ob er schlicht abmagerte, wie die scharfen Kanten seiner Gesichtszüge nahelegten. Waren seine spitzen Schultern das Ergebnis davon, dass sein Körper durch das Geschehene dünn und ausgemergelt geworden war? Woran es auch lag, Montario schien geschrumpft zu sein, seit sie ihn das letzte Mal gesehen hatte, was erst wenige Tage her war.

Er setzte sich wieder auf den Untersuchungstisch. »Dein Vater«, begann er, »fand, was er für Eden hielt … aber er fand heraus, dass es so viel mehr ist als das.«

»Es ist ein Ort, den du dir nicht mal ansatzweise vorstellen kannst«, erzählte er ihr. »Total surreal. Anfangs war alles in Ordnung. Und dann fingen wir an, seltsame Geräusche und ein Klicken zu hören, ein rhythmisches Klopfen, das aus den Schatten kam. Als das Klopfen aufhörte und nichts passierte, gingen wir weiter. So blieb es bis zur zweiten Nacht. Zu dem Zeitpunkt waren wir tief im Tempel.« Er richtete den Blick zu Boden, unfähig, ihr in die Augen zu sehen. »Weil es spät war, gingen alle schlafen, mit Ausnahme deines Vaters. Er war wie immer ganz aus dem Häuschen. Also nahm er eine Lampe und ging tiefer in die Tunnel hinein, wo er auf etwas stieß, das er eine Zentralkammer nannte. Darin fand er etwas Unglaubliches.«

»Was denn?«

»Darstellungen von Krypten«, antwortete er. »Er sagte, die Piktogramme beantworteten sämtliche Zweifel über Edens wahre Natur. Er meinte, dass es ein kalter, dunkler Ort sei, und überhaupt nicht so, wie die religiösen Texte ihn darstellen.«

»Eden wurde als Metapher geschrieben, um Lehren zu vermitteln«, sagte sie zu ihm. »Man hielt es nicht wirklich für eine Zivilisation von historischer Bedeutung.«

Montario fuhr fort. »Dein Vater erzählte mir, dass er in der Nacht, in der er in die Zentralkammer ging, glaubte, nicht allein zu sein. Er dachte, dass etwas mit ihm darin sei, etwas, das ihn sehr genau beobachtete.«

»Was meinst du?«

»Dort ist dieses … Ding. Wir haben nie herausgefunden, was es ist, weil wir nur kurze Blicke darauf erhaschten. Aber innerhalb weniger Stunden, während wir schliefen, fing es an, uns einen nach dem anderen zu holen. Zuerst hat es sich diejenigen geschnappt, die am weitesten vom Licht entfernt waren, und sie in die Schatten gezerrt. Ihre Schreie weckten uns, also sammelten wir uns und behielten unsere Lampen nah bei uns. Aber was wir auch taten, es kam immer wieder – schnappte sich die Teammitglieder direkt aus dem Lichtkreis und zog sie dann in eine dunkle Nische. Sogar jetzt noch kann ich ihre

Schreie hören.« Er sah sie verzweifelt an. »Ich glaube nicht, dass ich sie je vergessen werde.« Und dann schloss er die Augen, und sie fragte sich, ob er sie jetzt in diesem Moment hörte.

»Als dein Vater und ich als Einzige übrig waren«, fuhr er fort, »folgte uns das Ding und ließ uns wissen, dass es da war, indem es seine Krallen über den Boden klicken ließ, verriet uns, dass es in der Nähe war, dass es uns beobachtete. Und als dein Vater und ich endlich den Weg nach draußen sahen, als wir uns dem Ausgang näherten – da kam es aus dem Schatten und holte ihn.«

Obwohl sie versucht hatte, sich darauf vorzubereiten, wurden ihre Augen glasig. Der Schmerz war zu groß, die Wahrheit ein Stich ins Herz, das plötzliche Gewicht auf ihren Schultern sogar zu schwer, als dass Atlas es hätte tragen können. Sie schloss die Augen und sank gegen Montario, der sie an sich zog.

»Es tut mir leid, Alyssa. Er war ein guter Mann. Und du solltest wissen: Er verließ uns erst, nachdem er das gefunden hatte, wonach er sein ganzes Leben lang gesucht hatte – auch wenn niemand ihm glaubte. Am Ende hat er allen bewiesen, dass sie sich geirrt hatten.«

Sie löste sich von ihm, während ihr Tränen über die Wangen liefen; sie wirkte gleichzeitig verloren und stolz.

Montario erwähnte das schwarze Buch ihres Vaters allerdings nicht.

Alyssa kannte Edens genaue Lage zwar nicht, hatte aber die Luftaufnahmen ihres Vaters von einer geografischen Anomalie im Südosten der Türkei gesehen. Es war ein karges Gebiet, ein raues Gelände aus Sand und Stein, und einer der drei Orte, die ihr Vater als tatsächlichen Standort Edens in Betracht zog, nachdem er den Vorlagen der religiösen Texte gefolgt war.

»Solange wir nicht beweisen können, was er gefunden hat«, sagte sie schließlich, »ist er umsonst gestorben.«

Er sah sie lange an, studierte die Schönheit ihres Gesichts und ihre elfenhaften Züge. »Ich gehe nicht dorthin zurück, wenn du das meinst.«

»Montario, du hast meinen Vater genauso geliebt wie er dich. Wir können nicht zulassen, dass seine Entdeckung nicht weiter erforscht wird. Das weißt du. Nichts von dem, was du sagst, bedeutet irgendetwas, wenn wir es nicht untermauern können. Sonst ist es nichts weiter als Futter für die Klatschpresse, eine Story über einen alten Mann, der einem Mythos nachjagt. Du magst zwar vielleicht an einem Ort gewesen sein, der womöglich Eden ist«, fuhr sie fort, »aber ich bin nicht bereit, zuzulassen, dass der Ruf meines Vaters zur Titelseite einer Boulevardzeitung wird. Du musst mir den Weg zeigen.«

»Ich muss dir gar nichts zeigen«, erwiderte er unwirsch. »Und setze meine Gefühle wegen deines Vaters nicht als Waffe ein, um mich aus Schuldgefühlen heraus zu einer Reise zu überreden, die ich nicht machen will. Ich war dort, Alyssa. Ich weiß, wie gefährlich es sein kann.«

»Mein Vater war nicht auf Gefahr vorbereitet«, erwiderte sie. »Aber wir werden es sein.«

»Darauf kann man sich nicht vorbereiten«, sagte er zu ihr. »Dein Vater, Gott hab ihn selig, würde es mir nie verzeihen, wenn ich dich in Gefahr brächte.«

»Genau da hast du unrecht«, sagte sie nachdrücklich. »Manchmal muss man auf der Suche nach handfesten Beweisen Risiken eingehen. Das hat er immer gesagt, Montario. Das weißt du.«

»Manchmal«, betonte er. »Das hast du gerade selbst gesagt. *Manchmal* ist hier das Stichwort. Er hat nicht *immer* gesagt. Er hat nicht gesagt, *zu jeder Zeit*. Er sagte *manchmal*. Und ich kann dir nur sagen, dass manche Orte nicht dazu bestimmt sind, je gefunden zu werden.« Und dann, nach einer kurzen Pause, fügte er hinzu: »Und Eden ist so ein Ort.«

»Bitte, Montario.«

»Nie im Leben gehe ich da wieder hin«, sagte er. »Auf gar keinen Fall.«

Er konnte die Verärgerung in ihrem Gesicht sehen; die pulsierende Y-förmige Ader auf ihrer Stirn pochte, was immer geschah, wenn sie sich aufgeregte.

»Dann sag mir die Koordinaten.«

Er weigerte sich.

»Montario, bitte, ich flehe dich an. Sag mir die Koordinaten.«

»Alyssa, manche Dinge sollten niemals gefunden werden«, wiederholte er leise. »Bitte lass es gut sein.«

Sie machte ein frustriertes Geräusch, dem gleich darauf ein Aufstampfen mit dem Fuß folgte.

»Schau mal«, setzte Montario an. »Ob dieser Ort das ist, wofür ihn dein Vater hält, oder nicht, er ist es nicht wert, dass man sein Leben aufs Spiel setzt. Okay? Darauf lasse ich mich nicht ein, Alyssa. Nicht noch mal. Und auf gar keinen Fall erlaube ich dir, das zu tun.«

»Wenn ich muss, Montario, und du weißt, das tue ich, dann ziehe ich das ohne dich durch, und du weißt, das werde ich.« Sie wandte sich zum Gehen.

»Alyssa?«, rief er ihr in beschwörendem Tonfall nach.

Sie blieb mit dem Rücken zu ihm stehen.

»Der Grund, warum ich das tue, ist, weil ich nicht dafür verantwortlich sein will, dass dir vielleicht etwas Schlimmes zustößt, falls du diese Expedition durchziehst. Du weißt, dass ich am Boden zerstört wäre, wenn du verletzt würdest.«

Sie ließ langsam die Schultern sinken. »Warum lässt du mich nie sauer auf dich sein?«, fragte sie. »Aber so sauer ich auch auf dich bin, du weißt, dass ich dich lieb hab, nicht wahr?«

Seine Mundwinkel hoben sich leicht. »Wie einen Bruder«, antwortete er ruhig.

Sie nickte. »Wie einen Bruder. Aber du weißt auch, dass ich das nicht auf sich beruhen lassen kann. Du hast es selbst gesagt, Montario. Er mag zwar gestorben sein, nachdem er fand, wonach er sein ganzes Leben lang gesucht hat, und hat damit seine Kollegen widerlegt. Aber solange ich seine Entdeckung nicht verifizieren kann, hat mein Vater nichts bewiesen.« Sie sah ihn mit einem Ausdruck an, der freundlicher und weicher war als zuvor. »Du weißt, dass ich das tun muss«, sagte sie zu ihm. »Du weißt, dass mein Vater es so gewollt hätte.«

»Diesmal bin ich mir da nicht so sicher«, informierte er sie. »Nicht nach dem, was ich gesehen habe. Und falls dir etwas zustoßen sollte, könnte ich nicht mit dem Wissen leben, dass ich dich hätte aufhalten können. Jetzt, wo dein Vater tot ist, bist du alles, was ich noch habe. Bitte versteh das. Wenn es Eden ist, lass es einfach auf sich beruhen.«

»Wenn es Eden ist, muss die Welt davon erfahren.«

Montario starrte sie an. Er wollte lächeln, konnte es aber nicht. »Du bist deinem Vater so ähnlich«, sagte er schließlich.

Sie lächelte gezwungen. »Wenn eine Legende geschrieben werden soll, dann wird es seine sein. Mein Vater hat es verdient.«

Er konnte weder ihre Sentimentalität noch ihre standhafte Liebe zu ihrem Vater bestreiten. »Dann pass auf dich auf«, sagte er zu ihr. Seine Stimme wurde brüchig. »Und sei vorsichtig.«

Sie kam einen Schritt näher. »Und was ist mit dir, Montario? Was hast du vor?«

»Ich? Ich geh nach New York zurück«, sagte er, »um mein Studium an der NYU abzuschließen.«

Sie sah ihn an, während ein kurzer Augenblick der Stille zwischen ihnen verstrich. Und dann legte sie ihm eine Hand auf den Unterarm und streichelte ihn sanft. »Du weißt, dass ich diesen Ort finden werde«, sagte sie ruhig. »Du weißt, dass ich Eden finden werde.«

Er seufzte. »Ich weiß«, sagte er ausdruckslos. »Ich wünschte nur, es wäre nicht so.«

Ein Moment verging, indem sie einander diametral gegenüberstanden: Einer von ihnen glaubte fest daran, Eden zu finden, der andere war damit zufrieden zu wissen, was darin lag, und besaß die Geistesgegenwart, es in Ruhe zu lassen.

Dann, sobald die Wut und Uneinigkeit zwischen ihnen verblasst waren, umarmten sie einander augenblicklich. Auch wenn er eingestand, sie wie ein Bruder zu lieben, war die Wahrheit, dass er sie vollkommen und innig liebte. Alyssa Moore war stets sein erster Gedanke am Morgen, wenn er aufwachte, und sein letzter Gedanke am Abend, wenn er schlafen ging.

Seine Leidenschaft war zu groß, als dass er sie zugeben konnte.

Als sie sich voneinander lösten und einander ansahen, wollte er ihr von seinen tieferen Gefühlen erzählen. Doch er konnte den Mut dazu nicht aufbringen.

»Ich muss los«, sagte sie schließlich.

Er lächelte zur Antwort und hasste sich selbst dafür, dass ihm seine Gefühle so unangenehm waren. Als sie ging, ließ er die Schultern hängen. Wenigstens hatte er ihr das schwarze Buch nicht gegeben, sagte er sich. Er war sicher, dass irgendwo in dessen verschlüsselten Texten die Koordinaten standen, die Alyssa haben wollte. Er rechtfertigte seine Tat damit, einen Standpunkt zu vertreten, der ihr letztendlich das Leben retten würde. Ohne das Buch besäße sie keinen richtungsweisenden Plan, dem sie folgen konnte. Und sie wäre in Sicherheit.

Doch wenn Alyssa Moore eines besaß, dachte er, dann war es ihre natürliche Hartnäckigkeit. Sie mochte zwar von zierlicher Figur sein, doch ihr Kampfgeist war unglaublich.

Und so betete er, dass ihr Vater seine Geheimnisse gut versteckt hatte – wozu er neigte.

Doch falls nicht, würde er die Geheimnisse des Buchs bewahren.

Er drehte sich zu dem Schrank um, der eine Tasche mit seinen Kleidern und persönlichen Gegenständen enthielt. Darin steckte das schwarze Buch, das er nach New York mitnehmen würde.

Schließlich, dachte er, waren manche Orte nicht dazu bestimmt, entdeckt zu werden.

Und in diesem Fall hatte er vollkommen recht.

–2–

GÖBEKLI TEPE AUSGRABUNGSSTÄTTE

Alyssa Moore war nicht nur müde, sie betrauerte auch weiterhin den Verlust ihres Vaters. Während sie an ihrem Schreibtisch saß, hatte sie einen leeren Blick angenommen, der weit hinter die Wände und in die Unterwelt trostloser Gedanken zu schauen schien, in eine Welt, die so grau und bestürzend war wie ein Film Noir. Sie rief sich Bilder ihres Vaters ins Gedächtnis, während eine Träne langsam über ihre Wange lief und einen Moment lang unsicher am Rand ihres Kiefers hing, bevor sie herabfiel.

»Wenn du möchtest, Ms. Alyssa, kann ich später wiederkommen.«

Als sie Noahs Stimme hörte, richtete sie sich auf und fuhr sich mit dem Handrücken über die Wange. »Es geht schon«, sagte sie.

»Bist du sicher?«

Sie schüttelte den Kopf. »Mir geht's gut, Noah. Bitte, komm rein.«

Noah war ein großer Mann, der sich unter den Zeltklappen hindurch ducken musste, um einzutreten. Außer dem Feldbett, einigen Tischen und einem Laptop für Vernetzung und Recherche, war es im Raum recht spartanisch. »Ich wollte dir nur mitteilen, dass die Beamten der *Emniyet Müdürlüğü* vor Ort sind und Fragen über deinen Vater und seine Expedition stellen.« Die *Emniyet Müdürlüğü* war so etwas wie die türkische Kriminalpolizei.

Alyssa nickte. »Danke, Noah.«

Er kam näher. »Du weißt das zwar schon«, setzte er an, »aber dein Vater und ich kannten uns schon lange, bevor du geboren wurdest.« Während er auf die über die Tische verteilten Forschungsdokumente und Fotos der an den Säulen Göbekli

Tepes angebrachten Flachreliefs blickte, sagte er: »Alle – einschließlich Gelehrten und Spitzenprofessoren – glaubten, dass dein Vater einem Mythos nachjagte. Doch wann immer sie ihn in Zweifel zogen, erwähnte er die Namen Frank Calvert und Heinrich Schliemann.«

Alyssa wusste, worauf das hinauslaufen würde, weil sie sie schon tausende Male gehört hatte, diese Geschichte der Hoffnung. Wann immer Kollegen die Behauptungen ihres Vaters als nichts anderes als einen dürftigen Versuch, seine Bemühungen ins Scheinwerferlicht zu rücken, abtaten, konterte er stets damit, Calvert und Schliemann als die Entdecker Trojas zu nennen, nachdem sie der Vorlage von Homers Schriften gefolgt waren. Viele Jahre lang hatten Wissenschaftler die Existenz Trojas angezweifelt und behauptet, es handle sich um nichts weiter als eine fiktive Erzählung des griechischen Autors. Doch 1865 hatten die beiden ihnen das Gegenteil bewiesen, indem sie die Stadt genau dort gefunden hatten, wo sie laut Homers Schriften lag: in der Türkei.

»Letztendlich widerlegten sie ihre Kritiker«, fügte er hinzu. »Doch so bedauerlich es auch sein mag, dein Vater kann seinen Fund nicht bestätigen.« Er näherte sich Alyssa, bis er hinter ihr stand. »Glaubst du, dass dein Vater Eden gefunden hat?«

»Ich glaube, dass er *etwas* gefunden hat.«

»Dann möchte ich nur anregen, dass wir zu beweisen versuchen, dass dein Vater recht hatte. Ich schlage vor, dass Montario als Führer agiert, da er den Standort kennt.«

»Montario wird nicht mitgehen«, sagte sie. »Er will nichts damit zu tun haben.«

»Bestimmt wird ihn die Entdeckung des Lebens …«

»Montario kommt nicht mit, Noah. Er weiß, wo es liegt. Aber er sagt, manche Dinge sollten niemals gefunden werden.«

»Warum sollte er vor der ›*Entdeckung*‹ des Lebens Angst haben?«

Sie zögerte mit ihrer Antwort und dann klärte sie Noah über alles auf, was Montario ihr erzählt hatte – von der Kreatur in den Tunneln, von den Krypten und der Kristallwand, die eine Art Karte darstellte, im Inneren der Zentralkammer.

»Eines Tages wird der Traum meines Vaters zur Legende werden«, sagte sie zu ihm. »Das verspreche ich dir.«

»Dann kennst du den Standort?«

»Nein. Aber ich werde ihn in den Aufzeichnungen meines Vaters suchen.«

»Dein Vater hielt solche Dinge gut versteckt. Vielleicht wirst du es nicht herausfinden«, sagte er.

»Das kann schon sein, Noah. Aber ich werde Eden finden … irgendwie.«

»Nun gut.« Eine kurze Pause entstand, während der er den Kopf zum Zelteingang drehte. »Wenn du möchtest, kann ich mich um die *Emniyet Müdürlüğü* kümmern.«

»Das wird nicht nötig sein«, entgegnete sie und tätschelte seine leberfleckige Hand. »Ich bin sicher, sie haben Fragen, die nur ich beantworten kann.«

»Dann sprechen wir uns später.« Nachdem er ihr flüchtig aufmunternd über den Rücken gestrichen hatte, verließ Noah Wainscot das Zelt.

– 3 –

ZWEI TAGE SPÄTER IRGENDWO IM ATLANTISCHEN OZEAN, JENSEITS DER KÜSTENGRENZE DES VEREINIGTEN KÖNIGREICHS

Obsidian Hall war ein Mann mit furchtbar exklusivem Geschmack. So exklusiv in der Tat, dass er als einer der reichsten Männer der Welt aufgeführt wurde, der ein Multimilliarden-Dollar-Vermögen durch Handels- und Finanzholdings angehäuft hatte und dessen Firmenzentrale eine hundert Meter lange Jacht war, die sich ständig in Bewegung befand.

Im Prunksaal, der im zentralen Teil des Schiffs lag, saß Obsidian Hall auf einem cremefarbenen, aus dem feinsten korinthischen Leder hergestellten Sofa. Der Raum war groß und opulent, voller Luxusgüter aus aller Welt, einschließlich Gemälden und Relikten wie Dynastie-Vasen und antike Schriftrollen, die auf illegalem Weg von Museen beschafft worden waren, nur um in seiner Privatsammlung zu landen.

Dem Sofa gegenüber stand ein vom Boden zur Decke reichender Spiegel, den er nutzte, um sich während seiner Trainingseinheiten zu betrachten. Allerdings hob Obsidian Hall niemals eine Hantel oder gar irgendetwas Schwereres als ein Glas teuren Cognacs an seine Lippen. Er nutzte den Spiegel als Werkzeug seines eigenen Narzissmus, mit dem er sein Aussehen immerwährend mit lässigen Kopfbewegungen, um sein Gesicht aus jedem Winkel betrachten zu können, überprüfte. Er war groß und schlank, mit sonnengebräuntem Teint im Kontrast zu Haaren so blond wie Maisgrannen. Und seine Augen waren genauso blau wie das Meer vor Jamaika.

Während er dort saß und seine Züge betrachtete, dabei gelegentlich eine Hand hob, um mit den Fingerspitzen an seinem

Kiefer entlangzufahren, führte er ein Telefonat über die Lautsprecher.

»Die Nachricht von Professor Moores Verschwinden war doch nur Boulevardklatsch«, sagte er ausdruckslos, »bis die Verwaltung des AIAA seinen Verlust und den von acht anderen bestätigte. Ich sage *Verschwinden*, nicht *Tod*, wohlgemerkt.«

»Ich kann Ihnen versichern, Mr. Hall, dass Professor Moore bedauerlicherweise verstorben *ist*. Ich kann Ihnen außerdem versichern, dass sein Fund höchstwahrscheinlich glaubwürdig ist.«

»Und wie wahrscheinlich ist ›höchstwahrscheinlich‹?«, fragte Hall.

Die Stimme, die aus den Lautsprechern durch den Raum drang, klang zuversichtlich. »Ich glaube, dass er Eden fand«, sagte der Mann. »Ich glaube, es existiert.«

Obsidian Hall stand auf und begann, den Raum abzuschreiten. »Wo? Und sagen Sie nur nicht, in der Türkei. Das konnte ich den Berichten entnehmen. Was ich wissen muss, ist *wo* in der Türkei.«

»Ich fürchte, dieses Geheimnis kennt nur das überlebende Mitglied des Teams des Professors.«

Er blieb stehen und sah zu einem der Lautsprecher hinauf. »Sie meinen diesen Montario?«

»Genau der, ja. Er wurde von den türkischen Behörden wegen des Verschwindens von Professor Moore und dessen Team festgehalten. Doch da Fremdeinwirkung nicht wirklich in Betracht kommt, ließ man ihn gehen.«

»Und wo ist er jetzt?«

»Er ist auf dem Weg nach New York.«

»Dann verraten Sie mir eines«, sagte er. »Warum gab er die Lage Edens nicht den türkischen Behörden preis? Die würden der Sache sicher gerne nachgehen, wenn man bedenkt, dass neun Menschen verschwunden sind.«

»Sie haben ihn dazu gedrängt«, antwortete der Mann. »Aber Mr. Montario behauptete, er könne den Ort nicht genau bestimmen, nachdem er zwei Tage lang durch die Wüste gewandert war.«

»Und Sie glauben, er hat gelogen?«

»Ich will sagen, ich glaube, dass Mr. Montario weiß, wo es liegt, denn schließlich war er dort.«

»Und die Expeditionsteilnehmer? Wie erklärte er ihr Verschwinden?«

»Er behauptet, sie wurden von etwas im Inneren der Tunnel getötet.«

Hall brachte das Glas voll Cognac an seine Lippen, nippte am Rand und senkte dann seine Hand, wobei er sein Hauptaugenmerk auf sein Spiegelbild gerichtet hielt. Dann, eher zu sich selbst, flüsterte er: »Etwas … im Inneren der Tunnel?«

»Soweit ich verstehe, hat er Ms. Moore außerdem darüber informiert, dass im Tempel eine Kammer liegt, die Grabstätten enthält.«

»Grabstätten?« Hall trank noch einen Schluck. »Es scheint, dass Eden mit jedem Augenblick interessanter wird«, sagte er.

»Er beharrt darauf, dass die Grabstätten ein dunkles Geheimnis bergen.«

»Und welches?«

»Anscheinend steht die Wahrheit auf den Wänden der Kammer geschrieben.«

»Die Wahrheit darüber, was sich darin befindet?«

»Das müssen Sie ihn fragen.«

Obsidian Hall begann wieder, auf und ab zu gehen. »Und was, glaubt er, hat das Team des Professors getötet?«

»Das weiß er nicht.«

»Klingt so, als wisse Mr. Montario nicht viel über irgendwas, nicht wahr? Was ist mit Ms. Moore? Kennt sie den Standort?«

»Nein. Aber sie nutzt die Aufzeichnungen ihres Vaters als Richtungsweiser.«

»Verstehe.« Hall stellte sich vor den Spiegel, würdigte seine Erscheinung jedoch nicht, da sein Verstand weiter darüber nachdachte. Die Aussicht darauf, dass Eden existierte, war unvorstellbar. Mehr noch, er verfügte über die Mittel, um innerhalb weniger Tage, wenn nicht sogar Stunden, auf dessen Schwelle stehen zu können, sofern er die Koordinaten besaß.

Plötzlich bedeuteten die Schätze im Prunksaal wenig.

»Ich brauche diese Koordinaten«, sagte er und sah aus dem Fenster auf das sanfte Wogen der Meereswellen hinaus. »Können Sie sie mir besorgen?«

»Nur falls Ms. Moore sie findet, aber das scheint nicht vielversprechend, da ihr Vater solche Sachen für gewöhnlich verborgen hielt.«

»Finden Sie sie, dann werden Sie reich belohnt.«

»Mir reicht die Belohnung zu erleben, dass Professor Moore die Anerkennung bekommt, die er verdient.«

»Professor Moore kann alle posthumen Rührseligkeiten haben, von denen das Institut meint, sie ihm zukommen lassen zu wollen. Mich interessiert nur Eden und das, was sich darin befindet.« Obsidian Hall bewegte sich vor dem Spiegel und straffte die Schultern, dann drehte er sich zur Seite, um das Profil seines flachen Bauchs zu beurteilen. »Da Ms. Moore zu diesem Zeitpunkt keine Rolle spielt, werden wir beim Überlebenden anfangen«, sagte er. »Vielleicht ist Mr. Montarios Erinnerungsvermögen nicht so schlecht, wie er behauptet. Ich bin sicher, seine Erinnerungen werden in dem Moment, in dem ich die Antworten, die ich brauche, aus ihm heraushole, sehr klar werden.«

»Ich bitte Sie nur darum …«

Hall schnitt den Anrufer ohne Abschied ab, indem er die Verbindung trennte. Binnen Sekunden kontaktierte er seinen Diener, einen kleinen Hindu, dessen dunkler Teint in krassem Kontrast zu seiner makellosen weißen Kleidung stand, und teilte ihm mit, er solle den Helikopter für die Reise zum nächsten Flughafen bereit machen, wo er einen Jet chartern würde.

»Wenn ich die Reservierung vornehme, Sir, wohin soll ich mitteilen, dass Sie abreisen möchten?«

»Nach New York«, sagte er. »Ich gehe nach New York.«

– 4 –

OSTWÄRTS ÜBER DEM ATLANTISCHEN OZEAN

Wenn man Montario so ansah, dann würde man selbst jetzt, auf einem Flug nach New York, glauben, er sei tagelang unter der Wüstensonne herumgeirrt, anstatt der zwei Tage, die er tatsächlich umhergewandert war, bevor ihn ein türkischer Schafhirte bemerkte.

Als man ihn ziellos durch die Wüste wandernd gefunden hatte, war er offensichtlich in verwirrtem Zustand und stark dehydriert, sprach von der Expedition und von Dingen, die absolut keinen Sinn ergaben: das zusammenhanglose Gerede eines fiebrigen Verstands.

Als jedoch die türkischen Behörden ankamen, gab man Montario eine Kochsalzlösung, die ihn wieder in einen normalen Bewusstseinszustand versetzte.

Die beiden Männer der *Emniyet Müdürlüğü* vom Bezirksdirektorat der Region trugen die blauen Uniformen und silbernen Dienststerne ihres Rangs – Oberkommissar – und befragten ihn offen zum Thema des verschwundenen Teams des Professors. Der Charakter ihrer Befragung war eher unterstellend als neugierig. Beschuldigten sie ihn krimineller Aktivitäten? Ganz gleich, welche Antworten er ihnen gab, sie bezichtigten ihn der Lüge, was ihn äußerst stutzig machte.

»Warum sollte ich lügen?«

Der Beamte mit dem dünnen Schnurrbart auf der Oberlippe lächelte. »Weil neun Menschen vermisst werden«, sagte er zu ihm. »Wir müssen von Ihnen erfahren, was passiert ist, denn Sie waren dort.«

Weitere Fragen drehten sich um kriminelle Andeutungen; die Beamten zeigten mit anklagenden Fingern auf ihn und sagten, er sei für den Tod des Teams verantwortlich. Und wenn er das Gegenteil beweisen wolle, dann sei es in seinem eigenen Interesse, ihnen mitzuteilen, wo sich die Leichen befanden.

Er nannte ihnen die Koordinaten, so gut er sich erinnern konnte, was zu mehreren Suchaktionen durch Rettungsteams führte, alle ohne Ergebnis.

Nachfolgende Verhöre kamen und gingen während der zwei Tage seines Krankenhausaufenthalts. Die Richtung der Fragestellung wurde ernster, als die Polizisten merkten, dass Montario sie endlos im Kreis herumschickte. Und sollte er ihnen nicht verraten, was sie wissen wollten, so versprachen sie ihm, dass er den Rest seines Lebens in einem türkischen Gefängnis absitzen würde.

Da hatte Montario genug und verlangte nach einem Zuständigen der amerikanischen Botschaft. Weiter vermeldete er, dass er nichts mehr zu sagen hatte, ohne dass ein US-Konsul anwesend wäre.

»Dort draußen in der Wüste liegen neun Leichen«, sagte der Mann mit dem dünnen Schnurrbart. Sein Ausdruck war starr und unnachgiebig. »Wir wollen nur Ihren Freunden helfen.«

Montario beugte sich vor. »Das können Sie nicht«, sagte er. Und dann sank er in sein Kissen zurück, den Blick an die Decke gerichtet.

Die Männer saßen da und sahen Montario eine Zeit lang an, die sich wie Stunden anfühlte, obwohl es in Wirklichkeit nur wenige Sekunden waren. Trotzdem machte es ihn nervös, unter ihrem prüfenden Blick dazuliegen.

Ohne ein weiteres Wort zu sagen, standen die Beamten von ihren Stühlen auf, nahmen ihre Jacken und verließen das Zimmer. Als sie fort waren, erlaubte Montario seiner Brust, sich zu entspannen; die Luft strömte aus seinen Lungen.

Sie hatten nichts in der Hand, und das wusste er. Sie hatten sämtliche Verhörtaktiken außer körperlicher Gewalt angewendet. Und auch das wusste er.

Trotzdem konnte er sich am folgenden Tag nur fragen, ob sie wieder zu einer neuen Runde von Schuldzuweisungen auftauchen würden. Das taten sie nicht. Und so betrachtete er die Angelegenheit als erledigt.

Sobald er entlassen wurde, kehrte er zur Ausgrabung von Göbekli Tepe zurück, um seine Sachen zu holen, einen Rucksack voller schmutziger T-Shirts, staubiger Shorts und ungeordneter Notizen. Ohne sich von Alyssa, die angeblich in ihrem Zelt war, zu verabschieden, ging er fort.

Egal, wie sehr er es auch wollte, er konnte ihr nie wieder gegenübertreten, denn er wusste, dass er seine Gefühle würde zurückhalten müssen. Er hatte es im Krankenhaus geschafft, sich zusammenzureißen, hatte sich davon abgehalten, sie mit seinem schmachtenden Blick anzusehen, mit Augen, wie sie nur schwärmten, wenn sie »ich liebe dich« sagten.

Sie besaß nicht nur eine natürliche Schönheit und benahm sich mit anmutiger Eleganz, sondern sie verfügte auch über eine innere Stärke, die zu ihrem Wunsch passte, auf Schritt und Tritt erfolgreich zu sein. Doch in ihren Augen war er *nur* Montario, ein studentischer Mitarbeiter, der sich durch die NYU arbeitete. Und er wusste, er würde für sie nie etwas anderes *als* Montario, der studentische Mitarbeiter, sein.

Während das Flugzeug in einer Turbulenz durchgeschüttelt wurde, schloss er die Augen.

Gleich einer guten Soldatin würde sie in die Fußstapfen ihres Vaters treten. Das wusste er. Und deshalb wollte er sich an sie erinnern, wie sie ihn mit vollkommen geraden Zähnen anlächelte, oder wie sie den Kopf neigte, wenn sie einen Witz oder eine Erinnerung teilten.

Sie war eine Moore durch und durch, und nichts konnte daran etwas ändern. Sie würde auf den Spuren ihres Vaters direkt ins schwarze Herz von Eden hineinwandeln. »Ein kalter, dunkler Ort, an dem sich Dinge in der Dunkelheit verbergen«, murmelte er, was die Aufmerksamkeit der Frau neben ihm auf ihn lenkte.

Er öffnete die Augen und seufzte, während das Flugzeug von den Turbulenzen durchgeschüttelt wurde.

Und dann sah er auf seine Uhr.

New York City war weniger als zwei Stunden entfernt.

Als Montario LaGuardia erreichte, war er erschöpft. Er wollte nur noch nach Hause, duschen und schlafen.

Nachdem er ein Taxi zu seiner Wohnung, einem zwölfstöckigen Backsteinmietshaus eine Meile östlich des Times Square, genommen hatte, gab Montario ein knappes Trinkgeld, sehr zum Verdruss des Fahrers, und ging schnell die Treppen hinauf.

Als er seine Eingangstür öffnete, wurde er von der aufgeheizten Abgestandenheit einer Wohnung begrüßt, deren Fenster über einen Monat lang geschlossen geblieben waren. Er ließ seinen Rucksack auf die Couch fallen, ging zum Fenster und öffnete die Vorhänge. Da seine Wohnung nach Westen zeigte, kostete er das rosige Nachglühen des Sonnenuntergangs hinter den Hochhäusern am Horizont der Stadt aus und lächelte.

Es war schön, wieder hier zu sein.

»Willkommen daheim, Mr. Montario.«

Die Stimme war Montario fremd. Er drehte sich mit der Bewegung eines Erschrockenen um, die Augen groß vor Furcht.

Auf der Couch saß ein Mann in einem teuren Anzug, ein Bein müßig über das andere geschlagen. Er machte eine beruhigende Handbewegung, die Montario bedeutete. »Ich entschuldige mich für mein Eindringen«, sagte er. »Ich verlange nur einen Augenblick Ihrer Zeit.«

»Wer sind Sie? Was wollen Sie?«

Die beiden Männer, die den Fremden flankierten, blieben von Montario nicht unbemerkt, und er taxierte rasch ihre affenartigen Züge: ihre vorspringenden Kinnpartien und schrägen Brauen, ihre starken Muskeln und breiten Schultern. Was ihm überhaupt nicht gefiel, waren ihre Blicke, die voll eiskalter Entschlossenheit und böser Absichten waren.

»Das sind meine Männer«, sagte der Fremde und fing seinen Blick ein. »Meine Helfer; wollen wir sie so nennen?«

»Woher kennen Sie meinen Namen?«

Der Fremde sah ihn mit den strahlendsten blauen Augen an, die Montario je gesehen hatte, doch sein Blick war eiskalt. »Tatsächlich habe ich einen Nachteil Ihnen gegenüber«, sagte der Mann mit aufgesetztem Lächeln. »Ich fürchte, ich kenne Ihren Vornamen gar nicht.«

»Ich heiße einfach Montario.«

Das Lächeln des Fremden blühte auf. »Wie Fabio oder Cher oder Liberace, hm?«

Montario antwortete nicht.

»Dann eben Mr. Montario.«

»Ich rufe die Polizei.«

»Mr. Montario.« Der Tonfall des Mannes war nicht länger freundlich, sondern streng. »Sie wollen mir doch nicht wirklich so kommen, oder?« Er hob eine Hand, um auf seine Helfer zu zeigen und ihren Größenvorteil Montario gegenüber zu unterstreichen. »Sie werden es nicht zulassen. Und ich auch nicht.«

»Was wollen Sie?«

»Zuerst will ich mich Ihnen vorstellen. Mein Name ist Obsidian Hall«, sagte er voller Selbstgefälligkeit.

Montario kniff die Augen zusammen. Er fragte sich, wo er diesen Namen schon einmal gehört hatte, und dann fiel ihm schlagartig ein. Obsidian Hall war ein Milliardär und angeblich ein Mann von zweifelhaftem Ruf, der es oft vorzog, Charakterschwäche zu beweisen, zumindest laut den Medien.

Aber warum war er hier und was wollte er?

»Sie besitzen Informationen, die ich brauche«, sagte Hall schließlich. »Und die werden Sie mir geben.«

»Ich?« Montario zeigte auf sich. »Was könnte ich Ihnen denn geben?«

»Fürs Erste möchte ich, dass Sie mir die Lage Edens verraten.«

Die Männer starrten einander lange in einem Willenskampf

an.

Dann sagte Hall: »Sie *werden* mir geben, was ich haben will, Mr. Montario.«

»Ich kann Ihnen nicht sagen, was ich nicht weiß«, erwiderte er.

»Das haben Sie vielleicht den türkischen Behörden erzählt. Aber ich bin nicht die türkischen Behörden. Deswegen werden Sie kooperieren.«

»Professor Moore besaß volle Autorität«, sagte er ehrlich. »Er hielt gewisse Informationen eisern verborgen, aus Furcht vor Missbrauch.«

»Meinen Sie wirklich, ich kaufe Ihnen ab, dass Sie nicht wissen, wo Eden liegt, nachdem Sie Zeit dort verbracht haben?«

»Ein Teil der Türkei sieht so aus wie jeder andere. Waren Sie mal dort?«

»Mr. Montario, ich bin ein Mann mit wenig Geduld. Ich habe es nicht zu etwas gebracht, indem ich jedem Menschen glaubte, mit dem ich in Kontakt kam. Tatsächlich habe ich es zu etwas gebracht, weil ich unbedeutende Menschen wie Sie dazu veranlasste, mir zu geben, was ich haben wollte – aus freien Stücken oder auf andere Weise.«

»Auf andere Weise? Sie meinen durch Folter?«

»Ich ziehe den Begriff experimentelle Befragung vor.« Hall lehnte sich zurück, verschränkte die Hände und legte sie auf sein Knie, während er Montario musterte. »Ich bin ein extrem wohlhabender Mann«, sagte er. »Meine Männer sind überall. Und um zu bekommen, was ich will, muss ich nur in meine dicke Geldbörse greifen und sie für die Information bezahlen, die ich brauche.« Er beugte sich vor. Seine blauen Augen taxierten ihn eiskalt. »Und meine Information über Sie, Mr. Montario, lautet wie folgt: Sie standen dem Professor und seiner Tochter sehr nah. So nah, tatsächlich, dass Sie sein enger Mitarbeiter wurden. Dass Sie sich also hinstellen und mich belügen, indem Sie Unwissen vortäuschen, ist eine alberne Taktik, um Eden zu schützen. Sie werden mir alles sagen, was ich wissen muss.«

»Ich kann Ihnen nicht sagen, was ich nicht weiß.«

»Dann kann ich Ihrem Gedächtnis vielleicht auf die Sprünge helfen.« Er wandte sich zu dem Mann, der Montario am nächsten stand, und tippte sich ans Kinn, ein Befehl, der den großen Mann dazu aufforderte, in die Tasche seines Anzugs zu greifen und ein Foto herauszuholen. Er reichte es Montario und trat zurück.

Es war eine neuere Aufnahme von Alyssa bei der Ausgrabung in Göbekli Tepe. Sie war damit beschäftigt, Notizen über eines der Flachreliefs einer Säule zu machen.

»Ich glaube, das ist Alyssa Moore, nicht wahr?«, fragte Hall.

Montario starrte das Foto lange an, bevor er den Blick auf Obsidian Hall richtete. Und dann hob er das Foto hoch und zeigte ihm die Aufnahmeseite. »Und Sie zeigen mir das, weil ...?«

»Sie hat Sie im Krankenhaus besucht, nicht?«

Montario blieb stumm.

»Ihre mangelnde Antwortbereitschaft wird langsam sehr lästig, Mr. Montario. Sie *werden* meine Fragen beantworten. Haben Sie verstanden? Also, sie hat Sie im Krankenhaus besucht, nicht wahr?«

»Hat sie.«

»Offenbar wollte sie wissen, was mit ihrem Vater und in Eden geschehen war. Hat sie Ihnen die gleichen Fragen gestellt wie ich? Haben Sie sie genauso angelogen wie mich?«

Als Montario nicht antwortete, machte Hall eine flüchtige, wegwerfende Handbewegung, was den großen Mann dazu veranlasste, sich Montario zu nähern und ihn auf die Knie zu zwingen. Der große Mann hielt ihn mit einem schraubstockartigen Griff am Hals fest, drohte, ihm mit einer raschen Drehung die Wirbel zu brechen, falls nötig. Der Druck ließ Montario die Zähne zusammenbeißen und er ließ das Foto fallen.

»Haben Sie sie angelogen?«

»Nein.«

»Also kennt sie die Lage Edens?«

Als Montario nicht antwortete, drückte der große Mann ihm den Hals zu, bis es wehtat.

»Nein!«, rief Montario schließlich. »Alles über Eden stand im Tagebuch ihres Vaters.«

Obsidian Hall beugte sich vor, als sei er überrascht. »Sein Tagebuch?«

Montario nickte. Sein Gesicht verzog sich vor Qual, während der Mann seinen Griff beibehielt.

»Er führte Tagebuch über alles, was er tat.«

Mit einem Nicken von Hall lockerte der Mann seinen Griff. Hall stand auf. »Und wo ist dieses Tagebuch?«

»Es ist … in meinem Rucksack.«

Hall nickte dem zweiten Mann zu, der den Rucksack durchwühlte, das schwarze Buch fand und es Hall gab, welcher durch die Seiten blätterte und feststellte, dass es vollständig verschlüsselt war. Er hielt das Buch in die Höhe. »Soll das ein Witz sein?«, fragte er und schwenkte es.

Weitere Stille seitens Montario.

»Mr. Montario, wenn Sie störrisch sein möchten …« Hall nickte dem großen Mann zu, der Montarios Hals so fest zusammendrückte, dass Montario glaubte, sein Leben würde mit einem einzelnen Knacken ausgelöscht, bis der große Mann schließlich seinen Griff lockerte.

»Mr. Montario, was schrieb er in sein verschlüsseltes Tagebuch?«

»Jede Menge«, sagte er. »Ich kann nur vermuten, dass er über die Grabstätten schrieb – über die Zentralkammer.«

Obsidian Hall wartete darauf, dass er ins Detail ging. Als er das nicht tat, hakte er nach. »Was ist damit?«

»Ich bin nicht sicher«, sagte er. »Das sind alles kryptische Texte. Professor Moore schreibt in alten Sprachen, um andere davon abzuhalten, seine Entdeckungen zu missbrauchen. Ich kann sie nicht dechiffrieren. Das kann nur Alyssa. Ich kann mich nur daran erinnern, was er mir erzählt hat.«

»Und das wäre?«

»Dass Eden ein kalter, dunkler Ort ist. Ein Ort so ganz anders als ihn die religiösen Texte darstellen.«

Hall ging auf Montario zu, bis er über ihn gebeugt stand, und dann sah er auf ihn hinab. Er hielt das Buch fest in der Hand. »Ich muss sagen, Mr. Montario, so faszinierend wie all das über Grabstätten und eine Zentralkammer auch klingt, wir wissen doch alle, dass die Wahrheit in Fakten liegt. Und die Fakten liegen in diesen Grabstätten.« Er begann im Apartment auf und ab zu gehen. Und dann, rein rhetorisch, sagte er: »Die Frage lautet: Wer liegt in diesen Grabstätten?« Und dann, direkter an Montario gerichtet: »Was hat Ihnen der gute Professor darüber erzählt?«

»Gar nichts.«

Hall nickte wieder, womit er den riesigen Mann dazu aufforderte, fest genug zuzudrücken, damit Montarios Gesicht rot anlief.

»Jedes Mal, wenn Sie mich anlügen, Mr. Montario, wird mein Kollege hier Ihnen den Hals zudrücken, bis er Ihnen ein oder zwei Wirbel bricht, was Sie für den Rest Ihres Lebens querschnittsgelähmt machen wird. Und jetzt will ich die Wahrheit wissen. Was hat Ihnen der Professor über die Grabstätten erzählt?«

Mit zusammengebissenen Zähnen sagte Montario: »Ich schwöre es! Er sagte mir nur, dass Eden nicht so ist, wie die religiösen Texte es darstellen. Er sagte nur, dass Alyssa vielleicht ihren Glauben verlieren würde, wenn sie die Wahrheit erfährt.«

Hall blieb stehen und drehte sich auf den Fußballen um. »Das hat er gesagt? Dass Ms. Moore vielleicht ihren Glauben verliert?«

Montario nickte, so gut er konnte.

»Witzig«, sagte Hall, »dass eine Frau der Forschung auf der Grenze zwischen Wissenschaft *und* Religion wandelt und es akzeptiert, an beide zu glauben, während die eine die andere eindeutig widerlegt.«

»Sie kennen sie nicht.«

»Wenn Sie mir die Koordinaten nicht geben, dann mach ich Ihnen folgenden Vorschlag: Ich werde Ms. Moore dieses Buch zeigen und sie dazu zwingen, die Aufzeichnungen ihres Vaters auszuwerten, in der Annahme, dass er die Koordinaten niederschrieb, was er aller Wahrscheinlichkeit nach getan hat. Ist es das, was Sie wollen, Mr. Montario? Wollen Sie sie in die gleiche Lage bringen, in der Sie sich gerade selbst wiederfinden?«

Der große Mann erlaubte Montario, den Kopf gerade genug zu heben, um Obsidian Hall anzusehen.

»Geben Sie mir die Koordinaten«, sagte Hall schlicht. »Wenn Sie das tun, gibt es keinen Grund für mich, sie zu kontaktieren.«

»Wenn ich Ihnen die Lage nicht nenne, werden Sie sie dann töten?«

»Sie töten? Nein, Mr. Montario, ich habe in meinem ganzen Leben noch niemanden getötet. Tatsächlich entspricht es meiner Überzeugung, dass jeder Mensch zu jeder Zeit einem anderen das Leben nehmen kann. Manche würden sogar sagen, dass jemandem das Leben zu nehmen wahre Macht bedeutet, da die Tat eine Zurschaustellung vollständiger Gewalt über einen anderen ist. Doch ich sehe das anders. Ich glaube, dass wahre Macht daher rührt, jemanden für einen töten zu lassen. Auf diese Weise besitze ich nicht nur vollständige Gewalt über ein Leben, sondern über zwei: Das eine, dem ich befehle, die Tat auszuführen, und das andere, gegen welches die Tat ausgeführt wird. Das, Mr. Montario, ist eine Macht, die vollständig und absolut ist. Und das ist die Macht, die ich besitze.«

Obsidian Hall bewegte sich aufs Fenster zu. Der Himmel war jetzt fast ganz dunkel geworden. Die Straßenlampen zehn Stockwerke unter ihnen gingen an.

»Es ist Ihre Entscheidung, Mr. Montario. Entweder geben Sie mir die Koordinaten … oder ich bekomme sie von Ms. Moore. Ich glaube, dass Sie wissen, wo Eden liegt. Wenn Sie mir also die Koordinaten geben, könnte ich morgen um diese

Zeit auf Edens Schwelle stehen. Lange, bevor Ms. Moore ihre Suche beginnt.«

Montario schloss die Augen. Er konnte sich nur vage an etwas erinnern, das mit Edens Lage zu tun hatte, und an das Aufblitzen von Zahlen in einem der Dokumente des Professors, bevor er es verschlüsselt hatte. Doch er wollte auch Alyssa nicht in Gefahr bringen.

»Denken Sie gut darüber nach, Mr. Montario. Aber lassen Sie sich nicht allzu viel Zeit«, sagte Hall ruhig. »Am Broadway wird ein Stück gezeigt, das ich nun schon seit einer Weile sehen will. Ich möchte mich nicht verspäten.«

Die Zahlen erschienen durcheinander in Montarios Verstand, fast legasthenisch angeordnet, und dann begann er, die Grade und Minuten von Edens Lage zu diktieren.

Der zweite Mann fuhr Montarios Computer hoch und gab die Daten in die Suchmaschine ein. Das Gebiet, das angezeigt wurde, war ein Ort im Südirak, der beinahe tausend Kilometer von der türkischen Grenze entfernt lag.

»Sie lügen mich an, Mr. Montario.«

»Sie verlangen von mir, dass ich mich unter extremen Bedingungen an eine Reihe von Koordinaten erinnere.«

»Extreme Bedingungen? Mr. Montario, ich bin gerade sehr nett«, sagte Hall freundlich. »Ich erlaube Ihnen, am Leben zu bleiben, nicht wahr?« Eine kurze Pause entstand, während der Obsidian Hall aus dem Fenster auf die stecknadelkopfgroßen Lichter starrte, die die Konstellationen bildeten. Für Montario war die Stille furchtbar zermürbend.

»Das Stück beginnt gleich«, sagte Hall ruhig. »Und Ihre Zeit läuft ab. Also, wenn ich Sie wäre, Mr. Montario, würde ich mich an die richtige Koordinatensequenz erinnern. Und missverstehen Sie mich nicht: Es wird keine dritte Chance geben, keine dritte Gelegenheit.« Wieder entstand eine Pause. »Die Koordinaten, Mr. Montario. Geben Sie sie mir jetzt. Die Uhr tickt.«

Montario schloss die Augen. Sein Herzschlag und seine Gedanken rasten. Und der Griff um seinen Nacken wurde fester, eine Erinnerung daran, dass er nur Augenblicke davon entfernt war, für den Rest seines Lebens gelähmt zu werden.

Obsidian Hall stand silhouettenhaft am Fenster und nahm sich einen Moment Zeit, um seine Hand zu heben und auf die Uhr zu sehen. Das Stück fing gleich an.

Montario ratterte Zahlen herunter, die in die Suchmaschine eingespeist wurden.

Diesmal lag die Stelle irgendwo in Afrika.

Hall schnalzte enttäuscht mit der Zunge. »Entweder belügen Sie mich, Mr. Montario, oder Sie kennen die Koordinaten wirklich nicht, ganz wie Sie behaupten.«

»Ich schwöre es«, sagte Montario. »Ich kann mich nicht an die genauen Zahlen erinnern. Es waren so viele.«

»Das ist eine Schande«, sagte Hall. »Dann fürchte ich, dass ich sie einfach von Ms. Moore bekommen muss.«

»Bitte tun Sie ihr nicht weh.«

»Dann geben Sie mir die Zahlen.«

»Das kann ich nicht.«

»Wie traurig«, sagte Hall.

Montario senkte den Kopf, bis er nur wenige Zentimeter über dem Boden war. Der Griff des Mannes um seinen Hals blieb unverändert. »Ich kann mich wirklich nicht erinnern«, sagte er. *Also, was werden Sie jetzt tun? Mich zum Krüppel machen, indem Sie mir das Genick brechen?*

»Erinnern Sie sich daran, dass ich sagte, ich hätte vollständige und absolute Kontrolle? Dass ich die Macht über die Leben zweier Menschen besitze, nicht nur über eines?«

Montario betrachtete diese Frage als rhetorisch.

»Ich meinte jedes Wort davon.« Die Silhouette von Obsidian Hall hob eine Hand und zeigte auf das andere Ende der Wohnung, auf die Balkontür.

Der große Mann zog Montario mühelos auf die Füße und schob ihn auf den Balkon. Montario versuchte, gegen den Mann anzukämpfen, erkannte, dass es vergeblich war, wie der Kampf eines Kindes gegen einen erwachsenen Mann, und fand sich auf dem Balkon zehn Stockwerke hoch oben wieder.

Die Luft war kühl und mild; eine leichte Brise strich sanft über seine Haut, während sich die Stadt unter ihm mit einer surrealen Langsamkeit vor sich hinzuschleppen schien. Er wurde von den Füßen und über den Kopf des Mannes gehoben; während ihm die Sterne näher kamen, wurde er hinausgeworfen; die Welt wurde zu einer schreckenerregenden Spirale, während er sich mit rudernden Armen und Beinen auf den Straßenbelag unter sich zubewegte.

Obsidian Hall war überrascht, dass der junge Mann nicht aufschrie. Und dafür verdiente er sich ein gewisses Maß seines Respekts, genau bis zu dem Moment, als Montario den Bürgersteig mit dem Geräusch einer platzenden Melone erreichte.

Der große Mann kam in den Wohnbereich zurück und wischte sich imaginären Staub von seinem Anzug, als hätte die Tat ihn mit Schmutz besudelt.

Obsidian Hall sah das kleine schwarze Buch an, dann steckte er es in die Innentasche seines Anzugs. »Wie es aussieht, können wir das Vorprogramm doch noch sehen«, sagte er. Und obwohl es so schien, als sei er einen kurzen Moment lang gedanklich unentschlossen, sagte er schließlich: »Morgen fliege ich in die Türkei, um mich mit Ms. Moore zu treffen.«

Mit seinen beiden Mitarbeitern im Schlepptau schloss Obsidian Hall die Tür hinter sich und tauchte die Wohnung in komplette und vollständige Dunkelheit.

– 5 –

GÖBEKLI TEPE

Die Welt von Göbekli Tepe bedeutete Alyssa Moore wenig, während sie im Inneren eines Zeltes saß, in dem es heiß und trocken war, ohne nennenswerten Windhauch, der Linderung bot. Zeichnungen und Hochglanzfotos der gemeißelten Flachreliefs lagen willkürlich verstreut auf ihrem Schreibtisch, manche auch auf dem Boden, als wären sie in einem Wutanfall umhergeworfen worden. Ihre Computerbildschirme waren dunkel, das System heruntergefahren. Und die einzige Decke ihres Feldbetts verblieb nach einer ruhelosen Nacht ungemacht, was ungewöhnlich unordentlich von ihr war.

Ihre gesamte Welt geriet aus den Fugen. Sie hörte, wie die Zeltklappe zurückgezogen wurde und jemand eintrat.

Sie schloss die Augen und spannte den Kiefer an. Sie wollte wirklich alleine sein. Und dann, so einfühlsam und sanft: »Ms. Alyssa?«

Es war Noah, und deswegen entspannte sie sich. Im Augenblick war er ihr einem Vater am nächsten. »Ja, Noah?«

Er durchquerte das Zelt, nahm sich einen freien Stuhl, stellte ihn neben sie und setzte sich rittlings darauf. Dann griff er nach ihrer Hand, spürte die Schwielen einer Arbeiterin, sah aber ins Gesicht einer Frau, die ein Model auf dem Laufsteg sein sollte. »Ich weiß, es ist eine schwere Zeit«, sagte er zu ihr, während er ihr sanft über den Handrücken strich. »Aber ich fürchte, es gab noch eine Tragödie.«

Sie sah ihn mit offenem Mund an. Sie glaubte nicht, dass sie noch mehr ertragen konnte. Nicht jetzt.

»Es geht um Montario«, sagte er. »Wir erhielten Nachricht vom AIAA, dass er einen äußerst bedauerlichen Unfall hatte.« Sie richtete sich auf. Ihr Rücken war so starr wie Beton. »Es scheint, dass Mr. Montario von seinem Balkon in New York gefallen ist. Es tut mir so leid.«

Ihr Kinn bebte, während ihre Augen feucht wurden. Diesmal schaffte sie es nicht, ihre Gefühle zu unterdrücken, als sie in Noahs Arme sank und weinte. Im Gegenzug zog er sie an sich und küsste sie auf den Scheitel. »Es tut mir so leid, Liebes. Er war ein guter Mann.«

Plötzlich geriet ihre Welt ins Schleudern; die Teile einer einstmals geordneten Umgebung wurden fragmentiert und deplatziert wie in einem Kaleidoskop; ihr Verstand drehte sich verwirrt im Kreis. Sie hatte immer gewusst, dass er sie liebte, sich um sie sorgte, versuchte, sie mehr als das zu sehen, was sie war, eine Wissenschaftlerin. Doch sie betrachtete ihn wie einen Bruder, jemanden, den sie in privaten Angelegenheiten vertrauen konnte, die sie niemals mit ihrem Vater teilen könnte.

»Er war ein guter Mann«, wiederholte Noah und tätschelte ihr sanft den Rücken. »Ein guter Mann.«

Und dann brach sie zusammen, schluchzte in Noahs Hemd, während die Welt um sie herum Stück für Stück auseinanderfiel.

– 6 –

VATIKANSTADT
PÄPSTLICHE GEMÄCHER

Der Nachrichtendienst des Vatikans, der *Servizio Informazione del Vaticano*, oder SIV, war im frühen 19. Jahrhundert ins Leben gerufen worden, um den Anstrengungen, die säkulare Macht des Vatikans zu unterwandern, entgegenzuwirken. Daher sah die Kirche die unerlässliche Notwendigkeit, eine inoffizielle Sicherheitsbehörde zu erschaffen, die Probleme löste, indem sie ein System zur vertraulichen Kommunikation und Informationssammlung entwickelte. Im Jahr 1870, als das Papsttum gezwungen war, einige seiner Territorien aufzugeben, und Kürzungen angeordnet wurden, blieb der diplomatische Dienst übrig, doch seine Informations- und Sicherheitsfunktionen wurden reduziert. Während sich der Vatikan mit der Zeit an regelmäßige Bedrohungen anpasste, sah er die unmittelbare Notwendigkeit, den SIV zu einem Dienst zu entwickeln, der den meisten Nachrichtendiensten Konkurrenz machen konnte, den Mossad und die CIA eingeschlossen.

Mit diplomatischen Verbindungen zu mehr als neunzig Prozent aller Länder der Welt war der SIV mittlerweile ein fester Bestandteil des vatikanischen Lebens, der die Souveränität der Kirche, ihre Interessen, und das Wohlergehen ihrer Bürger schützte.

Heute jedoch übertrug ihm die Kirche eine bedenkliche Aufgabe.

Im Innern der Papstgemächer saß Papst Leo XVI. an seinem Schreibtisch, einem schmuckreichen Stück aus Mahagoni, mit hervorstehenden Schnitzereien von Cembalo spielenden Cherubim als Eckstücke. Durch die offenen Türen, die zum Balkon führten, wehte ein leichter Wind von Osten herein, der die Vorhänge mit den Muschelsäumen dazu brachte, sich leicht zu bauschen. Doch er bescherte dem Raum wenig Behaglichkeit, während Leo John Savage gegenübersaß, dem Hauptverwalter und Teamleiter des SIV, der das Aussehen eines ernsten Mannes hatte, dem Gräueltaten auf den Schultern lasteten.

In Savages Besitz befand sich eine Ledermappe. In dem Ordner lagen mehrere Blatt Papier voller abgefangener Daten über die angebliche Entdeckung Edens von Behörden zu beiden Seiten des Großen Teichs.

»Halten Sie es für wahr?«, fragte der Papst.

Savage legte ein einzelnes Blatt auf den Schreibtisch des Pontifex. »Das wurde der Datenbank des AIAA entnommen.«

»AIAA?«

»Das *Archaeological Institute of Ancient Antiquities*«, antwortete er. »Die Einrichtung stand unter Professor Moores Leitung. Die Übertragungen bestätigen, dass der Professor und sein Team verschwunden sind. Und laut dem einzigen Überlebenden, Mr. Montario, wurde der Ort entdeckt.«

»Und Mr. Montarios Ansicht zur Sache lautet?«

»Er behauptet, dass Eden nicht so ist, wie es die religiösen Texte beschreiben.«

»Und wie beschreibt *er* es?«

»Er sagte, es sei ein kalter, dunkler Ort. Zumindest hat er das den türkischen Behörden erzählt.«

Der Pontifex hob das Blatt Papier von seinem Schreibtisch auf. Es war ein kurzes Dossier über Montario, eine rasche Zusammenfassung seines Lebens. An ihm war nichts Besonderes, nur dass er ein Archäologiestudent an der NYU war, und wenig mehr. Er legte das Blatt wieder hin. »Und das Expeditionsteam?«

»Laut ihm sind alle tot. Er behauptet, dass dort etwas in der Dunkelheit war, das sie mitnahm, Professor Moore eingeschlossen.«

»Und was glauben die türkischen Behörden?«

»Sie glauben, dass Mr. Montario ein verwirrtes Individuum ist, da er Anzeichen von Dehydration zeigte, nachdem er sich zwei Tage lang in der Wüste aufgehalten hatte, bevor ein junger Schafhirte ihn fand.«

»Glauben Sie …« Er sah auf das Blatt Papier hinunter, auf den Namen. »Glauben Sie, Mr. Montario kennt Edens Lage?«

»Ja. Doch leider hatte Mr. Montario bei seiner Ankunft in New York einen tödlichen Unfall.«

»Dann ist keiner der Expeditionsteilnehmer übrig?«

»Nein, Eure Heiligkeit. Niemand. Doch es scheint, dass die Tochter des Professors, Alyssa Moore, ihn im Krankenhaus besuchte. Es ist möglich, dass dort ein Informationsaustausch stattgefunden hat.«

Der Papst schloss seine stahlgrauen Augen und dachte nach. Eine leichte Brise wehte vom Balkon herein, legte sich auf ihre Haut: eine süße Liebkosung.

Papst Leo öffnete die Augen. »Das Geheimnis von Edens Standort muss um jeden Preis gewahrt werden«, sagte er ruhig. »Sie müssen die junge Frau finden, die Wahrheit herausbekommen, und dementsprechend mit der Situation umgehen. Falls sie Edens Standort kennt, dann fürchte ich, bleibt der Kirche nichts anderes übrig. Wir müssen ihre Interessen schützen.«

Savage legte fragend den Kopf schief. Befahl ihm der Pontifex gerade, einen Mord zu begehen?

»Eure Heiligkeit, wie genau soll ich damit ›dementsprechend‹ umgehen?«

»Wenn sie diese Koordinaten besitzt, John, dann müssen Sie sicherstellen, dass sie diese nicht länger an jemand anderen weitergeben kann.«

»Ist Ihnen bewusst, worum Sie mich da bitten?«

»Ich bitte Sie darum, die Interessen der Kirche zu wahren.«

Savage sah ihn weiterhin verblüfft an.

»Wissen Sie, wo die junge Frau ist?«

Er nickte. »Sie ist bei der Göbekli-Tepe-Ausgrabung in der Türkei.«

»Dann versammeln Sie ihr Team«, sagte der Papst. »Und finden Sie die Frau schnell, bevor sie in die Fußstapfen ihres Vaters tritt.«

»Warum?«, fragte Savage. »Warum es vertuschen? Eden mit der Welt zu teilen ist eine wunderbare Gelegenheit.«

»In meinen Augen wäre es ein Segen, Eden zu finden, wenn es wirklich existiert. Doch in den Augen der Kirche könnte es eine Abscheulichkeit sein. Also finden Sie die Frau, John. Finden Sie die Frau und hindern Sie die Wahrheit – ob richtig, falsch oder keins von beidem – daran, ans Licht zu kommen. Und stellen Sie mir keine Fragen mehr.«

John Savages verwirrter Blick hielt an. *Warum sollte die Kirche Eden als Abscheulichkeit betrachten?* Und dann: »Ja, Eure Heiligkeit.«

Papst Leo hielt Savage die Hand hin, und dieser ergriff sie und küsste den Fischerring. »Gott sei mit Ihnen«, sagte Papst Leo.

Mit mehr Fragen als Antworten verließ John Savage die Papstgemächer, um ein Team für die Reise in die Türkei zusammenzustellen.

Unter der Basilika liegt das Kellergewölbe des Vatikans, in dem sich die Schätze der Christenheit befinden. In einer Kammer steht die angebliche Wiege von Jesus. In einer anderen das vermeintliche Herz von Jeanne d'Arc, der einzige Teil von ihr, der nicht im Feuer verbrannte. Und in wieder einer anderen Kammer steht die Bundeslade. Doch in der letzten Abteilung, dem *L'Archivio Segreto Vaticano*, dessen Schätze eine riesige Sammlung historischer Texte und unzählige Geheimnisse der katholischen Kirche umfassen, befindet sich eine alte Schriftrolle, von der angenommen wird, sie sei die erste schriftliche Aufzeichnung der Menschheit.

Unter dem Strahl einer einzigen Glühbirne warf ein goldener Zylinder, der jene antike Schriftrolle aus behandelter

Ziegenhaut einschloss, seinen reinen Schein auf das Gesicht des alten Mannes. Es war Jahre her, seit er zur Kammer gekommen war, um ihre Antiquitäten zu betrachten. Doch seit er Alyssa Moores Tod im Interesse der Kirche autorisiert hatte, quälte ihn diese Entscheidung. Was in dem Zylinder war, würde ihm jedoch helfen, sie zu rechtfertigen.

Einen Moment lang stand er in dessen Aura und dachte über die akademische Meinung, dass »Magie« Wissenschaft war, die man noch nicht verstand, nach. Dass Eden schlicht eine metaphorische Referenz für das in Ungnade fallen des Menschen war, weil er die Wünsche Gottes anzweifelte, oder, laut der Interpretation einiger, gegen die Werte der Kirche verstieß.

Doch Leo wusste, dass in diesem Zylinder die Wahrheit über *Edin* lag, eine metaphorische Geschichte, die nur zu real war. Mit Händen, die so dünn und zerbrechlich aussahen wie die Flügel eines Spatzen, hob er den Zylinder auf und rollte die Schriftrolle vorsichtig aus der Röhre auf.

Es war eine in einer Mischung aus verblassten Tinten gezeichnete grobe Karte, die andeutete, dass Eden an der Kreuzung der vier Flüsse lag, von denen Pischon und Gihon, mittlerweile versiegt, einer hinlänglichen Auslegung nach in der heutigen Türkei angesiedelt gewesen waren.

Indem er die Schriftrolle weiter aufrollte, enthüllte er ein Diagramm eines massiven, Maya-artigen Tempels anstelle des biblischen Gartens von Genesis. Im Inneren des Tempels standen Krypten voller rühmender Zeichnung, welche eher wissenschaftlich denn antik wirkten, von Schiffen und Wagen, die die Toten in ein Jenseits ohne Cherubim und Engel brachten, sondern vielmehr an einen Ort voller verschiedener Götter in Streitwagen, einen Ort des Polytheismus. Diese Darstellungen an sich waren keine Katastrophe für die Kirche – dass die Menschen von Eden mehreren Göttern gehuldigt haben mochten, statt Monotheismus zu betreiben.

Die Wahrheit war viel schlimmer.

Er studierte die Abbildungen der Krypten und die kruden Darstellungen jener, die darin lagen. Sie waren der Grund, warum er die Last der Wahrheit nicht akzeptieren konnte.

Er rollte die Schriftrolle wieder zurück in ihren Zylinder und stellte diesen vorsichtig auf seine Halterung. Woher die goldene Röhre kam, wusste er nicht, und er kannte auch ihre Geschichte nicht. Er wusste nur, dass ihre Botschaft mit der Übernahme des Papstamtes seiner Kenntnis anvertraut worden war und dass ihre Geheimnisse bewahrt werden mussten.

Der alte Mann schloss die Augen. Er hielt den Preis für zu hoch. Indem er eine unschuldige Frau dem Tod verdammte, um die Wahrheit vor der Welt verborgen zu halten, mochte er ebenso sich selbst in die Tiefen der Hölle verdammen.

Ihm war wahrhaft schwer ums Herz. Und er betete bis spät in die Nacht hinein, in der Hoffnung, dass Gott den Wert seiner Entscheidung erkennen mochte: dass sie dem großen Ganzen diente.

Doch er hatte Angst, er würde das negieren.

–7–

VATIKANSTADT

»So arbeiten wir nicht«, sagte der große Mann, der ein Priesterhemd und einen Römerkragen trug. Er war ungefähr eins-neunzig groß und wog einhundertzehn Kilo, aber wenn er sich bewegte, tat er dies mit Anmut und Eleganz, besonders im Kampf. »Bist du sicher?«

John Savage sah Leviticus direkt in die Augen, die so braun wie frisch geprägte Pennys waren, und zuckte die Schultern. »Es ist nicht anders zu interpretieren«, sagte er. »Zumindest will mir nichts anderes einfallen.«

Leviticus wirkte verwirrt. Er war einer der Ritter des Heiligen Ordens, der Anführer einer Eliteeinheit von Soldaten, die über ganz besondere Fähigkeiten verfügten, welche die der Schweizergarde weit übertrafen, und deren Aufgabe es war, ins Ausland zu reisen, um die Interessen des Vatikans zu schützen. Unter seinem Kommando hatten sie sich in die philippinischen Dschungel gewagt, um von terroristischen Splittergruppen als Geiseln gehaltenen Missionaren das Leben zu retten. Andere Male reisten sie in den Ostblock, um Priester vor Dissidenten zu schützen. Welchen Auftrag sie auch hatten, ihr Ziel war es immer, die Souveränität der Kirche, ihre Interessen oder das Wohlergehen ihrer Bürger zu schützen. Doch was Papst Leo jetzt von ihnen verlangte, widersprach den Voraussetzungen ihres Bündnisses und ihrem Mantra, dass Loyalität über allem stand, außer der Ehre.

»Ich verstehe, dass Loyalität über allem steht«, sagte Leviticus, »aber jemanden zu töten, um ein vatikanisches Geheimnis zu bewahren – ist das ehrenhaft?«

Auch Savage hatte damit zu kämpfen. »Wagen wir es, den Papst anzuzweifeln?«, fragte er.

»Wenn es darum geht, einen Unschuldigen zu töten, dann sage ich ja.«

»Aber wenn es darum geht, etwas Wertvolles zu schützen, dann liegt es im Interesse der Kirche.«

»Und wenn wir diesen Weg erst mal einschlagen, John, wie weit wird er uns führen? Sobald wir den Mord an einer einzigen Person rechtfertigen, wird es leichter, auch jeden weiteren Mord danach zu rechtfertigen.«

Savage wusste, dass er recht hatte – dass so ein Fall weitere solcher Handlungen begünstigen könnte, solange sie gerechtfertigt genannt wurden. Das Einfachste, was ein Mensch tun konnte, war das Rechtfertigen einer Handlung, ganz gleich wie schändlich die Tat sein mochte.

»Wir sind trotzdem verpflichtet«, sagte er schließlich. »Papst Leo war ausweichend. Aber ich konnte deutlich in seinem Gesicht sehen, dass diese Entscheidung auch ihn quälte.«

Leviticus verschränkte die Arme vor der Brust. »Papst Leo war immer ein guter Mann«, sagte er. »So eine Entscheidung zu treffen, sieht ihm nicht ähnlich.«

»Ich glaube, Leo denkt, dass die Entdeckung Edens etwas Dunkles und Gefährliches mit sich bringt, etwas, das der Kirche schaden könnte.«

Leviticus schüttelte den Kopf. »Ich kann nicht, John«, sagte er. »Du weißt, dass mein Team nach dem Credo lebt: *Treue über alles, außer Ehre.*«

Savage nickte.

»Sie ist eine unschuldige Frau, die das nicht verdient hat. Ich – mein Team – wir werden sie nicht angreifen.«

»Dann wirst du das dem Papst erklären müssen.«

»Damit habe ich kein Problem.«

Zwischen ihnen entstand eine bedeutungsschwere Pause, während der keiner der beiden Männer willens war, seinen unbeugsamen Blick abzuwenden.

Dann entspannte sich Leviticus, indem er die Arme senkte. »Schau, John, du bist mein Freund. Aber das ist dein Problem.

Ich weiß, dass du über Kampffertigkeiten verfügst, mit denen es nur Wenige aufnehmen können, aber dies ist eine Angelegenheit, die du vielleicht alleine erledigen musst, falls du dich dazu entscheidest. Aber falls du das tust, dann geh ein wenig in dich und frage dich, was wichtiger ist: die Verpflichtung gegenüber Papst Leo oder die Verpflichtung gegenüber dir selbst. Das hier sind nicht die Kreuzzüge, in denen wir den Katholizismus mit dem Schwert verbreiten. Es ist eine Zeit, in der wir unsere Ehre wahren und wertschätzen, und die Ehre der Kirche, egal, wer das Herrschaftszepter in der Hand hält.«

Savage sah ihn schlicht an. Leviticus erwiderte seinen Blick.

Obwohl Leviticus ein Soldat war und er beim SIV, war auch er in seinem Herzen ein Krieger. Mehr als zehn Jahre lang hatte er als Leiter einer Eliteeinheit der Green Berets gedient. Bei mehreren Gelegenheiten waren er und sein Team auf verdeckte Missionen geschickt worden, um das »Unmögliche« zu vollbringen, und jedes Mitglied des Teams glaubte, dass das Wort »unmöglich« nicht bedeutete, dass etwas nicht getan werden konnte; es maß schlicht den Schwierigkeitsgrad.

Und seine Einheit begegnete diesem hohen Schwierigkeitsgrad immer wieder und endete immer siegreich. »Ich bin dem Papst verpflichtet«, sagte er, aber sein Tonfall war wenig überzeugend.

Als Green Beret war er gezwungen gewesen, zu handeln, ohne Fragen zu stellen. Es war ihm in Fleisch und Blut übergegangen. Aber sobald er aus der Einheit ausgeschieden war, war er nach Italien aufgebrochen, wo sich der Vatikan klugerweise dazu entschieden hatten, ihn den *Servizio Informazione del Vaticano* leiten zu lassen. Doch er konnte nicht leugnen, dass er das Gefühl einer Waffe in seinen Händen oder den Adrenalinschub, der einem durch die Adern floss, vermisste.

»Dann folge deinem Gewissen«, sagte Leviticus. »Meins rein.« Ohne sich zu verabschieden, drehte sich Leviticus um und ließ Savage alleine am Blumenbeet bei den Alten Gärten zurück. Und dort stand er, zwischen Pflicht und Ehre hin- und hergerissen, und fragte sich, ob die beiden das Gleiche waren oder verschiedene Dinge.

»Leviticus ist ein guter Mann«, sagte Papst Leo zu Savage. Sie standen auf dem Balkon der Papstgemächer, der den Petersplatz überblickte. Zu sehen waren die Kolonnaden und der Obelisk, und ein perfekter Himmel, der gleichmäßig blau war. »Aber es gibt vieles, was Leviticus nicht weiß«, beendete er seinen Satz.

»Trotzdem verlangen Sie von ihm, einen Mord zu begehen.«

Der Papst streckte die Hand aus und legte sie sanft auf Savages Unterarm. »Was ich verlange, tue ich mit sehr schwerem Herzen«, sagte er. »Glauben Sie mir, John, wenn ich sage, dass ich mich wegen dieses Urteils quäle. Doch manchmal müssen schwere Entscheidungen getroffen werden, um die Integrität der Kirche zu wahren.«

»Und Eden stellt eine so große Bedrohung dar?«

»Möglicherweise. Ich kann es mir nicht leisten, dieses Risiko einzugehen.«

»Aber Sie haben mir nicht gesagt, warum.«

Leo ließ ihn los und blickte über den Platz auf die umherschlendernde Menschenmenge.

»Es gibt eine alte Schriftrolle«, sagte er, »die sich im Besitz des Vatikans befindet. Sie beschreibt Edens Standort detailliert … und ebenso das, was sich darin befindet.«

Da der Pontifex nichts hinzufügte, drängte Savage ihn dazu. »Und?«

Papst Leo senkte den Kopf. »Ich kann Ihnen nur sagen, John, dass es ein Platz ist, an dem sich Wissenschaft und Religion treffen. Nichts, nicht einmal dieser Ort hier …« Er machte eine ausladende Handbewegung, die die Stadt einschloss. »… ist vielleicht, was es scheint. Nicht einmal wir, was das betrifft.«

Savage sah ihn fragend an. Die Worte des Mannes drehten sich im Kreis. »Das verstehe ich nicht.«

»John, ich bin aus einem bestimmten Grund kryptisch. Das Geheimnis Edens wird dem amtierenden Papst anvertraut und anschließend an dessen Nachfolger weitergegeben. Also bitte ich Sie, das zu respektieren. Ich bitte Sie auch, diesen Sprung ins Ungewisse zu machen und das für mich zu tun, was Leviticus ablehnt. Sie müssen die Interessen der Kirche wahren.«

Savage ließ die Muskeln in seinem Kiefer arbeiten.

»Die Schriftrolle verlangt es«, ermutigte Leo ihn weiter. »Es wurde so bestimmt.«

»Von wem?«

Leo antwortete nicht. Zumindest nicht sofort. Und als er sprach, war es nur in Form einer Frage. »Werden Sie es tun, John? Werden Sie die junge Frau suchen?«

Savage warf dem Papst einen Seitenblick zu, und dann hob er aus irgendeinem Grund die Hand und beugte die Finger, schloss seine Hand zu einer Faust und öffnete sie wieder, und fragte sich, wie es wäre, wieder das Gewicht einer Schusswaffe zu spüren.

»Finden Sie die Frau«, sagte der Papst, »bevor sie Eden findet.«

»Und wenn sie es finden sollte, bevor ich sie finde?«

»Dann zerstören Sie es«, sagte er. »Zerstören Sie es, damit es nie wieder gefunden werden kann.«

Ohne ein weiteres Wort drehte sich Papst Leo um, ging weg und ließ John Savage allein auf dem Balkon unter einem wunderschönen blauen Himmel stehen.

– 8 –

IRGENDWO IM ATLANTISCHEN OZEAN

Obsidian Hall war zurück an Bord der *Seafarer* und saß im Antiquitätenraum, der einen der drei Pools der Jacht überblickte. Er war von unbezahlbaren Dingen wie Jadevasen und Glasschädeln, welchen der geheimnisvolle Nimbus übernatürlicher Geschichten anhaftete, umgeben. An den Wänden befanden sich gestohlene Werke von van Gogh und Rembrandt, die »Mohnblumen«, beziehungsweise »Christus im Sturm auf dem See Genezareth«, mit einem Gesamtwert von mehr als hundertfünfzig Millionen Dollar.

»Mr. Montario war der Letzte«, sagte er in sein Bluetoothgerät. Er saß auf einem Stuhl auf dem Oberdeck, das zwei Bullenhaie überblickte, die einander im Pool umkreisten. »Jetzt, wo keiner aus Professor Moores Team übrig ist, bleibt Ms. Moore die einzige Person mit der Fähigkeit, dieses Buch zu übersetzen«, fügte er hinzu und hielt das kleine Tagebuch vor sich in die Höhe.

»Sie hätten ihn nicht töten müssen«, sagte die Stimme, die über den Lautsprecher kam.

»Ich gab ihm jede Gelegenheit, sich zu fügen.«

»Sie hätten ihn so oder so getötet.«

»Höchstwahrscheinlich ja. Es ist offensichtlich, dass die türkische Regierung nichts über den Standort Edens weiß. Und jetzt, wo Mr. Montario ausgeschaltet wurde, ist die Wahrscheinlichkeit hoch, dass ich der Einzige bin, der die Koordinaten besitzt, irgendwo auf den verschlüsselten Seiten des Tagebuchs, das ich gerade in der Hand halte. Ich habe mir daher die Freiheit genommen, die Seiten einzuscannen, und werde sie Ihnen in Kürze weiterleiten. Sie werden sie dann Ms. Moore zeigen und sie nach Informationen suchen lassen.«

»Nach dem, was Sie Mr. Montario angetan haben, möchte ich nicht länger mit Ihnen gemeinsame Sache machen.«

Obsidian fuhr mit den Fingern über die Wölbung eines Kristallschädels, der aus einem kolumbianischen Museum entwendet worden war und im Ruf stand, spirituelle und mystische Kräfte zu besitzen. Er ließ die Haie nicht aus den Augen. »Wissen Sie, was ich gerade mache?«

»Nein.«

»Ich beobachte zwei Bullenhaie dabei, wie sie in meinem Pool Kreise ziehen«, sagte er ruhig. »Falls Sie je das Gefühl haben, die Kontrolle über irgendetwas zu besitzen, in das ich involviert bin, finanziell oder anderweitig, werde ich mir persönlich die Mühe machen, Sie hierherzubringen, damit Sie sich zu ihnen gesellen können. Ist das klar?«

Als der Anrufer nicht antwortete, wiederholte sich Obsidian nachdrücklicher. »Ich sagte, ist das klar?«

»Ja, Sir.«

»Ich habe das AIAA jahrelang mit Firmenkapital über Wasser gehalten. Wenn ich nicht gewesen wäre, wären Professor Moore und seine speichelleckende Bande aus unterwürfigen Totengräbern nichts anderes als an mittelmäßigen Colleges statt renommierten Ausgrabungsstätten arbeitende Lehrer gewesen. Das hat lange auf sich warten lassen. Ich habe meine Beiträge gezahlt und stehe jetzt an der Schwelle zu etwas Großem. Der Moment, in dem Sie zustimmten, meine Finanzierung anzunehmen, um das AIAA am Leben zu erhalten, war der Tag, an dem Sie mein Sklave wurden. Mit anderen Worten, Sie haben Ihre Seele an den Altar des Teufels genagelt.«

»Meine Absichten waren ehrenhaft.«

»Ihre Absichten haben mich Millionen gekostet – ehrenhaft oder nicht. Sie haben hier nicht das Sagen, sondern ich.« Über die Lautsprecher kam Stille. »Sind Sie noch da?«, fragte Hall.

»Ich bin noch da.«

»Weiß Ms. Moore, dass meine Firma frühere Ausgrabungen finanziert hat, zuletzt die in Göbekli Tepe?«

»Sie hätte es niemals zugelassen, wenn sie die Wahrheit gekannt hätte. Ihr Vater auch nicht – angesichts Ihres Rufs. Es hätte Ihnen zwar das Herz gebrochen, aber sie hätten das AIAA untergehen lassen, bevor sie auch nur einen Cent von Ihnen angenommen hätten.«

»Also eilt ein respektabler Mann zu Hilfe, einer wie Sie, der nicht willens ist, tatenlos zuzusehen, wie der Traum eines alten Freundes, einen Kreuzzug zu führen, um Eden zu finden, als reine Fantasterei zerplatzt. Sie pflasterten den Weg zur Hölle mit guten Absichten, damit das nicht passieren würde. Wie edel von Ihnen.« Hall beobachtete weiter die ausholenden Bewegungen der Haie, die unablässig und ziellos ihre Kreise zogen. »Ms. Moore könnte sich als große Hilfe herausstellen, also übergeben Sie ihr die Dokumente. In der Zwischenzeit werde ich ein Team versammeln.«

»Ein Team? Wozu?«

»Wenn Eden Gefahren birgt, dann wäre es klug, mit einer bewaffneten Einheit hineinzugehen, um zu verhindern, dass das, was Professor Moore zustieß, auch uns zustößt.«

»Dem wird sie niemals zustimmen.«

»Bringen Sie sie dazu«, sagte Hall. »Wenn nicht, haben Sie ihren Zweck erfüllt. Wir wollen doch nicht, dass sich das, was Mr. Montario zugestoßen ist, mit Ihnen wiederholt.«

Eine lange Pause entstand, und dann: »Nein, Sir.«

»Das genügt mir. Die Dokumente sind unterwegs, also überprüfen Sie ihren Laptop.« Damit trennte Obsidian Hall die Verbindung.

Er ließ seine Fingerspitzen weiter über den glatten Kristallschädel streichen, während er das schwarze Tagebuch in der anderen Hand hielt.

Für ihn bestand kein Zweifel daran, dass John Moore, angesichts seiner pedantischen Gabe, etwas zu verfolgen und es zu dokumentieren, die Koordinaten zwischen den Einbänden des kleinen schwarzen Buchs verschlüsselt hatte. Nun lag es an Alyssa Moore, sie zu finden.

Er betrachtete den Schädel und dachte über die Legende nach, dass er die Fähigkeit zu sprechen oder singen besaß, und dass er die Antworten auf einige der größten Geheimnisse des Lebens und des Universums bereithielt. Doch bisher hatte er ihm nichts beschert, nicht einmal die Geheimnisse des Tagebuchs des Professors.

Und dann blickte er auf die Gemälde, auf die Vasen und Antiquitäten, auf all die Schätze, und begriff, dass er von unbezahlbaren Reichtümern umgeben war, die es niemals mit den Schätzen aus Eden aufnehmen konnten. Er schloss die Augen und stellte es sich vor. In dem Moment, in dem er den ersten Schritt ins Innere des Tempels machte, würde er die Frau töten lassen.

Und alle Reichtümer Edens würden ihm gehören.

– 9 –

GÖBEKLI-TEPE-AUSGRABUNG
SÜDÖSTLICHE TÜRKEI

Alyssa Moore verließ kaum ihr Zelt und zog es stattdessen vor, sich innerhalb seiner heißen Grenzen aufzuhalten, während die Wüstensonne am Himmel brannte. Reliefs mussten katalogisiert und studiert werden, Säulen und Fundamente untersucht, doch niemand verweigerte ihr das Recht, den Verlust ihres Vaters zu betrauern. Alle Ausgrabungsteilnehmer trauerten und vermissten den Mann, der sanftmütig und freundlich gewesen war, einen Mann, der sympathisch war und niemals die Stimme hob oder vor Wut laut fluchte, einen Mann, der nie zu lächeln vergaß, ungeachtet des Drucks, unter dem er stand.

Und so sehr Alyssa auch in seinem Schatten stand, so wusste sie doch, dass sie sein genaues Gegenteil war. Manchmal war sie ungeduldig, nicht mit anderen, sondern mit sich selbst, und erwartete Perfektion bei allem, was sie tat, versuchte immer, ihren Vater stolz zu machen, obwohl sie wusste, dass er bereits stolz war. Sie wollte stets mehr sein, gab immer zweihundert Prozent, selbst wenn sie wusste, dass nicht mehr zu erreichen war. Und während er immer politisch korrekt und vernünftig war, war sie manchmal unverblümt und impulsiv, mit beißender Zunge. Doch sie bildeten ein gutes Team. Ihre Gegensätze schufen ein wunderbares Gleichgewicht.

Während sie so dasaß, beobachtete sie ihren Vater bei seinem Aufbruch nach Eden auf dem Bildschirm des Fernsehtelefons. Er lächelte und war voller Leben, sprach mit kindlicher Freude in die Kamera. Es war so schön, ihn so zu sehen, dachte sie. Zu sehen, wie er das Leben und das, was er bis zu seinem Ende tat, liebte. Wie viele Menschen, fragte sie sich, liebten das, was sie taten, so vollkommen?

Das Telefon zuklappend und mit der vollen Absicht, das Video auf eine CD zu überspielen, schaute sie sich um. Es sah aus, als sei ein Wirbelsturm durchs Zelt gefegt und habe alles durcheinandergebracht. Dann realisierte sie, dass sie der Wirbelsturm gewesen war, als sie wie zur Katharsis Dampf abgelassen hatte. Während der Tag voranschritt und die Hitze draußen vor dem Zelt unerträglich wurde, zog sie die Zeltklappe zurück und begann, ihr Leben wieder zu ordnen. Sie fing damit an, das Chaos zu beseitigen und Papiere und Formulare und Fotos anständig zu stapeln, und dann räumte sie ihren Schreibtisch sinnvoll um. Auf ihre Weise versuchte sie, die Dinge zu akzeptieren, wie sie waren, indem sie weitermachte.

»Ich sah, dass die Zeltklappe oben ist«, sagte Noah. »Also hab ich das als Einladung aufgefasst.«

Sie drehte sich um und lächelte. »Du bist immer willkommen, Noah. Das weißt du doch.«

Er fand es gut, sie wieder lächeln zu sehen, selbst wenn es ein aufgesetztes Lächeln war. Er sah sich um und machte ein Gesicht, als ob er guthieß, was er sah. »Sehr schön«, sagte er. »So völlig anders als gestern noch.« Dann betrachtete er sie mit einem väterlichen Blick. »Das sollte nicht abwertend klingen. Ich wollte nur …«

Sie schnitt ihm das Wort ab, indem sie ihm die Hand mit der Handfläche nach außen entgegenhielt. »Ich weiß, was du meintest«, sagte sie. »Ich fand einfach, es sei Zeit, weiterzumachen.« Dann breitete sie die Arme aus, um auf das Zeltinnere hinzuweisen. »Also dachte ich, ich könnte hier anfangen.«

»Sehr schön, Liebes.«

»Noah?«

»Ja, Ms. Alyssa?«

Sie hasste es immer, wenn er sie *Ms.* nannte. Sie konnte sich daran erinnern, wie sie als kleines Mädchen auf seinen Knien gewippt war; sie hatte ihm immer näher gestanden als ihren eigenen Onkeln. Er könnte sie wenigstens ohne die Formalität anreden. »Einfach nur Alyssa, Noah«, erklärte sie. »Das haben wir doch besprochen.«

Er lächelte. »Es macht mir so viel Spaß, dich zu ärgern«, sagte er. Er trat weiter ins Zelt hinein. »Es ist schön, zu sehen, dass du wieder die Alte bist.«

Sie hob warnend den Finger. »So weit bin ich noch nicht«, sagte sie. »Es fällt mir immer noch schwer, loszulassen.«

Sein Lächeln wurde dünner. »Ja, natürlich. Ich meinte nur, dass es schön ist, zu sehen, dass du weitermachst.«

»Das tue ich«, sagte sie und ging zu ihrem Schreibtisch. Von seinem Standpunkt aus konnte Noah nicht sehen, was sie tat, doch er glaubte, dass sie irgendwelche Dokumente einsammelte und sie an den richtigen Platz legte. »Ms. Aly…« Er fing sich. »Alyssa?«

Ihre Mundwinkel hoben sich zu einem Lächeln. »Jetzt hast du es kapiert«, sagte sie.

»Ich muss wissen … bist du schon so weit?«

Sie sah ihn unverwandt an. »Um für meinen Vater zu übernehmen, meinst du?«

Er nickte und machte ein verlegenes Gesicht. »Ja.«

»Noah … ich werde immer Leere verspüren«, sagte sie. »Mein Vater hat mir alles bedeutet. Das weißt du. Aber ich weiß auch, dass ich weitermachen muss. Also muss ich die Aufzeichnungen meines Vaters zusammensuchen und einen Plan erarbeiten. Bist du dabei?«

»Natürlich, Liebes. Und vielleicht kann ich helfen.«

»Noah, du warst über dreißig Jahre lang an der Seite meines Vaters. Ich brauche dich auch an meiner. Ich brauche deine Übersetzungsfähigkeiten.«

Noah wirkte stoisch. »Wir werden dem Vermächtnis deines Vaters Ehre bereiten«, sagte er. »Diese Entdeckung gehört ihm.«

»Das sehe ich auch so.«

Er legte einige Papiere auf ihren Schreibtisch.

»Was ist das?«

»Kopien von Notizen aus dem Tagebuch deines Vaters«, antwortete er. »Es sind Einträge über seinen Ausflug nach Eden.«

Sie hob sie auf, als wären sie so zerbrechlich wie altes Pergament. »Woher hast du die?«

Er schluckte. »Wie es schien, waren sie im Besitz von Mr. Montario.«

»Und er hat sie mir nicht gegeben?«

»Es scheint, dass er wollte, dass die Geheimnisse deines Vaters Geheimnisse bleiben. Möglicherweise, Alyssa, hatte Mr. Montario Angst, dass du die Seiten entziffern und Edens Koordinaten bestimmen würdest. Indem er das Tagebuch deines Vaters behielt, versuchte er vielleicht auf seine eigene Weise, dich zu beschützen.«

Sie hielt die verschlüsselten Seiten in die Höhe. »Und wie bist du daran gekommen?«, fragte sie ihn.

»Sie waren unter Mr. Montarios Habseligkeiten in New York, die kurz nach seinem Unfall gefunden wurden. Der Besitz deines Vaters wurde dann an mich weitergeleitet. Und jetzt leite ich ihn an dich weiter.«

Sie begutachtete die Seiten und nahm die archaische Form der Aufzeichnungen ihres Vaters zur Kenntnis. Es war ein Durcheinander verschiedener Sprachen und Symbole. »Danke«, sagte sie schließlich.

»Ich glaube, dass alles über Eden dort drin steht, die Koordinaten eingeschlossen. So wie ich deinen Vater kannte, hat er es nicht versäumt, alles aufzuschreiben, um es später überprüfen zu können.«

Sie schüttelte die Papiere. »Sie werden hier drin stehen«, antwortete sie.

Das hatte er hören wollen. »Wollen wir uns dann vorbereiten?«

»Worauf?«

»Eden aufzuspüren und am Vermächtnis deines Vaters anzuknüpfen.«

Sie sah sich im Zelt um, betrachtete die Dokumente auf ihrem Schreibtisch und die Fotos. »Ich muss meine Berichte über die Flachreliefs zusammenfassen«, sagte sie. Nicht nur war ihr Vater überzeugt gewesen, dass die Skulpturen auf den Säulen Göbekli Tepes einheimische Lebensformen darstellten, die von einer üppigen Flora genährt wurden, welche nicht mehr existierte, sondern es stand auch in direktem Zusammenhang mit seinen Studien, dass dieses Gebiet einmal gartenähnlich gewesen war. Und das legte nahe, dass Eden vielleicht in diesem Teil der Welt existiert haben könnte, bevor er zu einer Wüste verblasst war.

»Es gibt auch noch andere organisatorische Angelegenheiten«, sagte Noah schließlich. »Wir werden nicht nur ausreichend Lampen und Ausrüstung zusammentragen müssen, sondern angesichts der Glaubwürdigkeit von Mr. Montarios Aussage bleibt auch noch die Frage nach Schutz offen.«

»Du meinst *bewaffneter* Schutz?«

»Es ist eine simple Frage der Vernunft«, sagte er.

»Noah, ich hab in meinem ganzen Leben noch keine Waffe angefasst.«

»Mir jagen sie auch Todesangst ein«, sagte er. »Doch in diesem Fall glaube ich, sie wären nützlich, um unsere Überlebenschancen zu verbessern. Findest du nicht auch?«

Sie schenkte ihm einen verblüfften Blick. »Noah, das ist eine Expedition von hoher Priorität, die geheim gehalten werden muss. Wir können es uns nicht leisten, anderen die Lage Edens mitzuteilen, weil das nur die Wahrscheinlichkeit erhöht, dass sie die Region für sich beanspruchen und den Ort kompromittieren. Das war die größte Angst meines Vaters; das weißt du.«

»Siehst du denn dann eine andere Möglichkeit?«, fragte er geduldig. »Bitte vergiss nicht, dass ein gesamtes Team von dem, was im Tempel lebt, ausgelöscht wurde. Wir werden nicht alleine sein. Und ohne Schutz haben wir vielleicht keine Chance.«

Alyssa wusste, dass er recht hatte. »Wir müssen das so geheim wie möglich halten.«

»Ich verstehe.«

»Was schlägst du vor?«

»Ich werde ein Team einstellen«, sagte er. »Und es binnen eines Tages herkommen lassen.«

Sie legte fragend den Kopf schief. »Woher kennst du denn solche Menschen?«

»In meiner sozialen Schicht«, sagte er und lächelte sein väterliches Lächeln, das sie über die Jahre so oft gesehen hatte, »muss man auf alle Eventualitäten gefasst sein. Sie werden die Lage nicht kennen müssen, bis wir dort ankommen. Ich denke, es wird deine Sorge über eine mögliche Beanspruchung ihrerseits beruhigen, wenn wir sie im Dunkeln lassen, oder?«

»Sie müssen kapieren, Noah, dass ich die Expedition leite. Nicht *ihr* Anführer.«

»Wenn sie entsprechend bezahlt werden, sehe ich keine Probleme.«

Sie war trotzdem nervös. Sie wusste, dass man, um in fremden Ländern die richtigen Genehmigungen zu bekommen, manchmal ein paar politische Hände schmieren musste, aber das hier war etwas anderes. Sie würde Söldner mit Mitteln aus der Kasse des AIAA bezahlen. Das glaubte sie zumindest.

»In Ordnung«, sagte sie schließlich. »Tu, was du tun musst, Noah.«

»Natürlich, Liebes.«

»Ich werde ein Expeditionsteam zusammenstellen«, fügte sie hinzu. »Menschen meiner Wahl.«

»Und ich werde die Ausrüstung zusammentragen und die Vorbereitungen treffen. Wir sollten in zwei Tagen aufbruchbereit sein, ja?«

»Zwei Tage«, bestätigte sie.

Noah nickte, doch bevor er sich zum Gehen wandte, sprach er sie noch einmal an. »Eine Lektion«, sagte er, »in praktischem Denken.«

Sie liebte das. Ihr Vater hatte das immer getan, um seine Schlussfolgerungsfertigkeiten zu schulen. Es war ein Lernmittel. »Ich bin bereit.«

Noah hielt einen Finger hoch, so wie ein Maestro seine Musiker mit einem Taktstock dirigieren würde. »Ein Mann wird gebeten, eine Aufgabe zu erfüllen«, begann er. »Der Aufgabensteller sagt ihm, er soll sich in eine Badewanne voller Wasser setzen. Dann gibt man ihm drei Gegenstände — einen Löffel, eine Teetasse und einen Eimer — und verlangt von ihm, die Badewanne mit dem geringsten Aufwand zu leeren. Was sollte er tun?«

Ihr Lächeln wurde breiter. Die meisten Menschen würden sagen, er solle den Eimer benutzen, da dieser größer ist als Löffel und Teetasse. Doch die Antwort war simpler. »Um die Badewanne mit dem geringsten Arbeitsaufwand zu leeren«, sagte sie, »müsste man den Stöpsel ziehen.« Mit anderen Worten, Genialität lag immer in Einfachheit.

»Sehr gut«, sagte er. »Wir sprechen uns später, Liebes.«

»Tschüs, Noah.«

Nachdem er gegangen war, wanderte ihr Verstand zu dem Gedanken, dass sie dabei war, in die Fußstapfen ihres Vaters zu treten.

Auf dem Schreibtisch lag ein kleines Foto der beiden, auf dem sie lächelten. Es war ein jüngeres Bild von dem Tag, an dem sie zusammen in Göbekli Tepe angekommen waren, vor nicht mehr als drei Wochen aufgenommen.

Wie schnell es passieren konnte, dachte sie, dass jemand, den man liebte, jemand, der einem so nahe stand, von einem auf den anderen Moment fort war. Sie fuhr liebevoll mit der Fingerspitze über das Bild ihres Vaters. Sie vermisste ihn schmerzlich und erlaubte es einer einzelnen Träne, sich aus ihrem Augenwinkel zu stehlen.

Sie fasste sich, wandte sich den Papieren zu, die Noah ihr gegeben hatte, und begann zu lesen.

–10–

ERSTER TAGEBUCHEINTRAG (VERSCHLÜSSELT)

Ich will diese Einleitung mit der Feststellung beginnen, dass ich die im Buch Genesis, der Thora, dem Koran und in allen Keilschriften von Göbekli erwähnten Hinweise als Referenzen verwendet habe, da sie sich auf die geografische Lage von {Edin} beziehen und {Edin} im {Quellgebiet} der vier Flüsse Tigris, Euphrat, Pischon und Gihon ansiedeln. Obgleich spekuliert wird, dass sich Pischon und Gihon eher im Südosten der Türkei als im Nordirak befanden, wird mittlerweile angenommen, dass diese Zuflüsse im Lauf der Jahrtausende ausgetrocknet sind, was {Edin} eher in der Türkei ansiedelt als im Irak, in Afrika oder am Persischen Golf. Indem ich diese Hinweise als Orientierungspunkte verwendete, konnte ich eine Stelle in der Türkei mit den Koordinaten 36° 13' 23.88" N, 37° 55' 20.64" E triangulieren.

Durch den Einsatz von Satellitenbildern und Bodenradar gelang eine erstaunliche Entdeckung. Mithilfe dieser Koordinaten konnte ich eine lineare, unter dem Sand im Südosten der Türkei verborgene Struktur bestimmen. Ohne Zweifel ist sie gewaltig und geometrisch derart gestaltet, dass es sich (nicht) um ein natürlich entstandenes Aussehen handeln kann.

Angesichts der Beweiskraft dieser Daten und meines guten Rufs unterbreitete ich dem Verwaltungsrat des AIAA den Vorschlag, eine Expedition zur Suche {Edins} in der Türkei finanziell zu unterstützen. Es dauerte keine zwei Tage, um vollständige Finanzierung zu erhalten, und darüber hinaus wurde mir auch die mir gebührende Aufgabe übertragen, neun Kandidaten für mein Team auszuwählen.

Meine Tochter, Alyssa, hat beschlossen, in Göbekli Tepe zu bleiben, um die Geschichte der Entwicklung der Menschheit zusammenzufügen, statt an einem höchst unglaublichen Abenteuer teilzuhaben. Aber sie hat die Verantwortung der Neugier vorgezogen, was mir beweist, dass sie die innere Standhaftigkeit besitzt, etwas zu Ende zu bringen.

Und das macht mich wirklich stolz.

Nachdem meine Tochter von der Teilnahme an meiner Expedition ausgeschlossen war, habe ich ein Team aus fünf erfahrenen Archäologen des AIAA, meinem Schüler und Assistenten Montario und drei Teilnehmern des Deutschen Archäologischen Instituts von Istanbul zusammengestellt. (Letzteres war eine durch die türkische Regierung angeordnete Bedingung; man verlangte, dass ich mir die Zuständigkeit mit dem Lehrstuhl des Instituts von Istanbul teilen würde, um die nötigen Lizenzen zu erhalten.)

Nach wochenlangen Vorbereitungen begannen wir unsere Reise zu den genannten Koordinaten. Ich hielt den Ort jedoch vor meinem Team geheim, aus Angst, rivalisierende Wissenschaftler könnten ihn an sich reißen. Doch die zugrunde liegende Wahrheit ist egoistischer, da ich derjenige sein möchte, der mit dem Finger der Entdeckung auf diesen Ort zeigen wird. Andererseits betrachte ich dies allerdings auch als mein persönliches Recht.

Nachdem wir unseren Ausgangspunkt erreicht hatten, der sich elf Kilometer vom Zielpunkt entfernt befand, zumindest laut meinem GPS-Tracker, marschierten wir über felsiges Gelände, bis wir an den Rand einer scheinbar unnatürlichen Formation stießen. Während die Region völlig flach war, war dieser Bereich erhöht, als hebe sich die Landschaft quadratisch empor.

Nachdem wir die Anhöhe erklommen hatten, war klar, dass dieser Hügel der einzige seiner Art war, so weit das Auge reichte. Und anstatt abgerundet zu sein oder eine unbeschreibliche Form anzunehmen, war die Anhöhe nahezu perfekt quadratisch, mit vier Seiten von je einem halben Kilometer Länge, oder, nach amerikanischen Standards, eine Drittelmeile.

Was immer unter dem Gebiet lag, war riesig.

Als die Sonne unterging, hatten wir unser Lager am Scheitel der Anhöhe aufgeschlagen, unterhielten uns aufgeregt am Feuer und fragten uns, welche historischen Schätze unter unseren Füßen lagen. Doch erst am nächsten Morgen entdeckten wir einen Eingang an der Südostseite der Anhöhe – eine kleine Öffnung, die groß genug war, dass ein Mann mühelos hindurchpasste.

Beunruhigend waren jedoch die frischen Spuren um die Öffnung herum. Obwohl wir Archäologen sind und kaum über die Natur von Tieren Bescheid wissen, haben wir versucht, zu bestimmen, welche nachtaktive Kreatur solche Spuren hinterlassen haben mochte; sie schien stark gepolsterte Füße zu besitzen, mit Krallenspitzen, die Abdrücke im Sand hinterlassen konnten. Der Konsens war, dass es sich um eine Raubkatze handelte; vielleicht diente die Höhle als Zuflucht vor der heißen Sonne. Doch was es auch war, es versetzte uns in Alarmbereitschaft.

Trotzdem drängt die Wissenschaft weiter.

Nachdem ich eine Lampe von Montario genommen hatte, richtete ich sie in das Loch, und das Licht drang etwa zehn Meter tief hinein. Als ich jedoch die Öffnung durchschritt, in welche der Sand von den Wüstenwinden geweht worden war, konnte ich Wände sehen, die so schwarz und poliert waren wie Onyx.

Ohne Furcht vor Konsequenzen durch das, was diese Fußabdrücke um den Eingang herum verursacht hatte, warf ich also alle Vorsicht über Bord und wagte mich hinein.

Als ich mit der Öffnung im Rücken und der hochgehaltenen Lampe im Tunnel stand, konnte ich erkennen, dass er eine perfekte Trapezform besaß, unten breit und oben schmal, mit Wänden, die sich nach innen und oben neigten, um Decke und Boden miteinander zu verbinden. Er war tadellos in seiner geometrischen Form, die Wände schnurgerade und absolut perfekt.

Das Wunder dieser Technik war mir ein Rätsel. Wie war es überhaupt möglich, dass dieser Tunnel vor Tausenden von Jahren gebaut worden war, während der Neandertaler noch auf dem Planeten wandelte? Ich war so verblüfft, dass ich nicht einmal ansatzweise begriff, dass irgendetwas um mich herum echt war, weil alles so surreal schien.

Am erstaunlichsten waren jedoch die Gravuren an der Wand über dem Eingang. Die Zeichen schienen in die schwarze

Silikatoberfläche graviert worden zu sein; die Kalligrafie aus vier Buchstaben war eine Kombination aus präsumerischen Zeichen und Göbekli-Schrift.

Als ich sie zusammenfügte, schien mir das Herz in der Brust stillzustehen, oder vielleicht hielt ich einfach zu lange den Atem an, während meine Augen von einem Buchstaben zum nächsten wanderten und ihn entzifferten.

Übersetzt habe ich Folgendes: α ☦ Д GƆ

α repräsentierte den Buchstaben E,

☦ den Buchstaben D,

Д den Buchstaben I

GƆ den Buchstaben N.

Ich stand buchstäblich auf der Schwelle zu EDIN. Und weil es ein so wunderbarer Moment in meinem Leben war, bemerkte ich nicht, dass ich mich hingekniet hatte, bis Montario mich wieder hochzog.

Und als ich dort stand und die Gravuren voller Ehrfurcht betrachtete, begriff mein Verstand alles, während ich den weiteren Text las: Im Land Edin liegt der Garten Gottes, das Einzig Wahre Paradies.

Den wissenschaftlichen Konventionen nach begann die Welt um 4000 vor Christus, achttausend Jahre nach der Begründung der Zivilisation von Göbekli Tepe. Die komplizierten Schriftzeichen, die auf den Säulen dort gefunden wurden, sind die gleichen wie auf dieser Wand, während der dem Sumerischen ähnliche Text diesen Ort eindeutig als den Tempel von {Edin} beschreibt. Der einzige Unterschied innerhalb der Anordnung der Schriftzeichen besteht darin, dass sie der Syntax der in Göbekli Tepe entdeckten Schrift zeitlich vorausgeht. Die Formulierungen, von archaischen Symbolen abgesehen, besitzen eine bemerkenswerte Ähnlichkeit mit den Schriftzeichen in Göbekli Tepe, was mich glauben lässt, dass die in diesem Tempel entdeckte Texte eine Art Ursprungssprache sind, die sich im Laufe der Zeit zu der in Göbekli Tepe gefundenen veränderte. Da die Schrift von primitiver Struktur zu sein scheint, verrät sie mir, dass diese hier den anderen um Tausende von Jahren voraus ist, was durch Kohlenstoffdatierung abgeklärt werden wird. Dieser Ort, dieser wundervolle Tempel, ist vielleicht die älteste existierende Zivilisation, die je gegründet wurde, die wahre Wiege der Menschheit, die die antiken Texte für {Edin} erklären, jenes an der Kreuzung der vier Flüsse liegende Paradies, wie alle heiligen Schriften angedeutet haben.

Daher könnte {Edin}, oder {Eden}, in Bezugnahme auf die religiösen Hinweise in Thora, Bibel und Koran, der erste Ort der Menschheit sein.

Professor John Moore
Archaeological Institute of Ancient Antiquities
New York, New York

Alyssas Vater schrieb, wie immer, in einer kryptischen Sprache, normalerweise in antiker Prosa, besonders auf Sumerisch. Während es für andere schwer zu lesen wäre, fiel es ihr so leicht, als sei der Text in Englisch verfasst. Für sie war die rätselhafte Schreibweise eher ein Lernwerkzeug. Diejenigen Symbole oder Epigrafen, welche sie nicht bestimmen konnte, wurden zur Quelle weiterer Studien und verlangten, dass sie sie untersuchte und ihre Bedeutung für zukünftige Deutungen herausfand.

Und innerhalb des ersten Absatzes hatte er, genau wie sie erwartet hatte, mithilfe seiner Verschlüsselungsfähigkeiten, die genauen Koordinaten Edens niedergeschrieben.

Sie legte diese Seiten hin und las weiter.

ZWEITER TAGEBUCHEINTRAG (VERSCHLÜSSELT)

Es ist unbegreiflich, dass die Entdeckungen, die ich bisher im Gewirr der Gänge machte, zum Zentrum des Tempels zu führen scheinen. Die umliegenden Wände scheinen aus schwarzem Silikatgestein zu bestehen, was ihnen einen polierten Glanz verleiht. Die Oberflächen sind völlig glatt, nichts als perfekte geometrische Ebenen, mit welchen es nur moderne Technik aufnehmen kann. Und doch befinden wir uns hier in einem Tempel, der erschaffen wurde, als der Mensch noch nach Nahrung suchte und in Höhlen wohnte. Es ist, als würde man New York City mit einem obskuren Hüttendorf tief im Amazonasgebiet vergleichen.

Noch erstaunlicher sind die antiken Inschriften entlang der Tunnelwände. Die Schriften, die Keilschrift, die hervorstehenden Bilder der Reliefs wurden bis ins kleinste Detail, das Michelangelo stolz gemacht hätte, gehauen oder graviert.

Ich zeichnete die Reliefs nach, so detailliert ich konnte – ebenso die Keilschrift und Inschriften. Kunst war nie meine Stärke, sondern die meiner Tochter. Jedenfalls hoffe ich, dass ihr Blick scharf genug ist, um meine Darstellungen zu entziffern, da sie die chronologische Geschichte {Edins} Edens zu erzählen scheinen.

Am interessantesten waren die Becken in Zwanzig-Meter-Abständen. Jedes trägt ein Relief einer Kreatur auf dem Silikatfuß unterhalb einer tiefen Schale, deren Aufgabe meiner Vermutung darin bestand, als Behälter für entflammbare Öle zu dienen, die flüchtig genug waren, um entzündet zu bleiben und den Weg zu beleuchten. Verbrannte Rückstände an den Schalenrändern dienen als Beweis für den wahren Zweck der Becken.

Auch wenn die Erkundung der Schalen und Inschriften den größten Teil des ersten Tages in Anspruch nahm, waren wir bald recht erschöpft, da das Adrenalin so schnell aus unseren Systemen gespült wurde, wie es hineingepumpt worden war.

Daher schlugen wir unser Lager in einem langen Gang auf; Dunkelheit flankierte dessen Grenzen. Eine einzelne Lampe blieb eingeschaltet, während wir getrocknete Rindfleischstreifen aßen und abgefülltes Wasser tranken. Es genügte, um uns über die Runden zu helfen.

So müde ich auch war, ich konnte nicht schlafen. Also schreibe ich hier unter dem schwachen Schein einer Lampe, während mein

Team um mich herum versammelt schläft. So aufgeregt ich auch über die Entdeckung Edens {Edins} bin, kann ich nicht anders, als mich über die religiösen Berichte über dieses Paradies zu wundern – Berichte über die Anzeichen einer reichen Flora und heimischer Kreaturen, die auf den Steinreliefs abgebildet sind. Bisher deutet alles darauf hin, dass dieser Tempel unter einem Himmel aus vollkommener Dunkelheit erschaffen wurde, unter einer Decke aus schwarzem Silikat, die jetzt eine unglaubliche Erdmenge trägt, welche sich im Verlauf von zwölftausend Jahren angesammelt hat.

Ist sie stark genug, um standzuhalten? Manchmal frage ich mich das und erwische mich oft selbst dabei, wie ich zur Decke schaue, mir selbst versichere, dass das Silikatgestein bisher die Prüfungen der Zeit überdauert hat. Trotzdem höre ich Geräusche wie vom Knarren einer Diele, die sich in einem alten Haus setzt, oder vielleicht einer Windbö, die durch die Traufen fährt und ein Lied spielt. Doch diese Geräusche sind anders. Sie klingen wie rhythmisches Tappen. Wie Morsezeichen, deutlich wahrnehmbar.

Und das erlaubt mir die Annahme, dass wir nicht allein sind.

Während ich mich umsehe, finde ich meine Kameraden schlafend und nichts ahnend vor, was gut ist, da das Tappen manchmal nah ist, andere Male weit entfernt, aber immer in Bewegung.

Was immer sonst in Eden {Edin} ist, ich hoffe, es hat mehr Angst vor uns als wir vor ihm.

Professor John Moore
Archaeological Institute of Ancient Antiquities
New York, New York

DRITTER TAGEBUCHEINTRAG (VERSCHLÜSSELT)

Es scheint, dass ich, während ich meine Einträge vornahm, schließlich von Müdigkeit übermannt wurde und mit Stift und

Tagebuch in der Hand einschlief. Erst am Morgen (aber wer kann das schon sagen, wenn es kein Licht gibt?), rüttelte mich ein Student wach, schreckte mich auf, und merkte an, dass ein Mitglied aus unseren Reihen vermisst wurde.

Und tatsächlich stellte sich heraus, dass ein führender Professor des Istanbul Instituts unauffindbar war; sein Schlafsack war vom Rand des Lichts verschwunden, wo er sich am Abend zuvor zur Ruhe begeben hatte, da ihn, wie er sagte, die Lampe wachhalten würde, weil er lichtempfindlich war.

Letzte Nacht, während ich in mein Tagebuch schrieb, blickte ich oft auf, um die Teammitglieder unruhig schlafen zu sehen, Professor Ahmed Osman eingeschlossen, dessen Brust sich mit der Behaglichkeit des Schlafs hob und senkte.

An diesem Morgen jedoch war er verschwunden. Und ebenso sein Schlafsack.

Selbstverständlich wurde augenblicklich eine Suche eingeleitet, um die Frage zu klären, warum jemand seinen Platz verlassen würde, nachdem er an einer solchen Entdeckung teilgehabt hatte. Natürlich hatten wir keine Antworten, nur alberne Vermutungen, die in Anbetracht des Charakters des Mannes schlicht übertrieben waren.

Und um das Geheimnis noch zu vertiefen, stellte sich, nachdem wir eine Bestandsaufnahme unserer Ausrüstung gemacht hatten, heraus, dass Professor Osman anscheinend ohne Lampe fortgegangen war, wodurch er in undurchdringlicher Dunkelheit herumwandern würde.

Mit unseren Lampen ausgerüstet teilten wir uns in Dreiergruppen auf und wagten uns mit der Absicht, uns nach Ablauf einer Stunde – dreißig Minuten hinein, dreißig Minuten zurück – wieder beim Schlafplatz zu treffen, in drei verschiedene Tunnel, die auf das Zentrum des Tempels zuführten.

Mein Team, das aus Professor Gedik Yiğit, ein alter und freundlicher Mann, und einem Doktoranden namens Marc Weatherby bestand, betrat mit mir an der Spitze und Professor Yiğit als Nachhut einen der Tunnel.

Ich war, gelinde gesagt, von der Keilschrift entlang der Wände äußerst fasziniert; ihre Details waren höchst unglaublich, als wären die Flachreliefs von den geschickten Händen Michelangelos gemeißelt worden: Jeder bemerkenswerte Aspekt trug die gleiche detaillierte Qualität seines David. Der Muskeltonus, die Kurven, jede von diesen Skulpturen dargestellte Facette von Mensch und Tier konnte nur mittels einer verlorenen Technologie erschaffen worden sein, die ich nicht einmal ansatzweise begreifen kann, welche jedoch vor über zwölftausend Jahren existierte.

Beschämenderweise wurde ich, während ich mir die Zeit nahm, um diese Skulpturen zu studieren, indem ich eine Lampe an die Gruppierungen hielt, von einem andauernden doch sanften Drängen seitens Mr. Weatherbys, der mich behutsam mit der Hand antrieb, daran erinnert, weiterzugehen; eine Erinnerung daran, dass wir nach Professor Osman suchten.

Später wäre noch genug Zeit, um diese Flachreliefs für weitere Studien zu katalogisieren.

So gingen wir also weiter. Ein Tunnel sah genau so aus wie der nächste, ein Becken genauso wie das nächste. Doch mein Orientierungssinn war immer schon genau gewesen, und so blieb meine Zuversicht, rechtzeitig zurückzukehren, unerschüttert, während ich an den Gesichtern meiner Teammitglieder ablesen konnte, dass sie mein Selbstvertrauen nicht teilen.

Ich konnte nur darüber lächeln, da mein innerer Kompass mir verriet, dass wir uns auf das Zentrum Edens {Edins} zu bewegten, wo ich präsumerische Inschriften bemerkte, welche kryptische Weltuntergangsszenarien über das Betreten gewisser Teile des Tempels zulasten von Menschenleben darstellten. Ob diese Inschriften Warnungen vor unbefugtem Betreten einiger Kammern sind, gleich der Warnungen in ägyptischem Pyramiden, müsste durch eingehende Studien der Symbole bestimmt werden.

Sosehr mein wissbegieriger Verstand auch hierbleiben oder weiterziehen wollte, wir kehrten dennoch wie verabredet nach Ablauf einer vollen Stunde zu unserem Schlafplatz zurück. Als wir dort ankamen, fanden wir das Team um das schwache Leuchten einer

Lampe geschart. In der Mitte lag Professor Osmans Schlafsack, zerrissen und zerfetzt; seine Baumwollfüllung ergoss sich durch klaffende Risse, die aussahen, als stammten sie von Rasierklingen. Auf dem Stoff schienen kleine Blutstropfen zu sein, die so eingetrocknet waren, dass sie in dieser Beleuchtung die Farbe dunkler Schokolade annahmen.

Als ich fragte, wer ihn gefunden hatte, und wo, hob ein Student unbehaglich die Hand, als habe er Angst, zuzugeben, dass er derjenige war, der die Entdeckung gemacht hatte. Er berichtete, dass er den Schlafsack in einem Tunnel gefunden hatte, der zu einer zentralen Kammer führte. Der Stoff hatte zusammengeknüllt mitten im Gang gelegen.

Und dies warf neue Fragen auf: Warum war der Schlafsack des Professors zerrissen und zerfetzt? Und warum befand er sich weit vom Lager entfernt? Doch die wichtigste Frage lautete: Wo war Professor Osman?

Vielleicht aus Instinkt hob ich schlicht die Lampe hoch, in der Hoffnung, dass das Licht hell genug wäre, die Dunkelheit zu durchdringen und mir zu erlauben, zu erkennen, was wirklich dahinter lag und wartete. Und in diesem Moment, während das Team jede meiner Bewegungen beobachtete, realisierten sie, dass wir nicht allein waren.

Professor John Moore
Archaeological Institute of Ancient Antiquities
New York, New York

VIERTER TAGEBUCHEINTRAG (VERSCHLÜSSELT)

Alle sind nervös, doch niemand möchte gehen. Da es sicherer ist, zusammenzubleiben, hielten wir uns dicht beieinander und führten unsere Reise durch das Innere des Tempels von {Edin} Eden fort.

Wir stießen auf weitere Keilschriften und Piktogramme sowie eine unbekannte Schrift mit Ähnlichkeiten zur Sumerischen, die ich als präsumerische Buchstaben verzeichnete, welche zu einem späteren Zeitpunkt erforscht werden müssen. Noch verblüffender ist die Architektur. Die Gänge verfügen, laut meines Laser-Entfernungsmessers, über perfekt ausgewogene Maße. Wohin wir auch gehen – welcher Tunnel es auch ist – die Wände, die Böden, die Decken, sie alle bestehen aus schwarzem Silikat, das so glatt ist wie die Oberfläche von Glas. Ich kann die Werkzeuge oder die verlorene Technologie, die eingesetzt wurden, um einen so wundervollen Ort zu erschaffen, nicht einmal erahnen.

Es ist beinahe zu surreal, um es zu begreifen, während ich hier in der Wiege der Menschheit stehe.

Während die Stunden mit einer Geschwindigkeit vorübergingen, die wir nicht bemerkten, fanden wir einen Durchgang, der nach innen, auf den Mittelpunkt {Edins} Edens zuführte. Der Gang war recht kurz, ein Verbindungsstück – wenn man so will – und führte in eine Kammer, die möglicherweise heidnischer Anbetung diente.

Der Raum war kreisförmig, die Decke gewölbt, und alles bestand aus schwarzem Silikat. In der Mitte des Raums stand die lebensgroße Statue eines Bullen, aus getrübtem Quarz geschaffen, auf einem Sockel aus schwarzem Silikatgestein. Das bildhauerische Detail entzog sich jeder Beschreibung, jedem Superlativ. Es war, als wäre der Bulle in diesem Zustand versteinert worden, als wären jeder Muskelstrang, die Aufwärtsneigung seines Kopfes und der gehobenen Vorderbeine, im exakten Moment des Übergangs von Fleisch zu Gestein eingefangen worden.

Selbst während ich dies niederschreibe, ertappe ich mich dabei, die uns umgebende Keilschrift anzustarren, die zu suggerieren scheint, dass es unter uns eine Hauptkammer gibt, die gleichzeitig eine Grabkammer sein könnte, ähnlich wie die eines hohen Pharao, und die vermutlich der ehrwürdigste Ort in {Edin} Eden ist. Doch nach dem jetzigen Untersuchungsstand erscheinen mir die Worte recht fremd und ich kann nur vermuten, dass die Bewohner dem antiken Adel angehörten. Das heißt natürlich – sollten meine Übersetzungen ungefähr korrekt sein –, falls überhaupt jemand im Inneren der Kammer ruht.

Doch während ich hier sitze und mein gesamtes Team im Schatten des Bullen auf dem Boden der Kammer schläft, kann ich nicht anders als zu sagen, dass ich aufgeregt bin wie ein Kind und an Schlaf kaum zu denken ist. Bevor ich also für diesen Abend aufhöre, werde ich eine Lampe nehmen und der Keilschrift folgen, die auf den Weg zur Zentralkammer hinweist, und das Geheimnis derjenigen, die unter uns liegen, ausspionieren.

Professor John Moore
Archaeological Institute of Ancient Antiquities
New York, New York

FÜNFTER TAGEBUCHEINTRAG (VERSCHLÜSSELT)

Ich habe die wundervollste Entdeckung gemacht. Es gibt noch eine Kammer, diesmal mit der lebensgroßen Milchquarzskulptur eines Ebers, ein perfektes anatomisches Monument, was andeutet, dass die Tiere zu einem gewissen Grad angebetet wurden. Vielleicht waren sie, wie die Keilschrift nahelegt, Komponenten des Gottes der Natur. Ebenso fand ich eine dritte Kammer mit einer unbeschreiblichen Kreatur.

Dies sind jedoch nicht die Entdeckungen, über die ich spreche.

Ich stieß auf eine vierte Kammer in Richtung Zentrum des Tempels. Während drei der Wände aus schwarzem Silikat bestanden, lag der Fokus der Kammer auf der vierten Wand, die vollständig aus durchsichtigem Kristallquarz geschaffen war und als Schema für den gesamten Tempel diente, welches zu verstehen gibt, dass es sich hier, wie ich mittlerweile glaube, um die Tempelkuppel einer unglaublichen Pyramide ähnlich der Stufenpyramiden

Mesoamerikas handelt. Wenn die Luftaufnahmen die geografische Anomalie aufgenommen haben, die ich für das Fundament hielt, nicht für die Kuppel, wie diese Zeichnung andeutet, dann ist das, was vermutlich unter uns liegt, ein massives Bauwerk mit einer weit größeren Basis als die der Cheopspyramide.

Das Kristallschema zeigte, dass dieses Bauwerk mit den Stufenpyramiden ähnlich der Zikkurate Mesopotamiens vergleichbar ist, nicht mit den Pyramiden des alten Ägyptens. Die volumenmäßig größte bisher bekannte Pyramide Mesoamerikas ist die Pyramide von Cholula, welche sich im mexikanischen Staat Puebla auf der anderen Seite der Welt befindet, doch wenn diese Karte stimmt, dann ist sie keine Konkurrenz. Eden ist nicht nur ein bauwerkliches Phänomen, sondern ein wahres Weltwunder.

Ich verbrachte einen großen Teil meiner Zeit damit, jedes Keilschriftzeichen durchzugehen – jede Abbildung – und war vollständig verblüfft, dass die Schriftzeichen auf der Kristallwand zu einem gewissen Grad von Kulturen auf der ganzen Welt geteilt werden. Es ist, als sei {Edin} Eden so etwas wie die Quelle – der wahre Turm zu Babel –, an der Sprachen entstanden und sich dann woanders zu reinerer Form entwickelten.

Weitere Abbildungen stellten die Landschaft um die Pyramide herum als reich an Flora und von einem gewundenen Fluss, den ich für den Gihon halte, gespeist dar, voller heimischer Kreaturen, wie sie eindeutig auf den Göbekli-Säulen in Formen von Flachreliefs näher beschrieben sind.

Zeit und Trockenheit stahlen jedoch den Fluss, verdrängten die Flora und zwangen die Tiere, zu üppigeren Weiden zu migrieren. Der Sand sammelte sich über mehrere Jahrtausende zu einem Hang und bedeckte die Pyramide auf dieselbe Weise, wie die Erde Göbekli Tepe und die Pyramiden Mesoamerikas für sich beanspruchte.

Aber es ist alles hier, und die Krypta liegt zwei Ebenen unter uns. Um jedoch dorthin zu gelangen, muss ich die Hauptkammer finden, den Mittelpunkt dieser Ebene, wie die Keilschrift erkennen lässt, welcher als Portal zu den darunterliegenden Ebenen fungiert. Die Zeit läuft jedoch ab, denn ich muss zu meinem Team zurückkehren.

Professor John Moore
Archaeological Institute of Ancient Antiquities
New York, New York

SECHSTER TAGEBUCHEINTRAG (VERSCHLÜSSELT)

Am Morgen war das gesamte Team von meinen Entdeckungen begeistert, also bewegten wir uns zum »Raum der Kristallwand«, in die Zentralkammer weiter, wo wir jedes Detail aus jedem Winkel heraus aufzeichneten, katalogisierten und fotografierten.

Von diesem Punkt aus drangen wir zum Hauptraum des Tempels vor, indem wir die Zeichen auf der Wand als Karte nutzten, um zum Portal zu gelangen. Was wir fanden, enttäuschte uns nicht.

Der Raum war viereckig und die Wände waren aus Mineralien gemacht, die wir nicht bestimmen konnten. In der Mitte dessen, was wir für ein Symbol eines riesigen Medaillons auf dem Boden hielten, befanden sich sieben Ringe mit einem Mittelkreis aus Kristall. Mit diesem beginnend wechselten die Ringe zwischen milchigem und klarem Quarz, und jeder Ring trug eine Reihe archaischer Ziffern, und der letzte war der Einzige, der mehrere Kombinationen von Zahlengruppen enthielt. Er war auch der einzige Ring, der sich im Uhrzeigersinn bewegen ließ und wie das Ziffernrad eines Kombinationssafes funktionierte. Ich glaube, dass die Zahlen auf den ersten sieben Ringen das Muster eines Rätsels festlegen, wobei man die Antwort auf dem achten Ring finden muss, indem man die richtige Reihenfolge der zwölf numerischen Kombinationen auswählt, die darauf stehen. Ordnet man das zu den sieben Ringen passende Muster zu, so vermute ich, dass diese korrekte Kombination das Geheimnis der unteren Ebenen aufsperrt. Sollte man jedoch die falsche Ziffernreihe einstellen, so fürchte ich, wird das Unvermögen, das Rätsel korrekt zu lösen, eine furchtbare Konsequenz nach sich ziehen. Auf jedem Ring, vom inneren Kreis nach außen gehend, habe ich die archaischen Ziffern wie folgt decodiert.

1
11
21
1211
111221
312211
13112221
?

Ich suche bereits nach dem richtigen numerischen Muster für den letzten Ring – nach dieser letzten Kombination, die uns letztlich Zugang zur Grabkammer unter uns gewährt.

Professor John Moore
Archaeological Institute of Ancient Antiquities
New York, New York

Nachdem sie die letzte Seite aus dem Tagebuch ihres Vaters beiseitegelegt hatte, war Alyssa von seinem Fund verblüfft. Eden existierte. Sie ließ sich auf ihr Feldbett zurückfallen und starrte, den Arm über die Stirn gelegt, zur Decke.

Ihre Mutter war gestorben, als sie sechs Jahre alt gewesen war, und sämtliche Erinnerungen an sie waren recht vage. Ihr Vater war zu beiden Elternteilen geworden und hatte sie auf ihrem Lebensweg eher mit einem wissenschaftlichen als einem väterlichen Ansatz unterrichtet. Das soll nicht heißen, dass es seiner Methode an Einfühlungsvermögen mangelte. Ganz und gar nicht. Er war ein liebevoller Vater, der sie das Leben mithilfe eines kleinen Besens lehrte, mit dem sie vorsichtig Schmutzkörnchen von vergrabenen Relikten entfernen konnte. Diese Aufgabe war mühsam und nahm Zeit in Anspruch. Aber es war eine Lektion, die Geduld und Besonnenheit lehrte, und am Ende stand eine Belohnung. Er brachte ihr nicht nur bei, Englisch zu lesen, sondern auch, alte Schriften und Schriftrollen zu entziffern, inspirierte in ihr ein Interesse für Antiquitäten, damit sie seinem Weg folgen und sich ihm eines Tages anschließen konnte, sodass Vater und Tochter immer wie eine Einheit wären.

Zusammen wurden sie zu Weltenbummlern und entdeckten Orte, die für bloße Folklore gehalten wurden, wie Troja oder Eden. Sie teilten nicht nur eine tiefe Verbindung als Vater und Tochter miteinander, sondern ihre Beziehung war außerdem so symbiotisch geworden, dass sie wussten, was der andere dachte, sobald sich ihre Blicke trafen. Es musste kein einziges Wort gesprochen werden. Sie wussten es einfach.

Aber jetzt war sie allein, die Verbindung getrennt, und sie fühlte sich verloren. Ihr bester Freund war fort. Und ihr Herz tat so weh. Aber sie würde weiter die Tagebuchseiten ihres Vaters als Vorlage verwenden, um Eden zu finden.

–11–

ROM, ITALIEN

John Savage lächelte nie.

Wer ihn kennenlernte, beschrieb ihn als einen Mann mit kalter Beherrschung, der allein aus Instinkt funktionierte.

Er lebte in einer kleinen Wohnung östlich der Vatikanstadt, deren Fenster einen Ausblick auf ein netzartiges Geflecht aus Wäscheleinen voller Laken bot, die die Sicht auf einen Hügel in der Ferne verdeckten.

Er saß in Gedanken an die Vergangenheit verloren da. Er trank seine dritte Flasche Bier, während die beiden ausgetrunkenen auf dem Tisch neben ihm standen, und dann schloss er die Augen, fühlte sich leer und hohl und ganz allein.

Als er ein Green Beret gewesen war, hatte er sich wie ein Mann gefühlt, der vollständig und ganz war. Er hatte aber auch eine Ehefrau gehabt, die sich unvollständig gefühlt und ihre persönliche Leere daher während seiner Abwesenheit mit anderen Männern gefüllt hatte. Er wusste nicht, warum er schockiert war, als er von ihren Fehltritten erfuhr, aber er geriet völlig aus der Bahn, was einem Green Beret nicht passieren sollte.

Er hatte sie als selbstverständlich hingenommen und geglaubt, sie könne mit seiner Abwesenheit genauso leben wie er mit ihrer lebte, glaubte all die herzerwärmenden Geschichten, dass »Vertrauen« die Grundlage aller Beziehungen sei. Und dass die Zuneigung mit der Distanz wüchse. Was für ein Schwachsinn.

Er schaute auf die fast leere Flasche in seiner Hand und spielte mit dem Etikett, indem er es in kleinen Streifen vom Glas abschälte. *Hat sie das gefühlt?*, fragte er sich und sah sich in seiner spartanischen Wohnung um. *Dieses hohle, einsame Gefühl?*

Er hob die Flasche an die Lippen und trank sie aus, und dann öffnete er die vierte. Nachdem er einen großen Schluck genommen hatte, wurde ihm klar, dass er ihr nicht die Schuld dafür geben konnte, dass sie ihn verlassen hatte. Wenn es das war, was sie durchlebt hatte, überlegte er, dann lag die Schuld voll und ganz bei ihm.

Nachdem sie ihn verlassen hatte und seine militärische Anstellung auf Drängen des Special Forces Commands beendet wurde, entschied er sich, vor der Einsamkeit und Trauer davonzulaufen – in den Vatikan, wo er glaubte, auf irgendeiner Ebene zu Gott finden zu können. Aber das geschah nicht und das Gefühl der Einsamkeit umhüllte ihn wie ein Sargtuch.

Während seiner Dienstpflicht hatte er Menschen getötet, ohne auch nur mit der Wimper zu zucken. Aber als seine Frau ihn schließlich verließ, als sie sich in die Umarmung eines anderen Mannes begab, zerbrach es ihn und er erlebte sich als einen Mann von großer Schwäche, der unwürdig war, den Titel eines Green Beret zu tragen.

Wie kann eine Frau so viel Macht besitzen? Diese Frage hatte er sich während der letzten drei Jahre wiederholt gestellt. Und trotzdem wusste er noch immer keine Antwort. Er trank einen weiteren Schluck und stellte die Flasche hin.

Zwischen den leeren Flaschen auf dem Tisch lag eine Glock. An ihrer Spitze war ein Schalldämpfer angebracht, der so lang war wie der Lauf der Waffe, und damit ihre Größe verdoppelte. Es war drei Jahre her, seit er die Glock berührt hatte; er hatte sie verstaut, sobald er auf der Suche nach Erlösung nach Rom gekommen war.

Er hob sie auf, wog ihr Gewicht; die Waffe in seinem Griff zu spüren fühlte sich gut an, fühlte sich richtig an.

Und dann legte er sie auf die Tischplatte und sah aus dem Fenster. Jenseits der Laken, die den Hügel verdeckten, konnte er das sanfte Nachglühen des Abendhimmels sehen.

Morgen würde er seinem Ruf zur Pflicht folgen. Er würde diese Waffe nehmen, seine Glock, und sich in die Türkei begeben, wo er die junge Frau ausfindig machen und ihr, zum übergeordneten Wohl der Kirche, eine Kugel ins Gehirn jagen würde. Er schloss die Augen. Aus irgendeinem merkwürdigen Grund kämpfte er mit sich, war zwischen Pflicht und Ehre hin- und hergerissen, während ihn eine Reihe von Emotionen überkam. Im Auftrag der Kirche zu arbeiten war eine ehrenhafte Sache, überlegte er – und ihre Interessen zu wahren, war etwas ebenso Edles.

Aber eine unschuldige Frau zu töten?

Er plagte sich mit seinen eigenen, in seinem Kopf kämpfenden Fraktionen und versuchte zu verstehen. Und dann kam er zu dem Schluss, dass er ein Green Beret war. Und ein Green Beret stellt niemals eine Autorität infrage.

Das tut er einfach nicht.

Mit der kalten Beherrschung einer Maschine öffnete John Savage, ein Mann, der niemals lächelte, seine fünfte Bierflasche und beobachtete, wie der Himmel die gleiche Schwärze annahm, wie die, die ihn umfing.

–12–

IRGENDWO IM ATLANTIK
AN BORD DER SEAFARER

Obsidian Hall trug einen vornehmen Gehrock und eine Ascotkrawatte. In seiner Hand befand sich der teuerste Cognac, den man für Geld kaufen konnte. Während sein Diener mit einem turmhoch mit entbeintem Hähnchenfleisch beladenen Servierwagen neben dem Pool stand, beobachte er ihn dabei, wie er Stücke vom Deck aus ins Wasser warf. Die Oberfläche schäumte, während die Haie um die Happen rangen.

In der Ferne näherte sich ein Hubschrauber.

Der Hindu sah erst ihn und dann Hall an. »Soll ich unsere Gäste begrüßen?«, fragte er.

»Nein, Abdul. Mach hier weiter«, antwortete Hall.

»Wie Sie wünschen, Sir.«

Der Hindu machte sich wieder daran, Hühnchen in den Pool zu werfen; die Bullenhaie stiegen übereinander, um zu fressen.

Obsidian Hall verließ das Deck, betrat den Laufsteg zum Hubschrauberlandeplatz am Heck des Schiffes und stand im Randbereich des Rotorenwindes, mit einer Hand am Geländer und der anderen um sein Getränk, um dem Hubschrauber beim Landen zuzusehen. Während sich die Rotoren weiter mit voller Geschwindigkeit drehten, glitt die Tür des Helikopters auf und vier Soldaten mit schweren Seesäcken sprangen heraus.

Obsidian Hall breitete einladend die Arme aus. »Willkommen an Bord der *Seafarer*.«

Während der Hubschrauber abhob und nach Osten abdrehte, wichen die Soldaten nicht von der Stelle. Der Vorderste, ein großer Mann in einem kakigrünen T-Shirt, Tarnhosen und

Soldatenstiefeln sprach ihn an. »Mr. Obsidian Hall.« Es war keine Frage, sondern eine Bestätigung.

Obsidian neigte den Kopf. »Willkommen an Bord«, wiederholte er.

»Ich bin Butcher Boy«, sagte der Soldat. »Aber das wissen Sie schon.« Dann zeigte er ruckartig mit dem Daumen über die Schulter auf die drei Männer, die hinter ihm standen. »Und das ist mein Team.«

Obsidian winkte sie einladend näher. »Bitte«, sagte er. »Wir haben viel zu besprechen.«

Die Soldaten nahmen ihre Seesäcke, verließen den Hubschrauberlandeplatz und folgten Obsidian Hall zum »Haifischbecken«, wo sie von Tellern voller Gerichte mit ausgefallenen französischen Namen speisen würden.

Obsidian Hall und die vier Soldaten saßen an einem üppig gedeckten Tisch in einem Aussichtsraum, der das *Haifischbecken* überblickte. Kerzenhalter aus Gold waren in feiner Manier aufgestellt und diamantähnliche Kristalle funkelten mit kleinen Lichtpunkten. Der Tisch bestand aus teurem Teakholz, und darauf stand das edelste Knochenporzellan.

In den Eingängen waren zwei Wachen postiert, von denen jeder eine Uzi trug.

»Verraten Sie mir mal was«, sagte Butcher Boy mit Bezug auf die Wachen. »Warum nicht die?«

»Mein Schiff ist ein schwimmendes Museum voller Antiquitäten«, antwortete Hall. »Ich habe antike Artefakte im Wert von mehr als einer Milliarde US-Dollar an Bord und zahlreiche weitere, die als unbezahlbar gelten. Ihr Platz ist hier, um sie zu bewachen. Was ich einstellen will, sind erfahrene Kämpfer, keine glorifizierten Sicherheitskräfte.«

Einer der Wachmänner rang mit einem nervösen Zucken seiner Gesichtsmuskeln mit diesem Gedanken.

Zumindest legte Obsidian Hall die Parameter ihrer Autorität fest, gleichzeitig mit seinen eigenen.

»Ihr Männer bekommt eine Menge Geld«, sagte er zu ihnen. »Und da ich derjenige bin, der die Zeche für Ihre Dienste bezahlt, bin ich derjenige mit der vollen Befehlsgewalt. Ich habe das Sagen.«

»Wie bitte, Freundchen?« Die Provokation kam von einem aufgepumpten Australier mit rasiertem Kopf und einer alten Narbe, die seitlich über seine Wange bis hin zur Oberlippe verlief. Das Narbengewebe zog den Winkel seines unteren Augenlids weit genug herunter, um das schimmernde, rosafarbene Gewebe dahinter zu enthüllen. »Witzig«, sagte er. »Für mich sehen Sie nicht wie ein Kämpfer aus. Waren Sie schon mal in einem Gefecht? Haben Sie jemals auf einen Mann geschossen, ihn getötet?«

»Nein.«

»Was gibt Ihnen dann das verdammte Recht, eine Kampfeinheit zu befehligen? Wie Sie so dasitzen, so hübsch in ihrem braven kleinen Gehrock und ihrer Ascot.«

Butcher Boy hob Aussie die Hand entgegen. *Sei nicht so blöd, diesen Deal platzen zu lassen!*

»Fünf Millionen Dollar pro Soldat, sobald die Mission abgeschlossen ist«, antwortete Hall augenblicklich. »Das ist mein Recht.«

Der Australier schaute verblüfft drein. »Fünf Millionen pro?«, flüsterte er. »Echt, Mann?«

Diese Typen sind so leicht zufriedenzustellen, dachte Hall. *Wirf ihnen ein paar Pesos zu, und sie springen über jedes Stöckchen, das man ihnen hinhält.*

»Ich denke, fünf Millionen Dollar für Ihre Dienste verleihen mir dieses Recht, nicht?«

»Es sei denn, die drohende Gefahr stellt sich als zu groß heraus«, antwortete Butcher Boy. »Man kann kein Geld ausgeben, wenn man tot ist.«

»Aber birgt nicht jede Mission gewisse Risiken?«

»Wir sind kampferprobte Veteranen. Sie nicht. Im Kern basieren Befehlsentscheidungen auf aktuellen Bedrohungen.

Sollten Sie die falsche Entscheidung treffen, könnte meine Einheit vernichtet werden.«

Hall schüttelte den Kopf. »Mein kleiner Ausflug geht nicht gegen eine militärische Fraktion«, sagte er. »Ihre Aufgabe ist es, dafür zu sorgen, dass ich sicher zu diesem Schiff zurückkehre, sobald die Angelegenheit abgeschlossen ist.«

»Das ist alles?«

»Das ist alles«, antwortete er. »Ich garantiere Ihnen, dass Sie niemandem gegenübertreten werden, der Waffen trägt.«

Die Soldaten sahen einander an. *Das ist leicht verdientes Geld.* Trotzdem gab es Warnzeichen. Warum bezahlte jemand so viel Geld für Wachschutz, wenn es keinen echten Widerstand gab?

»Geringes Risiko, hoher Gewinn«, lockte Hall. »Kommen wir überein?«

»Keine Kämpfer?«

»Keine, um die Sie sich Sorgen machen müssen.«

Es wäre so einfach, wie einem schlafenden Baby die Süßigkeiten zu stehlen. Wie konnten sie einer Provision von fünf Millionen Dollar pro Soldat bei minimalem Risiko eine Abfuhr erteilen? *Soll der Mann doch Napoleon Bonaparte spielen, wenn er möchte, solange das Geld stimmt.*

»Haben wir einen Deal?«

»Unter einer Bedingung«, sagte Butcher Boy und beugte sich mit steinharter Miene vor. »Es ist mir gleich, wie viel Sie auf den Tisch legen, Hall. Wenn mich mein Auftraggeber dafür bezahlt, einen Job zu machen, dann tut er das, weil er den Job nicht selbst machen kann. Und weil ich gerne selbst der Richter, Geschworene und Henker meiner Einheit bin, übernehme ich die Führung, wenn ich im Einsatz bin. Ich werde die Sicherheit meiner Männer um keinen Preis gefährden. Genauso wenig werde ich jemandem ohne Kampferfahrung erlauben, die Führung einer Kompanie zu übernehmen, wenn er kein einziges Mal einen Finger an eine Waffe gelegt hat. Aber wegen des Faktors des minimalen Risikos werde ich Ihren Forderungen zustimmen. Doch sobald unmittelbare

Gefahr besteht, eine, die die Sicherheit meines Teams beeinträchtigen würde, dann gehört die Befehlsgewalt mir.«

»Kurz und bündig«, sagte Hall.

»Das ist meine einzige Bedingung.«

Obsidian Hall beugte sich vor, um zu entgegnen: »Mr. Butcher Boy, lassen Sie uns eine Sache direkt klarstellen, ja? Morgen brechen wir in die Türkei auf. Wenn Sie sich nicht an *meine* Regeln halten wollen, dann werde ich den Helikopter binnen zehn Minuten für Sie bereit machen lassen. Und das gilt auch für Ihr Team. Glauben Sie wirklich, Typen wie Sie wären so einzigartig?« Er setzte sich wieder zurück und lachte bellend. »Typen wie Sie gibt es wie Sand am Meer.«

Butcher Boy sah sich um, nahm die Gesichter eines Teams zur Kenntnis, das schon so lang zusammenarbeitete, dass zwischen seinen Mitgliedern ein enges Band bestand. Worte waren nicht nötig. Ihre Mienen verrieten alles: Schließe einen Kompromiss.

Obsidian Hall gab jedoch nach. »Aber da die Verhandlungen so sind, wie sie sind, stimme ich Ihrer Bedingung zu«, sagte er. »Es wäre klug, die militärische Autorität jenen zu übertragen, die am besten dazu in der Lage sind, die Situation zu bewältigen, sollte eine Bedrohung auftauchen. Doch bis zu diesem Zeitpunkt, Mr. Butcher Boy, steht Gott an erster Stelle, und danach komme ich.«

Butcher Boy nickte; die Übereinkunft war besiegelt. »Sie haben uns nichts über die Mission erzählt.«

»Es ist keine wirkliche Mission«, sagte Hall. »Eher eine Expedition in ein unerforschtes Gebiet.«

»Sie nehmen uns zum Wandern mit?« Das kam von dem sommersprossigen Iren, dessen rote Haare kurz geschnitten waren. Man nannte ihn, passenderweise, Red.

Hall nickte. »Morgen«, begann er, »werden wir in die Türkei reisen, wo Sie alle sich dazu verpflichten, als mein Team zu dienen.«

»Dann sind wir also im Prinzip Bodyguards«, sagte Red.

Hall sah ihn direkt an. Eine Kopie des Mannes saß neben ihm, vielleicht ein Bruder, nur dass die Haare dieses Mannes blond waren. Doch ihre Züge waren sich unheimlich ähnlich. »Ihr Job wird es sein, mir den Rücken zu decken. Und dafür zu sorgen, dass ich gesund und munter von dort zurückkomme«, sagte er zu dem Rothaarigen.

»Und wie wird die Zahlung erfolgen?«, fragte der blonde Mann.

»Ich werde unverzüglich zwei Millionen Dollar auf Ihre Konten transferieren«, sagte Hall.

»Und die anderen drei Millionen?«, fragte der Australier.

»Nach meiner sicheren Rückkehr werde ich die Restsumme auf Ihre Konten überweisen. Es ist kein großes Wagnis, meine Herren. Erledigen Sie Ihren Job, sehen Sie zu, dass ich beschützt werde, und keiner von Ihnen wird noch einen einzigen Tag in seinem Leben arbeiten müssen. Das verspreche ich. Wenn Sie zustimmen, dann werde ich das Geld innerhalb von fünfzehn Minuten auf Ihre Konten überweisen lassen. Wenn nicht …« Er zeigte in Richtung des Hubschrauberlandeplatzes. »Dann verschwinden Sie.« Er brachte das Kristallglas an seine Lippen und trank einen Schluck, während er auf eine Antwort wartete.

Butcher Boy sah Aussie an, der zustimmend nickte, dann Red und seinen Bruder, die ebenfalls nickten. »Wir nehmen an«, sagte Butcher Boy ruhig.

Obsidian Hall hob freudig sein Glas. »Sehr schön. Ich liebe es, Bedingungen auszuhandeln.« Dann schnippte er dem Hindu mit den Fingern zu, der sich verneigte und das Zimmer verließ. Er richtete seine Aufmerksamkeit wieder auf die Söldner am Tisch. »In diesem Moment werden zwei Millionen Dollar auf Ihre jeweiligen Konten überwiesen«, informierte er sie. »Und zur gleichen Zeit in ein oder zwei Tagen werde ich auf dem Thron sitzen, wo die Menschheit ursprünglich entstanden ist.«

Keiner verstand, wovon er sprach. Sie schrieben es einfach als das Gerede eines weiteren exzentrischen Milliardärs ab.

»Salud«, sagte Hall und hob sein Glas erneut.

Jenseits des Aussichtsfensters zogen die Bullenhaie weiter ihre perfekten Kreise.

–13–

ANKARA, TÜRKEI
AM DARAUFFOLGENDEN TAG

Nachdem er spät am Nachmittag am Flughafen Ankara-Esenboğa in der Türkei gelandet war, richtete sich John Savage im Swissôtel Ankara ein. Das Zimmer war recht spartanisch, mit einem breiten Doppelbett, einer Kombination aus Travertinfliesen und Berberteppichen und einem Balkon, der Ankara überblickte. Es war alles andere als außergewöhnlich und weit von einigen der luxuriösen Einrichtungen entfernt, an die er in der Vergangenheit gewöhnt gewesen war. Heute jedoch war Ankara nur ein Ort für ihn, an dem er sich vorübergehend niederließ.

Er stand vor dem Badezimmerspiegel und starrte sein eigenes Bild an. Er sah müde und hager aus, mit grauen Kreisen, die seine Augen umgaben, und dem ersten Schatten von Bartstoppeln, was ihm ein erschöpftes Aussehen verlieh. Trotzdem war er immer noch ein klassisch attraktiver Mann mit kantigen Zügen und dunklen Haaren, leuchtend blauen Augen und römisch geformter Nase, und besaß einen strammen Körper von einem Meter fünfundachtzig Größe und einem Gewicht von sechsundachtzig Kilo schlanker Muskelmasse.

Erfrischt, nachdem er sich Wasser ins Gesicht gespritzt hatte, verließ er das Badezimmer, zog unterwegs sein Priesterhemd und seinen Römerkragen aus, warf beides aufs Bett und verspürte ein merkwürdiges Gefühl der Befreiung.

Bei der Tür standen zwei Aluminiumkoffer, von denen einer die Größe einer Kinder-Brotdose hatte. Er hob den kleinen Koffer auf und brachte ihn zum Bett, wo er die Verschlüsse öffnete und den Deckel anhob.

Seine Glock, sein Schalldämpfer und die Magazine lagen in geformtem Schaumstoff. Er hob die Waffe auf, spürte, wie schwer sie wog, und richtete sie auf sein Spiegelbild am anderen Ende des Zimmers. In rascher Abfolge drückte er den Abzug mit einer Reihe trockener Klicks, den Lauf auf das Zentrum seiner Körpermasse gerichtet, und dann zielte er ein paarmal auf den Kopf. Als er fertig war, starrte er sein Spiegelbild lange Zeit an, bevor er die Waffe in ihre Form zurücklegte.

Nachdem er den Koffer verschlossen hatte, nahm er sein Handy und wählte eine Nummer aus dem Kurzwahlspeicher.

»Ja.« Es war der stellvertretende Direktor des *Servizio Informazione del Vaticano.*

»Ich bin es«, sagte Savage. »Ich bin in Ankara.«

»Gut.«

»Ich werde morgen früh ein Transportmittel zur Göbekli-Ausgrabung nehmen. Es sollte den Großteil des Tages dauern, dorthin zu kommen.«

»Sorgen Sie dafür, dass wir auf dem Laufenden bleiben.«

Savage antwortete nicht; er klappte schlicht das Handy zu. Mit wenigen Schritten war es ihm möglich, das Zimmer zu durchqueren und sich vor die Glastüren zu stellen, die auf den Balkon führten. Draußen waren die Straßen Ankaras voller Leben. Es würde eine lange Nacht werden, dachte er – vermutlich ohne Schlaf. Doch am Morgen würde er sich nach Göbekli Tepe aufmachen, die Frau finden und ihr eine Kugel in den Kopf jagen.

GÖBEKLI TEPE
SPÄTER NACHMITTAG

Es war ein heißer Tag an der Ausgrabungsstätte von Göbekli Tepe und die Luft hatte eine bräunliche Färbung angenommen, nachdem ein Sandsturm von Westen hereingefegt war. Normalerweise hielten die Sonnenuntergänge den einladenden Nachglanz in Regenbogenspektren fest. Doch heute wirkte der Himmel unsauber; der Sturm war hart von Westen gekommen und der Sand war so beißend wie Bienenstiche.

Es war beinahe eine Woche her, seit Alyssas Vater verschwunden war. Und obwohl Noah sein Bestes gab, um die Lücke zu füllen, war er doch in so vielen Dingen ganz anders als ihr Vater. »Ich würde zu gerne wissen, was du gerade denkst«, sagte er mit seiner pointierten englischen Sprechweise, als er sich ihr näherte.

Alyssa saß mit abwesendem Blick auf einem behauenen Stein, einer von vielen, die in einem Kreis angeordnet waren und von denen man annahm, sie seien Teil des Amphitheaters von Göbekli Tepe. »Es wird langsam spät, oder?« Sie behielt diesen abwesenden Blick bei.

»Nicht zu sehr«, sagte er und setzte sich neben sie.

Nun sahen sie beide auf das Flachrelief der Eidechse und warten darauf, dass der jeweils andere zu sprechen begann. Schließlich brach Noah das Schweigen. »Geht es dir gut, Ms. Alyssa?«

Sie nickte. »Es wird langsam«, sagte sie. »Ein Elternteil zu verlieren, gehört zum Leben dazu. Aber es ist niemals einfach, nicht wahr?«

Noah pflichtete ihr mit einem Kopfnicken bei. »Nein«, antwortete er, »das ist es nie. Aber mit der Zeit lernt man, damit zu leben. Dein Vater war mein bester Freund, und zwar seit mehr als dreißig Jahren. Für mich ist es so ähnlich, als hätte ich einen Bruder verloren, wenn du verstehst, was ich meine.«

Sie lehnte sich gegen ihn und er legte einen Arm um sie. Sie trug noch immer diesen abwesenden Blick.

»Ich wollte dir nur sagen, dass alles im Gang ist«, sagte er. »Ein Team ist unterwegs, also wird Schutz kein Problem sein. Der türkische Minister für kulturelle Antiquitäten hat grünes Licht für einen zweiten Versuch gegeben, sobald die beiden Mitglieder vom Istanbul Institut hier ankommen. Das Team ist zusammengestellt. Die Ausrüstung, das Essen und die Schlafsäcke – wir sind bereit.«

Sie seufzte und schloss dann die Augen. »Es ist soweit«, sagte sie leise.

Noah sah zum Himmel, in Richtung dessen, was wie ein weiteres sich zusammenbrauendes Unwetter aus Südwesten schien. Ohne Zweifel näherte sich ein Sturm. »Ja«, sagte er. »Es ist soweit.«

AN BORD DER SEAFARER

Butcher Boy, Aussie, Red und dessen Bruder, der den Spitznamen Magnum bevorzugte, weil er im Vergleich zu seinem wirklichen Namen Carroll viel machohafter klang, saßen mit Obsidian Hall an einem Tisch auf dem Oberdeck, mit Blick auf die Bullenhaie.

»Meine Herren, Sie sind jetzt zwei Millionen Dollar reicher.« Die Soldaten johlten und brüllten. Obsidian lächelte, brachte das Glas voll Cognac für eine kleine Kostprobe an seine Lippen und richtete dann seine Aufmerksamkeit auf Butcher Boy. »Verraten Sie mir«, begann er, »woher der Name Butcher Boy kommt?«

Butcher Boy starrte ihn so lange an, dass Obsidian sich wunderte, ob er mit dieser einfachen Frage zu weit gegangen war. »Spielt das eine Rolle?«

Obsidian lächelte wieder. »Soll ich es Ihnen dann sagen, Mr. Michael Donnatelli?« Er sah ihn mit diesem nervtötenden, amüsierten Lächeln an, dem eines Mannes, der wusste, dass er die Oberhand besaß. »Sie heißen doch Michael Donnatelli, richtig?« Obsidian beugte sich auf seinem Stuhl vor. »Glauben Sie wirklich, ich würde Sie – auch nur einen von Ihnen – anheuern, ohne weitreichende Nachforschungen über Ihre Vergangenheit anzustellen?« Dann gab er seinem Diener ein Zeichen, indem er sein Glas hob und andeutete, dass es nötig war, nachzufüllen. Der kleine Hindu kam der

Aufforderung nach, indem er ihm aus einem Kristalldekanter einschenkte. Als er Obsidians Seite verließ, trug Hall nicht länger ein Lächeln, sondern den Ausdruck eines Mannes, der Streit suchte. »Vor vier Jahren«, begann er ruhig, »hatten Sie die Leitung einer Einheit in Afghanistan, die ein Dorf betrat und dort – was, eine Sechzehnjährige? – vor den Augen ihrer Familie vergewaltigte, bevor Sie den Befehl gaben, *alle* abzuschlachten. Sie quittierten den Dienst und ließen Ihr Team die Konsequenzen tragen. Die meisten von ihnen erhielten die Todesstrafe.« Er richtete sich langsam wieder in seinem Stuhl auf. »Seitdem sind Sie auf der Flucht«, fügte er hinzu. »Der Name Butcher Boy leitet sich von diesem einzigen, grausigen Akt der Unmenschlichkeit ab, nicht wahr?«

Butcher Boy ließ die Muskeln in seinem Kiefer arbeiten.

»Aussie. Oder sollte ich Mark Gordon sagen?« Hall wandte sich an den Australier mit dem hängenden Auge.

»Sie sind auch kein großes Musterbeispiel, oder? Ein Mann, der mit den Körpern junger Mädchen auf den Philippinen gehandelt und jeden getötet hat, der ihm das Gewerbe strittig machte, bis eine Bande sich gegen sein Team durchsetzte. Und im Gegenzug haben Sie Ihren Gegner, sein Team und die sechs unschuldigen Kinder, die er feilgeboten hat, auf eindrucksvolle Weise getötet. «

»Ich habe sie vor einem Leben im Elend gerettet«, verteidigte er sich.

»Das ist ein bisschen scheinheilig, finden Sie nicht? Sie vor einem Leben zu retten, das einmal *Ihr* Gewerbe war?« Aussies Gesicht wurde hochrot.

»Und die beiden Brüder«, sagte er und wandte sich ihnen zu. »Zwei Brüder, die ihre Seelen in dem Moment an den Altar des Teufels nagelten, als sie ein Team aus Killern mit mehr als einem Dutzend Morden auf dem Konto bildeten. Sehr beeindruckend, milde gesagt.«

Alle am Tisch wirkten verwirrt. »Gibt es einen Grund, warum Sie das ansprechen, Kumpel?«, fragte Aussie.

»Absolut«, sagte Hall ruhig. Er spürte, dass er eine Lunte angezündet hatte. »Aber Sie sollen auch wissen, dass dies die Gründe sind, warum ich Sie eingestellt habe, die Gründe, die Sie alle zu sehr reichen Männern machen werden.« Er hob sein Glas auf ihr Wohl. »Ich wollte das absolut Beste im Spiel haben. Und mit Ihnen habe ich das: Ex-Militärs aus Elitetruppen mit Spezialfähigkeiten und ohne Gewissen. Es ist ein seltsam beruhigendes Gefühl zu wissen, dass ich von einigen der tödlichsten Männer der Welt umgeben bin.«

Obsidian konnte sehen, wie ihnen vor Stolz die Brust schwoll. Er hatte absichtlich eine brisante Situation geschaffen und sie dann entschärft, um zu sehen, wie schnell er dieses Team lenken konnte, indem er ihre Emotionen, Selbstwert und Stolz, ausnutzte – ein psychologisches Instrument, von dem er später in Eden profitieren würde, wenn er ihnen befahl, jeden abzuschlachten, der nicht in seinen Diensten stand.

Er sah Butcher Boy direkt an und lächelte. *Das ist genau dein Ding,* dachte er.

Mit demselben nervtötenden und arroganten Lächeln, das einen so großen Teil seines Charakters ausmachte, sagte er: »Meine Herren, morgen reisen wir in die Türkei. Also machen Sie sich bereit.« Seine Aufmerksamkeit richtete sich dann auf die Bullenhaie, die endlose Kreise zogen. Die Kreaturen besaßen keinen anderen Lebenszweck, als ihn zu unterhalten.

–14–

AUSGRABUNGSSTÄTTE GÖBEKLI TEPE
SPÄTER NACHMITTAG

Alyssa Moore schloss ihre Arbeit an der Ausgrabungsstätte von Göbekli ab. Sie hatte CDs mit Informationen über ihre Studien vor Ort an die Archäologische Abteilung der NYU weitergeleitet und überprüfte gerade die Ausrüstung, die sie für Eden benötigten, als die Zeltklappe zurückgezogen wurde und sich ein Mann hereinbeugte. »Ms. Moore?«, fragte er. »Alyssa Moore?«

Sie schaltete die Wärmebildkamera aus und legte sie neben sich auf das Feldbett. Der Mann, den sie ansah, war auffallend attraktiv, mit kantigen und schmalen Zügen; selbst aus einer Entfernung von drei Metern konnte sie seine umwerfend blauen Augen erkennen. Sie war sofort von ihm angetan, bis sie seinen Römerkragen und die Insignien des Vatikans auf seiner Hemdtasche bemerkte.

Sie stand auf und näherte sich dem Mann, der sich nicht hereinwagte, sondern im Zelteingang stehen blieb.

»Kann ich Ihnen helfen?«, fragte sie. Trotz allem schwang in ihrer Stimme ein Hauch von Faszination mit.

»Sind Sie Ms. Moore? Mir wurde gesagt, dies sei ihr Zelt. Ich entschuldige mich für mein Eindringen«, sagte er und brachte ein falsches Lächeln zustande, »aber an einer Zeltklappe kann man schlecht anklopfen.«

Alyssa hatte ihre Haare zu einem festen Knoten zusammengebunden, sodass ein größerer Teil ihres feenhaften Gesichts zu sehen war. »Sie haben sie gefunden«, sagte sie. »Kann ich etwas für Sie tun?«

»Wenn Sie mir nur einen Moment Ihrer Zeit schenken könnten?«, sagte er.

»Wozu?«

Er sah zum Himmel und richtete dann den Blick mit einem erschöpften Ausdruck auf sie. »Ich weiß, es ist spät am Tag, Ms. Moore, aber hier draußen ist es noch immer heiß. Wäre es in Ordnung, wenn ich für eine Weile hereinkäme?«

In ihren Augen flammte die plötzliche Erkenntnis ihrer mangelnden Gastfreundschaft auf. »Es tut mir so leid«, sagte sie. »Bitte, Vater, kommen Sie rein.«

John Savage betrat das Zelt und ließ die Klappe hinter sich fallen. »Ich bin kein Priester«, sagte er.

Sie schien verwirrt, während sie das römische Band um seinen Halsausschnitt betrachtete. »Warum dann der Kragen?«, fragte sie.

»Ich heiße John Savage«, sagte er, setzte seinen unwiderstehlichsten Charme auf und streckte ihr die Hand entgegen. »Ich bin ein Abgesandter der Kirche.«

»Sie meinen den Vatikan?«

»Das ist dasselbe. Ja.«

»Was kann ich für Sie tun, Mr. Savage?«

Savage hatte einen kleinen silbernen Koffer in der Hand, der nicht größer als die Brotdose eines Kindes war. Er hielt ihn hoch. »Darf ich den irgendwo hinstellen? Ich trage ihn schon seit einer Ewigkeit.«

»Natürlich.« Sie deutete auf den nächstgelegenen Tisch.

Er stellte den Koffer ab und drehte sich dann mit in Gebetshaltung vor dem Körper gefalteten Händen zu ihr um, wollte kurz vor dem Todesstoß so sanftmütig wie möglich wirken. »Bitte«, begann er, ohne dass sein falsches Lächeln ins Schwanken geriet, »ich hoffe, Sie nehmen mein Beileid zum Verlust Ihres Vaters an.«

Sie nickte, eine Augenbraue misstrauisch hochgezogen. »Danke«, sagte sie. »Und was ist der Grund für Ihren Besuch in Göbekli Tepe?«

»Ja, natürlich.« Er trat von einem Fuß auf den anderen und räusperte sich, versuchte, nervös zu wirken. »Wie ich sagte, ich komme von der Kirche ...«

»Dem Vatikan«, korrigierte sie ihn.

Sie ist ein echter Hitzkopf. »Ja. Vom Vatikan. Und wir haben die Fortschritte Ihres Vaters auf seiner Suche nach dem Garten Eden mit großem Interesse verfolgt.«

»Ach, wirklich?« Ihre Augenbraue hob sich noch weiter. »Und aus welchem Grund, da der *Vatikan* …« Sie hielt die Finger hoch und beugte sie, um das Wort Vatikan zu unterstreichen. »… ehemals die Expedition meines Vaters als nichts Weiteres als Futter für die Klatschpresse betrachtete?«

»Ich bin nicht sicher, was Sie meinen.«

»Mein Vater bat die Vatikan-Verwaltung um Finanzierung«, sagte sie, »mit dem Angebot, sich sämtliche entdeckten Antiquitäten zu teilen, nur um eine Antwort vom Heiligen Stuhl zu erhalten, der ihn aufforderte, andere finanzielle Wege zu gehen, da die Suche nach Eden nichts anderes als eine monetäre Bürde sei.«

»Wenn das der Fall ist, entschuldige ich mich. Der Vatikan muss jedoch mit seinen Finanzierungen vorsichtig sein. Davon abgesehen bedeutet das allerdings nicht, dass er kein Interesse an den Anliegen Ihres Vaters hat. Das hat er.«

»Und was genau tun Sie für den Vatikan?«

Er zögerte. Das lief nicht so glatt, wie er gedacht hatte. »Ich stehe im Dienst des *Servizio Informazione del Vaticano*.«

Sie nickte und verschränkte abwehrend die Arme vor der Brust. »Der SIV«, kommentierte sie.

»Sie kennen unser Arbeitsfeld?«

»Ich weiß, dass der SIV vor ungefähr einhundertfünfzig Jahren gegründet wurde, um Informationen gegen jene zu sammeln, die zu Aufrührern erklärt wurden, wenn sie gegen die Politik des Vatikans waren.« Sie legte den Kopf schief, als taxiere sie ihn mit gesundem Misstrauen. »Also, sagen Sie mir«, fuhr sie fort, »hat mein Vater beim Vatikan einen Nerv getroffen? Warum lehnt man ihn ab, nur um hinterher an meine Tür zu klopfen?«

Savage zeigte ihr den Anflug einer abgebrühten Miene, die sie erschreckte. »Sie haben absolut recht, was den SIV betrifft,

Ms. Moore. Meine Aufgabe ist es, Informationen zu sammeln. Nun, Ihr Vater ist ein berühmtes Individuum, das viel Erfolg …«

»So viel Erfolg, dass der Vatikan ihn nicht einmal unterstützen wollte?«, warf sie ein.

Er sprach weiter. »Trotzdem haben wir die Fortschritte Ihres Vaters verfolgt und Informationen aus türkischen sowie New Yorker Quellen gesammelt.«

»Sie meinen vom AIAA?«

»Wir haben viele Informationen vom Institut abgefangen, ja.«

»Auf legale Weise?«

»Ms. Moore, aus den Informationen, die ich basierend auf Aussagen von Mr. Montario erhalten habe, habe ich Grund zu glauben, dass Ihr Vater bei seiner Suche sehr erfolgreich war; sollten Sie daher finanzielle Zuschüsse vom Vatikan benötigen, würde dieser Ihre zukünftigen Anstrengungen voll unterstützen.«

Diesmal war sie an der Reihe, ein unechtes Lächeln zu zeigen. »Ich brauche Ihr Geld nicht«, sagte sie.

»Die Kirche …«

»Der Vatikan«, korrigierte sie.

Er wollte die Augen verdrehen. »Wir haben nicht die Absicht, die Entdeckung Ihres Vaters zu beeinträchtigen, sollte Eden existieren«, sagte er ruhig. »Der Vatikan ist bereit, Ihren Vater auf jede ihm mögliche Weise Anerkennung zu zollen. Wir sprechen von Pressemitteilungen, die Ihrer Abteilung beim AIAA zahlreiche Zuschüsse bescheren werden, angefangen beim Vatikan.« Ihr Ausdruck wurde weicher. Und Savage konnte nicht anders, als von der Schönheit ihrer Züge Notiz zu nehmen. »Wir werden Zuschüsse für zukünftige Expeditionen im Namen Ihres Vaters garantieren«, sagte er nachdrücklich.

Sie war begeistert; das Angebot war fantastisch. »Garantieren?«, fragte sie leise.

»Unter einer Bedingung«, sagte er.

Ihr Züge verhärteten sich ein wenig. »Und die wäre?«

»Dass Sie mich mitnehmen.«

»Sie mitnehmen?«

»Nehmen Sie mich mit«, wiederholte er.

»Ich will nicht respektlos sein, Mr. Savage, aber Sie haben mit Sicherheit keine Erfahrung. Und ich habe keine Lust, dass irgendwer in meinem Team dem Ort Schaden zufügt.«

»Dann wissen Sie offensichtlich, wo Eden liegt?«

»Ich hab so eine Idee.«

»Ich verstehe.« Savage lächelte sie mit diesem falschen Lächeln an, das trotzdem noch bezaubernd war, wandte sich dann ab und versperrte ihr den Blick auf den kleinen, silbernen Koffer. »Also, Ms. Moore«, setzte er an und öffnete die Verschlüsse. »Ist es abgemacht? Dass das AIAA in der Sache Ihres Vaters positive Publicity erhält?«

»Und was, wenn Eden nicht so ist, wie es die Bibel darstellt? Werden meine Zuschüsse trotzdem garantiert?«

Savage hob den Deckel an. Die Glock saß in ihrer Form, neben dem Schalldämpfer und zwei Magazinen. Das dritte Magazin steckte bereits in der Waffe. »Die Zuschüsse sind garantiert, Ms. Moore. Das kann ich Ihnen versichern. Wir können es auch in die Papiere eintragen, bevor wir abreisen, wenn Sie möchten.«

»Das möchte ich«, sagte sie.

Er zog die Glock heraus und begann, den Schalldämpfer zu befestigen. »Sehr schön«, sagte er. »Lassen Sie mich nur einen Stift und einen Block hier herausholen und dann können wir weitermachen, ja?«

»Das wäre schön«, antwortete sie.

»Nur einen Moment«, sagte er und fixierte den Schalldämpfer. »Ich hab's gleich.« Er nahm die Waffe in die Hand und legte den Finger auf den Abzug. Und dann war er bereit für seinen Schachzug.

–15–

»Alyssa – oh, tut mir leid. Ich wusste nicht, dass du Gesellschaft hast.« Noah betrat das Zelt. Der Mann mit dem Rücken zu ihnen drehte sich nicht um, um ihn zu begrüßen. »Ich kann später wiederkommen.«

»Nein, ist schon okay, Noah. Ich möchte dir jemanden vorstellen«, sagte Alyssa.

Savage beeilte sich, den Schalldämpfer zu entfernen, nur ein paar rasche Umdrehungen, und legte die Gegenstände in ihre Vertiefungen zurück.

»John Savage, ich möchte Ihnen Noah vorstellen. Er war die rechte Hand meines Vaters.«

Savage drehte sich lächelnd um. »Noah Wainscot – ja, natürlich, ich weiß alles über Sie«, sagte er und streckte ihm die Hand entgegen.

Obwohl Noah der Anblick des Römerkragens des Mannes erstaunte, ließ er es sich nicht anmerken, als er ihm die Hand reichte. »Schön, Sie auch kennenzulernen, Vater Savage.«

»Ich bin kein Priester«, sagte Savage. »Ich bin ein Abgesandter der Kirche.« Er warf einen schnellen Blick auf Alyssa und korrigierte sich augenblicklich selbst. »Vom *Vatikan*.«

»Hab ich euch bei etwas unterbrochen?«, fragte Noah.

»Wir wollten nur einen Deal unter Dach und Fach bringen«, antwortete sie. »Wie es scheint, wird Mr. Savage uns auf unserer Forschungsreise begleiten. Und im Gegenzug hat der Vatikan zugestimmt, zukünftige Expeditionen zu bezuschussen.«

Noah betrachtete Savage mit dem gleichen Maß an Misstrauen wie Alyssa zuvor. Und sie bemerkte es.

»Es ist in Ordnung, Noah«, sagte sie und griff nach seinem Arm. »Meinem Vater wird nichts weggenommen. Sie stimmen mit uns überein, dass ihm die Ehre aller Entdeckungen zufällt.«

»Und das ist auch angemessen, möchte ich hinzufügen«, sagte Savage.

Noah hielt den Blick auf Savage gerichtet, während er mit Alyssa sprach. »Das Team ist da«, sagte er ausdruckslos. »Und sie sind ziemlich gespannt, dich kennenzulernen.«

»Ein Team?«, fragte Savage.

»Ja«, sagte Noah.

Alyssa hob die Hand in Richtung des Zelteingangs. »Bitte, Mr. Savage, nach Ihnen.«

Er nahm seinen Koffer und trat zuerst hinaus, gefolgt von Alyssa und Noah.

Im Glanz des schwindenden Sonnenlichts standen vier Soldaten mit Seesäcken und ein Mann, der exklusive Kleidung und eine teure Sonnenbrille trug. Savage erkannte sofort, dass sie Ex-Militärs waren; er hielt sie für Special Forces. Der Schwierigkeitsgrad seines Jobs hatte sich gerade um mehrere Stufen erhöht.

Alyssa nahm sie anders wahr, wie brutal aussehende Affen, mit Ausnahme des schlanken Mannes in teurer Kleidung. Selbst mit der Sonnenbrille erkannte sie ihn sofort. »Noah«, sagte sie und winkte ihn mit dem Finger näher, »kann ich dich kurz im Zelt sprechen?« Er nickte.

Als sie drinnen waren, stemmte sie die Hände in die Hüften. Ihre Körpersprache verriet Noah, dass sie nicht glücklich war.

»Soll das ein Scherz sein?«, fragte sie außer sich. »Weißt du, wer dieser Mann ist?«

Er streckte beschwichtigend die Hände aus. »Es tut mir leid, Alyssa, aber ich hatte keine andere Wahl.«

»Keine andere Wahl? Willst du mich verarschen? Das ist Obsidian Hall.«

»Ich weiß. Aber wie gesagt, ich hatte keine Wahl.«

»Und warum hattest du keine Wahl?«

»Weil«, sagte Obsidian Hall, der uneingeladen das Zelt betrat, »ich der Hauptgrund dafür bin, warum Ihr Vater überhaupt hier war.«

Sie sah ihn fragend an. »Was?«

»Ihr Vater war meinetwegen hier. Das stimmt doch, Noah, nicht wahr?«

Noah richte den Blick zu Boden, als schäme er sich.

»Na, na, Noah«, sagte Hall und tätschelte dem alten Mann den Rücken. »Sie müssen sich nicht schlecht fühlen. Sie haben alles getan, was von Ihnen verlangt wurde.« Er drehte sich zu Alyssa um. »Sie haben Ihre Sache gut gemacht, Noah. Sie haben mich reingebracht.«

»Rein? Das ist hier kein Boy's Club«, sagte sie schroff.

Obsidian Hall grinste. Sein arrogantes Lächeln traf einen Nerv bei ihr. Sie wandte sich an Noah, diesmal mit einem gequälten Gesichtsausdruck. »Noah, wie konntest du nur?«

Er zögerte, versuchte, die richtigen Worte zu finden. »Als der Vatikan ursprünglich die Finanzierung deines Vaters ablehnte, wurde ein Zuschussgesuch an die Regierung verfasst, damit sie die Forschungsreise finanziell unterstützt. Doch die Regierung wies ihn auch ab, und das AIAA wusste nicht weiter. Der einzige Zuschuss, fürchte ich, kam von Mr. Halls Firma.«

»Wusste mein Vater davon?«

»Nein.«

»Spielt es eine Rolle?«, entgegnete Hall. »Unterm Strich ist es doch so: Noah verkaufte seine Seele dem Teufel, damit Ihr Vater Erfolg haben konnte. Und Ihr Vater schaffte es. Ich verlange nur einen kleinen Teil des Kuchens, das ist alles.«

»Nein«, sagte sie eisern.

»Sie wissen, wer ich bin. Ich habe es nicht auf Ruhm abgesehen. Den besitze ich bereits. Ich suche nach einem Wandschmuck, könnte man sagen.«

»Sie wollen Schätze, ist es das?«

Er hob die Hand und hielt Daumen und Zeigefinger etwa einen Zentimeter weit auseinander. »Nur ein kleines Andenken«, sagte er.

»Nein.«

Er nickte. »Ich glaube, Sie verstehen nicht«, sagte er. »Noah ist, weil er tat, was er tat, an der Reihe, mir eine Zahlung zu leisten. Wenn er das nicht tut, dann könnte ihm etwas Entsetzliches zustoßen. Das stimmt doch, nicht wahr, Noah?«

Er sah Alyssa nicht ins Gesicht, war zu beschämt, unterdrückte den Drang zu schluchzen. Als sie Noahs Zustand erkannte, umarmte sie ihn sofort.

»Ich wollte nur deinem Vater helfen«, sagte er zu ihr. »Ich wollte es ihm so sehr ermöglichen.«

»Dein Herz ist am richtigen Fleck, Noah. Das war es immer. Aber dein Urteilsvermögen in dieser Sache …« Sie ließ ihre Worte in der Luft hängen.

»Ich weiß«, sagte er. »Bitte vergib mir.«

»Rührend«, sagte Hall. »Äußerst … rührend.«

Sie wandte sich barsch an ihn. »Ist das Ihre Art? Einen alten Mann zu verletzen, nur um ein materielles Bedürfnis zu stillen?«

Er nickte. »Ja. So ziemlich. Aber egal, wie Sie es betrachten möchten, Ms. Moore, ich sehe es so: Ein Vertrag ist ein Vertrag – ob gut, schlecht oder keins von beidem. Noah wusste, worauf er sich einlässt. Und nur damit Sie auch das wissen, er hat es durchgezogen, weil er während der gesamten Geschichte mit Ihrem Vater in ständigem Kontakt mit mir stand. Stimmt das nicht, Noah?«

Die Antwort des alten Mannes bestand darin, Alyssa weiter zu umarmen. Er hoffte, sie würde ihn niemals loslassen.

»Es ist nicht alles schlecht«, sagte Hall. »Ihr Vater bekam, was er wollte. Ich gab es ihm. Ich verlange nur, ein Teil davon zu sein. Das ist alles, was ich will.«

»Hab ich eine Wahl?«

Er zögerte absichtlich. »Nein … haben Sie nicht.«

John Savage diente als eine Art Hauptattraktion, umgeben von Männern, die zweifelsohne zu außergewöhnlicher Gewalt fähig waren und ihn mit gleichgültigen Blicken betrachteten.

Besonders Aussie fixierte seinen Blick auf ihn, während er Kaugummi kaute, ungefähr so, wie eine Kuh langsam und methodisch wiederkäute. »Tja«, setzte er an, »ich frage mich, warum wir einen Priester hier haben. Aber nur damit Sie es wissen, Padre, für mich gibt es keine Hoffnung. Genaugenommen gibt es in der Hölle einen besonderen Platz für Typen wie uns.« Er neigte den Kopf in die allgemeine Richtung des Teams und sprach für sie alle.

»Das ist nett«, sagte Savage. »Aber ich bin kein Priester.«

»Der Kragen, den Sie anhaben, sagt, dass Sie einer sind«, antwortete Butcher Boy.

»Ich bin nur ein Abgesandter der Kirche.«

Aussie legte den Kopf schief.

»Ein was?«

»Ich bin eine Art Botschafter. Ein Bote.«

»Und wie lautet die Botschaft?«, fragte Red.

Savage konnte spüren, wie sie ihn von allen Seiten bedrängten; das Sperrfeuer ihrer Fragen gab ihnen einen Hinweis darauf, wer er war, was er wollte, was er hier tat. »Meine Botschaft geht Sie nichts an«, antwortete er. »Sie betrifft nur Ms. Moore, niemanden sonst.«

Aussie kam einen Schritt näher. Hinter ihm standen die Säulen und das Amphitheater von Göbekli Tepe. »Was Ms. Moore betrifft«, sagte er kalt, »betrifft auch uns.«

»Das glaube ich nicht«, entgegnete Savage. Als er versuchte, sich aus dem Kreis zu entfernen, bewegten sich Aussie und Butcher Boy vor ihn wie zwei sich schließende Schiebetüren und schnitten ihm den Weg ab.

Aussie bedachte ihn mit einem finsteren Blick. »Ich mag Sie nicht, Padre.« Dann machte er eine Blase mit seinem Kaugummi und ließ sie ungefähr einen halben Meter vor dem Gesicht des Abgesandten platzen.

Savage trat einen Schritt zurück und spannte die Hand um den Koffer an, den er trug; er war eine ausgezeichnete Waffe. »Gibt es etwas, dass ich für Sie tun kann? Oder erlauben Sie der Idiotie ihres Naturells immer den Vortritt, wenn Sie neue Menschen kennenlernen?«

Das löste Gelächter unter den Soldaten aus. Selbst Butcher Boy würdigte die Spöttelei, indem er lachend zurücktrat und einen *Er-hat-dich-dran-gekriegt*-Finger auf Aussie richtete. Aber Aussie war eindeutig sauer. Sein Kiefer spannte sich so fest an, dass sich die hinteren Muskeln wie Drähte bewegten. Dann machte er einen Schritt vorwärts.

Savage wich nicht zurück, sondern hielt die Stellung und taxierte Aussie mit dem geübten Auge eines Green Berets, bereit, jegliches notwendige Mittel einzusetzen.

»Wie heißen Sie, Kumpel?«

»Savage«, sagte er. »John Savage.«

Butcher Boys Auge zuckte. Der Name löste eine Art Wiedererkennen aus, das Gesicht des Mannes umso mehr, doch die Erinnerung entzog sich ihm wie etwas, das gerade so jenseits des Sichtfelds liegt.

»Tja, Mr. Savage, nur damit Sie es wissen, verdammte Yankees wie Sie, die den Mund zu weit aufreißen, leben nicht besonders lange.«

Savage schien ungerührt. Dieser Mann war äußerst impulsiv und gefährlich bis ins Mark. Aber war auch emotional, was Savage für einen angreifbaren Punkt hielt, da der Mann eher dazu neigte, aus blinder Wut zu reagieren, anstatt mit präzisen und wohldurchdachten Entscheidungen. Später würde er die Aspekte der anderen bestimmen, jetzt, da er in die Lage gezwungen worden war, alle, die vor ihm standen, auszuschalten. Und ihre Leichen neben die von Alyssa Moore zu legen.

»Ich verstehe«, sagte er, was Aussie ein überhebliches Siegerlächeln entlockte.

»Merken Sie sich das, Padre. Dann werden wir gut zurechtkommen.«

»Ja, Sir.«

Aussie zwinkerte ihm mit seinem hängenden Auge zu. »Braver Junge«, sagte er. »Ich fange an, Sie zu mögen.«

»Ja, Sir.« Savage hatte nicht lange gebraucht, um zu begreifen, dass Egos zu schmeicheln, eine Möglichkeit war, Situationen zu deeskalieren. Das war seine Art, sich dem Platzhirsch unterzuordnen, kurz bevor er ihm das Genick brach. »Falls ich Sie auf irgendeine Weise beleidigt habe«, sagte er gespielt zerknirscht, »nehmen Sie bitte meine Entschuldigung an. Es steht einem Boten der Kirche nicht gut zu Gesicht, sich so zu benehmen, wie ich es tat.«

Seiner flüchtigen Einschätzung nach konnte er vermutlich zwei von ihnen auf einmal ausschalten, aber nicht alle vier, und so würde er sie in Selbstgefälligkeit locken müssen, auf ihrem Vertrauen aufbauen, und sie mit schlagartiger Effizienz töten, wobei er nicht vergessen durfte, dass dieses Unterfangen schwierig wäre, in Anbetracht ihrer speziellen Fähigkeiten.

»Behalten Sie einfach diese Einstellung, hören Sie, Padre?«

»Ja, Sir.«

»Gut.« Aussie trat beiseite und erlaubte dem Vatikanabgesandten, vorbeizugehen. Während Savage sich auf die Ausgrabungsstätte von Göbekli Tepe zubewegte, hörte er ihr Schimpfen über »den Priester, der kein Priester ist.«

Savage stimmte insgeheim zu. *Da habt ihr recht,* dachte er und lief weiter.

–16–

Kenne deinen Gegner, kenne ihn gut.

Das war John Savages Mantra während seiner Militärkarriere gewesen. Und es gab keinen Grund, warum er es jetzt ändern sollte. Nachdem er Alyssa eine unterzeichnete Vertragsvereinbarung über zukünftige Zuschüsse gegeben hatte, die so wertlos war wie das Papier, auf dem sie geschrieben stand, saß er in einem Zelt, das einmal Montario gehört hatte.

Er saß ohne Hemd im Dunkeln; die Luft hier drinnen war heiß und stickig. Jenseits der Zeltwand konnte er das rote Glühen eines Lagerfeuers sehen und die Söldner Kriegsgeschichten erzählen und sich wie Teenager statt ehrenwerte Männer benehmen hören.

Im Schatten seines Zeltes zog er leise den Schlitten seiner Waffe durch, kontrollierte sie.

Er hatte Aussie bereits als einen explosiven Mann mit starker Präsenz innerhalb der Gruppe eingestuft. Ein Mann, der eher von Draufgängertum als von Prinzipien beherrscht wurde. Er wäre der Erste, der sterben würde.

Direkt in die Dunkelheit starrend, den Körper als Silhouette gegen den Feuerschein abgezeichnet, zog John Savage leise erneut den Schlitten seiner Waffe durch und lauschte.

Derjenige, den sie Butcher Boy nannten, besaß Ausgeglichenheit – ein Mann mit Kalkül, ein Denker, und gepaart mit seinen besonderen Kampffähigkeiten machte ihn das zum gefährlichsten Mann in der Gruppe. Während die anderen brüllten und sich danebenbenahmen, sprach er leise – seine Worte und sein mitreißender Tonfall verschafften ihm das aufmerksame Schweigen seines Teams, das ihn ausreden ließ, ein fast frommes Maß an Respekt. Savage war sich sicher, dass sie ihm bis in den Tod folgen würden.

Er zog den Schlitten wieder durch, diesmal lauter.

Die Iren waren Brüder, zumindest soweit er das ihrer Unterhaltung entnehmen konnte. Ihre Namen waren Red und Carroll, wobei Carroll sich in einem launischen Quengeln erging und lieber Magnum genannt werden wollte. Das öffnete den anderen Tür und Tor, ihn offen herunterzuputzen, indem sie sich weigerten, ihn Magnum zu nennen, sondern bei Carroll blieben. Er war das schwächste Mitglied der Gruppe, eine marginale Bedrohung. Ein Mann, den Savage für zu schwach hielt, um sich persönlich im Detail mit ihm zu befassen.

Wieder zog der den Schlitten durch, diesmal mit einer boshaften Bewegung.

Nach fast vier Stunden spöttischem Geplänkel legte sich eine plötzliche Stille über das Lager, als sich ein fünfter Mann der Gruppe anschloss. Savage lauschte.

»Morgen früh«, sagte der Mann, »müsst ihr alle ausgeruht sein. Ich will aber, dass einer wach bleibt, um dafür zu sorgen, dass niemand das Lager verlässt.«

»Und falls jemand versucht, abzuhauen?« Savage wusste, dass Butcher Boy sprach.

»Sollte jemand versuchen zu gehen, mit Ausnahme von Ms. Moore, die Sie in dem Fall zu mir bringen sollten, dann erwarte ich, dass Sie entsprechend handeln.«

»Und was verstehen Sie unter *entsprechend*?«

»Erschießen«, sagte er ohne einen Anflug von Bedenken. »Im Moment ist die einzige Person von äußerster Wichtigkeit Ms. Moore. Die anderen sind nur Hilfskräfte.«

Savage setzte sich kerzengerade auf seinem Stuhl auf. Hatte er gerade richtig gehört?

Diesmal legte er ein Magazin ein, machte die Waffe scharf, und saß still in den Schatten.

Heute Nacht würde er nicht schlafen.

Obsidian Halls Söldnerbande saß am Feuer und bezeichnete sich selbst als die Vier Apokalyptischen Reiter, ein selbstherrlicher Titel, den Aussie zuerst erwähnt hatte und den die anderen bereitwillig aufgriffen. Der vatikanische Abgesandte hatte sein Zelt seit dem frühen Abend nicht mehr verlassen. Und das Gleiche galt auch für Alyssa Moore und Noah Wainscot, die sich so weit wie möglich vom rauen Treiben von Halls Team distanzierten.

Hall stand auf dem höchsten Hügel, der der Ausgrabungsstätte am nächsten lag. Er hatte kein Interesse mehr an dieser Stätte, seit er erfahren hatte, dass Eden existierte, und betrachtete Göbekli Tepe als nichts weiter als alte, zusammengesetzte Steine. Das Flachrelief, das er heimlich von Noah als symbolische Gebühr für seinen Zuschuss erhalten hatte, den einstigen Schatz, fand er nun wertlos, da Göbekli Tepe nicht mehr einzigartig war. Eden ging diesem Ort um zweitausend Jahre voraus, und das machte ihn zur neuen Fundgrube für Schätze, aus der man schöpfen konnte.

Er atmete die trockene Luft ein und schaute zum Himmel, von dem stecknadelkopfgroße Lichter zu ihm zurückblinzelten. Mit geübtem Blick fand und verfolgte er die unzähligen Sternbilder, davon überzeugt, dass sie ihm in ihren himmlischen Positionen wohlgesonnen waren – davon überzeugt, dass er von den gleichen himmlischen Armen voll freundlichen Wohlwollens angezogen würde, sobald er auf der Schwelle Edens stand.

Und dann würde Eden ihm gehören.

Sobald er alles besaß, was es zu besitzen gab, würde er die Tötung von Ms. Moore und ihrer gesamten Gruppe, einschließlich Noah, anordnen – sie alle waren überflüssig – und das Unglück dann einer weiteren schrecklichen Tragödie zuschreiben.

»Das wird schon schiefgehen«, sagte Noah, der sein Bestes gab, um Alyssa zu beruhigen, die wie eine besorgte Katze in ihrem Zelt auf und ab ging. »Sie albern nur rum. Aber wenn es richtig kritisch wird, dann sind sie in Bestform.«

»Noah, das sind Söldner.«

Er senkte den Blick zu Boden. »Ich hatte keine Wahl.«

»Das sagst du immer wieder.« Sie ging zur Zeltklappe und zog sie zurück. Die Runde am Feuer war still, während Obsidian Hall mit den Männern sprach. Was er sagte, konnte sie jedoch nicht hören, also ließ sie die Klappe wieder fallen. »Mir ist nicht wohl bei der Sache, Noah.«

»Ich weiß.«

»Woher kennst du überhaupt einen Mann wie Obsidian Hall?«

»Als deinem Vater der Zuschuss verweigert wurde und sich sonst niemand dafür interessierte, rief er mich an.«

»Also hast du nachgegeben, obwohl du wusstest, wer er ist? Es war dir egal?«

»Aber du hättest das Lächeln auf dem Gesicht deines Vaters sehen sollen, als ich ihm sagte, dass wir finanziert werden. Ich habe ihn noch nie so glücklich gesehen.«

Ihre Wut schwand. »Ich auch nicht«, sagte sie. »Ich erinnere mich. Er konnte über nichts anderes reden.«

»Für mich, Alyssa, war es das wert. Und ja, Mr. Hall und sein Team mögen lästig sein, aber leider brauchen wir sie.«

»Und jetzt muss ich mich auch noch mit diesem Priester auseinandersetzen, nachdem der Vatikan bereit ist, künftig Zuschüsse für Angelegenheiten, die er als heilig betrachtet, zu gewähren.«

»Er ist kein Priester«, korrigierte er sie.

»Was auch immer.« Sie lief weiter mit vor ihrem üppigen Busen verschränkten Armen.

»Bist du noch sauer auf mich? Ist es das?«

Sie blieb stehen und sah ihn an – erkannte den Hundeblick, der ebenso Teil seines Charakters war wie sein elegantes, pointiertes Englisch. »Noah, ich bin nicht sauer auf dich.« Sie ging zu ihm, beugte sich vor und küsste ihn auf die breite Stirn. »Du bist mein Fels von Gibraltar«, sagte sie zu ihm. »Allerdings stimmt es, dass ich über Hall nicht glücklich bin; das weißt du.«

Er nickte.

»Aber du hast das wunderbarste Herz aller Männer, die ich kenne, und ich möchte, dass du das niemals änderst.« Sie küsste ihn noch einmal und lief dann wieder auf und ab. »Ich bin nur nervös, das ist alles.«

»Morgen wird der größte Tag deines Lebens sein. Du solltest nervös sein.«

»War mein Vater so, Noah? Spielte er in der Nacht davor verrückt und sagte, es sei der größte Tag seines Lebens?«

»Ja und nein«, sagte Noah. »Dein Vater tigerte genau so umher wie du, konnte seine Aufregung nicht im Zaum halten. Aber er hat immer gesagt, dass Eden zu finden der zweitgrößte Tag in seinem Leben wäre.«

Sie blieb stehen. »Es gab etwas Größeres als die Entdeckung Edens?«

Er hob den Zeigefinger. »Nur eines«, sagte er. »Der Tag, an dem du geboren wurdest.«

Ihre Miene verwandelte sich in ein strahlendes Halblächeln, und sie ging zu ihm und warf sich in seinen Schoß und in seine Umarmung. »Ich vermisse ihn so sehr«, sagte sie. Sein Hemd dämpfte ihre Worte.

»Ich weiß, Liebes, und das macht diese Reise unerlässlich. Obsidian Hall ist vielleicht nicht gerade der Mann mit dem ethischsten Charakter, aber er wird uns beschützen, während wir für deinen Vater weitermachen. Was wir tun, tun wir nicht für uns«, sagte er. »Wir tun es für ihn.«

Sie zog sich zurück, die Züge entspannt. »Als engster Freund meines Vaters möchte ich, dass du der Erste bist, der eintritt.«

Er schüttelte den Kopf. »Nein, nein, Liebes, es steht dir zu, das Erbe deines Vaters aufrechtzuerhalten. Dieses Recht gehört dir.«

Sie senkte den Kopf langsam in die Beuge zwischen seinem Hals und seiner Schulter. »Danke, Noah.«

»Wofür?«

»Dafür, dass du du bist«, sagte sie.

Er lächelte und tätschelte ihr sanft den Rücken. »Jetzt hoch mit dir«, sagte er. »Zeit fürs Bett, weil morgen ein langer Tag sein wird, wenngleich ein aufregender«, sagte er und half ihr auf, bis sie alleine stehen konnte. Sie gingen zum Eingang und zogen die Zeltklappen zurück. Obsidian Hall stand nicht länger am Feuer, und auch nicht die Mitglieder seines Teams, mit Ausnahme eines Mannes, der mit neben sich gegen einen Quader gelehnter halbautomatischer Waffe dasaß.

»Siehst du? Was hab ich dir gesagt? Nur Jungs, die ein bisschen Dampf ablassen«, sagte Noah. »Kein Grund zur Sorge.«

Sie tätschelte seinen Arm. »Gute Nacht, Noah. Wir sehen uns morgen früh.«

»Gute Nacht, Liebes. Und viel Erfolg.«

Während sie zusah, wie er auf sein Zelt zuging, bemerkte sie, wie der Mann am Feuer sie mit der Intensität eines Wachhundes beäugte. Sobald Noah sicher drinnen war, schloss sie die Zeltklappen und band sie zu. Und auch wenn sie mit der vollen Absicht, sich auszuschlafen, ins Bett ging, stellte sich der Schlaf nicht ein.

Während sie so dalag und mit weit offenen Augen und dahinjagenden Gedanken nach oben starrte, seufzte sie.

Morgen wäre kein neuer Tag, überlegte sie, sondern ein verlängerter Tag, den ihr Vater begonnen hatte.

Das ist für dich, Dad.

Ein aufrichtiges Lächeln bildete sich um ihre Mundwinkel; sie konnte nicht anders.

–17–

GÖBEKLI TEPE
FRÜH AM FOLGENDEN MORGEN

Wenn man einen Morgen als geheimnisvoll ominös bezeichnen konnte, dann diesen. Der Himmel war schlachtschiffgrau und die Luft fühlte sich trostlos feucht an.

Als Alyssa ihr Zelt verließ, trug sie eine gelbe Windjacke. Es war das erste Mal, dass sie sie trug, da die Bedingungen endlich passten. Halls Soldaten trugen Uniformen im Farbschema von Wüstentarn. Über der Schulter jedes Mannes hing eine MP-7, eine kompakte Maschinenpistole.

Noah trug trotz der Kälte Shorts mit Cargotaschen und einen Rucksack, und seinem Lächeln nach konnte er nicht glücklicher sein. Neben ihm standen zwei leitende Archäologen des Istanbuler Instituts, ein Mann, eine Frau, Ende zwanzig, und der Aufzug beider passte zu Noahs Cargo Shorts und Rucksack.

Der vatikanische Abgesandte besaß jedoch keine andere Kleidung als die, mit der er das Lager betreten hatte: das schwarze Priesterhemd samt Hose und der Römerkragen. Das Hemd war nicht eingesteckt und die Zipfel reichten ihm bis zur Mitte des Oberschenkels; seine Bartstoppeln waren dichter und dunkler. Der Mann sah aus, als käme er gerade von einer Sauftour.

Die Soldaten kicherten hämisch über Savages Erscheinungsbild und dann richtete Aussie harmlos die Waffe auf ihn. »Ist das alles, was Sie haben, Padre?«

»Das ist alles, was ich brauche.«

Weiteres Lachen. Was sie nicht sahen, war die von Savages Hemdzipfeln verdeckte Glock. »Wie Sie meinen, Padre.«

Obsidian, der exklusive Freizeitkleidung trug, die aus einer weißen Hose mit schnurgeraden Falten, einem cremefarbenen

Oxfordhemd und weißen Slippern bestand, schloss sich der Gruppe an. Der Rucksack, den er bei sich hatte, war aus feinstem Leder gefertigt.

»Wollen Sie mich veräppeln, Mann?« Aussie lachte im Chor mit seinen Teamkameraden. »Sie sehen aus, als würden Sie in den Urlaub fahren.«

Obsidian lächelte unter seiner Sonnenbrille. »Sie haben keine Ahnung«, sagte er.

Alyssa sah erst Hall, dann den bewölkten Himmel an. *Trägt er eine Sonnenbrille, um cool auszusehen?* »Sind alle da?«, fragte sie dann.

»Sieht so aus, Liebes«, sagte Noah.

Insgesamt waren sie zu zehnt, die gleiche Teilnehmeranzahl wie im Team ihres Vaters, gewiss eine unheilvolle Zahl. Aber sie hatte nicht mit dem Abgesandten gerechnet.

»Ist das alles, was Sie mitnehmen, Mr. Savage?«

»Es ist alles, was ich brauche«, wiederholte er.

Während die Soldaten lachten, betrachtete sie ihn mit anderen Augen. Savage wirkte traurig und distanziert – seine Ungepflegtheit war ein Schlüsselsymbol für Gleichgültigkeit. »Geht es Ihnen gut?«, fragte sie ihn.

Er lächelte sein ureigenes aufgesetzt-charmantes Lächeln. »Alles gut«, sagte er zu ihr.

»Dann möchten Sie vielleicht gemeinsam mit mir zur Location reisen?«

»Mit Vergnügen«, sagte er. Sein typisches Lächeln schwand nicht.

Sie nickte zustimmend über seine Zusage. Sie wollte, dass Savage mit ihrer Gruppe reiste, zusammen mit Noah und den beiden türkischen Archäologen, die kein Englisch sprachen, und Hall und sein Team würden ihnen folgen.

Sie wandte sich an Hall, der fehl am Platz wirkte. *Glaubt er denn, dass er sich nicht schmutzig machen wird?* »Mr. Hall, ist Ihr Team bereit?«

Er wandte sich an Butcher Boy, der nickte. »Wir sind bereit«, sagte er.

Die nächsten sechs Stunden, während sie in getrennten Hubschraubern nach Eden flogen, waren alle in Alyssas Gruppe gesprächig, mit Ausnahme von John Savage, der aus dem Helikopterfenster auf den aufziehenden Sturm hinausschaute. Sie konnte ihren Blick nicht von ihm abwenden.

Neben seiner Traurigkeit besaß der Mann eine gewisse innere Ruhe, dachte sie, eine Stärke. Aber sie konnte die Art dieser Stärke nicht richtig bestimmen; der Mann war ein Rätsel. Sie wusste, dass er bemerkte, dass sie ihn beobachtete, doch er ignorierte sie unverhohlen und war mehr auf die fernen Wolken konzentriert. Obwohl er eine Rasur brauchte, dachte sie, und trotz der Schmutzspuren auf seinem Hemd und Römerkragen, war er immer noch attraktiv.

»Ich hätte gedacht, Sie wären aufgeregter!«, rief sie über die Rotoren hinweg.

Er drehte sich zu ihr um und lächelte. Es war ihr vollkommen klar, dass es nicht echt war. »Bin ich«, sagte er. »Ich denke nur nach, das ist alles.« Und das war die Wahrheit. Wenn er sich an die Innenwand des Helikopters lehnte, konnte er spüren, wie sich die Umrisse seiner Glock an seinen Rücken pressten.

»Worüber?«

Darüber, wie und wann ich Sie töten werde. »Nur über … Dinge«, sagte er.

Sie streckte die Hand aus und ergriff seine, eher aus Mitgefühl für einen Mann, der von großer Trauer erfüllt zu sein schien als aus einem anderen Grund. Er reagierte beinahe, indem er seine Hand wegzog, tat es aber nicht. Er ließ sie liegen, während sie sie umfasste; ihre Hand war so weich wie Seide.

»Was immer es ist, Mr. Savage, es wird in Ordnung kommen!«, sagte sie intuitiv.

Lasse ich mir etwas anmerken?

»Ja!«, sagte er. »Ich weiß! Es gibt für alles eine Lösung!«

Als sie seine Hand losließ, beugte er seine Finger und verspürte etwas wunderbar Seltsames in der Nachwirkung ihrer

Berührung. Er sah sie an und sie lächelte: Ein äußerst schönes Lächeln, fand er, vor dem Hintergrund eines äußerst schönen Gesichts.

Und als er zurücklächelte, war es sehr echt und veranlasste sie, ihm einen erhobenen Daumen zu zeigen. »Na, das ist schon besser!«, rief sie.

Für diesen kurzen Moment – in diesem winzigen Augenblick – fühlte er sich gut. Er drehte sich zu Noah um, einem älteren Mann, der glücklich wirkte, während er mit den Archäologen vom Istanbul Institut über die Notizen der Göbekli-Tepe-Ausgrabung sprach. Er beobachtete ihren ungezügelten Enthusiasmus und lauschte ihrem Lachen. Er pflegte so zu lachen, erinnerte er sich, während er seine Freundin umwarb, die später seine Ehefrau wurde, die Frau, die jetzt mit einem anderen Mann zusammenlebte und mit ihm zusammen Kinder erzog.

Sein Lächeln verblasste schnell.

Und er drehte sich um, um aus dem Fenster auf den zweiten Helikopter zu blicken, der neben ihnen flog.

Im zweiten Helikopter hielt Obsidian Hall eine Einsatzbesprechung mit seinem Team ab.

»Eden? Das biblische Eden?« Butcher Boy wirkte verblüfft, unsicher, ob Obsidian Hall eine Geschichte spann oder die Wahrheit sagte.

»Gibt es ein anderes?«, erwiderte er.

»Der verdammte Garten Eden?«, fragte Aussie und beugte sich vor, damit er über die Rotorblätter hinweg gehört werden konnte.

»Nur, dass es nicht mehr viel von einem Garten hat«, antworte Hall, »sondern mehr von einer wüsten Ebene.«

»Und unsere Mission ist es, Sie wovor zu beschützen?«, fragte Red.

»Genau genommen ist sie zweifacher Natur«, begann Hall. »Erstens: Da drinnen ist etwas, das zu denen, die nicht in seinem Territorium heimisch sind, nicht besonders freundlich ist.«

»Was denn?«, fragte Carroll.

»Das ist die Frage, nicht wahr? Es scheint, dass es niemand mit Sicherheit weiß! Was immer es ist, ich will, dass Sie es töten, sollte es auch nur in unsere Nähe kommen!«

»Und zweitens?«, fragte Butcher Boy.

»Und zweitens: Es wird vermutet, dass im Inneren Krypten liegen. Und was ist eine Konstante jeder Krypta?«

Aussie lächelte und lehnte sich dann zurück. »Schätze«, sagte er. »Jede Menge verdammter Schätze.«

»Ganz genau! Aber natürlich wird Ms. Moore Protest gegen Ihre neu entdeckten Gewinne einlegen, sollten Sie sich dazu entscheiden, sich aus der antiken Kasse zu bedienen, wenn Sie wissen, was ich meine. Ich allerdings will nur eines!«

Aussie beugte sich erneut vor, um wieder in Hörweite zu kommen. »Und das wäre?«

»Ich will, was in diesen Krypten ist!«

Einen kurzen Moment lang war nichts zu hören, außer dem lauten Drehen der Rotoren. Sie alle dachten das Gleiche. Aber es war Butcher Boy, der Hall die Frage stellte. »Sie wollen das, was in diesen Krypten ist, für sich selbst haben?«

»Deshalb habe ich dieses Projekt finanziert!«

»Ms. Moore wird Ihnen das nicht erlauben, Sir!«, sagte er laut. »Und genauso wenig das Istanbul Institut!«

»Vielleicht werden Ms. Moore und Ihr Team, unglücklicherweise, ein schreckliches und verfrühtes Schicksal erleiden, genau wie ihr Vater vor ihr!«

»Sie wollen, dass wir sie ausschalten?«

»Wenn die Zeit gekommen ist!«, rief Hall. »Und diesen Priester, oder was verdammt er auch ist! Wir wurden angeheuert, um sie zu beschützen, was wir bis zu einem gewissen Punkt auch tun werden. Sie muss für uns die Texte lesen, die uns den Weg zur Kammer zeigen werden! Nachdem wir sie gefunden haben und Ms. Moore oder ihr Team nicht länger brauchen, sind sie mit aller Härte auszuschalten! Ist das klar, meine Herren? Welche Ausbeute es auch geben mag, sie wird uns gehören, und nur uns!«

Aussie, Butcher Boy, Red und Carroll sahen Hall mit den Blicken von Männern an, die ihre Seelen mit Freuden an den Altar des Teufels genagelt hatten.

Niemand verspürte Reue. Besonders nicht Obsidian Hall.

–18–

IRGENDWO IM OSTEN DER TÜRKEI

Als die Helikopter landeten, taten sie das weit genug von allem entfernt, das auch nur ansatzweise zivilisiert war. Die Rotoren wirbelten einen wogenden Sandstrudel auf, während zwei Schafhirten auf einer kleinen Anhöhe in kurzer Entfernung standen. Nachdem alle ausgestiegen waren, erhoben sich die Helikopter und drehten nach Westen ab.

In der Ferne winkte einer der Schafhirten. Alyssa erwiderte die Geste. Der zweite Hirte stand still. In seiner Hand hielt er einen Strick, an dem eine Gruppe von zwölf Kamelen festgebunden war.

Obsidian Hall kam zu Alyssa, die ihren Rucksack schulterte. »Ms. Moore«, sagte er. »Sie erwarten doch nicht, dass ich auf eins dieser Dinger steige, oder?«

»Die nennt man Kamele«, sagte sie zu ihm. »Wir brauchen sie, um das unwegsame Gelände zu überqueren und unseren Zielort zu erreichen. Aber wenn Sie es vorziehen, hierzubleiben, Mr. Hall, dann tun Sie sich keinen Zwang an.«

»Können wir nicht einen Jeep oder so etwas nehmen?«

»Ein Jeep würde es nicht schaffen.« Sie ließ ihn stehen. Während die anderen sich mit ihren Rucksäcken sammelten, stieg Alyssa die Anhöhe hinauf und begrüßte den Schafhirten mit einer kurzen Umarmung. »Es ist schön, Sie wiederzusehen, Adskhan.«

Der Mann hatte eine Statur wie Abraham Lincoln und seine Haltung wurde vom einsetzenden hohen Alter gebeugt. Sein Bart und seine Haare waren mit grauen Streifen durchzogen und sein Gesicht war erstaunlich gerunzelt und zerfurcht. »Es ist auch schön, Sie zu sehen, Ms. Moore.« Sein Lächeln wich aufrichtigem Kummer. »Bitte erlauben Sie mir, Ihnen mein

Beileid über Ihren Vater auszusprechen. Er war ein sehr ehrenhafter Mann, der die Geschichte und Antiquitäten meines Landes achtete.«

Sie streckte ihre Hand aus und ergriff seine. »Ich vermisse ihn, Adskhan. Ich vermisse ihn wirklich.«

Er wölbte seine Hand über ihre und tätschelte sie. »Das sollten Sie auch«, sagte er.

»Wie ich sehe, haben Sie unsere Transportmittel.«

Er blickte hinter sich. Der Hirte, der die Kamele unter Kontrolle hielt, begann, mit dem Strick zu kämpfen. »Wie es scheint, sind die Kamele so unruhig wie Sie«, sagte Adskhan zu ihr. »Nehmen Sie sie mit meinem Segen. Für das, was Ihr Vater für das Erbe meines Volkes getan hat, ist das noch nicht genug.«

»Es ist reichlich«, sagte sie und lächelte schwach.

»Dann seien Sie vorsichtig.«

»Das bin ich.«

Adskhan winkte dem zweiten Hirten zu, der die Karawane vorwärts führte, indem er am Strick zog. »Meistens sind es sanftmütige Tiere. Sie sollten Ihnen auf Ihren Reisen keine Probleme machen.«

Als der zweite Hirte zu ihnen kam, sprachen er und Adskhan auf Türkisch miteinander. Alyssa konnte genug von der Sprache zusammenfügen, um ihre Unterhaltung im Kern zu verstehen. Adskhan wollte, dass er ihr die Leine reichte, doch der zweite Hirte bestand darauf, sie jemandem mit der Stärke, mit zehn Kamelen zurechtzukommen, zu übergeben. Mit anderen Worten: einem Mann. Sie ergriff jedoch die Initiative, indem sie den Hirten damit überraschte, ihm den Strick aus der Hand zu nehmen, und die Karawane auf ihr Team zuführte.

Als der Hirte protestieren wollte, hielt Adskhan ihn zurück und sagte etwas über die Torheit, zu versuchen, gegen den Willen einer amerikanischen Frau anzukämpfen. Dem zweiten Hirten war das egal, als er beleidigt mit seinem Kamel im Schlepptau davonging.

Adskhan rief Alyssa jedoch nach: »Möge Ihre Reise sicher sein!«

Sie winkte zurück. »Danke, Adskhan!« Bis sie ihre Gruppe erreicht hatte, waren beide Hirten fort.

»Sie wollen mich wohl auf den Arm nehmen«, sagte Hall.

Sie sah ihn streng an. »Wirklich, Hall? Sind Sie wirklich so zimperlich?« Sie warf ihm den Führstrick seines Kamels zu und ließ ihn stehen.

Hall – der das Kamel anstarrte – fand das Tier äußerst abscheulich. Er drehte sich rasch um und rief Alyssa nach: »Aber ich werde meine Hose schmutzig machen!«

Sie ignorierte ihn.

Mit Ausnahme von Obsidian Hall, der Schwierigkeiten damit hatte, sich anständig im Sattel zu halten, und von einer Seite auf die andere rutschte, genossen alle die neue Erfahrung des Kamelritts über steiniges Gelände. Der Himmel blieb wolkenverhangen und der drohende Regen gab jenen, die begriffen, dass Sturzfluten augenblicklich töten konnten, Anlass zur Sorge. Daher führte Alyssa sie über den höchstmöglich gelegenen Boden an. Noah bildete das Schlusslicht.

Bei Einbruch der Dunkelheit brachen die Wolken auf und Alyssa fühlte sich erleichterter, als sie ihr Nachtlager aufschlugen. Der Himmel war voller Sterne und Konstellationen, die Luft kühl und trocken. Obsidian Halls Team übernahm das Feuer, wie immer, und behauptete sein Revier bei den Flammen, indem es die anderen fortjagte, Noah und die beiden leitenden Archäologen, Eser und Harika, eingeschlossen, die ihnen nur zu bereitwillig das Feld räumten.

Alyssa jedoch gefielen die Spötteleien über jeden, der keine Waffe trug, nicht, und sie brachte ihren Einwand Obsidian Hall vor, der abseits des Camps gegen einen großen Stein gelehnt dasaß und zum Himmel schaute.

»Mr. Hall?«

Er verdrehte die Augen. »Was denn, Ms. Moore?«

»Ich glaube, ich mag Ihre Kinder nicht besonders«, sagte sie und stellte sich mit in die Hüften gestemmten Händen vor ihn.

»Dann sind wir schon zu zweit.«

»Was werden Sie denn dagegen unternehmen?«, fragte sie.

Er zuckte mit den Schultern. »Es sind erwachsene Männer. Was wollen Sie denn, das ich tue?«

»Sie müssen sie in den Griff bekommen«, sagte sie wütend. »Ihnen gehört dieses Feuer nicht. Und sie haben ganz sicherlich nicht das Recht, meinen Leuten zu sagen, sie sollen sich ›verpissen‹.«

»Das verlangen Sie von Ihnen? Dass sie sich verpissen?«

»Ja.«

Darüber lächelte er. *Gut.* Am Feuer johlten und brüllten die Soldaten wie unreife Teenager. »Hören Sie ihnen doch mal zu«, sagte sie.

»Ich vermeide es.«

Ihre Körpersprache wurde wütender, ihr Stand breiter, die Hände in ihren Hüften geballte Fäuste. »Haben Sie das Sagen oder die?«

Er sah sie mit einer Miene an, die null Emotion verriet. »Wie lange noch bis nach Eden?«, wechselte er das Thema.

Doch sie ließ ihn nicht. »Haben Sie das Sagen, Mr. Hall, oder die? Ich werde nicht zulassen, dass mein Team von diesen Typen eingeschüchtert wird.«

»Das sind wilde Jungs, Ms. Moore. Aber glauben Sie mir, wenn ich sage: Wenn die Zeit kommt, in der sie den Job machen sollen, den Sie von ihnen erwarten, gibt es keine bessere Truppe. Also, wie lange noch, bis wir Eden erreichen?«

»Morgen«, sagte sie. Und dann machte sie sich auf den Weg zum Feuer. »Anscheinend, Mr. Hall, haben sie keine Eier. Also werde ich mich selbst um sie kümmern.«

Hall lehnte sich gegen den Stein zurück und sah zum Himmel. »Viel Glück«, sagte er.

»Na, was haben wir denn da?«, sagte Aussie. Die Schatten auf seinem Gesicht bewegten sich gespenstisch, während die Flammen in ihrem Steinring brannten und tanzten. Sein hängendes Auge sah im Feuerschein monströs aus.

Alyssa behauptete sich so, wie sie Obsidian Hall konfrontiert hatte: mit Feindseligkeit. »Lassen Sie uns eines klarstellen«, sagte sie. »Sie arbeiten für mich ...«

»Ah-ah«, korrigierte Butcher Boy. »Wir arbeiten für Hall.«

»Der zufällig für mich arbeitet.«

»Ah-ah«, korrigierte er erneut. »Er finanziert Ihr kleines Projekt, Missy. Das wissen wir.«

Sie trat einen Schritt näher ans Feuer heran und das Licht reflektierte den Zorn in ihren Augen. »Sie werden meine Leute nicht respektlos behandeln, haben Sie das kapiert?«

»Oder was?«

Alyssa wusste keine Antwort. Und in diesem Moment begriff sie zum ersten Mal, dass sie wirklich keine Macht über die Situation hatte. Überhaupt keine.

Aussie stand auf. Während sich sein Mundwinkel zu einem einseitigen Grinsen verzog, das eher nach einem lüsternen Blick aussah, ließ er die Hüfte anzüglich kreisen. »Wie wär's, wenn Sie herkommen und es mal mit dem guten alten Aussie probieren?«

»Mr. Aussie, oder was auch immer zum Teufel Ihr richtiger Name ist, wenn Sie mir auch nur nahe kommen, dann schwöre ich bei Gott, werde ich Ihnen die Eier bis in den Hals treten.«

Sein Lächeln wurde breiter. »Noch besser«, sagte er. »Auf diese Weise kann ich gleichzeitig einen Zungenkuss und einen Blowjob kriegen.« Sein Team lachte, was sie wütend machte. Also stürmte Alyssa davon, spürte das Brennen der Tränen und setzte sich abseits des Lagers hin, weg von Obsidian Hall und näher zu John Savages Standpunkt, der zwanzig Meter entfernt war. Anscheinend hatte er den gesamten Konflikt gesehen und eine perfekte Aussicht darauf gehabt, aber sein Gesicht verriet seine Meinung über das Vorgefallene nicht.

Also forderte sie ihn heraus. »Was?«

Er nickte. »Nichts.«

»Ich nehme an, Sie haben etwas über das zu sagen, was gerade passiert ist?« Die Frustration in ihrer Stimme war ziemlich offensichtlich.

»Nur eins«, sagte er. »Ich applaudiere Ihrem Mut.«

Ihre Schultern entspannten sich ein wenig, während ihre Wut dahinschmolz. Dann kam sie näher und bemerkte den düsteren Blick auf dem Gesicht des Abgesandten. »Es tut mir schrecklich leid«, sagte sie. »Ich hätte nicht so mit Ihnen sprechen sollen.«

»Das liegt daran, dass Sie frustriert sind«, sagte er ruhig. »Sie haben allen Grund dazu.«

Ohne dazu aufgefordert zu werden, nahm sie neben ihm Platz. Es schien ihm nichts auszumachen, dass sie so nah saß, dass er einen Hauch ihres Parfüms riechen konnte. Sie zog die Knie in einem spitzen Winkel an sich, verschränkte die Arme und machte sich klein.

»Ich bin es nicht gewohnt, solche Typen um mich zu haben«, sagte sie schließlich.

Er nickte. »Ich schon.«

Sie sah ihn an; sein Profil hob sich vor dem Hintergrund ab, kräftig und kantig in der Dunkelheit. »Sind sie?«

Savage zögerte und schien die Natur seiner Umgebung in sich aufzunehmen. »Ich war früher beim Militär«, antwortete er. »Ich war wie sie.«

Sie blickte zum Feuer, zu den Männern, die um die Flammen saßen, und zeigte dann in ihre Richtung. »Sie waren wie sie?«

Er nickte. »Früher einmal, ja. Ich weiß, dass sie erfahrene Soldaten sind.«

»Woher wissen Sie das?«

»Ich weiß es einfach«, sagte er. »Falls etwas schiefgeht, dann sind das die Jungs, die man auf seiner Seite haben will.« Er verstummte.

»Mr. Savage?«

»Ja?« Er starrte weiter in die Dunkelheit, auf die Formen in der Wüste.

»Darf ich Sie etwas fragen?«

»Natürlich.«

»Warum sind Sie so distanziert?«

Er drehte sich zu ihr um. Und obwohl es dunkel war, konnte sie erkennen, dass er sie aufmerksam musterte. »Nehmen Sie mich so wahr? Distanziert?«

Sie streckte die Hand aus und ergriff seine. »Ja.«

Er erlaubte ihrer Hand, zu bleiben, als er sich abwandte und überlegte, ob er ihr ernsthaft antworten sollte oder nicht. »Als ich beim Militär war«, sagte er schließlich, »habe ich viel verloren. Ich habe viel gewonnen. Aber ich habe viel verloren.«

»Und warum sind Sie so distanziert?«

»So habe ich mich nie wirklich wahrgenommen«, antwortete er leise.

»Aber Sie sind es.«

Er nickte, als fände er sich mit dem ab, wozu er geworden war. »Ich war verheiratet«, sagte er, »mit dem Mädchen, in das ich seit der Highschool verliebt gewesen war.«

»Eine Sandkastenliebe.«

»Das könnte man so sagen, schätze ich. Aber während meiner Dienstzeit nahm ich sie als so selbstverständlich hin, dass ich meine Einsätze über sie stellte, dass ich ihre Bitten, zu Hause zu bleiben und eine Familie zu sein, nicht beachtet habe. Und damit trieb ich sie in die Arme eines anderen Mannes.« Als er zögerte, drängte Alyssa ihn nicht. »Danach stimmte etwas mit mir nicht mehr«, fuhr er fort. »Ich verlor allmählich meinen Blick fürs Wesentliche und traf schlechte Entscheidungen – die Art von Entscheidungen, die Männern den Tod bringen. Als meine Dienstzeit abgelaufen war, beschloss ich, auf Drängen des Special Team Commands, zu gehen.« Er sparte es sich, ihr zu erzählen, dass er eine wichtige Rolle bei den Green Berets gespielt hatte; er sah keinen Grund dafür.

»Und wie sind Sie zum Vatikan gekommen?«

»Mein Arbeitsbereich hatte viel damit zu tun, Daten zu sammeln und dann auf die erhaltenen Informationen zu reagieren. Der SIV suchte seit der Eskalation der Konflikte im Nahen Osten nach erfahrenen Männern. Meine Organisation fungierte also als Verbindungsstelle und ich bekam eine Anstellung beim vatikanischen Geheimdienst, ohne die Routine von Kampfeinsätzen. Aber die Wahrheit ist … Ich wollte einfach so weit vor allem davonlaufen, wie ich konnte, besonders vor ihr.«

Als sie ihre Hände um seine wölben wollte, zog er sie weg. »Ich brauche Ihr Mitleid nicht«, sagte er. Er wollte sich nicht von diesem Gefühl der Distanz trennen. Er musste gefühllos und reuelos sein. Er konnte sich die Schwäche von Emotionen nicht leisten. Es würde seinen Job nur erschweren, wenn es Zeit wurde, sie zu töten. »Aber ich danke Ihnen für Ihr Interesse«, sagte er gleichgültig.

Sie seufzte und tätschelte ihm dann leicht den Oberschenkel. »Falls Sie reden wollen, Mr. Savage, wird noch genug Zeit dafür sein.«

»Danke«, sagte er. Als sie aufstand, klopfte sie sich den Sand von der Jeans. Savage hob den Kopf, betrachtete die Schönheit ihres Gesichts und die schlanke Form ihrer Figur im Schein des Feuerlichts. »Ms. Moore?«

»Ja?«

Er wollte ihr noch einmal danken, wollte ihr sagen, dass er ihre Sorge zutiefst zu schätzen wusste, und er wollte ihr sagen, dass er wünschte, er könne sich ihr weiter öffnen, aber er schaffte es nicht. »Schlafen Sie gut«, sagte er.

Nachdem sie weggegangen war, lehnte er sich zurück und beobachtete die Sternbilder am Himmel. Dann schalt er sich und wünschte sich, er wäre distanzierter, als er es war. Sie zu töten, dachte er, würde nicht einfach werden.

Er seufzte.

–19–

Am nächsten Morgen führte Alyssa das Team weiter und Noah bildete das Schlusslicht. Hall hatte immer noch Schwierigkeiten, das Gleichgewicht zu halten, rutschte oft von einer Seite auf die andere, und schlang ein Bein um den Höcker, damit er nicht herunterfiel.

Der Zug bildete eine gerade Linie entlang der Erhöhung. Die Sonne wirkte riesig und voll und gewaltig am Horizont; die Kugel rahmte die Karawane ein, während sie sich mithilfe vom an Alyssas Handgelenk befestigten GPS ihren Weg bahnte. Laut den Koordinaten ihres Vaters hatten sie sich der Stelle bis auf fünf Kilometer genähert. Doch Alyssa sah nichts außer Flachland.

»Miss Moore!«, rief Hall, der auf eine Seite seines Reittiers gerutscht war. »Wie lange noch?«

»Bald«, sagte sie.

Der Zug bewegte sich so langsam über das felsige Gelände, dass Hall beschloss, abzusteigen und den Rest des Weges zu laufen und das Kamel an seinem Strick zu führen. Als Alyssa anhielt, tat es auch der Rest des Teams.

Obsidian Hall ließ die Leine fallen und stand ehrfurchtgelähmt da; seine Augen fixierten etwas in der Ferne. »Ist es das?«, fragte er schließlich. »Ist das Eden?« Laut Alyssas GPS war es das. Sie antwortete ihm nicht, sondern trat ihrem Kamel die Hacken in die Seiten und ritt weiter. Als Hall ansetzte, den Strick aufzuheben, den er losgelassen hatte, bemerkte er, dass sein Kamel westwärts trottete.

Seine Teamkameraden lachten. »Was für einen Scheißunterschied macht das schon, Captain? Sie konnten Ihren Hintern doch sowieso nicht auf dem verdammten Ding halten.« Sie bewegten sich weiter und Obsidian Hall versuchte, Schritt zu halten, wobei er oft über Steine stolperte.

Als sie näher kamen, bemerkten sie, dass die Erde eine geradlinige Anhöhe bildete. *Das ist es!*, dachte Alyssa. *Das ist die Kuppel!* Als sie abstieg, folgten alle ihrem Beispiel und versammelten sich um sie. »Das ist es«, sagte sie leise und ungläubig, als sei der Moment surreal.

Aussie stellte sich neben sie. Sein Blick war starr geradeaus gerichtet und er hatte seine Waffe von seiner Schulter geholt und fest in seinem Griff. »Für mich sieht das nur nach einem verdammten Erdhaufen aus«, sagte er.

»War klar, dass Sie das sagen würden«, sagte Alyssa und entfernte sich absichtlich von ihm. Die Wände der Anhöhe hatten jeweils eine Länge von mindestens einem halben Kilometer und ihre Höhe betrug etwa sieben bis zehn Meter. Aus der Luft betrachtet war die gesamte Struktur ein perfektes Quadrat. »Das ist die Kuppel«, sagte sie. »Das ist der Eingang.«

Obsidian Hall stieß endlich zur Gruppe, müde und außer Atem von seinem Marsch. Seine Kleider waren schmutzig, sein Gesicht schweißgebadet und sein Hemd wies Schweißflecken auf.

»Nett, dass Sie sich uns anschließen, Cap«, sagte Butcher Boy, der sich nicht die Mühe machte, Hall auch nur eines Blickes zu würdigen, sondern ihn spürte, während er seinen Blick auf den Hügel gerichtet hielt.

»Danke fürs Warten«, sagte Hall atemlos. Doch als er begriff, dass er auf der Schwelle Edens stand, schien er neue Energie zu schöpfen.

»Sieht mir kaum wie ein Garten aus«, sagte Aussie. »Das ist nur totes Land.«

»Das war es nicht immer«, sagte Noah. »Früher floss hier ein Fluss hindurch, der die Landschaft nährte.«

»Was auch immer, Kumpel. Packen wir's verdammt noch mal an.«

Alyssa fand, dass der Mann endlich einmal mit etwas recht hatte. »Sucht nach einer Öffnung auf halbem Weg den Hügel hinauf«, sagte sie. »Sie könnte von Steinen und Felsen verdeckt sein.« Stundenlang überprüften sie die Ost- und Nordwände und fürchteten, sie hätten sie übersehen, und dann überprüften sie noch einmal alles, bevor sie weiterzogen. Der Tag war heiß geworden, die Sonne glühend, doch die Kamele steckten das mühelos weg und lagen auf allen vieren in der Wüstenlandschaft.

»Ich habe etwas gefunden!« Eser und Harika standen beisammen, weil sie sich beieinander am wohlsten fühlten und Türkisch sprachen, wann immer sie konnten. Sie waren auf halber Höhe des Hügels, von Felsen umgeben, doch Eser schwenkte etwas über seinen Kopf.

Da Noah zu keiner Zeit zu weit von ihnen entfernt war, nahm er den Gegenstand, untersuchte ihn kurz, und hob ihn über den Kopf. »Das ist Montarios Taschenlampe!«, rief er.

Alle liefen von überall her zu der Stelle hin. Alyssa nahm die Lampe. Sie war verblasst und ausgeblichen. Doch Montarios Name war eingraviert. »Dann ist er hier«, sagte sie. »Der Eingang ist hier. Findet ihn!«

Alle wuselten umher wie Heuschrecken, suchend, voll neuer Energie. Doch es war John Savage, der die Öffnung hinter einer Reihe von Felsen fand. »Hier drüben!« Er winkte sie hektisch zu sich.

Während sich das gesamte Team um die Öffnung versammelte, sprach keiner, atmete keiner. Sie standen einfach da, während ihr Verstand versuchte, die Wahrhaftigkeit des Augenblicks zu verarbeiten. Die Öffnung war unförmig, etwa von der Größe dreier nebeneinanderliegender Kanaldeckel, die Dunkelheit dahinter schwarz wie Pech.

Savage lehnte sich zurück, was Alyssa eine breite Stelle freimachte, um vorbeizugehen und sich an den Eingangspunkt zu stellen. Sie konnte spüren, wie eine leichte Brise ihre heiße Haut bedeckte und sie kühlte. Als sie die Augen schloss, dachte sie an ihren Vater. Sie konnte sein Gesicht sehen und sich sein Lächeln ausmalen.

»Ms. Moore, wir werden nicht mehr jünger«, sagte Hall. Sie öffnete die Augen, holte eine Taschenlampe aus ihrem Rucksack und ließ den Strahl in die Öffnung scheinen. So weit sie sehen konnte, waren die Oberflächen glänzend und reflektierten das Licht. Der Strahl konnte jedoch nicht mehr als einige Meter vordringen und huschte über nichts als dichte Schatten. Als sie den Fuß hob, um den ersten Schritt hinein zu machen, rief Noah: »Warte!«

Er kam nach vorne. »Alyssa, Liebes, warte bitte.«

»Warum?«

»Es gibt Dinge in der Dunkelheit … erinnerst du dich?« Sie beide blickten in den Schlund. »Woher wissen wir, dass uns nicht eins davon jetzt gerade beobachtet?«, fügte er hinzu.

»Ach, um Himmels willen, ihr Yankees; geht mir aus dem Weg.« Aussie bahnte sich einen Weg nach vorne, stellte sich neben die Öffnung, richtete seine Waffe darauf und beharkte das Loch mit Schüssen. Als er fertig war, hielt er einen Daumen hoch und sagte: »Jetzt ist da nichts mehr.«

Alyssa war außer sich. »Sie Idiot!«, schrie sie und schob Aussie rückwärts. Als er auf dem Sand ausrutschte und auf den Hintern fiel, fasste er es als persönlichen Affront auf und richtete seine Waffe mit zweitausend der dreitausend Gramm, die nötig waren, um den Abzug durchzudrücken, auf sie. Sein Gesicht war eine Maske aus purer Wut. Und als Alyssa das sah, machte sie ein entsetztes Gesicht.

Er stand auf, die MP-7 erhoben. »Ich sollte Ihren Arsch direkt hier und jetzt abknallen«, sagte er mit zusammengebissenen Zähnen.

»Aussie!« Obsidian Hall bahnte sich einen Weg nach vorne. »Sie bekommen sehr viel Geld dafür bezahlt, um uns Schutz zu bieten, nicht, um alles kurz und klein zu schießen! Jetzt nehmen Sie Ihre Waffe runter.«

Aussie zuckte bei dem Befehl nicht einmal mit der Wimper.

»Aussie, ich befehle Ihnen, die Waffe runterzunehmen.« In Halls Stimme lag ein gewisses Maß an Frustration. Dann wandte er sich an Butcher Boy. »Sagen Sie ihm, dass er seine Waffe runternehmen soll.«

Butcher Boy stand einen Moment lang da, als ob er nachdachte. Die Anspannung hing dick in der Luft.

»Sagen Sie *ihm*, er soll seine Waffe runternehmen!«

Butcher Boy, ebenfalls eine Waffe in den Händen, machte einen Schritt vorwärts und legte eine behandschuhte Hand auf Aussies Schulter. »Waffe runter, Soldat. Sofort!«

Aussie gehorchte, aber sehr, sehr langsam. »Legen Sie niemals wieder Ihre verdammten Hände an mich, Missy.«

Als Aussie zurücktrat, erklang ein kollektives Seufzen. Bis zu diesem Punkt hatte keiner realisiert, dass alle den Atem angehalten hatten.

»Wir sind noch nicht mal drin, und sie gefährden den Ort schon jetzt«, sagte Alyssa zu ihm, wenn auch ruhiger. »Sie können nicht einfach hingehen und anfangen zu schießen. Haben Sie eine Ahnung von dem Schaden, den sie vielleicht gerade angerichtet haben?«

»Hören Sie, Missy …«

»Zuerst mal ist mein Name nicht Missy. Ich heiße Alyssa. Aber Sie können mich Ms. Moore nennen.«

»Jetzt hören Sie mir mal zu, Missy. Wir sind zu Ihrem Schutz hier. Und der dünne Kerl da hatte Angst, dass da was drin ist, also hab ich mich darum gekümmert. Wenn da was war, da ist es jetzt nicht mehr da.«

»Aussie.«

Obsidian Halls Stimme war ruhig und kontrolliert. »Hören Sie gut zu«, sagte er. »Entweder kontrollieren Sie ihr leichtsinniges Verhalten oder Sie verlassen die Gruppe. Sie werden langsam eher zu einer Behinderung statt zu einer Hilfe.« Dann setzte er nach: »Ich meine es ernst.«

Aussie sah die Menschen an, die um ihn herum standen. Jeder, der keine Feuerwaffe hatte, mit Ausnahme des Abgesandten, trug den Ausdruck alternder Männer zur Schau, mit zerfurchtem Gesicht.

»Ich habe Sie als Profi angeheuert«, sagte Hall streng. »Also verhalten Sie sich auch wie einer.«

Aussie konnte Beschimpfungen problemlos austeilen, aber er konnte es nie ertragen, sie auch einzustecken. Er winkte wütend und wegwerfend ab und zog sich den Abhang hinunter zurück, wo er sich weiter aufregte.

Butcher Boy trat vor und legte Alyssa eine Hand auf den Unterarm. »Sie müssen es ihm nachsehen, Ma'am. Manchmal ist Aussie ein bisschen überdreht.«

»Ja, das verstehe ich.«

»Wenn Sie möchten, kann ich Sie hineinbegleiten.«

Sie streckte ihm die Handfläche entgegen. »Das ist nicht nötig«, sagte sie. »Ich hab alles im Griff.« Sie ging in die Hocke und leuchtete mit der Lampe ins Innere, wo sie die Pockennarben der Einschusslöcher in den Wänden bemerkte. *Idiot!*

»Sei vorsichtig«, sagte Noah.

»Bin ich.«

Sie hob den Fuß und setzte ihn auf festem Grund ab, folgte mit dem anderen, bis sie ganz drinnen stand. »Für dich, Dad«, flüsterte sie.

»Alyssa?«

Sie konnte die Sorge in Noahs Stimme hören. »Mir geht's gut, Noah.«

»Geh nicht zu weit weg.«

Sie konnte nicht anders als lächeln. Noah war genauso besorgt um ihr Wohlergehen wie ihr Vater. Sie schwenkte die Lampe in alle Richtungen; der Strahl legte sich auf schwarze Silikatwände. Jedes Mal, wenn sie den Lichtschein weitergleiten ließ, schien sich ihr Herz in ihrer Brust zu verkrampfen. Der Gang war wunderschön, die geometrischen Flächen perfekt, die Wände so glatt wie Glas. Als sie das Licht über den Eingang richtete, atmete sie mit etwas aus, das wie Ehrfurcht klang.

Über dem Eingang befand sich die archaische Inschrift des Anfangs der Menschheit:

α ꝉД GϽ

»Miss Moore?« Das war Obsidian Hall. »Ist alles okay?«

»Das müsst ihr sehen!«, rief sie überschwänglich. »Noah!«

Der alte Mann schlüpfte mit vor sich ausgestreckter Lampe durch die Öffnung, und Hall, dessen Team, Savage, Eser und Harika folgten ihm zügig. Aussie, noch immer aufgebracht, trat als Letzter ein.

Während sie stumm wie eine griechische Statue dastand und gleichzeitig wunderbar erstaunt und fasziniert aussah, sammelten sich alle um sie und folgten ihrem Blick zu der Stelle über dem Eingang.

α ŦД GƆ

»Bedeutet das irgendwas Spezielles?«, fragte Red.

»Es bedeutet alles«, antwortete sie. Sie näherte sich und streckte sich danach aus, wollte ihre Fingerspitzen über die Gravuren streichen lassen. Doch sie war zu klein.

Noah nickte, lächelte; er begriff plötzlich, was da stand.

»Was?«, fragte Carroll. Der junge Soldat stand neben seinem Bruder Red, als sich Noahs Miene aufhellte. »Was steht da?«

»Das habe ich mir nie vorstellen können«, sagte er leise. »Ich hab es mir … einfach … nie vorgestellt.«

»Was nie vorgestellt?«

Alyssa zeigte auf die Buchstaben und las sie einen nach dem anderen vor, auf der linken Seite angefangen. »E – D – I – N«, sagte sie. »Eden!«

–20–

Bei der Vibration von Aussies Schüssen regte sich der Geruchssinn der Kreatur, was das Biest dazu veranlasste, den Kopf zu heben und seinen Kragen auszubreiten; diese Ausdehnung war ein Sinnesmechanismus, der in der Lage war, Eindrücke aus bis zu zwei Kilometern Entfernung aufzunehmen, da die Kreatur, von Natur aus, nahezu taub war.

Aus allen Ecken der Kammer erklang das rhythmische Tappen von Krallen, das die Umgebungsluft zum Vibrieren brachte. Die Kreatur drehte den Kopf hin und her; ihr Kragen agierte als anatomischer Radar, indem er den Takt aufnahm und ihn verarbeitete.

… *tap-tap* … *tap-tap* … *tap-tap* …

Und dann folgte eine Phase der Stille, während der ihr Gehirn ausschließlich aus einem olfaktorischen Antrieb heraus funktionierte. Die Synapsen ihres Verstandes übertrugen Nachrichten schnell und ließen ihre schuppige Haut prickeln, auf die gleiche Art, wie sich das Nackenfell eines Hundes aufstellt, wenn er große Gefahr spürt.

Einen Moment später begann sie wieder, mit den Krallen zu klopfen, diesmal in einem nervösen Tempo, das ähnliche Antworten hervorrief.

… *tap-tap-tap-tap-tap-tap* …

… *tap-tap-tap-tap-tap-tap* … *tap-tap-tap-tap-tap-tap* …

… *tap-tap* … *tap-tap-tap-tap* … *tap-tap* …

Eine nach dem anderen glitten die Kreaturen mit anmutiger Agilität von ihren Sitzen und rannten auf die Quelle der Schüsse zu. Dazu veranlagt, ihr Territorium zu verteidigen, beeilten sich die großen Tiere, um ihr Gebiet zu beschützen, wie sie es mehrere zehntausend Jahre lang getan hatten.

Plötzlich kam Alyssa ein Gedanke. Ihr Vater war hier – irgendwo. Was immer von ihm übrig war, lag vermutlich in einer der Kammern verborgen.

»Die Wände«, sagte jemand. Alyssa kam wieder ins Hier und Jetzt zurück und sah wie Eser und Harika mit den Handflächen über das schwarze Silikatgestein fuhren. »Es ist wie Glas«, sagte Eser auf Türkisch zu Noah. Da Eser und Harika kein Wort Englisch sprachen, war Noah nur zu gerne bereit, als Übersetzer zu fungieren.

Alyssa kam zu ihnen und ließ unterwegs eine Hand über die Oberfläche gleiten. »Das ist schwarzes Silikat«, sagte sie.

»Hier?«, fragte Hall.

»Schwarzes Silikat ist Sand, der von sogenanntem mafitischem Gestein stammt, und er findet sich in allen Gebieten, wo der extreme Unterschied zwischen den Meerestemperaturen und den Temperaturen flüssiger Lava die Lava dazu bringt, winzige Scherben aus schwarzem Glas zu bilden. Solche Bedingungen existieren im Pazifischen Ozean, überwiegend auf den hawaiianischen Inseln. Und obwohl es mehrere Vulkane in der Türkei gab, inklusive des Berges Ararat, waren die Bedingungen nicht günstig, um schwarzes Silikat zu erschaffen. Wie endete so viel davon auf der anderen Seite der Welt?«

»In Ordnung«, sagte Aussie. »Die Wände sind alle nett und schön. Bewegen wir uns.«

»Aussie.« Butcher Boy klang, als gäbe er den strengen Befehl, sich zurückzuhalten.

Aussie brauchte einen Moment, bis er nickte. »Aye, Sir.«

Von diesem Punkt an schien für Hall und seine Einheit jede Minute mit der Langsamkeit eines schlechten Traumes zu verstreichen. Alyssa wollte jede antike Bedeutung und jeden archaischen Text katalogisieren, die überall auftauchten. Hall stand mit mäßigem Interesse da und fragte sich, ob er ein quadratisches Stück der Wand entfernen und es in einem seiner prächtigen Zimmer an Bord der *Seafarer* wie ein Gemälde aufhängen konnte. Doch es gab sogar noch größere Schätze, überlegte er, eine Fundgrube voller schöner Dinge irgendwo unter ihnen. »Ist das nötig?«, fragte er schließlich.

Alyssa musterte ihn kurz und bemerkte, dass sein Hemd und seine Hose schmutzig waren, und die schicken Oxfordschuhe, die er trug, waren so zerkratzt, dass auch fachkundiges Polieren sie nicht mehr retten konnte. Was Hall für ein freundliches Lächeln hielt, das sich in ihren Mundwinkeln bildete, war in Wirklichkeit ein über sein Aussehen amüsiertes Grinsen.

»Ist was nötig?«, sagte sie.

»Das hier«, sagte er und zeigte auf die unzähligen Symbole an den Wänden.

»Das ist Geschichte, Mr. Hall. Und weil es das ist, wird es auch so aufgezeichnet werden.«

»Es gibt noch viele größere Schätze«, antwortete er. »Unter uns.«

»Nichts Größeres als das, was genau hier vor uns liegt«, entgegnete sie. »Wir werden das nicht überstürzen. Sie müssen also geduldig sein.« Sie kehrte zu ihren Studien zurück und ließ Hall auf der Unterlippe kauend stehen.

»Na schön«, sagte er. *Vorerst machen wir es auf Ihre Art.*

Noah und die türkischen Chefarchäologen zeichneten auf, was wie die Symbole einer Keilschrift aussah, während Savage verblüffend geduldig mit vor dem Körper gefalteten Händen dastand. Halls Team war in einer geraden Linie entlang der Lichtgrenze aufgestellt; alle Soldaten blickten direkt in den Schleier der Dunkelheit.

Keiner von ihnen rührte sich.

Hall näherte sich Butcher Boy, drehte sich um, um sicherzugehen, dass er außer Hörweite von Alyssa und deren Team war, und beugte sich dann näher, um ihm ins Ohr zu flüstern. »Ich verliere die Geduld …«

»Scht.« Butcher Boy hob die Hand, damit er den Mund hielt. Keiner löste seine Augen von der Wand aus Dunkelheit.

Obsidian Hall flüsterte Butcher Boy ins Ohr. »Was? … Was ist da?« Butcher Boy stand unglaublich reglos da – wie auch sein gesamtes Team. Jeder einzelne Mann war hochkonzentriert. »Was ist da?«, wiederholte er.

Butcher Boy bewegte kaum die Lippen. »Wir sind nicht allein«, sagte er.

Hall sagte eindringlich: »Wie meinen Sie das?«

»Da ist etwas in den Schatten.«

Hall sah zur Reihe der Männer, die unnatürlich still dastanden, die Schnellfeuerwaffen erhoben und im Anschlag. Hall lauschte. »Ich höre nichts.«

»Es ist dort«, bestätigte Butcher Boy. »Und es beobachtet uns.«

In der Dunkelheit waren sie in ihrem Element, durchquerten das finstere Ganggewirr mit Leichtigkeit.

Während sie sich im Versteck der Schatten weit jenseits des Lichtrandes hielten, schnellten ihre Zungen – ein hochsensitiver Mechanismus, der ihr schlechtes Seh- und Hörvermögen wettmachte – aus ihren Mäulern heraus und wieder hinein, erfassten intuitiv eine deutliche, gegenwärtige Gefahr. Sie waren viele, manche in Gruppen, die die Geistesgegenwart besaßen, zu wissen, dass etwas in der Nähe war und wartete: Jäger und Gejagte. Ihr Metabolismus war recht langsam und sie hatten sich an der vorherigen Expedition geweidet, also ging es nicht darum, zu fressen, sondern zu verteidigen.

Die Tiere glitten übereinander; die Dunkelheit bewegte sich. Und dann zogen sie sich zurück, suchten den schwachen Trost der Distanz, während sie den Sicherheitsfaktor der Jagd bestimmten. Doch sie blieben innerhalb der Grenzen der Angriffsreichweite.

»Was beobachtet uns?«, fragte Hall besorgt.

»Das ist die Frage des Tages, nicht wahr?«, erwiderte Butcher Boy.

Hall kniff die Augen zusammen, wie um die Dunkelheit jenseits des Lichtkreises zu durchdringen, die schwärzer als schwarz war. »Ms. Moore.«

Sie hörte ihn nicht; Halls gedämpfte Stimme schaffte es nicht, zu ihrem Standort zu tragen. Also rief er auf lautere, leicht gereizte Weise nach ihr, was einen strengen Blick von Butcher Boy auslöste. »Ms. Moore.«

»Nicht so laut«, flüsterte Butcher Boy.

»Ms. Moore.« Endlich erregte er ihre Aufmerksamkeit.

»Was?«

»Die Wärmebildkamera … schnell.«

Ihr fiel auf, dass Halls Männer in einer geraden Linie standen, die die Breite des Korridors ausfüllte, und die Dunkelheit mit präziser Eindringlichkeit beobachten, die Waffen gehoben. Sie zögerte nicht, holte die Wärmebildkamera heraus, schaltete sie ein und begab sich neben Hall, wo sie die Kameralinse in den Flur richtete. Der Bildschirm zeigte bunte Bereiche von Rot und Gelb und Blau. Rot war eine Wärmesignatur und blau die Farbe der Kältesicht, und sie konnte eine rasche Bewegung einfangen, eine blaue, und dann war sie fort.

»Sehen Sie!«, sagte Hall und zeigte auf den kleinen Bildschirm in ihrer Hand.

»Ich sehe gar nichts.«

»Dann spulen Sie zurück.«

Das tat sie. Auf der Kamera war ein Hauch von Blau, der sich blitzschnell aus dem Bildschirm bewegte, aber es war nicht genug, um zu bestimmen, ob es etwas Lebendiges, Kaltblütiges oder ganz anderes war. Sie spulte mehrere Male zurück und erhielt jedes Mal die gleiche Antwort. Die Aufnahme gab keinen Aufschluss.

Halls Team stand nichtsdestotrotz weiter wie festgenagelt da, was Alyssa nervös machte.

»Ms. Moore.« Butcher Boys Stimme blieb ruhig, die Stimme von jemandem, der unter Druck Haltung beweist. »Trotz der Kamera – etwas ist da draußen. Entweder brechen wir die Expedition sofort ab, oder wir gehen weiter. Hierzubleiben verschafft dem Ding nur die Zeit, sich um uns herum zu manövrieren.«

Alyssa blickte in die Dunkelheit, dann auf den Bildschirm der Wärmebildkamera.

»Aber ich sehe gar nichts.«

»Entweder brechen wir die Mission sofort ab«, sagte er entschlossen, »oder wir ziehen weiter. Es ist Ihre Entscheidung. Aber wir können nicht hierbleiben.«

Sie drehte sich langsam um und bemerkte die unverkennbaren Mienen ihrer Teammitglieder. John Savage zeigte noch immer seinen entspannten, traurigen Ausdruck; Noah trug einen Ausdruck der Sorge, die sich mit seinem Drang, mehr zu erfahren, trotz der Gefahren, die es mit sich brachte, die Waage hielt; und die Blicke der leitenden Archäologen Eser und Harika schien beides zu wollen, Wissen und Flucht. Im Wesentlichen waren es Gesichter von Menschen, die nach Führung verlangten, hofften, dass die gefällte Entscheidung die richtige war.

Sie drehte sich zu Hall um. Für sie bestand kein Zweifel daran, dass er weiterziehen wollte. »Können Sie uns beschützen?«, fragte sie.

Butcher Boy hielt seine Konzentration aufrecht. »Dafür wurden wir angeheuert.«

»Können … Sie … uns … beschützen?«, fragte sie bestimmt.

»Ja, Ma'am.«

»Dann geben Sie meinem Team etwa eine Stunde«, sagte sie zu ihm. »Bis dahin können wir hier fertig sein … nur eine Stunde und dann ziehen wir weiter. Ich verspreche es.«

Sie konnte sehen, wie Butcher Boy die Zähne zusammenbiss, wie die Muskeln in seinem Kiefergelenk spielten. »Ja, Ma'am«, sagte er schließlich. *Hoffen wir nur, dass Ihre Entscheidung nicht falsch ist.*

Während der nächsten Stunde hielten sie die Schützenlinie aufrecht. Doch unglücklicherweise für Alyssa war ihre Entscheidung die falsche gewesen. Sie hatten zu lange gewartet.

Etwas war schließlich aus der Dunkelheit hervorgekommen.

Die kognitive Erinnerung der Kreatur hatte suggeriert, dass diese Beute ein schlichtes Wesen ohne nennenswerten Verteidigungsmechanismus war. Erst vor Kurzem hatte sie ähnliches Wild erlegt, und ihre Sinne sagten ihr, dass sie keinen Widerstand boten: Ein leichter Riss, der seinem Schicksal erlag.

In der unteren Kammer begannen einige der Körper zu verwesen. Das Fleisch wurde zarter, während es alterte. Diese Wesen würden schlicht zum Bankett beitragen, während die Kreaturen darauf warteten, dass sich der Hunger meldete.

Sie rückte vor, langsam und vorsichtig, die Zunge vor und zurück schnellend, der Verstand Informationen verarbeitend, was die beste Taktik wäre, um anzugreifen und zu töten. Sie bewegte sich geschmeidig und anmutig; der Schwung ihres Schwanzes über den Flur war im Gleichgewicht mit ihrem Oberkörper, die Bewegung an sich war wie das sanfte Bauschen hauchzarter Vorhänge im Luftstrom einer leichten Brise, vor und zurück, träumerisch langsam.

Als sie sich ihrer Beute bis auf sechs Meter genähert hatte, zögerte sie, wartete auf einen Moment, um zuzuschlagen, wählte das schwächste Glied als ihr Opfer, denjenigen, der den wenigsten Widerstand bieten würde, sobald sie ihre Kiefer zuschnappen ließ.

Nachdem sie gewählt hatte, nachdem sie ihn anvisiert hatte, machte sie sich zum Angriff bereit.

Was eben noch langsam war, wäre rasend schnell, sein Vorstoß nur einen Wimpernschlag lang zu sehen, dann wäre das Opfer geschnappt.

In der Dunkelheit bereitete sich die Kreatur darauf vor, auf kräftigen Beinen vorzuschnellen.

Alyssa kam zum Schluss, indem sie ihr Tablet in ihren Rucksack steckte. Links neben ihr stand John Savage, der von seiner Umgebung losgelöst wirkte, mit glasigen Augen, als blickten sie *durch* die Dinge, statt *auf* sie. »Alles in Ordnung?«, fragte sie. In diesem Moment bemerkte sie, dass er auf etwas fokussiert *war*, etwas hinter ihr, in Richtung der Lichtgrenze. Er blickte in dieselbe Wand aus Dunkelheit wie Halls Team.

»Wissen Sie«, sagte er ruhig, »wir werden alle mit einem sechsten Sinn geboren. Wussten Sie das? Wir verlieren ihn einfach mit der Zeit, erlauben der Technologie, zu unserem Instinkt zu werden, uns zu leiten.« Er löste seine Augen kein einziges Mal von der Dunkelheit jenseits des Lichts. Sein Verhalten ließ Alyssa einen schnellen Blick dorthin werfen, bevor sie sich wieder zu ihm umdrehte. »Aber wenn man beim Militär ist und darauf trainiert wird, in Kampfsituationen zu arbeiten, dann kommt dieser sechste Sinn – dieser Instinkt, den wir alle besitzen – im Handumdrehen zurück. Es ist dieses kleine Wesen in allen von uns, das uns sagt, dass Gefahr lauert, und dass wir ständig wachsam sein müssen …«

Obwohl Alyssa ihn direkt ansah, bemerkte sie nicht, wie Savage nach seiner Glock griff. Seine Hand glitt langsam über seinen Rücken, seine Fingerspitzen betasteten den Lauf und dann den Griff.

»Sie hatten recht«, sagte er.

»Womit?«

Er riss seinen Blick nicht los. Seine Hand hielt jetzt die Waffe gepackt.

»Womit?«, wiederholte sie.

»Dass da etwas in der Dunkelheit ist.« Er zog die Waffe und zielte. Als Alyssa die Glock sah, blieb ihr keine Zeit, aufzuschreien, bevor Savage den Abzug in schneller Abfolge drückte.

Die Kreatur hatte einen Satz wie von einem Sprungbrett gemacht, den Abstand von sechs Metern im Bruchteil eines Augenblicks überwunden, den Kiefer weit geöffnet, die gezackten Zähne gezeigt; der Schlund ihres rosa Rachens wartete.

Und dann tauchten wie von Zauberhand Einschusslöcher in ihrer Haut auf und Savage bewegte sich mit ausgestreckter Hand vorwärts und schoss.

Der Kiefer der Kreatur verbiss sich in Reds Schulter, die Zähne rissen und zerrten, bis sie vom Einschlag der Kugeln zurückgeworfen wurde. Halls Team hob die Waffen einheitlich und schoss; der Gang wurde von einem Stroboskopeffekt aus Mündungsfeuer ausgeleuchtet; die Kugeln rissen an ihrer Haut, jagten Stücke von Fleisch und Gewebe in den Hintergrund. Die Kreatur war zutiefst verwirrt. Ihr kragenbewehrter Kopf drehte und wand sich vor Schmerzen. Ihre Zähne schnappten nach nichts als leerem Raum; dann kreischte sie und heulte auf, ihr Schwanz schlug wild um sich, um hoffentlich etwas in seiner Bahn zu erwischen; die dahinterliegende Kraft war in der Lage, Knochen sauber zu durchtrennen.

Und dann fiel sie zu Boden, die Haut von Schüssen durchsiebt. Ihre Seiten dehnten sich weit aus und sie machte ihre letzten Atemzüge, bevor sie schließlich still dalag. Aussie machte ein paar Schritte vorwärts, platzierte die Spitze seiner Waffe einen Meter neben dem Kopf des Tieres und beendete das Ganze mit einem schnellen Feuerstoß.

Der Geruch von Kordit erfüllte die Luft, während sich die Soldaten über das Tier beugten, die Waffen darauf gerichtet.

Die beiden leitenden Archäologen klammerten sich so fest an Noah, wie Noah sich an sie klammerte. Alyssa war genauso fassungslos; ihr Verstand registrierte die Ereignisse in einem furchtbar langsamen Tempo. Und Obsidian Hall hatte sich irgendwie so weit wie möglich vom Gefecht entfernt, hielt sich aber noch im Licht der Lampen auf, und in seinem Schritt zeigte sich ein nasser Fleck.

John Savage jedoch stand am Rand des Lichts mit direkt in die Wand aus Dunkelheit gerichteter Glock; ein Rauchband erhob sich von der Mündung des Schalldämpfers.

Mit seiner Schuhspitze schaffte es Aussie, eine Lampe näher zu ziehen, während er die Waffe direkt auf die Kreatur gerichtet hielt. Gegen die Wand gelehnt und sich auf die Unterlippe beißend, mit zerrissener und blutiger Schulter, saß Red, dem sein Bruder schnell zu Hilfe eilte.

Im Lichtkreis waren die Augen der Kreatur halb geschlossen, die Spitze ihrer rosafarbenen Zunge lugte aus ihrem Maul heraus. Ihr Kopf war riesig und schaufelförmig. Ihre verletzte Haut hatte die Farbe alten Zinns. Und sie war lang und stark und sah mächtig aus, die Muskeln unter ihrer Haut extrem massiv.

Aussie stieß den Kopf leicht mit seinem Stiefel an, wodurch er schlaff auf eine Seite rollte. »Was zum Teufel ist das?«

»Eine Art Alligator?«, schlug Butcher Boy vor. Alyssa bewegte sich mit dicht vor ihrem Busen geballten Händen vorwärts. Sie kam ins Licht. »Wissen Sie, was das ist, Ms. Moore?«

Sie beugte sich hinunter und studierte das Tier. Ihre Angst verließ sie, da Neugier kurzerhand ihren Platz einnahm. Sie streckte vorsichtig die Hand aus und griff nach dem schlaffen Fleisch des Kragens, hob ihn an. Er fühlte sich wie Sandpapier an, sehr grob und rau. Und dann hob sie den Rand des Mauls an, was ihr erlaubte, die Zähne und das Zahnfleisch des Oberkiefers zu studieren. Die Zähne der Kreatur waren klein und gezackt, aus dem Zahnfleisch troff eine Menge roter Flüssigkeit, ein lebendiges Bakterium, das höchst wahrscheinlich infektiös war.

Sie sah Red an. »Wie fühlen Sie sich?«, fragte sie.

»Ich werd's überleben.«

Seien Sie sich da nicht so sicher.

Hall, sich seines Missgeschicks unbewusst, trat vor. »Wissen Sie, was das ist?«

»Ich habe eine ziemlich gute Idee«, sagte sie. »Es ist eine Waranart. Ein Verwandter des Komodowarans.«

»Komodowarane hab ich schon gesehen«, sagte Aussie. »Und das Ding sieht denen überhaupt nicht ähnlich. Es ist riesig. Es muss um die sechs Meter lang sein.«

Sie stand auf und klopfte sich die Hände sauber. »Das Nächste, mit dem ich das gleichsetzen kann, wäre der *Megalania prisca* eine Art Waran, der vor etwa zehntausend Jahren lebte, und von dem man glaubte, ihn im australischen Queensland im Jahr 1979 gesehen zu haben.«

»Ja, daran erinnere ich mich«, sagte Aussie. »Man fand Fußspuren auf einer Farm, von denen man dachte, sie würden zu diesem Ding gehören, das für ausgestorben gehalten wurde. Noch Jahre danach gab es jede Menge Monstergeschichten.«

»Ausgestorbene Kreaturen tauchen jeden Tag auf«, fügte sie hinzu. »Es ist nicht so, dass wir sie töten; vielmehr treiben wir diese Spezies tiefer ins Gelände. Je weiter wir in ihr Territorium vordringen, desto mehr neigen wir dazu, zu erfahren, dass sie nie wirklich fort waren. Aber das hier …« Sie zeigte auf das Tier. »… ist eine irgendwie modifizierte Form des *Prisca*, wenn man den Kragen betrachtet. Bei verwandten Echsen nimmt man an, er sei ein Verteidigungsmechanismus, bei dem sich das Gewebe um den Kopf herum ausbreitet, um das Tier viel größer und aggressiver erscheinen zu lassen. Man nimmt auch an, dass es eine Art Sinnesapparat ist, eine Form von eingebautem Radar, mit dem Vibrationen aufgenommen werden können, während die Daten durch olfaktorische Mittel verarbeitet werden und anschließend die Umgebung bestimmt wird. Sie haben das zum Ausgleich von Seh- und Hörsinn, die beide extrem schlecht ausgebildet sind.«

»Dieses Ding hat sich nicht so bewegt, als wäre es blind oder taub«, sagte Red und grunzte vor Schmerz. »Es war schnell und hat mich genau gesehen.«

»Ich habe nicht gesagt, dass sie komplett taub oder blind sind, nur dass diese Sinne gedämpft sind und durch andere Mittel kompensiert werden.«

»Tja, das verdammte Ding ist tot, richtig? Gern geschehen.«

Als Obsidian Hall schließlich den Atem ausstieß und erleichtert seufzte, bemerkte er sein Malheur. Er streckte die Hände neben dem Körper in »Was verdammt ist das denn«-Manier aus.

»Wo es eine gibt«, sagte Alyssa, »gibt es eigentlich noch eine andere, und eine andere, und eine andere.«

»Sie glauben, die Tunnel sind voll von denen?«, fragte Butcher Boy.

»Das kann ich nicht beantworten.«

Sie lauschten eine lange Zeit. Und die Stille war, in Ermangelung eines besseren Begriffs, wie in einem Grab. Und dann hörten sie es – ein klickendes Geräusch, ein Klopfen in der Ferne, gedämpft und weit weg.

Butcher Boy schüttelte den Kopf. »Tja, ich schätze, das beantwortet es«, sagte er und sah auf die Echse hinunter. »Anscheinend ist die nicht die Einzige.«

Und dann hörte das Klopfen auf und ließ die Gruppe unter einem Sargtuch nervenaufreibender Stille zurück.

–21–

»Jetzt zu Ihnen, Padre.« Aussie richtete seine Waffe auf John Savage, auf einen Punkt direkt zwischen seinen Augen. »Wollen Sie mir verraten, warum ein Priester eine Glock trägt, die mit einem illegalen Schalldämpfer ausgerüstet ist?«

»Ich bin kein Priester«, sagte Savage.

»Das haben sie schon gesagt. Jetzt beantworten Sie meine Frage.« Er behielt ihn exakt im Visier. »Aber bevor Sie das tun, Padre, legen Sie ihre Waffe auf den Boden. Und machen Sie keine Dummheiten.«

Savage sah zu Red. *Aber ich habe ihm gerade das Leben gerettet!* Und dann schaute er in die Dunkelheit des Korridors, suchte nach den Wesen, die darin lebten. »Ich brauche diese Waffe.«

Butcher Boy presste die Spitze seiner Waffe von unten hinter Savages Ohr. Der Lauf war noch warm. »Das ist eine gute Frage, Mr. Savage. *Warum* hat ein Abgesandter des Vatikans illegale Zusätze für eine Waffe, in dessen Besitz er gar nicht erst sein sollte?«

Savages Augen begannen, sich in ihren Höhlen zu bewegen, und verrieten Aussie, was er dachte. Deswegen hob Aussie seine Waffe nur wenige Zentimeter vor Savages Kopf. »Ich hab Ihnen doch gesagt, dass Sie nichts Dummes machen sollen, oder nicht? Lassen Sie die Waffe sofort fallen, Kumpel. So wahr ich hier stehe, ich werde nicht zögern.«

Savage seufzte und ließ die Waffe fallen. »Ich kann helfen«, sagte er.

»Tja, wissen Sie, ich fühle mich nicht besonders wohl, wenn jemand eine Waffe trägt, von der ich nichts weiß. Besonders jemand, der offensichtlich ein so geübter Schütze ist wie Sie.« Aussie kam Savage so nahe, dass er dachte, der Mann würde ihn auf die Wange küssen, was Savage dazu veranlasste, sich wegzubeugen. Doch Aussie schnüffelte ein paar Mal und grinste. »Sie wissen etwas, Padre. Sie stinken zum Himmel. Sie haben einfach etwas an sich, das mir komisch vorkommt.« Er fiel mit ausgerichteter Waffe einige Schritte zurück. »Also, verraten Sie mir«, sagte er, ohne dass sein verschmitztes Grinsen ins Schwanken geriet, »haben Sie noch mehr verdammte Überraschungen auf Lager, von denen ich wissen sollte?«

Savage hielt den Blick stur geradeaus gerichtet und sagte nichts, während Butcher Boy seine Waffe aufhob. Er hielt sie präsentierend hoch und zeigte einen Schalldämpfer, der so lang war, wie der Lauf der Waffe selbst, ein Spitzenmodell. Er steckte die Glock hinten in seinen Hosenbund.

Aussie und Butcher Boy warfen weiter verstohlene Blicke in den Korridor, während sie gleichzeitig ein Auge auf Savage hielten. »Wer sind Sie, John Savage?«, fragte Butcher Boy. »Warum kenne ich diesen Namen?«

»Ich war beim Militär«, sagte Savage.

Butcher Boy legt den Kopf schief. »Möchten Sie meinem Gedächtnis nachhelfen?«

»Green Berets«, sagte Savage.

Butcher Boys Augen weiteten sich. *Natürlich!*

»Du kennst diesen Kerl?«, fragte Aussie.

Butcher Boy nickte. »Sie sind *der* John Savage?«

»Ich gab meinen Posten auf …«

»Ich weiß alles darüber«, sagte Butcher Boy. »Sie waren ein Elitesoldat, einer der besten, auf zweischneidige Waffen spezialisiert, und galten als erstklassiger Scharfschütze.« Savage schwieg stoisch. »Und dann haben Sie es auf den Philippinen versaut und Ihre halbe Einheit, zusammen mit den Zielpersonen, zu deren Rettung Sie geschickt worden waren, wurde getötet, alles wegen Ihres schlechten Urteilsvermögens und daraus resultierenden falschen Entscheidungen. Habe ich recht?«

»Sie haben nicht unrecht.«

»Also wurden Sie aufgefordert, den Dienst zu quittieren. Es heißt, dass Sie nicht richtig im Kopf waren. Stimmt das?« Als

Savage nicht antwortete, hakte er nach. »Warum kommt ein Agent des Vatikans mit nichts am Leib außer einer Waffe und einem Schalldämpfer hierher? Sie stehen abseits der Gruppe, beobachten und warten.« Butcher Boy näherte sich ihm. »Aber worauf warten Sie, Savage? Warum tragen Sie eine Waffe? Wie lautet Ihre wahre Mission?«

Savage warf Alyssa unbewusst einen Blick zu, eine Mikroexpression, die ihn verriet.

»Sie!«, sagte Butcher Boy, mit dem Finger zeigend und hämisch kichernd. »Sie war Ihre Mission?«

Alyssa machte ein fassungsloses Gesicht. *Ich?*

Und dann wurde alles allzu klar. Butcher Boy holte die Waffe aus seinem Hosenbund und hielt sie hoch, drehte sie so, dass der polierte Stahl des Schalldämpfers das Lampenlicht reflektierte. »Sie sind als Mörder hier, nicht wahr? Die haben Sie geschickt, um sie zu töten, oder?«

»Ja.«

In diesem Moment brach Alyssas Welt zusammen – dieser Mann, dieser Repräsentant des Vatikans, war ein Mörder? Plötzlich wurden ihre Knie weich, doch sie knickte nicht ein. Obsidian Hall kam fasziniert näher. »Warum?«, fragte er. »Warum möchte die Kirche Ms. Moore aus dem Weg räumen?«

»Ich weiß es nicht«, antwortete Savage. »Die Quelle war vage.«

»Die Quelle? Sie meinen den Papst.« Savage schwieg. Hall kam noch näher; seine Miene war bestimmt und verzerrt wie die eines Staatsanwalts, der zum entscheidenden Schlag ausholt. »Was ist es, dass der Papst vor uns geheim halten will?«, fragte er. »Was ist hier? Was will er vor der Welt verstecken?«

Savages anhaltende Stille ging Hall so langsam ziemlich auf die Nerven. »Das sind keine rhetorischen Fragen, Mr. Savage.«

»Ich kann Ihnen keine Fragen beantworten, wenn ich die Antworten nicht kenne.«

Hall sah in die Dunkelheit. »Dann gehen wir weiter und finden es selbst heraus«, sagte er.

»Nein.« Alyssas Stimme klang streng, was selbst sie überraschte. »Wir sind hier fertig. Wir gehen zurück. Mr. Savage muss den Behörden übergeben werden.«

Hall schaffte es mit wenigen Schritten direkt vor Alyssa, wo er die Hände hinter dem Rücken faltete. »Sie kapieren es nicht, oder?«

»Was kapieren?«

»Sie haben hier nichts zu melden«, sagte er mit einem teuflischen Lächeln. »Schon seit einer Weile nicht mehr.«

»Was reden Sie da? Das ist meine Expedition.«

»Es *war* Ihre Expedition«, sagte er zu ihr. »Die Wahrheit, Ms. Moore, ist, dass ich Ihre Übersetzungsfähigkeiten brauche, damit ich die untere Kammer erreiche.«

»Machen Sie Witze?«

»Sieht es aus, als würde ich Witze machen?«

»Das werde ich nicht tun«, sagte sie ernst.

»Ich denke, das werden Sie.«

»Dann denken sie das Falsche.«

Er starrte sie lange an. »Ist das ihr letztes Wort?«

»Das Allerletzte.«

»Nun gut.« Er drehte sich zu Aussie um. »Mr. Aussie.«

»Sir.«

»Ich bezahle Ihnen eine Menge Geld, damit Sie meine Befehle ausführen, korrekt?«

»Tun sie.«

»Dann hören Sie mir gut zu. Ich werde Ihnen gleich einen Befehl geben. Sie werden nicht zögern; Sie werden meinen Worten augenblicklich Folge leisten. Ist das klar?«

»Ja, Sir.«

Hall wandte sich an Alyssa. Diesmal zeigte seine Miene die gleiche Kälte wie seine blauen Augen. »Ms. Moore«, sagte er mit diplomatischer Gelassenheit, »wenn Sie wollen, dass ich Sie um Ihre dringend benötigten Dienste anflehe, dann werde ich das tun. Ist es das, was sie wollen?« Sie reagierte nicht. »Man soll nicht sagen können, dass Obsidian Hall Ihnen keine

Chance gegeben hätte. Also, Ms. Moore, ich flehe Sie an. Werden Sie bitte mein Team zur unteren Kammer führen?«

Diesmal verschränkte sie defensiv die Arme vor der Brust. Savage bewunderte ihren Schneid.

»Nun gut«, sagte Hall. Er klang besiegt. »Ich gebe Ihnen noch eine Chance.«

»Sie schaffen das nicht ohne meine Unterstützung. Sie brauchen mich«, sagte sie voll Zuversicht.

»Das, Ms. Moore, ist wahr.« Sein listiges Lächeln kehrte zurück. »Mr. Aussie!«

»Sir.«

»Bitte treten Sie vor.«

Der große Australier, der seine dreizehn Kilo schwere Splitterschutzweste trug und seine Waffe hielt, stellte sich neben Hall. »Sir.«

»Sie werden bei meinem Befehl nicht zögern. Ist das klar?«

»Ja, Sir.«

Alyssas Miene verfinsterte sich. *Er wird es wirklich tun.*

»Erschießen Sie Mr. Wainscot«, sagte Hall ruhig.

Wort haltend, hob Aussie seine Waffe und gab einen schnellen Feuerstoß ab; die Kugeln durchbohrten Noahs Bauch von links nach rechts. Das Gesicht des alten Mannes registrierte es zu spät, reagierte erst, als er gegen die Wand zurückgeworfen wurde und längs an ihr heruntterglitt und dabei eine Blutspur von der Farbe schwarzen Teers zurückließ. Er saß da, eine Hand erhoben, sein Geist verwirrt, Augen und Mund über seine eigene Sterblichkeit staunend weit geöffnet.

Alyssa schrie auf und rannte zu ihm. Eser und Harika waren direkt neben ihr, aber es war Alyssa, die Noahs Kopf hielt und ihn gegen ihren Busen drückte. »Da waren's nur noch neun«, sagte Hall mit gespielter Traurigkeit.

Savage beugte sich vor, als wolle er Hilfe anbieten, doch Butcher Boy hielt ihn fest. »Denken Sie nicht mal dran, den Helden zu spielen, Soldatenbursche«, sagte er und richtete seine MP-7 auf ihn. »Denken Sie nicht mal dran.«

Alyssa schluchzte, während sie Noahs Kopf zur Seite drehte und dann ihre Stirn an seine legte, sodass ihre Augen nur wenige Zentimeter voneinander entfernt waren. »Es tut mir so leid«, sagte sie zu ihm.

Er hob eine blutige Hand an ihre Wange, streichelte sie, hinterließ eine Blutspur. »Es ist in Ordnung, Liebes.« Seine Stimme war schwach, verklang.

»Es tut mir ... so ... leid, Noah.«

Er schenkte ihr ein Lächeln. »Bitte nimm meine Entschuldigung an.«

»Deine Entschuldigung? Du hast nichts Falsches getan.«

»Für all diese Male, in denen ich dich Ms. Alyssa genannt habe, obwohl du es nicht mochtest.«

Sie konnte kaum glauben, dass er in einem solchen Moment versuchte, witzig zu sein. Sie stieß ein Geräusch aus, das eine Mischung aus einem Schluchzen und einem Lachen war. »Du kannst mich nennen, wie du willst«, sagte sie zu ihm.

Sein Blick wurde abwesend, als sähe er an ihr vorbei und durch sie hindurch. Seine Hand griff nach etwas, das nur er sehen konnte. Und dann atmete er aus. Es war das längste Ausatmen, das sie je gehört hatte, und mit ihm schwand sein Leben dahin. Langsam ließ sie seinen Kopf vornübersinken, bis seine Stirn an ihrer Brust ruhte.

»Und er war wichtig fürs Team«, sagt der Hall, »Da er genauso gut übersetzen konnte, wie Sie. Also unterschätzen Sie mich nie wieder.« Sie sah ihn an, das Gesicht hochrot vor Wut und die Zähne in wilder Rage gebleckt. »Sie sollten Ihr Temperament wirklich in den Griff bekommen«, sagte Hall.

Sie stürzte sich mit ausgestreckten Fingern auf ihn, um ihm das Gesicht zu zerkratzen, doch Aussie trat vor sie und schlug sie so fest mit seinem Gewehrschaft, dass sie das Bewusstsein verlor. Hall seufzte. »Tja, immerhin hat sie *Chuzpe*. Das muss ich ihr lassen.«

»Und was ist mit ihm?«, fragte Aussie und bezog sich mit einem Kopfnicken auf Noah.

Hall zuckte die Schultern. »Lasst ihn hier. Vielleicht werden diese Dinger ihn fressen und uns in Ruhe lassen.« Noch während Aussie wegging, zweifelte er jedoch daran.

Als sie aufwachte, saß Savage direkt neben ihr. Eser und Harika saßen auf der gegenüberliegenden Seite des Ganges, so dicht zusammengekauert, dass sie wie ein einziger Körper wirkten. Als sie sich umdrehte und erkannte, dass Savage sie mit Augen ansah, die sie einmal bewundernswert gefunden hatte, verdrehte sie die eigenen Augen; die Bewegung verstärkte ihre Kopfschmerzen. »Es wird immer besser«, sagte sie. »Mich direkt neben den Idioten zu setzen, der mich töten wollte. Bravo!«

»Sie verstehen das nicht«, entgegnete Savage.

»Was gibt es denn da zu verstehen?«, fragte sie hitzig. »Sie gaben zu, dass Sie geschickt wurden, um mich zu töten.«

Er wandte sich ab. Das konnte er nicht abstreiten.

»Nun, Ms. Moore«, sagte Hall, der im schwachen Licht stand und in seinen urinfleckigen Hosen schmuddelig aussah. »Willkommen zurück in der Welt des Bewusstseins. Sie haben Kopfschmerzen, nicht wahr?«

»Ich würde ja sagen, verpissen Sie sich, aber es sieht aus, als hätten Sie das schon getan.«

Sein Lächeln schwand rasch. »Sie werden von jetzt an wesentlich hilfsbereiter sein, ist das klar?«

»Oder was? Werden Sie diesen Idioten, der neben mir sitzt, erschießen, um Ihre Argumente deutlich zu machen? Nur zu. Tun Sie sich keinen Zwang an.«

»Oder vielleicht werde ich sie erschießen«, sagte er und richtete seinen Blick auf die beiden leitenden Archäologen. »Ihr Blut klebt jetzt an Ihren Händen.«

»Sie sind ein Bastard«, sagte sie.

»Das behaupten die Zeitungen«, stimmte er zu. »Aber egal, was Sie von mir halten, Ms. Moore, ich bekomme, was ich haben will. Und ich will, dass Sie mich und mein Team zu der Kammer unter uns führen.« Er sah sie gleichgültig an; seine

Stimme enthielt das gleiche Maß an Distanziertheit wie sein Blick. »In zehn Minuten«, sagte er kategorisch, »gehen wir los. Also machen Sie sich bereit.«

»Wofür denn bereit machen?«, sagte sie. »Wollen Sie, dass ich ein Kleid anziehe?« Sie konnte sehen, dass sie ihm auf die Nerven ging, konnte den sich zusammenbrauenden Ärger auf seinem Gesicht erkennen.

»Zehn … Minuten«, erklärte er. Und dann drehte er sich um und ging weg.

»So viel kann man von Ihnen behaupten«, sagte Savage. »Sie haben Mumm.«

»Halten Sie den Mund.«

Zehn Minuten später waren sie in Bewegung.

Eser und Harika wurden mit je einer Lampe in der Hand gezwungen, vorauszugehen und als erste Abwehrlinie zu fungieren. Sie waren verängstigt und still, wie schon während der gesamten Reise: Ihr Fels, der einst Noah war, war jetzt fort.

Aussie und Butcher Boy blieben dicht hinter ihnen, um Schutz zu bieten, und hielten den wachsamen Blick nach vorne gerichtet. Sie waren die zweite Abwehrlinie.

Carroll half Red weiter, der so grau und glänzend wirkte wie eine Talgkerze. Dunkle Ringe umrandeten seine Augen. Sein Gesicht glänzte vor Schweiß, und wenn er schluckte, tat er es unter großen Schmerzen. Es war, als glitten Scherben zerbrochenen Glases seine Luftröhre hinunter.

Alyssa und Savage waren vor ihnen, wurden von der Spitze von Carrolls Waffe weitergestoßen, während Carroll seinen Bruder mit dem anderen Arm halb zog und halb trug. Hall übernahm die Nachhut, da er glaubte, dass die Gefahr vor ihnen lag und nicht hinter ihnen.

Ab und zu blickte Alyssa zu Red und registrierte die Symptome einer Vergiftung. »Ihr Freund braucht einen Arzt«, sagte sie zu Carroll.

»Er ist nicht mein Freund. Er ist mein Bruder.«

»Sie sind nicht mit ihrem Bruder befreundet?«

»Gehen Sie weiter.«

Die Tunnel und Korridore wirkten in der ständigen Dunkelheit endlos. Sie machten langsame und vorsichtige Schritte, während Aussie und Butcher Boy ihre Waffen auf Augenhöhe hielten, die Mündungen zwischen Eser und Harika hindurch in die Dunkelheit gerichtet.

»Ms. Moore«, sagte Hall. »Folgen wir einfach nur den Gängen? Es muss irgendeine Art Passage geben, die nach unten führt.«

»Wir sind fast im Raum des Kristallbullen«, sagte sie.

»Der Kristallbulle. Wie faszinierend das klingt.« *Was auch immer.* »Und was ist der Raum des Kristallbullen?«, fragte er weiter.

»Mein Vater glaubte, dass diese Pyramide ein Tempel zu Ehren der Natur und der umgebenden Fauna war, als der Garten tatsächlich ein Land der Fruchtbarkeit und Ergiebigkeit war, der wahre Garten Eden. Die Tiere, die auf den Säulen in Göbekli Tepe abgebildet sind, symbolisieren die frühere Fülle dieser Gegend. Der Bulle ist, in manchen Kulturen, ein Symbol der Fruchtbarkeit. Es ist außerdem der erste Raum. Aber es gibt andere Kulträume. Wie viele weiß ich nicht.«

»Merken Sie es, Ms. Moore? Sie verdienen sich Ihren Platz bereits … Sie sind wirklich eine Fülle an Informationen, nicht wahr? «

»Sie sind wirklich eine Fülle an Informationen, nicht wahr?«, äffte sie ihn nach.

Zehn Minuten später hielten Aussie und Butcher Boy die türkischen Archäologen davon ab, weiterzugehen. Mit unverändert starrer Unbeugsamkeit hielten sie die Waffen im Anschlag und ihre Abzugsfinger gekrümmt, aber ruhend, mit mehr als der Hälfte der Kraft, die man brauchte, um den Abdruck durchzudrücken.

Alyssa sah zu Savage, der stocksteif dastand und genauso ernst wirkte; der Mann war ein Barometer für die Gefahr. »Was?« Er neigte sein Ohr in Richtung des Schleiers aus Dunkelheit, wie um etwas aufzuschnappen – vielleicht ein Geräusch. »Was?«, wiederholte sie.

»Da ist etwas«, flüsterte er schließlich. »Und es kommt näher.«

Die großen Tiere bewegten sich mit Vorsicht, nachdem sie die Macht ihres Feindes erlebt hatten.

Sie hatten gesehen, wie eines der ihren unter den Qualen eines Feuergefechts zu Boden gegangen war, und ihre Instinkte waren auf die Tatsache eingestimmt, dass diese Kreaturen in ihrer Absicht, tödlichen Schaden zu verursachen, erbittert waren. Also hielten sie sich zurück und bewerteten die Situation. Der Territorialitätsinstinkt war so gewaltig, dass er sie praktisch zu Selbstmordläufen trieb, ein ironischer Akt der Selbsterhaltung.

Sie gruppierten sich als Jäger und begannen, zur Kommunikation mit ihren raubvogelartigen Krallen zu klopfen. Ihre Kragen absorbierten und entzifferten eine komplexe Sprache aus Geräuschen.

… tap-tap-tap … tap-tap-tap … tap-tap-tap … tap-tap-tap …

Und dann ein Ausruf, ein Kreischen. Der Mund eines der Tiere öffnete sich weit und es brüllte. Gleichzeitig zogen sie sich zurück, als besäßen sie einen kollektiven Verstand, und suchten Trost in den Schatten.

Hinter dem dunklen Schleier verborgen beobachteten sie. Sie warteten. Und sobald der Instinkt ihnen schließlich sagen würde, dass das *Gefühl* für die Jagd wirklich richtig war … erst dann würden sie angreifen.

Butcher Boy schaute auf den bunten, cartoonhaften Bildschirm der Wärmebildkamera. »Sie sind fort«, sagte er. »Geht weiter. Geht langsam. Und haltet eure verdammten Augen und Ohren offen.« Doch als die Türken sich weigerten, forderte

Aussie Eser mit der Spitze seiner automatischen Waffe auf, indem er sie ihm in den Rücken drückte und ihn mit einem Stoß antrieb. »Los geht's, Kumpel. Wir werden nicht jünger.«

Butcher Boy hielt den Blick auf den Kamerabildschirm gerichtet. Der Gang war leer, doch seine Sinne blieben wachsam. Nichts sehen zu können, hieß nicht, dass nichts da war. Das hatte er auf den Philippinen gelernt, als seine Militäreinheit es mit einer Guerillagruppe mit muslimischen Verbindungen aufgenommen hatte. Die Rebellen benutzten die Flora des Dschungels als Camouflage und machten sich unsichtbar, blieben unbemerkt, bis es für manche zu spät war. Die Blindheit kostete gute Männer das Leben.

Nach dreißig Metern hatten sie eine kleine Öffnung rechter Hand erreicht, einen Durchgang.

»Ms. Moore.« Butcher Boy schwenkte die Kamera vor der Öffnung hin und her. Nichts – alles schien sicher. »Vorsichtig«, warnte er.

»Es ist sicher.«

»Nichtsdestotrotz, Ms. Moore«, warf Hall ein, »sollte die Vorsicht eine praktizierte Tugend sein.«

Die Rampe besaß eine Neigung von fünfundvierzig Grad und führte in eine Kammer. Plötzlich konnte sie die Gänsehaut der Aufregung spüren, wie ein Kribbeln von Insekten, das Prickeln am Rand der Kopfhaut. Jegliche Wachsamkeit in den Wind schlagend, drängte sie mit ihrer Lampe weiter, die einen starken Lichtkreis auswarf.

»Ms. Moore!« Butcher Boy klang ernsthaft besorgt, als er nach ihr griff und sie verfehlte. »Wir wissen nicht, was da drin ist!«

»Ich schon!«

Nachdem sie dem kurzen Durchgang gefolgt war, betrat sie eine runde Kammer, die von einer gewölbten Decke gekrönt wurde. In der Mitte, den Vorderhuf gehoben und den Kopf hoch aufgereckt, voll Unerschrockenheit, stand das lebensgroße Monument eines aus getrübtem Quarz gestalteten Bullen.

Sie bewegte sich mit ausgestreckter Hand näher, um sie auf der muskulösen Flanke des Tieres ruhen zu lassen, um seine geformte Perfektion zu berühren. Es stand auf einem großen Sockel auf schwarzem Silikat. Die Spitzen seiner Hörner besaßen die Schärfe von Eispickeln. Sein Maul stand halb offen, das Abbild eines Herrschaftsbrüllens. Sein Vorderhuf war erhoben und schien kurz davor, die Erde aufzuscharren, auf sie einzuschlagen, eine Furche zu erschaffen. Es war eine Pose ungezügelter Stärke und Kraft.

»Umwerfend«, flüsterte Hall, der eintrat. Er war genau so begeistert, wie Alyssa.

»Verlieren wir unsere Situation nicht aus den Augen«, sagte Aussie. »Vergesst nicht – wir sind hier nicht allein.« Aussie und Butcher Boy erkundeten rasch das Gebiet, die Waffen auf Augenhöhe gehoben, die Köpfe ständig in Bewegung: zielen, suchen.

»Sauber!« Aussie senkte seine Waffe, aber seine Sinne blieben wach und aufmerksam.

Hall nahm sich die Zeit, mit einer Hand über die Kristallhaut des Bullen zu streichen; er konnte seine Perfektion spüren. Sein Verstand arbeitete daran, wo auf der *Seafarer* er ein solch bemerkenswertes Stück ausstellen konnte. »Erstaunlich«, flüsterte er.

Savage lief den Rand der Kammer ab und suchte nach drohender Gefahr, statt den Bullen zu betrachten: der Unterschied zwischen einem Soldaten und einem Wissenschaftler.

In der Mitte des Raums lehnte Carroll seinen Bruder gegen den Sockel. Der Mann wurde kränker und schwächer, während das Gift des Bisses der Kreatur durch seinen Körper pulsierte. »Butch!«

Butcher Boy kam neben ihn, ließ sich auf ein Knie nieder und legte den Handrücken an Reds Stirn.

»Ich fühle mich nicht so gut, Cap«, flüsterte Red. »Ich hab Fieber. Ich weiß es.«

»Ja, hast du«, sagte Butcher Boy und senkte die Hand. Dann rief er über die Schulter hinweg: »Ms. Moore.«

Sie sah, wie sich die Soldaten um Red versammelten und bemerkte plötzlich den wächsernen Schimmer seines Gesichts und die fürchterlich schwarzen Ringe um seine Augen. Sie positionierte sich vor ihm, als Butcher Boy den Platz für sie räumte. »Wir haben Antibiotika in unseren Rucksäcken«, sagte Butcher Boy. Aber es war ihnen klar, dass die Situation ernst war. Das Leben des Mannes schwand.

Alyssa überprüfte seine Temperatur und maß seinen Puls, der mit der Geschwindigkeit eines Trommelwirbels schlug. »Dieser Mann muss in ein Krankenhaus«, sagte sie zu Butcher Boy. »Er hat hohes Fieber.«

»Das wissen wir«, sagte Butcher Boy. »Aber das ist offensichtlich zu diesem Zeitpunkt keine Option.«

»Was erwarten Sie dann von mir?«

»Wie lange können Antibiotika ihn durchhalten lassen?«

Sie streckte die Hand nach Red aus und zog den zerrissenen Stoff seines Shirts zurück, das an der Wunde klebte, was Red vor Schmerz durch zusammengebissene Zähne pfeifen ließ. Die Haut war grün und faulig geworden; der Geruch, den die Verletzung ausströmte, war jener der Anfangsphase der Verwesung. »Ich werde es noch einmal sagen. Er muss in ein Krankenhaus.«

»Und noch mal, das ist keine Option.«

»Das Gift ist schnell wirkend«, sagte sie zu ihm. »Antibiotika werden darauf überhaupt keinen Einfluss haben. Wenn Sie diesem Mann keine Hilfe beschaffen, dann wird er sterben.«

Red wand sich in offensichtlichen Schmerzen. Auf der Suche nach einer schnellen Lösung für seinen Zustand, wandte sich Butcher Boy an Aussie und sah die Leere in seinem Ausdruck. Carroll zeigte den gleichen Blick. Niemand kannte eine Antwort. Er stand auf und fuhr sich mit der Hand durch sein militärisch kurz geschnittenes Haar. Und dann legte er diese Hand auf Carrolls Unterarm. Es war eine Geste des Bedauerns. »Gib ihm die Antibiotika trotzdem«, sagte er traurig. »Das ist besser als nichts.«

Seine Gefühle unterdrückend, schloss Carroll die Augen. Butcher Boy trat beiseite und gab Alyssa ein Zeichen, sich mit ihm zu beratschlagen.

»Was?«

»Diese … Dinger«, sagte er. »Wie tödlich sind sie? Womit haben wir es zu tun?«

»Diese Echsenarten, wie der Komodowaran und das Gilatier, sondern mit ihren Bissen bakterienverseuchten Speichel ab, der mit dem Angriff in die Wunde eintritt. Vom Biss des Komodowarans weiß man, dass er kleine Kinder getötet hat. Aber diese Kreatur ist viel größer. Angesichts des Zustands Ihres Mannes dort kann ich nur vermuten …«

»Sein Name ist Red«, unterbrach er sie barsch.

»Gut, Red … angesichts von Reds Zustand, und nachdem ich die Wunde gesehen habe, kann ich nur vermuten, dass das Gift extrem bösartig und schnell wirkend ist. Wenn man bedenkt, wie rasant es sich ausbreitet, wird er höchstwahrscheinlich innerhalb einer Stunde tot sein.«

»Er ist gerade erst gebissen worden.«

»Hey, Sie wollten meine professionelle Meinung hören. Die habe ich Ihnen mitgeteilt. Aber es steht Ihnen mehr als frei, eine zweite Meinung einzuholen.« Sie deutete mit einer Handbewegung auf die Menschen in der Kammer.

Er schüttelte widerwillig den Kopf. Keine große Auswahl, begriff er. »Also ist ein einziger Biss tödlich?«

»Offensichtlich.«

Er drehte sich zu Red um. Der Mann wurde zusehends schwächer. Es wäre besser, ihn von seinem Leid zu erlösen, dachte er. Ein schneller Kopfschuss, rasch und schmerzlos, aber nicht vor den Augen seines Bruders.

»Wir müssen von hier weg«, sagte Alyssa. »Der Preis ist schon jetzt zu hoch.«

»Nein, Ms. Moore.« Obsidian Hall schloss sich ihrer kleinen Unterhaltung an. Seine Hände waren hinter seinem Rücken gefaltet. »Professionelle Soldaten fliehen nicht vor

Widrigkeiten, was der Grund ist, warum sie angeheuert werden. Das Leben auf dem Schlachtfeld zu verlieren, gehört nun mal dazu. Diese Männer wurden ausgebildet, um mit solchen Bedingungen zu leben. Sie begraben ihre Emotionen und machen weiter. Ja, Mr. Reds Situation ist unglücklich. Aber das liegt in der Natur des Spiels – etwas, das sie zu erwarten gelernt haben.«

»Wir haben keine Chance«, sagte sie ungestüm. »Können Sie das nicht sehen?«

»Was ich sehe, Ms. Moore, ist ein Team von Profis, die aus Mr. Reds Pech lernen. Es wird nicht wieder geschehen. Sie sind erfahren und wissen, was sie zu erwarten haben.«

Sie schüttelte den Kopf »Warum sind Sie überhaupt hier?«, fragte sie. »Muss ich diese Frage stellen?«

Er lächelte. »Dafür«, sagte er und breitete die Arme weit einladend zum Bullen hin aus. »Schätze, antike Reliquien – all das kann man sich hier einfach nehmen«, sagte er. Er senkte die Arme und richtete den Finger zu Boden, wies auf die Ebenen unter ihnen hin. »Und das Beste kommt erst noch.«

Sie wollte sagen: »Ich werde Ihnen nicht helfen.« Doch sie sah zu Eser und Harika hinüber, zwei junge Menschen, die das nicht verdient hatten. Zwei Menschen, die ein Teil der Geschichte sein wollten, nicht von ihr begraben werden. Sie ging geschlagen davon.

Er lächelte, leckte sich über die Spitze seines Zeigefingers und schrieb in die Luft, als ob er die Zahl eins auf einem imaginären Block notierte, einen Sieg für ihn und eine Niederlage für sie mit Kreide anschrieb.

Ka-Ching!

–22–

Sie schlugen ihr Nachtlager im Inneren der Kammer des Bullen auf.

Hall schlief im Schatten der Skulptur und Alyssa war gezwungen, sich mit Savage, Eser und Harika zu versammeln. Aussie und Butcher Boy beobachteten den Eingang; überall standen Lampen, die ein falsches Gefühl von Sicherheit innerhalb des Lichtscheins erzeugten.

Keiner konnte schlafen.

Während Eser und Harika sich aneinanderklammerten, versuchte Alyssa, ein Gespräch zu beginnen. Doch sie verstanden kein Englisch und ihre Türkischkenntnisse waren minimal. Noah hatte die Brücke zwischen ihnen geschlagen, übersetzt und sie einander nähergebracht. Tränen begannen, ihr die Sicht zu verschleiern.

Wie sehr sie ihn vermisste.

»Geht es Ihnen gut?«, fragte Savage.

»Was interessiert es Sie? Sie wollen meinen Tod, schon vergessen?«

»Eigentlich will ich das nicht.«

»Klar – was auch immer.«

»Ms. Moore, ich nahm den Auftrag an, weil ich ein Soldat war, der handelte, ohne zu fragen. So wurde ich ausgebildet.«

»Das rechtfertigt also, was Sie vorhatten?«

»Natürlich nicht«, sagte er. »Aber die Wahrheit ist, dass wir einander jetzt brauchen.«

Sie sah ihn ungläubig an. »Meinen Sie das ernst?«

»Absolut. Was glauben Sie, werden die mit uns anstellen, wenn wir ihren Zwecken gedient haben? Haben Sie mal darüber nachgedacht?«

Das hatte sie nicht.

»Sie werden uns töten«, sagte er rundheraus.

Sie sah die Soldaten an, Hall, und dann die jungen Türken, die dieser Einschätzung zuzustimmen schienen. Obwohl sie die Sprache nicht sprechen konnten, mussten sie den Ernst der Situation gespürt haben.

»In dem Moment, in dem sie herausfinden, was dieser Ort verbirgt, was immer es ist, was der Papst zurückgehalten wissen will, sind wir tot.«

Alyssas Verstand arbeitete im Schneckentempo und versuchte, aufzunehmen, was die Türken, die ihr gegenübersaßen, bereits wussten, was Savage wusste. Hall hatte von Anfang an das Sagen gehabt und Noah als Verbindung benutzt, indem er seinen verzweifelten Wunsch nach Finanzierung ausgenutzt hatte, und dann hatte er darauf gewartet, dass sich eine Gelegenheit bot. Er war wegen der Relikte hier, das wusste sie. Sie wusste auch, dass er ein Mann war, der antiken Artefakten mehr Wert beimaß als einem Menschenleben.

Savage hatte recht. Aber wagte sie es, sich mit dem Mann zu verbünden, der geschickt worden war, um sie zu töten? »Woher weiß ich, dass ich Ihnen trauen kann?«

»Haben Sie eine Wahl?«

Sie rieb sich frustriert die Augen.

»Ms. Moore, mein Urteilsvermögen war viele Jahre lang getrübt, nachdem ich die Green Berets verlassen hatte. Das weiß ich. Ich kam vom Weg ab. Bevor ich herkam, sprach ich mit einem Mann namens Leviticus, ein Soldat. Und er sagte etwas zu mir; er sagte: Treue über alles, außer Ehre.«

Sie war völlig gebannt. Sie konnte die aufrichtige Überzeugung von der Wahrheit in seinen Augen sehen und sie in seiner Art zu sprechen hören.

»Treue über alles«, wiederholte er noch einmal, »außer Ehre. Wissen Sie, was das bedeutet?«

Sie nickte. »Seine Treue zu beweisen, aber nur wenn die Handlung im Grundsatz nicht verwerflich ist.«

Savage nickte.

»Ausgezeichnet«, sagte er. »Ganz genau das.«

Er lehnte den Kopf gegen die Wand, seufzte, und fuhr fort. »Leviticus weigerte sich, die Rolle anzunehmen, in der ich mich jetzt wiederfinde. Als Ihr Mörder. Er weigerte sich und sagte, Sie seien unschuldig. Und manchmal sehen die Machthaber nicht mit klarem Blick, sondern mit selbstsüchtigen Augen. Welches Geheimnis dieser Ort auch birgt – was immer in diesem Tempel ist –, es versetzt den Papst in Angst.« Er sah sie an. Seine Augen funkelten. »Es war falsch von mir, meinen Auftrag durchzuziehen, ohne zu erkennen, dass Sie, Noah, Eser und Harika gute Menschen sind, die um nichts hiervon gebeten haben.«

»Und wann hatten Sie vor …« Sie beugte die Finger, um Anführungszeichen zu markieren. »… *es durchzuziehen*?«

»Gleich als ich ankam«, sagte er ruhig zu ihr. »Als wir in Ihrem Zelt waren.«

»Aber Noah hat Sie unterbrochen.«

»Gott sei Dank.«

Sie sah ihm in die Augen und erkannte wahre Reue. »Beichten ist gut für die Seele.«

»Lange Zeit hatte ich nicht das Gefühl, dass ich eine besitze«, sagte er. »Aber jetzt begreife ich, dass es so ist, und ich sie behalten will.«

»Was werden wir unternehmen? Die haben die Waffen. Und wir können uns ohne sie keinen Weg durch diese Kreaturen bahnen.«

Er war derselben Meinung. Aber er glaubte auch, dass es für alles eine Lösung gab.

»John?«

»Ich denke nach.« Doch so sehr er das auch tat, ihm fiel nichts ein, was Alyssa Sorgen bereitete. Und als er das erkannte, wurde sein Herz schrecklich schwer. »So wahr ich hier sitze«, sagte er zu ihr, »ich *werde* Sie hier rausbringen.«

Sie starrte ihn nur an, unsicher, ob sie mehr Angst vor Hall und dessen Team hatte, oder davor, sich mit dem Mann zu arrangieren, der geschickt worden war, um sie zu töten. Es war auf jeden Fall eine merkwürdige Allianz, die mehr aus der Not als aus gegenseitigem Vertrauen geboren war. »Ich will Ihnen vertrauen, John Savage. Ich will an Sie glauben.«

Er sagte nichts. Er wandte sich einfach ab und starrte zur gewölbten Decke, während sein Verstand arbeitete. Es gab für alles eine Lösung, dachte er. Er musste sie nur finden.

Als Red starb, sah sein Gesicht aus, als stamme es direkt aus einem Horrorfilm. Seine Haut war kalkweiß und die Ringe um seine Augen so schwarz wie der Silikatsockel, auf dem er lag. Seine Wunde zeigte Flecken in unbeschreiblichen Farben, die tiefen Risse verströmten Eiter, der nach Fäulnis roch. Und seine Augen hatten begonnen, mit dem milchigen Schimmer des Todes anzulaufen.

Carroll saß im Schneidersitz vor dem Sockel und starrte mit betäubter Faszination darüber, seinen Bruder tot daliegen zu sehen, darauf. Zwei Lampen waren aufgestellt, eine bei Reds Kopf, die andere bei seinen Füßen.

»Er starb vor ungefähr sechs Stunden«, sagte Carroll nüchtern. Er wusste, dass jemand hinter ihm stand; er wusste nur nicht, wer es war.

Butcher Boy ging neben ihm in die Hocke und legte seinem Teamkameraden eine Hand auf die Schulter. »Carroll, nur damit du es weißt, Red war einer der Besten, mit dem ich je zusammengearbeitet habe.«

»Magnum«, sagte er teilnahmslos. »Ich sage euch ständig, dass ich Magnum genannt werden will. Nicht Carroll.«

»Dann eben Magnum.« Butcher Boy klopfte Carroll auf die Schulter, stand auf und ging davon. Er verspürte ein großes Verlustgefühl.

»Wird er klarkommen?«, fragte Hall gleichgültig. »Wir brauchen ihn bei vollem Verstand.«

Da ihm Halls Tonfall nicht gefiel, packte Butcher Boy ihn am Kragen und riss ihn näher. Dann sprach er so leise mit ihm, dass er die Worte praktisch nur mit den Lippen formte.

»Wenn Sie jemals wieder so rumheulen oder das Können meines Teams infrage stellen, während einer meiner Männer tot daliegt, nachdem er den Job gemacht hat, für den Sie ihn angeheuert haben – Geld hin oder her, Mr. Hall, dann werde ich Sie töten. Klar?«

Hall wirkte ernsthaft verängstigt, als sich Butcher Boys Griff verstärkte und das teure Material von Halls Hemd durch die Lücken in seinen Fingern quoll.

»Haben Sie mich nicht verstanden?«, fragte Butcher Boy ruhig. »Wenn ich ›klar‹ sage, dann sagen Sie …«

»Klar«, murmelte Hall. »Jetzt lassen Sie mich los … Ich werd's nicht noch mal sagen.«

Butcher Boy ließ ihn los und bedachte ihn mit seinem besten Alpha-Starren. Während Hall zurücktrat und versuchte, sich die Falten aus dem Hemd zu streichen, erwiderte er Butcher Boys Blick mit einer furchtbaren Imitation von Mut, bevor er hastig wegging. Der Wortwechsel blieb jedoch nicht unbemerkt.

»Sieht aus wie Ärger im Paradies«, sagte Savage. »Die Spannungen steigen.«

Alyssa antwortete nicht. Sie stand vor der Wand und untersuchte die Keilschriftzeichen, die ihr Vater in seinem Tagebuch erwähnt hatte. Obwohl der Text so alt und ihm fremd gewesen war, hatte er zumindest genug von den Symbolen verstanden, um zu entziffern, dass unter ihnen eine Grabkammer lag, die vielleicht ein Mitglied eines Königshauses beherbergte.

»Was?«, fragte Savage.

Sie zeichnete die geheimnisvolle Schrift mit den Fingern nach. »Das«, sagte sie. »Mein Vater hielt es für eine präsumerische Schrift, den ältesten der Welt bekannten Text.«

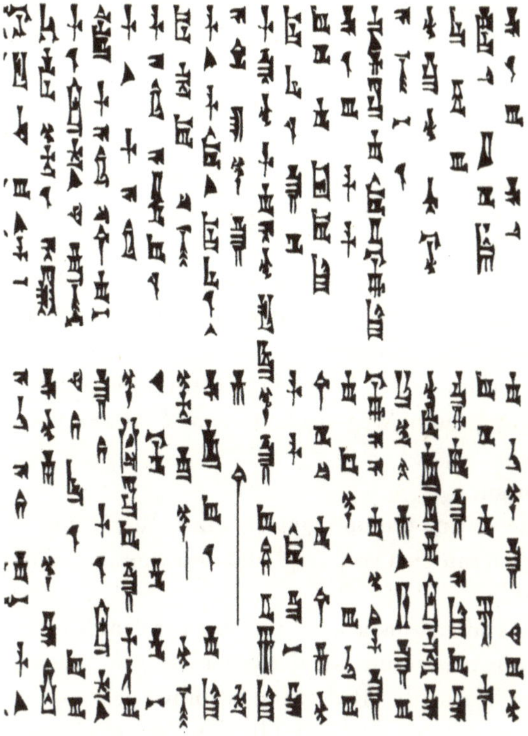

Savage stellte sich direkt neben sie, berührte die Wand jedoch nicht. Es verblüffte ihn, wie diese Frau noch immer so von ihrer Umgebung begeistert war, obwohl sie wusste, dass ihre Lebenszeit ablief.

Sie betrachtete die Wand mit großäugigem Staunen. »Mein Vater hatte recht«, sagte sie ehrfürchtig. »Ich kann die Ähnlichkeiten zwischen diesem Text, dem Sumerischen und anderen verwandten Schriften erkennen. Alles ging von hier aus – von diesem Tempel. Er ist wahrhaftig die Wiege der Menschheit.«

Sie ließ ihre Finger weiter über die antiken Textpassagen gleiten.

Wie die anderen in der Kammer auch, wurde Savage langsam nervös, und es war ihm egal.

»Ms. Moore!«

Weil sie voll und ganz von der Wand gebannt war, drehte sie sich nicht um, um auf Halls Zuruf zu reagieren.

»Ms. Moore!« Diesmal rief er so laut, dass ihre Aufmerksamkeit von der Keilschrift weggerissen wurde und sich ihre Blicke trafen.

»Machen Sie sich startklar«, sagte er zu ihr. »Wir gehen in zehn Minuten. Ich vermute, dass Sie dank dieser Wand, die sie lesen, den Weg kennen?«

»Sie verrät uns den Weg zum Zentrum dieser Ebene – voraussichtlich zum Weg nach unten.« *Und zur Grabkammer unter uns.*

»Sehr gut.«

Er drehte sich um und ging zu seiner Ausrüstung.

Sie entfernte sich von der Wand und von Savage, der alleine zurückblieb.

»Hey, Padre.« Aussie kam mit quer vor dem Körper gehaltener Schnellfeuerwaffe aus den Schatten. »Sie müssen für uns ein paar Worte über Red sagen, bevor wir gehen.«

»Ich sagte Ihnen doch, ich bin kein Priester.«

»Vielleicht nicht. Aber Sie sind am nächsten dran. Also, los geht's.« Er neigte den Kopf in Richtung der Leiche, die auf dem Sockel unter dem gehobenen Vorderbein des Bullen lag. Der Körper lag wie sanft zur Ruhe gebettet da, die Arme über der Brust gekreuzt, die Beine geschlossen, das Gesicht zur Decke und zum himmlischen Vater gerichtet.

Die anderen versammelten sich, wobei Eser, Harika und Alyssa Abstand hielten – sie kamen nicht zu nah, blieben aber auch nicht zu weit weg. Hall stand hinter ihnen und sah über ihre Schultern hinweg zu. Für sie ging es überhaupt nicht um Red, sondern es war ein Zeichen des Respekts für den Tod, der ihnen zweifellos folgte.

»Na los, Padre.«

Savage hatte keine Ahnung, was er sagen sollte. Alles, was er über den Mann wusste, war, dass er seinen Lebensunterhalt als Mörder verdient hatte, der für Blutgeld tötete.

»Legen Sie los, Padre.«

Er bedachte Aussie mit einem strengen Blick. Im Gegenzug trommelte Aussie mit den Fingerspitzen auf seine Waffe und ließ Savage wissen, dass er die Macht besaß und keine Angst hatte, sie auch einzusetzen.

»Senkt die Köpfe«, sagte Savage.

Das taten sie. Und zwei Minuten lang redete er darüber, wie gut der Mann gewesen war, und warum der Liebe Gott ihn in seine Arme schließen sollte, ihn lieben sollte, und benutzte Worte, die weder Lob noch Kritik nach sich zogen, als er fertig war.

Als sich alle zerstreuten, wendete er sich Alyssa zu. Ihr Ausdruck war deutlich: *Ist irgendwas an Ihnen echt?*

Als er die Arme in »Was hätte ich denn Ihrer Meinung nach tun sollen?«-Manier hob, drehte sie sich um, um sich aufbruchsbereit zu machen.

Savage ließ niedergeschlagen die Arme hängen und starrte Reds Körper an. Langsam griff er nach oben, entfernte das weiße Band seines Römerkragens und platzierte ihn zwischen Reds gefalteten Fingern, als hielte er ihn fest. *Hoffentlich wird das als Eintrittspreis dienen,* dachte er. *Aber ich bezweifle es.*

Das Team versammelte sich am anderen Ende der Kammer. Im Schimmer des Lichts, das von den bei Red stehenden Lampen ausgestrahlt wurde, warf der Kristallbulle schillernde, hell funkelnde Lichtsterne zurück.

»Ms. Moore, wie lange werden die Lampen brennen?«, fragte Carroll.

»Sie haben Lithiumbatterien, also sagen wir mal etwa zwei Wochen, bis sie ausbrennen.«

»Wird das Licht sie fernhalten?« Er klang vollkommen abwesend und monoton.

Sie wusste, dass er die Echsen meinte.

»Ja«, sagte sie. »Das Licht wird sie fernhalten.«

Aber alle wussten, dass Red am Ende des Tages fort wäre.

Schweigend marschierten sie weiter auf das Zentrum Edens zu.

–23–

Sie hatten den Kadaver in der Kammer des Bullen umkreist, dessen Fleisch zu einer weicheren Konsistenz verrottete, die leichter zu zerreißen, zerfetzen, verschlingen und verdauen war. Doch das Licht der Lampen hielt sie fern – jenseits des Randes –, tat ihnen auf der Netzhaut weh, nachdem sie ihr gesamtes Leben in Dunkelheit verbracht hatten.

Sie liefen auf und ab, während ihre Geruchssinne den besten Weg erschlossen, um sich Reds Körper zu sichern. Während einige den Lichtkreis anfauchten, als sei er lebendigen Ursprungs, versuchten, ihn durch Angst fügsam zu machen, tasteten andere mit einem Hieb ihrer krallenbewehrten Füße danach. Ihr Verstand war offensichtlich nicht in der Lage, das Licht als etwas Immaterielles zu erkennen.

Klopfen begann, rhythmische Takte, die Ärger ausdrückten, und Echsen dazu veranlasste, übereinanderzuklettern und zu stürzen, was andere dazu brachte, ihre Kragen vor Unruhe, Wut und Frustration auszubreiten. In ihrem erregten Zustand hatte eine Echse wild mit dem Schwanz geschlagen und das Vorderbein des Bullen getroffen, es in so kleine, über dem Boden verteilte Stücke zerschlagen, dass sie aussahen wie auf schwarzen Samt verstreute Diamanten.

Ein zweiter Schlag mit dem Schwanz, drei Meter lang und so dick wie ein Baumstamm, zerstörte die Lampe, die bei Reds Füßen aufgestellt war; das Licht war fort. Mehrere weitere Versuche vernichteten schließlich auch die letzte Lampe und tauchten die Kammer in vollständige und undurchdringliche Dunkelheit.

Innerhalb kürzester Zeit bedeckten sie Reds Körper und rissen ihn mit Leichtigkeit auseinander, dann hasteten sie mit der Belohnung, die sie abzureißen geschafft hatten, in die Schatten.

Selbst mit dem Licht hatte Red nicht länger als eine Stunde überdauert.

Die Stimmung war gedrückt. Für Halls Team lag es am Verlust von Red. Für Hall lag es an der Tatsache, dass alles zu langsam für seinen Geschmack voranging. Für die anderen lag es daran, realisiert zu haben, dass ein dunkles Schicksal mit der Geschwindigkeit eines Frachtzuges auf sie zugerast kam.

Sie hatten die Kammer des Ebers und die Kammer der Echse betreten, eine Kammer, die ihr Vater als eine von dreien in den kopierten Seiten seines Tagebuchs erwähnt hatte, doch er hatte die Echse als Kristallskulptur ausgelassen und stattdessen nur den Bullen und den Eber erwähnt.

»Haben wir es damit zu tun?«, fragte Aussie rhetorisch, während er die Reptilienskulptur umkreiste.

Sie umrundeten die Figur staunend. Sie war eine perfekte Interpretation des *Megalania prisca*, und wie die anderen Skulpturen stand sie auf einem Sockel aus schwarzem Silikat, mit erhobenen Vorderbeinen, offenem Mund und in blanker Erregung um den Kopf herum ausgebreitetem Kragen – ganz ähnlich wie der Bulle und der Eber. Warum die Nervosität der Kreatur so deutlich ausgedrückt wurde, entzog sich Alyssas Vermutung.

Die Kreatur hatte eine Länge von sechs Metern und einen drei Meter langen Schwanz, der wie eine eindrucksvolle Waffe aussah, gebleckte Zähne und eine raubvogelartige Klaue, die es vermochte, mit der Leichtigkeit einer Skalpellschneide zu zerren und zu reißen.

»Dieses Ding ist riesig, wenn sie sie wie die anderen maßstabsgetreu gemacht haben«, sagte Butcher Boy.

»Sie ist maßstabsgetreu«, bestätigte Alyssa.

Hall trat vor und hob seine Lampe. »Ich hoffe, Sie haben genug Kugeln«, sagte er ausdruckslos.

Die acht Menschen standen um das Gebilde herum, unsicher, ob sie es bewundern oder sich vor ihm fürchten sollten. »Setzen wir uns in Bewegung«, sagte Butcher Boy. »Ich will, dass die beiden Türken mit den Lampen die Führung übernehmen, Savage hinter ihnen, und Moore hinter Savage. Haltet eure Lampen hoch, Leute. Wenn irgendwas da draußen ist, dann zeigt ihnen das Licht.«

Natürlich verstanden Eser und Harika das anfänglich nicht, doch dank eines Stoßes mit Aussies Waffe begriffen sie es gut. Sie verließen die Kammer, welche die letzte war, bevor sie den Raum entdeckten, der die Kristallwand beherbergte.

Sie war genau so, wie Alyssas Vater sie in seinen Kopien beschrieb. Drei Wände bestanden aus schwarzem Silikat, während die vierte Wand aus klarem Kristallquarz geschaffen war, der wie pures Glas aussah. Die Kammer war riesig; der Raum hatte einst als Kommunikationszentrum des Tempels gedient.

Die Wand war so groß wie die Leinwand eines Kinos. Sie bildete ein Diagramm einer Pyramide mit drei Stufen im mesoamerikanischen Stil ab. Die umliegenden Landschaften waren als üppige Fauna dargestellt, genährt von einem strömenden Fluss, mit Tieren, die das Gebiet durchstreiften. Die Pyramide war, falls ihr Maßstab der umliegenden Landschaft entsprach, riesig, vielleicht sogar größer als die Cheopspyramide.

Deutlich auf der oberen Ebene definiert, auf der sie sich befanden, war, wie sie schlossen, die Tempelkuppel, die die Kammern des Bullen, des Ebers, der Echse und neun andere, die sie erst noch entdecken mussten, umfasste; das ergab zwölf Kammern insgesamt.

Dies war die Zentralkammer. Halls Verstand überdachte bereits im Detail, wie er die Wand entfernen lassen konnte. Die Auswahl war so groß, überlegte er. *So … groß.*

Als sie sich näherten, merkten sie, dass sie von der Größe der Wand in den Schatten gestellt wurden. Während Aussie, Butcher Boy und Carroll weiter Schutzwache hielten und John Savages Barometer fein abgestimmt blieb, berührten Alyssa, Hall und die jungen Türken die Wand in einem vorsichtigen

Akt der Hommage, indem sie langsam und behutsam über die Wand strichen; sie fühlte sich so glatt an wie eine dicke Glasscheibe.

Als Alyssa zurücktrat, um die Bilder eingehender zu studieren, fiel ihr auf, dass die Hauptkammer der Eingang zu den unteren Ebenen war. Savage kam zu ihr – ihr neu gewonnener Verbündeter, in den sie wenig Vertrauen hatte. »Das ist eine Karte, nicht wahr?« Er flüsterte, um sicherzustellen, dass Hall ihn nicht hören konnte.

»Es ist ein Grundriss«, korrigierte sie ihn. »Das ist eine riesige Pyramide – sollte das Maßstabsmodell der Skulpturen und Keilschriftbeschreibungen korrekt sein –, die größer sein könnte als Cheops. Dass so ein Gebäude vor zwölftausend Jahren erbaut wurde, ist …« Ihre Worte verhallten.

»Das ist alles ganz nett«, sagte Savage. »Aber Sie müssen nach einem Ausweg suchen. Falls es Ihnen nicht aufgefallen ist, je näher wir dem Mittelpunkt kommen, desto schneller endet unser Leben.«

Ihr Blick verlagerte sich augenblicklich auf das Schema der zweiten Ebene und studierte den Grundriss. Sie sah Räume aller geometrischen Formen und Figuren, Gänge, die nirgendwo hinzuführen schienen, und Böden, wo keine sein sollten.

Sie schüttelte den Kopf »Die zweite Ebene ist ein komplettes Rätsel. Nichts ergibt Sinn. Aber es gibt Durchgänge. Wohin sie allerdings führen …«

»Was ist mit der untersten Ebene?«

Sie vertiefte sich in die Wand. Die unterste Ebene zeigte äußere Kammern ohne besondere Bedeutung, mit Ausnahme der Grabkammer, die etwas beinhaltete, das wie Behälter aussah.

Sie schnalzte mit der Zunge. Noch ein Rätsel. Sie konnte antike Keilschriften und Schriften, die zehntausend Jahre, bevor Jesus jemals einen Fuß auf diesen Planeten gesetzt hatte, lesen, aber das hier war keine Schrift. Es waren die Grundrisse eines Gebäudes, das den Köpfen antiker Konstrukteure entstammte. Paneele, Eingänge, Böden, Decken und andere Strukturen wirkten geometrisch unlogisch, ihre Platzierung merkwürdig.

Sie drehte sich um, um Hall anzusehen, der sich an der Wand entlang von ihnen entfernte. »Ich verstehe das nicht«, sagte sie zu Savage.

»Was meinen Sie?«

»Die beiden Dinge, in denen die Menschen der Antike beständig waren, waren die Wissenschaft der Astronomie und die geometrische Präzision ihrer Konstruktionen, mit deren Hilfe sie Gebäude bis auf ganz exakte Maße errichteten. Ich meine eine Genauigkeit von einigen Zentimetern bei riesigen Bauwerken. Aber wenn man sich das ansieht …«, sagte sie und zeigte auf die Wand. »Die Maße sind wie in einem Funhouse – merkwürdige Konstruktionen.«

»Rätsel?«

Sie nickte. »Es scheint so.«

»Das klingt nicht gut.«

»Was machen wir?«

»Tja, diese Entscheidung werden wir treffen müssen, wenn es soweit ist. Wenn Sie etwas sehen, das auch nur im Entferntesten erfolgversprechend aussieht, dann lassen Sie es mich wissen. Ich vertraue Ihrem Urteilsvermögen.«

»Und was ist mit ihnen?« Sie nickte mit dem Kopf in Richtung von Eser und Harika.

»Wir werden sie in unserer Nähe behalten«, sagte er eher. »Ich werde sie nicht zurücklassen.«

Sie sah ihm direkt in die Augen und erkannte die Überzeugung darin. In diesem Moment bemerkte sie, dass er seinen Kragen nicht trug. Sie zeigte auf seinen Hals. »Ihr Kragen.«

»Ich hab ihn bei Red gelassen.«

»Warum?«

»Aus zweierlei Gründen schätze ich. Der erste ist, dass ich meine Verbindung zum Vatikan aufgebe, weil es nicht das ist, wonach ich suche.«

»Und wonach suchen Sie?«

»Nach Führung«, sagte er. »Nach simpler … Führung.«

»Und der andere Grund?«

Er zuckte mit den Schultern. »Ich schätze, ich dachte, Red könnte ein bisschen Hilfe brauchen, wenn man bedenkt, dass ihm sein Jüngster Tag bevorstand. Ich dachte, der Kragen würde ihm vielleicht ein wenig Respekt verschaffen.«

»Glauben Sie das wirklich?«

»Eher nicht.«

Hall war auf dem Rückweg. Er bewunderte die Wand wie unbezahlbare Kunst; sie war offensichtlich etwas, das er einfach haben musste.

»Hier kommt der Idiot«, sagte Savage. »Wenn wir die zweite Ebene erreichen, bleiben Sie dicht bei mir. Wenn sich eine Möglichkeit bietet, ergreifen wir sie.«

»Haben Sie es vergessen?«

»Was?«

Da Hall sich näherte, wurden ihre Stimmen zu einem bloßen Flüstern. »Diese Dinger sind immer noch da draußen.«

»Ich weiß«, sagte er. »Ich werde einen von Halls Team ausschalten und mir seine Waffe aneignen müssen.«

»Sind Sie irre?«

»Ich glaube nicht, dass wir eine Wahl haben. Sie etwa? Wenn wir nichts unternehmen, sterben wir auf jeden Fall.«

»Ich hoffe, Sie wissen, was Sie tun.«

»Finden Sie etwas, das Sie für eine Möglichkeit halten, dann werde ich handeln. Vertrauen Sie mir«, fügte er hinzu. »Ich verfüge über ganz spezielle Fähigkeiten.«

»Das tun die auch.«

Er zwinkerte ihr zu. »Vielleicht«, sagte er. »Aber sie toppen meine nicht.«

Kreaturen mit einfachem Verstand werden von Selbsterhaltungstrieb motiviert und besitzen kein Konzept von Zahlenwerten. Sie verstehen die Zahl Acht nicht, die Zahl der

Übrigen, die noch ihre Domäne beeinflussten. Sie verstanden nur, dass sie das Grundbedürfnis nach Nahrung stillten.

Während sich manche am Fleisch den Bauch vollgeschlagen hatten und für die Dauer des langsamen Verdauungsprozesses in einer dunklen Nische lagen, jagten andere. Ihr hoch entwickeltes Sinnessystem nahm die Fährte ihrer Beute auf, auf die gleiche Weise, wie ein Hai eine verwundete Kreatur anhand eines Blutstropfens aus hunderten Metern Entfernung aufspüren kann.

Mit ausgebreiteten Kragen bewegten sie die Köpfe hin und her wie Satellitenschüsseln, sodass die Nervenenden Vibrationen aufnehmen, sie verarbeiten und sich dann darauf fokussieren konnten.

Sie wussten, dass die Eindringlinge im Raum nah der Hauptkammer waren, und sie spürten, dass sie nicht länger eine einzelne Gruppe bildeten, sondern sich verteilt hatten, was sie zu leichter Beute machte.

In den dunklen Schatten, wo das einzige Licht vom Leuchten von mehr als zehntausend Jahre alten Schriftzügen stammte, wo die Tiere über Generationen hinweg in Finsternis aufgewachsen waren, war Dunkelheit ihr Verbündeter. Sie würden vorrücken, umkreisen, und mit ihren Schwänzen angreifen, das Licht zerstören. Und dann würden sie sich nähern. Sie einen … nach dem anderen … nach dem anderen … schnappen. Nach dem rhythmischen Klopfen von Klauen auf dem Boden, und sobald die Synapsen ihrer Gehirne den Prozess der Jagd übertragen hatten, bewegten sich die Kreaturen mit solcher Leichtigkeit durch das Gewirr dunkler Gänge, als besäßen sie volles Sehvermögen.

–24–

DER VATIKAN

Papst Leo saß in seinem Amtszimmer hinter seinem verzierten Schreibtisch. Ihm gegenüber saß der stellvertretende Leiter des *Servizio Informazione del Vaticano*, ein kleiner Mann mit schwammigen Zügen und beginnender Glatze. Sein Blick war von Natur aus verschleiert, was ihm das Aussehen eines Mannes verlieh, der sich zwischen Wachsein und Schlaf befand. Allerdings war er ein Mann mit einem scharfen Verstand, der absolut alles, was um ihn herum vor sich ging, wusste: Ein Mann, dem die neusten Spionageprogramme zur Verfügung standen. Auf Vater Gacobellis Hemdtasche waren die Initialen SIV aufgestickt.

»Ich konnte bestätigen, dass Savage vor zwei Tagen die Göbekli-Tepe-Ausgrabung betreten und mit Ms. Moore gesprochen hat.«

»Und?«

Gacobelli öffnete einen Aktenordner, der auf seinem Schoß lag. Darin befanden sich die Standortdaten über Savages Reise in die Türkei. »Zu diesem Zeitpunkt haben wir nicht viel«, sagt er. »Aber ich glaube, dass Savage bei der Frau ist.«

»*Bei* der Frau zu sein war nicht das Ziel der Kirche.«

»Das verstehe ich, eure Heiligkeit. Aber es ist, wie es ist.«

Der Papst legte die Hände aneinander und tippte sich gedankenverloren mit den Fingerspitzen ans Kinn. »Sind Sie noch in Göbekli Tepe?« Der stellvertretende Direktor nahm ein einzelnes Blatt Papier und schob es über den Schreibtisch des Papstes. Papst Leo hob es auf. »Was sehe ich mir da an?«

»Koordinaten des Ortes, an dem sie sein könnten«, sagte Gacobelli. »Es scheint, dass sie einen Ausflug in den östlichen Teil der Türkei unternommen haben.«

Der Papst sah wieder auf das Blatt Papier, auf die Koordinaten. »Diese Zahlen – wollen Sie sagen, das sind die Koordinaten nach …« Seine Worte verklangen, kurz bevor er »Eden« sagte.

»Es sind Zahlen, ja. Aber wohin sie führen, wissen wir nicht. Vielleicht bedeuten sie etwas. Oder vielleicht bedeuten sie überhaupt nichts. Wir wissen nur, dass Savage vor zwei Tagen mit der Frau und ihrem Team in den südwestlichen Teil der Türkei aufgebrochen ist … Das gesamte Team ist an genau dieser Stelle verschwunden.« Der Papst betrachtete das Blatt Papier.

»Wie Sie wissen, eure Heiligkeit, entsenden wir die Ritter des Heiligen Ordens oft zu globalen Hotspots, um die Leben derjenigen unserer Bürger zu retten, die in Gefahr sind. Mr. Savages Auftrag lautete, die Interessen der Kirche zu schützen. Obwohl er mit seinen eigenen Waffen ausgerüstet war, brauchte er spezielles Zubehör aus der Waffenkammer des Ordens. Er hat einen Gegenstand mitgenommen«, sagte er. »Er nahm einen Schalldämpfer mit einem hochmodernen, in die Trommel eingelassenen Tracking-Chip mit. Wenn man ihn an der Waffe anbringt, aktiviert er umgehend das System und generiert eine GPS-Signatur. Da er den Schalldämpfer anbrachte, muss ich annehmen, dass er beabsichtigte, ihn einzusetzen. Doch ich weiß nicht, warum.«

In Waffen eingebettete GPS-Chips wurden zur Norm für US-Truppen, besonders für solche, die im Afghanistankrieg kämpften. Aufständische nahmen oft die Waffen verstorbener US-Militärs an sich und fügten sie ihrem Arsenal hinzu, ohne zu wissen, dass der eingebaute Chip wie ein Leuchtturm fungierte, der ihr Guerillalager preisgab und sie in die Falle zukünftiger Einsätze lockte.

»Und hier haben Sie ihn verloren? Bei diesen Koordinaten?« Der Papst zeigte auf die Zahlen.

»Hier ist das GPS-Signal verschwunden, ja.«

»Warum würde es verschwinden?«

»Es könnte an einer Reihe von Dingen liegen«, antwortete Gacobelli. »Es könnte eine Störung gewesen sein, zum Beispiel durch das Wetter, die das Signal zum Schwanken brachte, es deaktiviert hat. Ich besitze einfach nicht genug Informationen, um herauszufinden, woran es liegt.«

»Ich vermute, Sie haben Luftbilder dieser Koordinaten eingesehen?«

»Besser«, sagte der stellvertretende Direktor. Er hob eine Reihe von Fotos auf und reichte sie dem Papst. »Das sind Satellitenbilder, auf den genannten Punkt fokussiert.«

»Das ist nichts als Wüste.«

»Das stimmt, ja. Aber wenn Sie genau hinsehen, erkennen Sie eine geografische Anomalie.«

Der Papst beugte sich vor und entdeckte nichts Ungewöhnliches. »Ich schätze, Ihre Augen sind besser als meine«, sagte er. »Ich sehe gar nichts. «

»Hier, ich zeige es Ihnen.« Der stellvertretende Direktor stellte sich neben den Papst und begann, mit dem Finger über die Fotos zu fahren. »Man kann es kaum erkennen«, sagte er, während er seine Fingerspitzen über eines der Bilder gleiten ließ. »Hier liegt eine geometrische Figur, ein Quadrat. Können Sie es sehen?«

Es war kaum erkennbar, doch es war da. »Einigermaßen. Ja.«

»Nun, wir haben weitere Bilder gemacht, weitere Aufnahmen. Und egal, aus welchem Winkel wir sie machten, die Anomalie blieb. Unter diesem Wüstenboden liegt etwas. Was immer das ist, John Savage ist vermutlich irgendwo darunter, was der Grund dafür ist, warum wir das Signal verloren haben. Höchstwahrscheinlich blockiert die Oberfläche die Frequenz.«

Ohne Frage … das muss Eden sein! Nachdem es all die Jahre unauffindbar geblieben war.

Der stellvertretende Direktor wartete, während der Papst in die Fotos vertieft war.

»Benachrichtigen Sie die Ritter des Heiligen Ordens und bereiten Sie sie auf einen Auftrag vor«, sagte er bestimmt. »Ich will, dass der Orden zu diesem Ort ausgesandt wird, um diese Struktur unverzüglich zum Implodieren zu bringen.«

Der stellvertretende Direktor zögerte verblüfft. »Aber die Menschen, die drinnen sind?«, fragte er. »Was ist mit John Savage?«

Der Papst sank mit dem tieftraurigen Ausdruck eines Mannes, der mit seinem Gewissen kämpft, zwischen seinem Pflichtgefühl und seinem Glauben, zwischen richtig und falsch, hin- und hergerissen, in seinen Sessel zurück. »Ich weiß«, sagte er traurig. »Aber als Papst muss ich das Interesse der Kirche wahren. Und manchmal kann ich nur beten, dass Gott mir vergeben und meine Argumentation in solchen Angelegenheiten verstehen wird.«

Vater Gacobelli sah den Papst verblüfft an. »Was ist da drin?«, fragte er. »Was ist es, das Sie geheim halten?«

Der Pontifex war zu beschämt, um Gacobelli in die Augen zu sehen. Er sah stattdessen sein schwammiges Kinn an, seinen Kragen, die SIV-Stickerei auf seiner Hemdtasche – alles, nur nicht seine Augen. »Stellen Sie mir keine Fragen mehr. Geben Sie ihnen die Koordinaten für den Abriss. Und sagen Sie ihnen, dass niemand verletzt wird.«

»Aber das stimmt nicht. Sie verdammen jemanden zum Sterben.«

Diesmal sah er Gacobelli direkt in die Augen. »Nur wenn sie nicht bereits tot sind«, sagte er.

Nachdem Vater Gacobelli die Papstgemächer verlassen hatte, ging Papst Leo zum Balkon, der den Petersplatz überblickte, und betrachtete die Kolonnaden und den Vatikanischen Obelisken, die Menschen, die umherliefen, während er dastand und seinen Sinn für Moral infrage stellte.

Große Macht brachte immer große Verantwortung mit sich; so viel war klar. Doch verlieh sie auch das Recht zu entscheiden, wer lebte oder starb? Solche Entscheidungen wie die von Papst Clemens V, als er den Tod Jacques de Molays und der

Tempelritter auf dem Scheiterhaufen zum Wohl der Kirche anordnete? Besaß Leo das gleiche Recht?

Kann ich meine Taten vor Gottes Augen rechtfertigen?

Mit dem Gefühl eines großen Gewichts auf seinem Herzen und seiner Seele kehrte Papst Leo XIV in seine Gemächer zurück.

–25–

Obsidian Hall lebte den Traum aller Träume, während er die Wand und ihre perfekt gravierten Bilder anstarrte. Eden war eine prächtige Fundgrube der Wunder. Alyssa Moore stand mit fotokopierten Seiten, die, so schlussfolgerte Hall, aus dem schwarzen Tagebuch mit den Aufzeichnungen ihres Vaters stammen mussten, die Noah zugeschickt worden waren, vor der Wand. »Ich vermute, das stammt aus dem Text Ihres Vaters?«

Sie bedachte ihn mit einem Seitenblick und machte einen Ausfallschritt von ihm weg. Er glich ihn mit einem eigenen Ausfallschritt in ihre Richtung aus. Sie senkte die Papiere und schnalzte mit der Zunge. »Was wollen Sie, Hall?«

»Diese Seiten«, sagte er. »Sie stammen von Ihrem Vater und behandeln seine Reise nach Eden, ja?« Sie ignorierte ihn und machte einen zweiten Schritt zur Seite. Er ahmte ihre Bewegung nach. »Die Frage ist, wie diese Seiten in Ihre Hände gelangt sind, da er hier drin gestorben ist.«

Weiteres Schweigen.

»Sie erzählen von dieser Wand, nicht wahr? Die Ihr Vater die ›Kristallwand‹ nannte. Wenn Sie die Wand genauer betrachten, entdecken Sie auch, was Ihr Vater in diesem Tagebuch als die ›Krypten‹ bezeichnete, die unter uns liegen.«

Sie hielt die Seiten fest in ihrem Griff gepackt und bedachte ihn mit einem langen, intensiven Starren voller Abscheu.

»Natürlich spielt es keine Rolle, was auf diesen Seiten steht«, sagte er. »Ich weiß es bereits – auch wenn sie vollständig verschlüsselt sind.«

Jetzt machte sie ein verblüfftes Gesicht. »Woher wissen Sie das?«

Sein Lächeln nahm ein Funkeln teuflischer Entzückung an. »Das ist einfach«, sagte er. »Ich nahm Mr. Montario das

Tagebuch Ihres Vaters ab, kurz bevor ich ihn von einem meiner Männer vom Balkon seines Apartments im zehnten Stock werfen ließ.«

Ihr blieb der Mund offen stehen.

»Ich muss allerdings sagen, dass ich durch und durch von dem jungen Mann beeindruckt war. Er schrie nicht einmal auf. Aber Sie hätten das Geräusch hören sollen, das er machte, als er auf dem Bürgersteig aufkam«, erklärte er boshaft. »Es war furchtbar. Einfach … furchtbar.«

Mit ungezügelter Wut ließ sie die Seiten fallen und stürzte sich mit gekrümmten Fingern auf ihn.

John Savage saß gegen eine der schwarzen Silikatwände gelehnt und dachte nach.

Bis er seine Frau an einen anderen Mann verloren hatte, hatte er nie gewusst, dass ein solch ungestümer Kummer existierte. Die Emotion war so schnell über ihn hereingebrochen, dass es ihn überwältigt hatte. Sie war ungewohnt und brutal gleichzeitig, etwas weit Schmerzhafteres als die Kugel in der Schulter, die er sich eingefangen hatte, oder der Messerschnitt quer über seine Brust, der eine tiefe Wunde hinterlassen hatte.

Eine Weile lang war sein Verstand durcheinander gewesen, voller Entscheidungen, die schwer zu treffen waren, immer infrage stellend, ob er das Richtige tat, das Falsche tat, oder ob er überhaupt in der Position sein sollte, solche Entscheidungen zu treffen, während einer eine Einheit der Green Berets auf einer Mission befehligte.

Emotional verloren und schmerzerfüllt hatte er sein bestes tapferes Gesicht aufgesetzt, und er und sein Team gingen in die Südphilippinen, wo eine muslimische Fraktion vier Amerikaner als Geiseln hielt und eine siebenstellige Summe für deren Freilassung verlangte. Die amerikanische Regierung, die stets dem Prinzip folgte, derartige Forderungen niemals zu bezahlen, entschied sich jedoch dafür, stattdessen Militärgewalt einzusetzen.

Während er sein Team durch den südlichen Teil des Landes führte, durch dichten Wald und hohe Humidität, unter den abscheulichsten Umständen, konnte er nur an *sie* denken. Als sie das Lager entdeckten, umstellte seine Einheit das Gebiet. Im Zentrum waren die Geiseln: eine Mutter und ein Vater und zwei jugendliche Kinder, beide Jungs. Sie sahen dünn, blass und kriegsgeschunden aus, ihre Körper ausgezehrt, doch sie saßen dort, als gehörten sie dorthin – das Stockholm-Syndrom.

Da er den Scharfsinn der Umsicht verloren hatte und seine Gedanken nicht vollständig bewusst oder konzentriert waren, hatte er es versäumt, den Grenzbereich zu überprüfen, und nicht bemerkt, dass er und sein Team von denen, die sich in den Bäumen weit außerhalb der Außenbereiche des Camps versteckt hielten, entdeckt worden waren. Die Rebellen hatten sich hinter sie manövriert und sie in die Zange genommen, sie von allen Seiten eingekesselt.

Während sich die sechsten Sinne seiner Teamkameraden einschalteten, tat seiner das nicht vor der ersten Salve, in der Kugeln die Rücken und Brustkörbe seiner Teamkameraden durchbohrten und sie töteten. Was von seiner Einheit übrig war, formte eine keilförmige Offensive und bewegte sich mit gehobenen Waffen und schießend ins Camp, schaltete die Abtrünnigen aus.

Ein Rebell hob seine Waffe, ein AK-47, und erschoss die Geiseln mit einem einzelnen Drücken des Abzugs. Überall war Blut.

Savage hob seine eigene Waffe mit tödlicher Präzision und schoss, löschte die linke Kopfseite des Rebellen in Blutspritzern und Gewebefetzen aus, während dieser rückwärts in die Leichen jener stolperte, die er gerade exekutiert hatte.

Und dann schien die Zeit stillzustehen. Seine Welt bewegte sich mit der Langsamkeit eines schlechten Traums. Es war surreal: Die Schüsse, die um ihn herum abgefeuert wurden; das wespenhafte Summen von Kugeln, die an ihm vorbeiflogen, ohne ihr Ziel zu finden; die Schreie und Todesqualen seiner Teamkameraden, als sie fielen. Er betrachtete die Opfer, wie sie tot dalagen, die Augen und Münder vor Schreck über ihre Sterblichkeit weit offen.

Er hatte sie im Stich gelassen. Er hatte sein Team im Stich gelassen.

Er war nicht scharfsinnig gewesen, als er die Führung übernommen hatte.

Und das hatte ihn wertvolle Leben gekostet.

Als alles vorbei war, als er neben den Leichen kniete, Blutflecken, die nicht seine eigenen waren, auf seiner Haut schimmerten, wagte er es nicht, sich umzuschauen, wollte seine toten oder sterbenden Teamkameraden nicht sehen. In Wirklichkeit wartete er auf den Todesschuss, die eine Kugel, die ihn von alldem wegbringen würde. Doch sie kam nicht.

Diese eine Erlösung – nur eine einzige Kugel – kam nie.

Als er in die Staaten zurückkehrte, verlor er sein Kommando, was ihn in noch tiefere Verzweiflung stürzte. Seine Ehefrau, sein Job, und jetzt auch noch sein Leben waren fort. Er hatte sich noch nie so verloren oder so alleine gefühlt.

Als sich ihm die Möglichkeit bot, für den vatikanischen Informationsdienst zu arbeiten, sah er es als perfekte Flucht. Er wäre Welten von den Problemen, die ihn zermürbt hatten, entfernt. Doch bald begriff er, dass er nicht weit genug weglaufen konnte. Wo immer er hinging, seine Probleme folgten ihm und schienen noch schwerer auf ihm zu lasten.

Unter der Schutzherrschaft der Kirche glaubte er jedoch an seine eigene Erlösung, indem er Anweisungen von jenen entgegennahm, die ihm den Weg des Lichts zeigen konnten. *Simple Führung!* Das war alles, was er wollte. Doch es schien etwas zu sein, das weit über die Möglichkeiten dessen, was die Kirche einräumen konnte, hinausging, und so bliebe er für immer verloren. Und deswegen hatte er den Kragen dem Griff eines toten Mannes überlassen. Er verdiente es nicht, ihn zu tragen.

Allerdings hatte er ein Schimmern oder Funkeln von Licht gefunden, ein Fünkchen eines Versprechens, dass sein Leben gerettet werden könnte. Als er zum ersten Mal auf Alyssa getroffen war, war er distanziert und gefühllos gewesen, ein Mann, der mit der kalten Beherrschung einer Maschine reagierte. Doch mit der Zeit hatte sie ein warmes und faszinierendes Gefühl in ihm ausgelöst, etwas so anziehend Wunderbares, dass er nichts anderes wollte, als ihre Stimme zu hören und ihren Duft zu riechen, aus der simplen Tatsache heraus, dass er ihre Gegenwart genoss.

Sie war feurig und brillant und voller Mitgefühl für jene, denen sie nahe stand, und hatte keine Angst, es mit denen aufzunehmen, die eine andere Haltung voller Feindlichkeit besaßen. In ihr war Güte, ein ausgeprägter Sinn dafür, die Anliegen derer zu vertreten, die sich nicht selbst verteidigen konnten.

Er lehnte seinen Kopf gegen die Wand und verspürte eine Ruhe, die er seit einiger Zeit nicht gespürt hatte. Es war ein warmes Gefühl. Das Gewicht auf seiner Brust und seinen Schultern war noch da, aber nicht mehr vollständig. Der Schmerz schwand endlich Stück für Stück. Und wann immer er Alyssa nahekam, fiel dieses Gewicht sogar noch mehr von ihm ab.

Merkwürdig, dachte er, dass Frieden ihn in dem Moment aufsuchte, in dem sein Leben höchstwahrscheinlich ein Ende fand. *Was für ein furchtbarer Augenblick für diese Kugel*, dachte er. Doch er würde nicht aufgeben. Nicht jetzt. Nicht wenn er die Chance besaß, sich reinzuwaschen, indem er die Leben jener rettete, die ihn am meisten brauchen: Eser, Harika und Alyssa. Und er war auch nicht schlecht dafür vorbereitet.

Da es für Kämpfer eine Gewohnheit ist, ihre Toten mit ihren Waffen zu begraben, hatte Reds Team ihn mit seinem Kampfmesser, einem KA-BAR, zurückgelassen. Als Savage also den Römerkragen in die schmalen Spalten zwischen Reds Fingern gesteckt und niemand hingesehen hatte, hatte er die

Waffe an sich genommen und sie zwischen Stiefel und Hosenbein verstaut.

Jetzt galt es, die richtige Gelegenheit zu finden, dachte er. Und nur auf Alyssas Anweisung. In diesem Moment hörte er Ärger ausbrechen, einen gequälten Aufschrei, und sah, wie Alyssa Obsidian Hall mit Klauenhänden angriff. Was jetzt? Doch als er sah, wie Obsidian Hall sie mit der geschlossenen Faust schlug, stand Savage auf und ging hinüber, um die Sache zu seinen Bedingungen beizulegen.

Ein weißer Lichtnebel.

Das war das Letzte, was Alyssa sah, bevor sie auf dem Boden aufschlug. Alles um sie herum bestand aus Schatten und Form. Und als Hall zu ihr sprach, war es, als täte er das aus weiter Distanz. »Wie ich sagte, Ms. Moore, Sie müssen ihr Temperament wirklich in den …« Das war das Letzte, was er sagte, bevor Savage ihn mit der rechten Hand schlug, Hall von den Füßen riss und auf den Silikatboden warf. Hart. Als Hall wieder zu sich kam, war seine Welt in einen unscharfen Schleier gehüllt.

Savage stand über ihn gebeugt, das Gesicht ausdruckslos. *Ist der Typ wirklich so schnell?*, überlegte Hall. Der Milliardär arbeitete sich auf einen einzelnen Ellbogen hoch, und mit seiner freien Hand betastete er seinen Kiefer, prüfte die Beweglichkeit des Gelenks, um zu sehen, ob er ausgerenkt war. Das war er nicht.

Aus dem Augenwinkel konnte Savage es kommen sehen, also spannte er sich an und wartete, bis Aussie ihn mit dem Kolben seiner Waffe niederschlug, was den früheren Green Beret auf die Knie sacken ließ. Seine Welt drehte sich in einem gewaltigen Strudel. Instinktiv griff Savage nach dem Messer, hielt sich aber zurück.

»Hoch mit Ihnen, Kumpel. Sie auch, Missy.« Aussie streckte sich und zog sie beide in eine stehende Position hoch. Savage und Alyssa hatten Mühe, das Gleichgewicht zu halten. Hall stand mit einer Hand am Kiefer auf, und dann schüttelte er den Kopf, wie um die Spinnweben abzuschütteln.

»Was soll das?«, fragte Butcher Boy aufgebracht. »Es ist schlimm genug, dass wir gegen diese Dinger da draußen kämpfen müssen! Wir müssen ihnen nicht auch noch helfen, indem wir uns gegenseitig bekämpfen.«

Alyssa zeigte mit schwacher Hand auf Hall. »Er hat Montario getötet«, sagte sie.

»Was zur Hölle ist ein Montario?«, fragte Aussie.

»Ich habe ihn nicht getötet. Ich sagte, einer meiner Männer hat es getan.«

»Aber Sie haben es befohlen!«

»Semantik.«

»Das reicht! Ihr seid wie die Kinder, ich schwör's!« Butcher Boy war außer sich.

In dem Moment, in dem Alyssa schwankte, legte Savage den Arm um sie, wurde zu ihrer Stütze, obwohl sein Kopf vernebelt blieb. »Geht es Ihnen gut?«, fragte er sie leise.

»Das wird schon wieder.«

Butcher Boy begann auf und ab zu gehen. »Lasst uns eines mal sofort klarstellen! Ich habe einen guten Mann an etwas verloren, das ich mir nicht mal in meinem schlimmsten Albtraum ausdenken könnte! Und jetzt muss ich mit euch Typen fertig werden?« Er drehte sich zu Aussie um und dann zu Carroll; ihre Mienen waren vollkommen beherrscht. Und dann sah er Alyssa an. »Sind Sie sicher, dass es Ihnen gut geht?«

Sie richtete sich auf, das Kinn hochgereckt, die gesamte Bewegung ein bisschen überdramatisch. »Supergut«, sagte sie.

»Dann gehen wir weiter. Wie nah sind wir der unteren Kammer?«

Sie begutachtete die Kristallkarte. »Wir müssen die Hauptkammer auf dieser Ebene erreichen. Sie ist nicht allzu weit von hier entfernt. Dieser Raum sollte uns nach unten bringen.« *Das heißt, falls wir das Rätsel lösen können.*

»Dann holen Sie Ihre Ausrüstung und machen Sie sich fertig«, sagte Butcher Boy, der sich nervös umschaute. »Je schneller wir unseren Zielpunkt erreichen, desto schneller können wir verdammt noch mal von hier verschwinden.«

Die Söldner gingen weg, um ihre Ausrüstung zu holen, aber Alyssa und Hall starrten einander an, bis Savage sie wegführte. »Vertragt euch«, sagte er.

»Er hat Montario töten lassen.«

»Daran können wir jetzt nichts ändern.«

Eser, Harika, Savage und Alyssa machten sich fertig. Der Monitor der Wärmebildkamera war unscharf und flimmerte an und aus; ihre Batterien gingen leer. Alyssa schlug sie, doch sie spielte nicht mit. »Wir verlieren die Kamera«, sagte sie laut und zu niemand Bestimmtem.

»Ganz toll«, antwortete Aussie. »Es wird immer besser, nicht wahr?«

Und dann verblasste das Bild vollständig und das Gerät wurde nutzlos. Sie ließ den Arm mit der Kamera neben sich sinken. »Sie ist aus«, sagte sie leise. Alle starrten sie an.

»Aber Sie sagten, dass sie mit Lithiumbatterien läuft.«

»Nein. Ich sagte, die Lampen laufen mit Lithiumbatterien. Nicht die Kamera.«

»Und was bedeutet das?«

»Es bedeutet, dass wir im Dunkeln tappen«, sagte sie.

»Im Dunkeln?«, fragte Hall.

Butcher Boy stieß ein erschöpftes Seufzen aus. »Das bedeutet, dass wir nicht in der Lage sein werden, etwas anderes als das, was uns die Lampen zeigen können, in den Gängen zu erkennen.«

Hall wirkte verunsichert. »Aber das sind nur, was – vier bis fünf Meter?«

»Wenn überhaupt so viel.« Dann rief Butcher Boy nach Eser und Harika und winkte sie mit der Hand her, da sie die Sprache nicht verstanden. Sie reagierten pflichtbewusst. Und wie üblich zwang er sie, mit einer Lampe in jeder Hand die Spitze zu übernehmen.

Alyssa sah Savage an. Ihre Blicke trafen sich. »Sie benutzen sie als Köder«, sagte sie.

»Ich weiß.«

»Wir müssen etwas tun«, sagte sie flehend.

»Ich arbeite dran.«

»Wie denn?«

Er sah zu Hall und seinem Team, die sich bereit machten, kniete sich dann auf ein Knie, als ob er seine Schnürsenkel zuband, und schob sein Hosenbein hoch. Er zeigte Alyssa das zwischen seiner Socke und seinem Schuh am Knöchel steckende Messer und dann legte er einen Finger an die Lippen, um Schweigen zu signalisieren.

Ihre Augen weiteten sich und sie formte stumm die Worte: *Woher haben Sie das?*

Er zog sein Hosenbein hinunter und sah sich dann schnell nach Hall und dessen Team um, um herauszufinden, ob er ihren Verdacht erregt hatte. Das hatte er nicht. »Ich sag's Ihnen später«, flüsterte er, während er aufstand.

»John?«

Er drehte sich zu ihr um. In diesem Moment sah er in Augen, die gemischte Gefühle ausdrückten – Mut, Stärke, Angst, Sorge, Vorsicht und Hoffnung – und schmolz unter ihrem Blick dahin. Zum ersten Mal seit langer Zeit fühlte er sich vollständig für Leben verantwortlich, die auf dem Spiel standen. Indem er sie rettete, dachte er, würde er geläutert. »Ich werde uns hier rausholen«, flüsterte er.

»Das hoffe ich«, entgegnete sie mit einem Blick zur Kristallwand. »Das hoffe ich wirklich, wirklich sehr.«

–26–

Der Kragen der Kreatur reagierte, indem er sich um ihren Kopf herum auffächerte. Die winzigen Rezeptoren im Gewebe nahmen Vibrationen auf und verarbeiteten sie mittels Neurotransmittern im Inneren seines Gehirns, und dadurch steuerten sie die Kreatur durch Instinkt.

Sie war alleine. Und sie war hungrig.

Das Ungetüm bewegte sich im Schutz der Dunkelheit nicht zu weit vom Rand des Lichts entfernt. Sein Instinkt riet ihm, das Gerät zu zerstören, das den leuchtenden Schein verströmte.

Es näherte sich. Sein riesiger Schwanz bewegte sich schlangenförmig über den Boden.

Das Licht kam näher.

… Der Durchgang zur Kristallwand war zwanzig Meter entfernt …

Das Licht wurde heller.

Die Kreatur wurde mutiger.

… fünfzehn Meter entfernt …

Sie näherte sich langsam, noch immer auf Kurs.

Die Lichtränder ergossen sich jetzt aus dem Durchgang in den Korridor.

… zehn Meter …

Hunger verzehrte sie, trieb sie mit dem instinktiven Bedürfnis zu fressen weiter.

… fünf Meter …

Die Lampe verströmte einen grellen Lichtradius.

Sie war bei der Tür. Ihre Reptilienzunge schnellte aus ihrem Maul und wieder hinein, nahm den Duft ihrer Beute auf. Ganz nah.

Stimmen, Flüstern, Lärm – obwohl die Kreatur nicht gut hören konnte, wurden Geräusche über die Luft übertragen und von ihren hoch entwickelten Rezeptoren aufgenommen.

Ihr Kiefer öffnete sich langsam, während hauchdünne Fäden viskosen Speichels sich zwischen den oberen und unteren Partien ihrer gezackten Zähne erstrecken.

Und dann, mit der Schnelligkeit und Agilität eines großen Jägers, der an der Spitze der Nahrungskette steht, griff sie an.

Es kam so schnell aus der Dunkelheit, dass keiner darauf vorbereitet war.

Es schrie mit einem tiefen, kehligen Geräusch auf, ein Lärm aus seinem Rachen, der sich zu einem ohrenbetäubenden Kreischen entfesselte. Es betrat den Raum, instinktiv nach dem Licht schlagend, verfehlte es und drehte sich dann um und schwang seinen Schwanz, erwischte zwei Lampen und zerbrach sie.

Das Licht war verschwunden und Carroll stand im Dunkeln, verblüfft und zu langsam in seiner Reaktion.

Der Schwanz kam mit der Geschwindigkeit einer Bullenpeitsche auf ihn zu und erwischte ihn quer über dem Bauch, schleuderte ihn unglaublich weit durch den Raum; er wurde erst von der Barriere der Kristallwand gestoppt, die beim Aufprall heftig erzitterte.

Carroll lebte noch, hustete aber Blut.

Aussie und Butcher Boy bewegten sich schießend vorwärts. Die gesamte Kammer erhellte sich vom Stroboskopeffekt der Mündungsblitze. Die Kreatur heulte auf, als Kugeln auf ihre Haut niederprasselten. Die Soldaten rückten weiter vor, ihre MP-7 abfeuernd, nahmen sie unter Beschuss; ihre Haut löste sich unter den Einschlägen auf.

Aber sie kämpfte weiter.

Und dann tauchte ihr Schwanz wieder mit wahnsinniger Geschwindigkeit auf, zerriss die Soldaten fast, holte wieder aus und schnitt diesmal mit einem Pfeifen durch die Luft.

Das Feuergefecht dauerte an. Zu viele Kugeln wurden verbraucht.

Und dann bäumte sich die Kreatur auf ihre Hinterbeine auf. Aussie und Butcher Boy folgten ihr, als ob sie die langsame

Flugbahn einer Rakete beobachteten. Die Kreatur wuchs zu einer zweifüßigen Höhe von vier Metern. Löcher erschienen in ihrer Unterseite, ihr Bauch war entblößt, Blut und Gewebe spritzten heraus und füllten die Luft mit dem Geruch von Kupfer. Mit einem letzten, gequälten Aufbäumen unterlag die Kreatur und fiel auf den schwarzen Silikatboden. Blut breitete sich als funkelnder Halo unter ihr aus und verteilte sich über den Boden. Die Soldaten standen erschöpft über der Kreatur, während sie versuchten, wieder zu Atem zu kommen.

»Dieses Ding ist viel größer als das andere«, sagte Butcher Boy. »Viel größer.«

»Weißt du, was mir Sorgen macht, Kumpel? Es hat viel Munition gebraucht, um dieses Ding auszuschalten. Sie wird uns bald ausgehen, wenn wir nicht schon knapp dran sind.« Der große Australier spielte mit dem Stahlkappenende seines Stiefels mit dem Kopf der Kreatur. Er rollte schlaff zur Seite. »Es ist wirklich scheißtot.«

»Hast du gesehen, was es getan hat?«, fragte Butcher Boy.

»Was?«

Alyssa stellte sich neben ihn. »Es hat die Lampen angegriffen«, sagte sie.

»Ganz genau.«

»Es weiß, wie es unsere erste Verteidigungslinie, nämlich das Licht, ausschalten kann«, fügte sie hinzu.

»Was immer das für Dinger sind, sie lernen schnell.« Und dann: »Wie viele Lampen haben wir noch?«

Hall rechnete rasch nach. »Wir haben zwei bei Red gelassen, das Ding hat zwei zerstört, dann bleiben uns also noch sechs.«

»Sechs verdammte Lampen. Uns geht die Munition aus. Es sieht nicht gut aus, Freunde. Überhaupt nicht gut.«

Und dann fiel es ihnen ein: *Carroll!*

Carroll war mit solcher Wucht gegen die Wand geknallt, dass Savage dachte, der Mann sei bei der Kollision gestorben. Als er von der Wand abprallte und auf dem Boden aufschlug, lag er lange da, bevor er sich auf die Ellbogen stützte und mit ihrer Hilfe an keinen bestimmten Ort kroch. Auch wenn es ein schwacher Versuch war, wusste er doch, dass er entkommen musste.

Die Welt um sie herum erhellte sich. Und grauenhafte Schreie erfüllten die Luft, Geräusche, die keiner von ihnen je gehört hatte oder wieder hören wollte. Während sich Carroll auf Savage zuschlängelte, griff der ehemalige Green Beret nach ihm und zog ihn näher. »Ich hab Sie, Mann.«

Genau da hustete Carroll einen Blutschwall hoch. Es war ihm egal, ob er Savages Kleider beschmutzte. *Das ist nicht gut,* dachte Savage. Der Mann hatte offensichtlich innere Verletzungen. Carroll versuchte, sich aufzusetzen, schaffte es aber nicht, also rollte er sich auf den Rücken. Sein Gesicht war eine Maske aus Schmerz. Blut ergoss sich aus seinen Mundwinkeln.

»Ich weiß, dass das wehtun wird«, sagte Savage, »aber Sie müssen sich hinsetzen, sonst ersticken Sie an Ihrem eigenen Blut.«

Carroll nickte. Auf drei schafften sie es, ihn zum Sitzen zu bringen, gegen die Wand gelehnt. Was Carroll jedoch nicht mitbekam, war, dass Savage sein Kampfmesser geschickt aus der Scheide entfernt und zwischen seinen Hosenbund und Gürtel gesteckt hatte. Jetzt besaß er zwei davon.

»Sie werden wieder«, sagte er zu ihm. Carrolls Antwort bestand darin, einen kleinen Klumpen Blut auf den Boden zwischen ihnen zu spucken und sich dann mit der Hand über den Mund zu fahren. »Nein, Mann, ich bin innen drin voll hinüber.« Er zuckte zusammen, als er spürte, wie das ätzende Brennen eines weißglühenden Schmerzes seinen Bauch füllte.

»Wie geht es ihm?« Butcher Boy wirkte außer Atem, genau wie Aussie, der hinter ihm stand.

Savage schüttelte den Kopf. *Nicht besonders gut.*

Carroll war allerdings aufnahmefähig. »Ich schaff das«, sagte er. Seine Worte waren eine Mischung aus Schmerz und Wut. »Zieht mich einfach auf die Beine.«

Savage half ihm zum Stehen, unterstützt von Butcher Boy und Aussie. Es war trotzdem ein Kampf. Er stand da und biss die Zähne zusammen, schwitzte, während er den Schmerz bekämpfte, einen Unterarm über seinen Bauch gelegt. »Meine Waffe«, sagte er mühevoll. »Wo ist meine MP-7?«

Aussie kehrte mit erhobener Waffe und den Kopf hin und her drehend in die Schatten zurück. Er bewegte sich vorsichtig, schnappte sich Carrolls MP-7 und zog sich zurück, während er seine eigene Waffe auf die tintenschwarzen Schatten des Durchgangs gerichtet hielt.

Als Aussie Carroll seine Waffe reichte, ließ der verwundete Söldner sie beinahe fallen. Aussie fing sie auf und reichte sie Carroll noch einmal.

Aussie und Butcher Boy teilten einen besorgten Blick. *Er wird es nicht schaffen.*

In einem weiteren intuitiven Moment schrie Carroll auf: »Ich schaff das!«

»Klar schaffst du das, Kumpel.« Aussie klang wahrhaft mutlos.

»Und ich brauch auch keine Hilfe«, sagte Carroll mit Blick zu Savage.

Also akzeptierte Savage die Botschaft, hob kapitulierend die Hände und trat zurück. »Ihre Entscheidung, Junge.«

»Ich bin kein Junge!«

Was auch immer.

Savage sah zu Alyssa, die die beiden jungen Türken in ihre Arme gezogen hatte. Seltsamerweise hatte er sie nie sprechen hören, aber sie kommunizierten auf die Art und Weise, wie sie ihn ansahen, mit flehenden Blicken, die den Priester anriefen, der keiner war, einen Mann Gottes, der einen Gott verehrte, der nicht ihr eigener war, aber nichtsdestotrotz ein Retter. Sie konnten es in seinen Augen sehen.

Innerlich dachte Savage nur eines: *Ich bin kein Priester.* Doch in ihren Augen spielte das keine Rolle. Sie glaubten an ihn. Plötzlich war er sich des Messers an seinem Kreuz bewusst, und des Messers an seinem Knöchel.

Nicht jetzt. Noch nicht. Der Zeitpunkt ist schlecht. Harika lächelte und nickte dann. Es war ein schwaches Lächeln, ein Zucken von Emotionen, aber Savage sah es deutlich.

Butcher Boy hob die Hand und ließ einen Finger kreisen. »Bewegen wir uns, Leute. Ms. Moore, welche Richtung?«

Sie ließ die jungen Türken los, die dicht bei ihr blieben. »Es ist nicht weit«, sagte sie. »Zwei-, vielleicht dreihundert Meter hinter der Kristallwand.«

»Dann schwingen wir alle mal die Hufe. Ich will, dass die Türken die Spitze übernehmen.«

»Auf keinen Fall«, sagte Alyssa. »Ich gehe voraus.«

»Wohl kaum«, erwiderte er. »Sie sind zu wertvoll.«

»Und sie nicht?«

»Gewisse Menschen sind ersetzbar«, erwiderte er. »Die sind es. Sie nicht. Die übernehmen die Führung.« Er hob die Spitze seiner Waffe, bis sie auf Harika zeigte, und begann mit dem Finger auf den Abzugsbügel zu trommeln.

Alyssa schnaubte mit deutlicher Verzweiflung.

»Ich bin froh, dass Sie das so sehen wie ich. Türken an die Spitze. Aussie, ich will, dass du die Nachhut bildest, weil diese Dinger irgendwie hinter uns sind. Ich bleib dicht bei den vorderen Posten.«

»Verstanden, Kumpel.«

Butcher Boy ging an Hall vorbei, der aussah, als wartete er auf Anweisungen, ein verwirrtes Gesicht machte, als er keine bekam, und ging dann zu Savage weiter. »Ich will kurz mit Ihnen sprechen.«

Sie entfernten sich vom Team. Als Butcher Boy das Gefühl hatte, dass sie außer Hörweite waren, sprach er gedämpft mit Savage. »Von einem Soldaten zum anderen«, sagte er. »Behalten Sie Carroll im Auge.« So wie er das sagte, klang es mehr nach einer Frage als nach einem Befehl.

Savage dachte darüber nach. »Ich werde es nicht als Soldat tun«, sagte er. »Aber ich werde es als anständiger Mensch tun.«

Ihre Blicke trafen sich für einen längeren Moment. »Es ist mir egal, als was Sie es tun«, antwortete Butcher Boy, »solange Sie es tun.«

»Werde ich.«

Er nickte dankbar. »Danke.« Und dann ging er davon und rief Anweisungen aus, erteilte Befehle, und das Team reagierte in Hopp-hopp-Manier.

Savage blieb zurück und überprüfte die Kammer. Schatten sammelten sich überall und er konnte nicht bestimmen, ob sie sich bewegten oder ob es nur ein Trick seines Verstands war. Offensichtlich hoffte er, dass es Letzteres war.

»Savage!« Es war Butcher Boy. »Wir warten auf Sie. Auf geht's!«

Savage winkte. *Ich komme.* Mit den Türken an der Spitze machten sie sich auf den Weg zur Hauptkammer.

–27–

»Danke.«

Alyssas Stimme war kaum mehr als ein Flüstern.

Savage beugte sich näher. »Wofür?«

»Dafür, dass Sie mir vorhin geholfen haben, als Hall versucht hat, sich wie ein harter Kerl aufzuführen, indem er mich niederschlug.«

»Tja, Sie müssen lernen, Ihr Gegenüber nicht wütend zu machen«, sagte er mit einem freundlichen Lächeln.

»Bei manchen kann ich einfach nicht anders. Und *er* fällt unter diese Kategorie.«

Plötzlich wechselte ihre Stimmung zu einer, die zwischen düster und deprimiert lag. Savage drehte sich um, betrachtete ihr elegantes Profil und dachte darüber nach, wie schön sie wirklich war, über die Art, wie ihre fein gemeißelten Züge die Linien entlang ihres bezaubernden Gesichts formten. »Ich habe gehört, was er über Ihren Freund gesagt hat«, erklärte er voller Bedauern. »Montario, nicht wahr?« Sie nickte. »Es tut mir so leid, Alyssa.«

Obwohl es das erste Mal war, dass er sie beim Vornamen nannte, reagierte sie nicht darauf. Sie schlängelten sich weiter durch dunkle Gänge und Passagen, nebeneinander, sein Barometer unverändert.

Die Hauptkammer war nicht weit vom Raum der Kristallwand oder der Zentralkammer entfernt, welche den Mittelpunkt der obersten Ebene des Tempels markierte.

Mit Eser und Harika, die ihre Lampen vor sich hielten, an der Spitze und Butcher Boy, der die Mündung seiner Waffe ruhig hielt, erreichten sie einen quadratischen Raum, wo die Wände aus Platten edelsteinähnlicher Mineralien bestanden – smaragdgrün, rubinrot, saphirblau; die Farben waren satt und leuchtend.

Auf dem Boden lag, genau wie Alyssas Vater auf den Seiten seines Tagebuchs berichtet hatte, der Kreis aus Ringen. Auf dem mittleren Kreis, etwa mit den Abmessungen eines Kanaldeckels und aus Kristallquarz gemacht, der so rein wie Quellwasser war, war das Symbol ¥ abgebildet, das Keilschriftzeichen für die Zahl eins.

Der nächste Ring, der den mittleren Kreis umgab, war aus getrübtem Quarz gefertigt und trug die archaischen Ziffern ¥ – ¥, was Elf bedeutete, da sie durch den Bindestrich getrennt waren. Der nächst äußere Ring, der dritte, war aus klarem Quarz gemacht und trug die eingravierten Ziffern ¥ – ¥ ¥ – ¥ – ¥, die 1211 repräsentierten. Der vierte Ring zeigte die eingravierten Ziffern ¥ – ¥ – ¥ – ¥ ¥ – ¥ ¥ – ¥, was 111221 bedeutete, und so weiter, bis der letzte Ring überhaupt keine Ziffern zeigte, sondern stattdessen eine leere Stelle, an der die richtige Folge platziert werden musste, der letzte Teil.

Alyssa ging um den Kreis herum, um die Ringe, wobei das Licht des Quarzes in ihr Gesicht reflektierte und ihr eine Art himmlisches Leuchten verlieh. Obsidian Hall fuhr mit den Händen über die glatten, edelsteinartigen Wände und vertraute darauf, dass sein Team ihn beschützen würde; er betrachtete es als selbstverständlich, dass er sich sicher und wohlbehalten in einer Komfortzone befand.

Eser und Harika umkreisten die Ringe mit erhobenen Lampen. Butcher Boy und Aussie suchten das Gebiet auf Bedrohungen ab, während Savage in Carrolls Nähe blieb, der einen Überlebenskampf auf den Knien führte und Blut hustete.

»Das ist es«, flüsterte Alyssa mit weit aufgerissenen, staunenden Augen. »Das Rätsel der Ringe.« Sie holte die Seiten mit den Betrachtungen ihres Vaters über die fehlenden Ziffern auf dem letzten Ring hervor. Während sie mit dem Finger den Zahlen auf der Seite folgte, suchte sie nach einem Muster. »Die erste Reihe: Eins«, sagte sie leise und mehr zu sich selbst als zu den anderen. »Die zweite Reihe: Eins – Eins. Dritte Reihe: Zwei – Eins. Vierte Reihe: Eins – Zwei – Eins – Eins.«

Sie konnte kein Muster erkennen. »Fünfte Reihe: Eins – Eins – Zwei – Zwei – Eins. Sechste Reihe: Drei – Eins – Zwei …«

1
11
21
1211
111221
312211
13112221
?

»Gibt es ein Problem, Ms. Moore?« Hall störte ihre Konzentration. »Mir scheint offensichtlich, dass die letzte Reihe die richtige Zahlenfolge aus den zwölf auf dem letzten Ring stehenden Kombinationen verlangt, um die Sequenz korrekt zu vervollständigen.«

Tief im Inneren wollte sie ihn erwürgen. »Das weiß ich«, sagte sie zu ihm. »Die richtige Sequenz zu finden ist aber das Rätsel.«

Hall faltete seine Hände hinter dem Rücken und ging um die Kristallringe herum. »Ich denke, eine Sequenz ist so gut wie jede andere, finden Sie nicht?«

»Nein, eine Sequenz ist nicht so gut wie jede andere.« Sie studierte den letzten Ring. In den Kristallkreis waren zwölf Zahlenfolgen graviert. Nur eine Abfolge war allerdings der richtige Wert, der den Weg zur unteren Ebene öffnen würde.

»Ich sehe, dass Mathematik nicht Ihre Stärke ist«, sagte Hall, der seine Kreise zog. Sie streckte ihm die Hand entgegen, damit er ihre Berechnungen nicht unterbrach. Dann sagte er: »Mr. Aussie.«

Aussie stellte sich neben Obsidian Hall, der auf die Zahlen auf dem letzten Ring zeigte. »Sehen Sie die Zahlen dort?«, fragte er.

Er sah zwölf numerische Sequenzen: 1132122321, 1211312113, 1311211312, 1231221131, 1112113123,

1123312211, 1211322211, 1112311132, 1113213211, 1222133112, 1113321231 und 1123331121.

»Ja, Kumpel.«

»Wählen Sie eine.«

Alyssa sah wütend auf. »Was machen Sie da?«

»Eine Sequenz wählen«, sagte Hall. »Wie es aussieht, hat er genauso wenig Ahnung, wie Sie.«

»Es könnte schwerwiegende Folgen haben, wenn er die falsche Reihe aussucht«, sagte sie aufgebracht.

»Welche denn?« Hall hob die Hände und lächelte mit schelmischer Freude. »Ich vermute, Sie werden etwas sagen wie, dass das Dach herunterstürzen und uns alle töten wird.«

Sie machte einen aggressiven Schritt auf Hall zu, was Savage veranlasste, die Augen zu verdrehen. *Lernt die Frau es denn nie?*

»Es ist ein Rätsel«, erklärte sie ihm nachdrücklich. »Die Aufgabe ist es, dieses Rätsel zu lösen, um zur nächsten Ebene zu gelangen. Es wäre kein großes Rätsel, wenn man einfach eine beliebige Zahlengruppe einfügen könnte, oder?«

»Mr. Aussie.« Hall löste weder den Blick von Alyssa, noch ließ er sein Lächeln verblassen. »Bitte wählen Sie eine Sequenz, die Ihnen gefällt.« Aussie nickte eifrig und umkreiste die Ringe, um zu entscheiden, welche Ziffernreihe er wählen sollte.

»Halten Sie das für klug?«, fragte Butcher Boy. »Ich denke schon, dass Ms. Moore weiß, wovon sie redet.«

»Tut sie auch«, sagte Savage. »Nach allem, was wir von diesem Ort gesehen haben, halte ich es für schlau, ihn mit Respekt zu behandeln. Ich finde, Sie sollten das Ms. Moore überlassen.«

»*Ich* erledige das, Mr. Savage.« Hall stieß sich den Daumen an die Brust. *»Ich!«*

»Ich meine ja nur …«

»… dass Sie den Mund halten müssen, ja? Meinen Sie das?« Im Kampf, die Ruhe zu bewahren, presste Savage den Kiefer zusammen.

»Das dachte ich mir.« Hall drehte sich zu Aussie um, der über einer Gruppe von Keilschriftziffern an der Vier-Uhr-Markierung des Rings stand. »Haben Sie gewählt, Sir?«

Aussie lächelte und nickte mit einem erhobenen Daumen. »Diese Zahlen sehen ziemlich klasse aus«, sagte er und zeigte dann auf die Reihe. Es war die Zifferngruppe 1231221131.

»Sehr gut, Mr. Aussie. Das Privileg gebührt Ihnen. Bitte ergreifen Sie den Kristallstift neben den entsprechenden Zahlen und drehen Sie das Rad vorwärts.«

»Tun Sie das nicht«, flehte Alyssa. »Wenn Sie nicht wissen, was Sie tun, verschafft es Ihnen nur eine ungefähr achtprozentige Chance, es richtig zu machen. Es *gibt* ein Muster. Wenn Sie mir nur Zeit lassen ...«

»Aber das ist der Punkt, Ms. Moore«, sagte Hall. »Wir haben keine Zeit, vor allem nicht mit diesen Dingern, die hier überall herumrennen.« Butcher Boy musste zustimmen, und so richtete er seine Waffe auf den Weg, über den sie gerade hereingekommen waren.

»Machen Sie weiter, Mr. Aussie.«

Der Australier klatschte in die Hände und rieb eifrig die Handflächen aneinander. Dann ging er auf die Knie, griff nach dem der Zahlengruppe zugeordneten Kristallstift und schob den Ring im Uhrzeigersinn herum. Der Ring begann sich zu drehen, während Aussie langsam um die Außenkante herumkroch und den Ring zu seinem Anschlusspunkt führte. Sobald er fertig wäre, müsste er den Stift nach unten drücken, um den letzten Ring zu fixieren.

Als seine Ziffernwahl die Stelle erreicht hatte, drehte er sich zu Hall und Alyssa um. Sein Verstand war sich nicht mehr sicher, ob dies das richtige Manöver war.

»Drücken Sie den Stift runter, Mr. Aussie, und arretieren Sie ihn bitte, damit wir weitergehen können.«

Aussie zögerte, sah auf den Ring und den Stift hinunter. Mit einem Stoß drückte er den Stift nach unten. Doch er versank nur zur Hälfte. »Sieht wie eine falsche Nummer aus, Kumpel.«

»Oh-oh«, sagte Alyssa und machte vorsichtige Schritte von den Ringen weg, während sich ihr Kopf zur Decke neigte.

»Oh-oh?«, sagte Aussie beim Aufstehen. »Was meinen Sie mit oh-oh?«

Die Wände und der Boden des Tempels begannen zu vibrieren wie unter den Erschütterungen eines beachtlichen Erdbebens. »Keine Bewegung!«, schrie sie. »Bleibt alle, wo ihr seid!«

Die Welt füllte sich mit dem Getöse riesiger, aneinanderreibender Steine, das Geräusch von Felsen, die mit tödlicher Absicht mahlen. Alyssa verstand, dass der Tempel sich mithilfe von Gewichten und Gegenwichten in neue merkwürdige Formen verwandelte; irgendwo stürzten Wände und Böden ein, Silikatplatten verschoben sich, und alles nur aus einem einzigen Grund.

Und dann hörte es auf – der Lärm, das Knirschen, alles; die Welt war in furchtbare Stille gehüllt.

»Meine Güte, Aussie, welche Nummer hast du gewählt?«, flüsterte Butcher Boy. Niemand antwortete, weil alle kollektiv den Atem anhielten.

Nach einem kurzen Moment ergriff Savage schließlich die Initiative. »Was ist gerade passiert?«, fragte er leise.

»Gewichte und Gegengewichte«, sagte Alyssa.

»Und was zum Teufel soll das heißen?«, fragte Hall.

»Das bedeutet, dass Sie so dumm sind wie Bohnenstroh«, sagte sie zu ihm. »Die falsche Zahlenreihe, die falsche Antwort auf das Rätsel, löste eine Kettenreaktion aus, die Gewichte und Gegengewichte in Bewegung setzte, um den Tempel auf irgendeine Weise umzustrukturieren.«

»Warum?«

»Ich denke, wir werden es gleich herausfinden«, antwortete sie. »Und nicht auf gute Weise.«

Niemand rührte sich. Tatsächlich war das Einzige, was sich bewegte, ihre Augen in ihren Höhlen.

»Wie lange müssen wir hier stehen?«, fragte Hall, der so leise sprach, als glaubte er tatsächlich, das Dach könnte einstürzen.

»Bis ich überzeugt bin, dass es vollkommen sicher ist«, antwortete sie.

»Aber es passiert nichts.«

»Vertrauen Sie mir, Hall. Etwas *wird* passieren ... Dank Ihnen.«

»Ich gebe es nur ungern zu«, sagte Savage, »aber er hat recht. Wir können nicht ewig hier stehen.«

Trotzdem rührte sich niemand, was Alyssa recht war, weil es ihr Zeit verschaffte, um die Ziffern auf dem letzten Ring zu studieren. Es waren Situationen wie diese, für die ihr Vater und Noah ihr Gedankenrätsel aufgegeben hatte, die sie durchdenken und lösen musste.

1
11
21
1211
111221
312211
13112221
?

Wie ... lautet ... die Antwort?

Sie suchte nach einem Muster innerhalb der Abfolge der vorgegebenen zwölf Zahlenreihen.

Im Schatten hustete Carroll noch mehr Blut und fiel schließlich auf die Knie.

»Es kommt, wie es kommt«, sagte Aussie und eilte seinem Kameraden zu Hilfe. »Carroll, geht's dir gut Kumpel?«

Carroll nutzte die Wand als Stütze, um sich hochzuziehen. Als er einen Schritt nach vorne machte, klickte etwas unter ihm: Eine edelsteinähnliche Platte senkte sich etwa zweieinhalb Zentimeter tief unter seinem Fuß und löste eine Schnellfalle aus.

Eine Kristallstange mit schwarzen Silikatstacheln schoss blitzartig hervor und spießte Carroll auf. Seine Augen und sein Mund bildeten vor Überraschung perfekte Os, als die geschärften Spitzen in seinen Körper eindrangen und wieder austraten, als entspräche die Dichte seines Gewebes der von Wasser.

Aussie blieb klugerweise stehen, den Blick auf den Boden unter sich gerichtet. »Nicht bewegen!«, rief er und streckte der Gruppe warnend die Hand entgegen. »Der Scheißboden ist lebendig!«

Carrolls Arme hingen über dem Kristallbalken. Die Spitzen der Stacheln, die aus seinem Rücken ragten, trieften mit Blut, das eine schwarze Ansammlung auf dem Boden bildete. Und dann streckte er flehend eine gekrümmte Hand nach Aussie aus, der nicht allzu weit entfernt stand, und machte ein kehliges Geräusch, das wie ein nasses Rasseln klang.

Aussie warf seine Waffe hinter sich und machte vorsichtige Schritte auf seinen Freund zu. »Halt durch, Kumpel. Ich komme.«

Schritt für Schritt prüfte Aussie den Boden vor sich. Nichts gab nach. Der Boden war solide, aber sein Vorankommen war langsam, während Carrolls Leben mit jedem Tropfen Blut, der seinen Körper verließ, ausgesaugt wurde.

Butcher Boy folgte Aussies Spur.

Als Aussie Carroll erreichte, berührten sich ihre Hände und ihre Finger verschränkten sich. »Ich bin da, Kumpel.«

Carroll sah ihn mit verwirrtem Blick an. Und dann hustete er einen Blutspritzer aus; seine Lungen füllten und säuberten sich; der Mann ertrank in seinen eigenen Körperflüssigkeiten. Er schrie auf, als sich jedes Nervenende in seinem Körper in ein Refugium für den aufflammenden Schmerz verwandelte. Als Reaktion darauf versuchte er, sich von den Stacheln zu befreien, scheiterte; sein Leben schwand.

»Ist schon gut, Carroll«, sagte Aussie mitfühlend. »Ist schon gut.«

»Mein Name ist Magnum. Ich möchte … Magnum … genannt werden.«

Aussie nickte. »Magnum soll es sein, Kumpel … Magnum soll es sein.«

Carrolls Augen begannen, jenen distanzierten Blick anzunehmen, der ein Land jenseits der Mauern sieht, das niemand sonst sehen kann. Die Kraft des Mannes schwand schnell. Aussie begann, Carrolls Schulter zu streicheln, wie ein Besitzer seinen geliebten Hund streicheln würde. »Schon gut, Kumpel«, sagte er zu ihm und lächelte sanft. »Lass einfach los.«

Weitere kehlige Geräusche – ein Todesrasseln. Und dann war er tot, den Blick auf etwas in weit entfernen Regionen gerichtet. Langsam fiel seine Hand über den waagerechten Balken, mit dem sein Körper auf so schreckliche Weise verbunden war.

Aussie seufzte mit aufrichtigem Bedauern. Jemanden aus den eigenen Reihen zu verlieren, gehörte in diesem Business dazu, aber es war nie leicht zu akzeptieren. »Wir können ihn hier nicht einfach liegen lassen«, sagte er bedrückt. »Wir müssen ihn anständig behandeln und ihn zur Ruhe legen, wie wir es mit Red gemacht haben.«

Butcher Boy blieb still. Er hatte so viel Blut und Gewalt in seinem Leben gesehen, dass er dem gegenüber gefühllos geworden war, aber zu sehen, wie Carroll über dem Pongee-Stab hing, mit den Spitzen der Stacheln, die seinen Rücken durchschlagen hatten, vor Blut triefend, war etwas, von dem er nicht so sicher war, dass er es je vergessen könnte.

»Butchy?«

Butcher Boy sah Aussie an, sein entstelltes Auge, und erkannte den unerträglichen Schmerz des Verlustes.

»Wir müssen ihn anständig behandeln«, wiederholte er.

Butcher Boys Reaktion bestand darin, die Hand auszustrecken und Carrolls kugelsichere Weste an den Schultern zu packen. »Du drückst, ich ziehe.«

Aussie nickte. »Los geht's, Kumpel.«

Butcher Boys Muskeln spannten sich genau so an wie Aussies, aber Carroll rutschte keinen Zentimeter über die Stacheln, obwohl sie vom Blut geschmiert waren. Sie versuchten es wieder. Und wieder bewegte er sich nicht. Carroll würde wie eine Vogelscheuche an ihrem Pfosten aufgespießt bleiben.

–28–

MEGALANIA PRISCA

In den Jahrmillionen seiner Existenz hatte er sich wenig weiterentwickelt, sich immer auf seine olfaktorischen Sinne und sein hochentwickeltes System der Neurotransmission verlassen. Einer der Vorzüge daran lag in der Fähigkeit, Gerüche aus großen Entfernungen zu verarbeiten.

Innerhalb der dunklen Gänge und dunklen Nischen durchdrang der Geruch von Blut und Kupfer die Luft und veranlasste die Reptilien, in einem Zustand erregten Hungers übereinanderzukriechen und zu purzeln: Der Geruch von Blut verhieß immer ein verwundetes Tier.

Von ihren Steinsitzen, aus versteckten Alkoven und finsteren Nischen, huschten sie zur Quelle des Geruchs, flitzten aus dem plötzlichen Drang zu fressen dahin, angetrieben von so viel vergossenem Blut.

Carrolls Augen hatten ihren Glanz verloren, während reichlich Blut auf den Boden floss, eine Pfütze bildete, die sich in der schwachen Beleuchtung wie schwarzer Teer um seine Füße herum ausbreitete.

»Wir müssen ihn hierlassen«, sagte Butcher Boy und wich zurück.

»Und was?«, fragte Aussie wirklich wütend. »Es ist ja nicht so, als würden wir irgendwo hingehen!«

»Wir können nicht hierbleiben«, antwortete er und zeigte auf die Blutlache. »Sie werden kommen.«

Plötzlich wurde es Aussie klar. Sie waren nicht allein. Sie würden niemals allein sein. Und dann pflichtete er Butcher Boy bei und strich Carroll mit der Hand über den Hinterkopf. »Tut mir leid, Kumpel. Ich muss dich so zurücklassen. Aber wir werden ganz sicher gemeinsam in der Hölle essen, du und ich.«

»Überprüf die Munition.«

Aussie tat es und fand Magazine und Munition, aber nicht viel. »Es wird ein bisschen knapp«, sagte er und hielt ein Magazin hoch. »Ich weiß nicht, wie viele von den Dingern da draußen sind, aber wir sind vielleicht nicht in der Lage, lange durchzuhalten, falls sie auf uns losgehen.«

Butcher Boy äußerte sich mit einer Sorge, die mehr als milde war. »Hoffen wir, dass das nicht der Fall ist«, sagte er. Als er sich umdrehte, bemerkte er die anderen, die beim Ringkreis standen. Niemand rührte sich. Niemand wagte es.

... Da waren's nur noch sieben ...

Butcher Boy blieb, wo er war, wollte sich nicht auf den gleichen Kurs wagen, den er eingeschlagen hatte, um zu Carroll zu gelangen. »Ms. Moore?« Sie sah ihn an, setzte voraus, dass ihr Schweigen Antwort genug war. »Ms. Moore, haben Sie das Rätsel des Rings gelöst?« Sie betrachtete die Ziffern auf dem letzten Ring. »Ms. Moore, uns bleibt nicht viel Zeit!«

Ich denke ja schon!

1
11
21
1211
111221
312211
13112221
?

Wie lautet die letzte ...

»Ms. Moore!«

... Sequenz?

Und dann überkam es sie plötzlich wie eine Offenbarung, eine jähe Erkenntnis.

Sie manövrierte sich rasch auf Hände und Knie und ergriff den Stift, der sich unter der numerischen Sequenz 1113213211 befand.

»Haben Sie es, Ms. Moore? Kennen Sie die Richtige? Ich glaube nicht, dass ich Lust darauf habe, so etwas noch einmal durchzumachen, falls Sie einen Fehler machen«, sagte Hall.

»Ich erkenne ein Muster«, sagte sie zu ihm. »Nach dem ersten beschreibt jeder Ring den nächsten wie folgt: 1 wird als ›eine Eins‹ abgelesen, oder 11; 11 wird als ›zwei Einsen‹ abgelesen, oder 21; 21 wird als ›eine Zwei, dann eine Eins‹ abgelesen, oder 1211; 1211 wird als ›eine Eins, dann eine Zwei, dann zwei Einsen‹ abgelesen, oder 111221; 111221 wird als ›drei Einsen, dann zwei Zweien, dann eine Eins‹ abgelesen, oder 312211; und so weiter. Das hier ist der einzige numerische Wert, der passt.«

Sie begann, gegen den Stift zu drücken, was den Ring dazu brachte, sich im Uhrzeigersinn vorwärtszubewegen.

»Ich hoffe, Sie haben recht, Ms. Moore.«

»Es kann nicht schlimmer werden als Ihre Vermutung«, sagte sie eisern zu Hall.

Der Ring bewegte sich geschmeidig. Und als die Ziffern den Anschlusspunkt zu den anderen numerischen Sequenzen erreichte, drückte sie den Stift hinunter. Er versank vollständig und arretierte das Rad. Alyssa lächelte. Sie hatte die richtige Kombination gefunden.

Doch ihr Lächeln verschwand schnell, als die Welt um sie herum mit einer weiteren Ankündigung sich bewegender Wände und Böden erzitterte.

Manche warteten in der Nähe, witterten ihre Beute, während andere zum Geruch des Blutes gezogen wurden wie Geier zu Aas.

Ihre Zahl wuchs; jene, die von fernen Stellen kamen, schlossen sich jetzt denen an, die sich nahe bei ihrer Beute aufgehalten hatten, was Ärger zwischen ihnen entfachte. Obgleich sie keine Vorstellung von statistischen Werten hatten, verrieten ihnen ihre olfaktorischen Sinne, dass es nicht genug Fleisch für alle gab. Echsen verfingen sich ineinander; die nadelartigen Zähne rissen an der Haut anderer, öffneten Wunden. Andere fielen zurück und hielten großzügig Abstand.

Am Ende jedoch wich brutale Wildheit der Geduld eines Jägers. Und dann bewegte sich die Erde. Nach einer Weile, als alles wieder still war, näherten sie sich Stück für Stück dem Licht.

Nichts würde sie aufhalten.

Obwohl die Erde aufhörte, sich zu bewegen, blieben alle nervös und fragten sich, ob Alyssa Moore weiteres Unheil ausgelöst hatte, das nur darauf wartete, neue Opfer zu fordern.

Gerade als Obsidian Hall eine barsche Bemerkung machen wollte, begann der Boden zu vibrieren, als sich versteckte Gewichte und Gegengewichte in Bewegung setzten. Plötzlich begannen die Kristallringe, nach unten zu stürzen, angefangen beim Mittelkreis. Dann sackten die umliegenden Ringe einer nach dem anderen ab. Wo zuvor eine spektakuläre Darstellung von Kristallringen gewesen war, befand sich jetzt ein klaffendes Loch in der Mitte des Kammerbodens, das in unergründliche Dunkelheit führte.

»Sie haben es geschafft«, sagte Savage.

Der Geruch von Blut in der Luft war so stark, dass es Butcher Boy und Aussie sofort dazu veranlasste, sich ihre Ausrüstung zu schnappen und auf das Loch zuzugehen. Da das Rätsel gelöst war, nahmen beide Männer an, dass die Fallen zurückgesetzt worden und die Gefahr gebannt war. Und so drängten sie alle ohne Umsicht in den Durchgang zu den Kammern unter ihnen.

»Werden Sie es schaffen, das hinter uns zu schließen?«, fragte Butcher Boy Alyssa mit Nachdruck.

»Ich bezweifle es. Zumindest nicht sofort. Es müssen vermutlich noch mehr Rätsel gelöst werden, um alle Gewichte und Gegenwichte zu verändern und diesen Raum zurückzusetzen.«

Butcher Boy kaute auf seiner Unterlippe. Und dann sah er zur Öffnung am anderen Ende des Raums. Savage tat das Gleiche. Und Alyssa schlussfolgerte: Ihre Barometer waren gestiegen. Was bedeutete, dass etwas Böses auf sie zukam.

–29–

VATIKANSTADT

Die SIV-Einheit war in modifizierten Kammern unter der Basilika untergebracht. Die Räume waren klein, aber klug umgewandelt, voller Hightechelektronik und hochmoderner Zauberei. Im Zentrum der Zentrale stand ein ausladender Tisch mit einer Platte, die vollständig aus einem HD-Bildschirm bestand, der im Moment eine Satellitenliveübertragung einer Wüstenlandschaft in der Türkei zeigte.

Sechs Männer standen um den Tisch herum. Das Licht des Monitors beleuchtete ihre Gesichter von unten. Einer war der stellvertretende Direktor des SIV, Vater Gacobelli, die anderen fünf waren Mitglieder der geheimen Einheit des Vatikans, die Ritter des Heiligen Ordens.

Vater Gacobelli beugte sich über den Tisch und legte beide Hände auf dessen Kanten. »Zwanzigfach auf diese Koordinaten zoomen«, sagte er. »Scannen auf 36° 13' 23.88" N, 37° 55' 20.64" E.« Das Bild auf der Tischplatte reagierte auf seinen Sprachbefehl, zoomte erst ostwärts, dann hinein; die Landschaft kam näher, die Schärfe wurde erhöht, während die Pixel neu kalibrierten.

»Jetzt noch zehnmal näher zoomen.«

Das Bild auf der Tischplatte reagierte, fokussierte sich auf eine Landschaft, in der enorme Felsformationen die staubtrockene Einöde durchbohrten, während windgepeitschter Staub über die Ebene fegte wie Meereswogen. An manchen Stellen war der Lehm brüchig und abgetragen, die Oberfläche mit der Zeit durch die Elemente des schneidenden Winds und der erbarmungslosen Sonne fragmentiert. Es wirkte wie ein unerbittlicher Ort, an dem sich deren Verwalter – die Skorpione, Schlangen und Echsen – an eine Einöde anpassten, die wenig Regen und sengende Sonne bot, und damit hatten sie ein Königreich geerbt, das niemand sonst regieren wollte.

Auf der Oberfläche, kaum sichtbar, es sei denn, man wies darauf hin, befand sich eine geometrische Anomalie.

»Wenn Sie hierherschauen, meine Herren«, sagte der stellvertretende Direktor und zog die Konturen der Anomalie im Abstand von einigen Zentimetern mit dem Zeigefinger nach, »werden Sie direkt unter der Oberfläche ein Bild erkennen, das vollkommen quadratisch ist und dessen Seiten auf den Millimeter genau je einem halben Kilometer Länge entsprechen. Das ist Ihr Ziel.«

Leviticus befand sich in Gesellschaft seiner Teamkameraden Isaiah, Nehemia, Micha und Hiob, die ihre Namen dem Alten Testament entnommen hatten. Sie waren von praktisch unauffälliger Erscheinung, trugen gebügelte Hemden und Hosen, Kleidung, die ihre wahren Identitäten nicht preisgab: Sie waren Soldaten.

Leviticus beugte sich über den Tisch, um besser sehen zu können. Das Licht schien in sein Gesicht hinauf. »Ich kann kaum etwas erkennen«, sagte er. »Aber ich sehe es. Ich sehe etwas.«

»Was ist das?«, fragte Isaiah.

»Ein Gebäude«, sagte Vater Gacobelli schlicht. »Allerdings fürchte ich, mir steht es nicht frei, Ihnen mehr zu sagen. Was ich sagen kann, ist, dass es unverzüglich implodiert werden muss. Wie das geschehen wird, bleibt Ihnen überlassen.«

»Semtex«, erklärte Leviticus, ohne nachzudenken. Semtex war ein Plastiksprengstoff, der die organischen Verbindungen RDX und PETN enthielt und oft zu speziellen militärischen Zwecken verwendet wurde. Er war bei Terroristen beliebt geworden, weil er extrem schwer aufzuspüren war, wie im Fall des Pan-Am-Flugs 103, der seinerzeit im schottischen Lockerbie zerstört worden war. »Es ist ein extrem kraftvoller Sprengstoff. Aber wir werden mehrere Blöcke brauchen, um etwas von dieser Größe kollabieren zu lassen.«

»Können Sie die nötige Menge beschaffen?«, fragte der stellvertretende Direktor.

Leviticus nickte. »Das ist leicht genug. Aber wie werden wir den Sprengstoff in diesen Teil der Türkei schaffen?« Er zeigte auf die Karte. »Dort kann man nirgends mit dem Helikopter landen. Das Gelände ist zu rau.«

»Wir werden uns abseilen müssen«, sagte Isaiah. »Anders geht es nicht.«

Leviticus stimmte ihm zu. »Wir werden einen zweiten Helikopter brauchen, um die Blöcke herunterzulassen«, sagte er. »Und wir werden die Sprengladungen hier anbringen ...« Er zeigte auf einen einzelnen Punkt direkt in der Mitte des Quadrats. »... und an mehreren Bereichen entlang der Grenzen. Das sollte das Problem lösen.« Er sah zum stellvertretenden Direktor auf, der im von unten einfallenden Licht stand, das unheimliche Linien auf sein Gesicht zeichnet. »Wann soll die Operation beginnen?«

»Wie lange wird es dauern, bis Sie die notwendigen Vorräte beschaffen und sich vorbereiten können?«

Leviticus dachte darüber nach. Seine Augen bewegten sich in ihren Höhlen nach oben, während er rechnete. »Mehrere Stunden«, sagte er. »Höchstens.«

»Dann in mehreren Stunden«, sagte der stellvertretende Direktor. »Bereiten Sie sich vor.«

Sie hasteten zur Ebene unter ihnen. Die gewundene Treppe bestand aus heimischem Sandstein anstelle von schwarzem Silikat. Wie üblich wurden Eser und Harika gezwungen, vorauszugehen, mit Butcher Boy hinter sich und Aussie als Nachhut. Die spiralförmige Treppe schien ewig weiterzuführen, obwohl sie tatsächlich aus weniger als fünfzig Stufen bestand.

Als sie unten ankamen, versammelten sie sich zügig und hielten ihre Lampen hoch. Die in allen Richtungen herrschende Dunkelheit wurde kaum vom Licht durchdrungen.

»Ms. Moore, erinnern Sie sich an die Routen laut der Pläne auf der Kristallwand?«, fragte Butcher Boy.

Das Rätsel, warum die Pyramide keine Wände und Böden zeigte, wo Wände und Böden hätten sein sollen, war recht eindeutig. Die Konstrukteure hatten nur solide Strukturen verzeichnet. Alles Bewegliche war aus den Schemata gestrichen worden, da es sich nicht um feste Teile handelte. Das war Grund zur Sorge, denn die zweite Ebene war bar von Stützen und Gerüsten, was Alyssa glauben ließ, dass diese Ebene mehrere bewegliche Elemente besaß.

»Ms. Moore, erinnern Sie sich?«, wiederholte Butcher Boy.

Sie nickte. »Wir müssen uns so bewegen, als ob wir zur Außengrenze der Pyramide zurückgingen.«

»Den Weg zurück, den wir gekommen sind?«, fragte Aussie.

»Die Hauptwege, die von Ebene zu Ebene führen, sind im Zickzack angeordnet«, sagte sie. »Wir sind oben hereingekommen und haben uns nach innen bewegt. Jetzt, da wir auf der zweiten Ebene sind, müssen wir uns wieder nach außen arbeiten, zurück zu den Mauern des Gebäudes. Dort werden wir das nächste Rätsel finden, das uns auf die letzte Ebene führen wird. Von dort aus werden wir uns wieder einen Weg ins Zentrum bahnen müssen. Es ist ein Zickzackmuster von oben nach unten, von einer Kammer zur nächsten, das letztlich zur Grabkammer führt.«

»Das ist ja alles schön und gut«, erwiderte Aussie. »Aber da, wo ich stehe, gibt es eine Richtung von dreihundertsechzig Grad. Welchen Weg nehmen wir?«

Sie hob ihre Lampe, um sich zu orientieren. Das Licht reichte jedoch kaum zehn Meter weit. Vorsichtig bewegte sie sich ostwärts, die Lampe vor sich ausgestreckt, bis sie auf eine schwarze Silikatwand mit einer Inschrift darauf stieß.

Τὰ θεάματα τῆς οἰκου μένηςγῆς גן עדן ἑπτὰ πτά θαύματα του αρχαίου κόσμ лічб তএআ যজনক лічылася ьвятой лічбай তত лёямёр কাততি праць এই ।পনাসমূহককФіў,драцоўতকাএক তাতকিданьнеьпінайвыдаক।চীনকাকসিাকরিейшых паэтаў, філёзафаў, палкаводцаў, অবযিই вялікіх цহহকনিী ароўяк цтва дыцыйны ы ূজনত হ্ৰহৈ грэцкай эліністычнаহকেক й паэзіі і йооду пহকেক তাতকিার সমসামত ক ыкавнь কাি рырыцы. ∑ыбар তাস যতার ліку быў асьв নাম মনু য নাম ।ন পা । হকত হ ঐততহাতসক ও ঐততহযতে স ।প টযককরা মেўтэктурыএধরকরেককরতাি।হসইএইসবযককি ৭জ়ািহহ ।ячон ।পনাসমূকহহরы найстараতব ককা жытнымপৃীবীর і তাতকাি হক কাি ўяўленьнямі бпа২০০৭ ўц তাতরকে чанасьউইতকতপতাি, ці дасканал ।কত асьমু ціцудаў жанр কাততিনতমযত

»Können Sie es lesen, Ms. Moore?« Das kam von Obsidian Hall.

»Es ist schwierig«, sagte sie.

»Das ist alles präsumerisch, prä-alles. Manche Buchstaben sind sich allerdings ähnlich. Das Beste, was ich tun kann, ist, sie zusammenzufügen und das Ganze so gut wie möglich zu entziffern.«

»Dann schlage ich vor, dass Sie das tun«, forderte Hall.

Sie untersuchte jede Zeile und jedes Zeichen und fand es beinahe unmöglich, sie in ihrer Gänze zu übersetzen, aber sie schaffte es, genug zusammenzufügen, um die Bedeutung hinter dem Text zu identifizieren. Es war eine Warnung, die besagte, dass der Weg zur Kammer der Ersten der Pfad ins Nirwana war. Um jedoch den Himmel zu erreichen, müsse man durch die Hölle gehen. Und das musste man tun, indem man Mut, Glaube und Bedacht demonstrierte. Sollte man es wählen, seine innere Stärke zu testen, so lag der Pfad links der beschrifteten Wand.

Sie hielt die Lampe hoch und nach links. Nichts außer vollkommener Dunkelheit.

»Ms. Moore, haben Sie die Nachricht entziffert? Verrät sie uns, wohin wir gehen müssen?« Hall klang sehr ungeduldig.

Über ihnen ertönten schleifende Geräusche im Eingang zum Raum der Kristallringe, wie Sandpapier auf Sandpapier, Schuppen, die gegen Schuppen rieben.

»Bewegen wir uns, Leute!«, sagte Butcher Boy. »Ms. Moore, wo lang?« Sie zeigte und ging nach links.

»Sind Sie sicher?«

»Ich bin sicher.« *Aber dir wird nicht gefallen, was vor uns liegt,* dachte sie. *Und keiner von euch wird in der Lage sein, es aufzuhalten. Nicht mit euren Waffen. Und nicht mit eurem Machogehabe.*

Über ihnen wurde das raue Flüstern von aneinander reibendem Sandpapier zunehmend lauter.

Sie betraten die Kammer zu Dutzenden. Jede von ihnen wurde vom Kupfergeruch von Carrolls Blut, das sich über dem Boden ausbreitete, angelockt. Wie Fliegen auf toter Materie sammelten sie sich an dem Punkt, an dem der frühere Soldat über dem Kristallarm hing, den Kopf zur Seite geneigt und mit einem Blick, der ins Nichts starrte.

Sie schnüffelten am Blut und an der Leiche. Ihre olfaktorischen Sinne nahmen den Hauch der Fäulnis wahr, der ihnen verriet, dass diese Kreatur tot war. Mit einer schnellen Reaktion, die andere dazu anstachelte zu fressen, packte eine der Echsen Carroll im Bereich der Hüfte und versuchte, ihn loszureißen, zerrte an ihm. Carrolls Körper brach auseinander; seine Sehnen zogen sich in die Länge wie Gummibänder, bis sie rissen; seine Beine kamen frei, während sein Oberkörper am waagerechten Pfosten befestigt blieb.

Echsen drängten sich im Rausch, rissen und zerrten an dem, was von dem Soldaten übrig war. Sein Körper wurde endlich vom Pongee-Stab losgerissen und wurde zum Gegenstand eines brutalen Tauziehens zwischen zwei Männchen, die den Körper verdrehten und auseinanderrissen und dann weggingen, um einen dunklen Winkel zu finden, in dem sie sich an den Überresten den Bauch vollschlagen konnten.

Andere liefen umher und suchten nach ihrer Jagdbeute. Der Geruch von Schweiß und Angst hing schwer in der Luft bei der Öffnung und so, getrieben von Hunger und dem Duft frischen Fleischs, drängten sie lautstark zu dem Loch, das einst von Kristallringen versperrt gewesen war.

Und dann betraten sie es, eine nach der anderen, ergossen sich über die Ränder der Öffnung wie strudelndes Wasser an der Öffnung eines offenen Abflussrohrs.

Sie machten sich auf den Weg zum nächsten Gang, der nach unten führte, zum letzten Abschnitt ihrer Reise. Obwohl sie ihre Lampen in die Höhe hielten, schafften sie kaum Abhilfe. Irgendwie waren diese Kreaturen hinter sie gelangt, was bedeutete, dass es unsichtbare Öffnungen im gesamten Tempel gab, Spalten, von denen sie nichts wussten, die diesen Dingern aus allen Richtungen Zugang gewährten.

Und jetzt verfolgten sie sie, weil ihr Herumstöbern als Bedrohung aufgefasst wurde.

Während Alyssa das Team anführte und Eser und Harika sich jetzt in der Mitte der Gruppe zwischen Savage und Hall wiederfanden, bildeten Butcher Boy und Aussie die Nachhut, mit wachem Blick für das, was sich zügig hinter ihnen näherte.

»Bewegung! Bewegung! Bewegung!«

Das Knistern von Tierhäuten, die aneinander rieben, war hörbar. Der Grund für das Geräusch blieb jedoch noch unsichtbar.

Der Korridor, durch den sie marschierten, war so schmal, dass kaum zwei Menschen nebeneinander hindurchpassten. Aber nach einem langen Marsch in anständigem Tempo erreichten sie einen Raum von etwa der Größe eines Bankettsaals zu ihrer Rechten. Unmittelbar links von ihnen befand sich eine Wand.

Die Wände, obwohl glatt wie Glas und schwarz wie Onyx, reflektierten stark, was den Widerschein ihres Lampenlichts genug verstärkte, um den Raum zu erhellen, wenngleich es ihn nur in einen schwachen Glanz tauchte. Die Decke war sechs Meter oder ungefähr zwanzig Fuß hoch. Auf der anderen Seite des Raums befand sich ein Durchgang, der in eine Dunkelheit führte, die schwärzer als schwarz wirkte.

»Das ist er«, sagte Alyssa. »Das ist der Eingang zur Grabkammer – zur Kammer der Ersten.«

Hall sah sie an. »Die Kammer der was?«

»Die Schrift an der Wand«, sagte sie. »Da hinten. Sie war praktisch eine Warnung, die sagte, damit wir den Himmel erreichen können, müssen wir durch die Hölle gehen. Himmel bezog sich auf die Hauptkammer unter uns, die Kammer der Ersten.«

»Und wer sind die Ersten?«

»Ich schätze, das werden wir rausfinden, nicht wahr?«, antwortete sie. Sie machte einen vorsichtigen Schritt vorwärts und blieb dann stehen.

»Gibt es ein Problem, Ms. Moore?«

Um zum Himmel zu gelangen, muss man durch die Hölle gehen. »Wir müssen extrem vorsichtig sein«, riet sie allen. »Und ich meine *extrem*.« Sie rückte einen weiteren Schritt vor.

Bis sie die Mitte des Raums erreicht hatten, hatte sich Selbstzufriedenheit breitgemacht, was Hall dazu veranlasste, ohne Bedacht zu handeln. Er bewegte sich schnellen Schrittes auf die Tür zu.

Als er an Alyssa vorbeiging, griff sie nach ihm, versuchte, ihn am Hemdärmel zu packen, verfehlte ihn aber. »Hall …«

Sie waren ungefähr dreißig Meter von der Öffnung entfernt, als ein dezentes Klicken unter Halls Fuß erklang. Sofort blieb er stehen. Seine Augen weiteten sich, als ihm plötzlich klar wurde, dass er eine Art Auslöser betätigt hatte.

Alyssa schloss die Augen. *Oh nein!*

Und dann begann die Erde zu erzittern und zu knirschen. Lange, schmale Spalten tauchten plötzlich als Streifen schwarzer, einen Meter voneinander entfernter Öffnungen in der ganzen Decke auf.

»Was hab ich gerade getan?«, fragte Hall leise.

»Wenn ich Sie wäre«, sagte Alyssa im selben gedämpften Ton, »würde ich einen Schritt nach hinten machen.«

Gerade als Hall die Trittplatte verließ, die die Falle ausgelöst hatte, fielen fünf Kristallpendel aus den Spalten und schwangen ungefähr einen Meter voneinander entfernt vor und zurück. Ihre Klingen waren klar wie Glas, schwer zu sehen, und die Schneiden so scharf wie das Skalpell eines Chirurgen. Während die erste Klinge nach links schwang, schwang die zweite nach rechts, während die dritte nach links schwang, schwang die vierte nach rechts; die abwechselnden Muster wiederholten sich, mit Ausnahme der fünften Klinge, die unabhängig von den anderen schwang.

»Was für eine beschissene Nummer ist das denn?«, sagte Aussie.

Die Klingen bewegten sich so schnell, dass sie sie nicht sehen konnten, aber sie spürten, wie ihr Luftzug über ihre Haut strich.

»Pendel«, sagte Savage.

»Ich kann überhaupt nichts sehen.«

»Sie sind da«, antwortete er.

»Und wie sollen wir da rüberkommen?«

»Wir warten«, sagte Alyssa. »Die Baukunst hier ist eine primitive, die auf Gewichten und Gegengewichten basiert. Ein Perpetuum mobile ist wegen der Reibung unmöglich, was bedeutet, dass sie nicht für immer schwingen werden, aufgrund der Lehren von Naturgesetzen und Physik. Irgendwann werden sie aufhören.«

Savage kam neben sie. »Aufgrund der Lehren von Naturgesetzen und Physik, hm?«

»Ganz genau.«

Er zeigte mit dem Daumen über die Schulter. »Möchten Sie das dieser Wand erzählen, die sich auf uns zu bewegt?«

Alle drehten sich um. Die Wand hatte geräuschlos den Eingang verdeckt und sie eingeschlossen. Die Barriere näherte sich langsam, mit dem Zweck, sie in die schwingenden Pendel zu zwingen. Aussie und Butcher Boy rannten hin und stemmten ihr Gewicht gegen die Wand, drückten dagegen; ihre Bewegung verlangsamte sich nicht; der Versuch ihrer vereinten Kräfte war vollkommen vergeblich und hilflos.

Sie wichen zurück. »Die Klingen werden nicht rechtzeitig anhalten«, sagte Butcher Boy. »Dieses Ding wird uns direkt in sie hineinschieben.«

Aussie wandte sich an Alyssa. »So viel zu Ihren verdammten Gesetzen der Physik«, sagte er. Dann brachte er sich vor den schwingenden Klingen in Stellung und hob seine Waffe. »Schauen wir mal, wie gut die sich gegen ein bisschen Munitionspower behaupten.« Während er den Abzug seiner automatischen Waffe drückte, bewegte er die Mündung des Laufs über die Pendel und beharkte sie. Die Kugeln trafen die Klingen, verursachten aber wenig Schaden und taten wenig mehr, als Stücke aus dem Kristall zu schlagen.

»Hör auf, Munition zu verschwenden!«, rief Butcher Boy.

»Oder was? In ein paar Minuten spielt das keine Rolle mehr, oder?«

Aussie hatte recht. Die Wand kam näher. Ihre Bewegung wurde schneller.

… *Wusch* …

… *Wusch* …

… *Wusch* …

… *Wusch* …

… *Wusch* …

Die Klingen wurden nicht einmal langsamer.

»Wir müssen vorwärtsgehen«, sagte Alyssa.

»Was?«, entgegnete Aussie ungestüm. »Haben Sie den verdammten Verstand verloren?«

»Wir können nicht einfach hier stehen bleiben. Diese Wand wird uns definitiv in den Schwung schieben. Und da wir die Wand nicht verlangsamen können, müssen wir uns vorwärtsbewegen.«

»Und wie sollen wir das Ihrer Meinung nach tun?«

Sie holte tief Luft und stieß sie mit einem ebenso langen Seufzen wieder aus. »Mit perfektem Timing«, antwortete sie. »Wir können die Klingen nicht sehen. Aber wir können sie spüren, wenn sie vorbeikommen. Sobald wir den Schwung der ersten Klinge an uns vorbeiziehen spüren, machen wir einen einzelnen Schritt nach vorne in die Lücke zwischen der ersten und zweiten Klinge. Sobald wir den Schwung der zweiten Klinge vorbeiziehen spüren, machen wir noch einen Schritt in die Lücke zwischen der zweiten und dritten Klinge, und so machen wir weiter, bis wir das Feld geräumt haben.«

»Machen Sie Witze?«, lautete Butcher Boys Antwort. »Diese Klingen werden uns in Stücke reißen.«

Sie zeigte auf die näherkommende Wand. »Hinter dieser Wand befindet sich eine Art nicht zu stoppendes Gewichtsmaß, und es schiebt mit der einzigen Absicht, uns zu vernichten. Und es wird nicht anhalten. Wenn Sie hier stehen bleiben und auf das Beste hoffen möchten, dann ist das Ihre Entscheidung. Aber dieses Konzept wurde spezifisch dafür gestaltet, um unseren Mut und unsere Tapferkeit auf die Probe zu stellen.«

Butcher Boy drehte sich um und betrachtete die näherkommende Wand. Sie hatte recht. »Also, was tun wir?«

Alyssa zögerte kurz, bevor sie in ihren Rucksack griff, die aus dem Tagebuch ihres Vaters kopierten Seiten herausholte und sie an sich drückte.

»Ja, natürlich«, sagte Hall abfällig, »das schwarze Tagebuch wird uns alle im Geiste retten, nicht wahr?«

Sie trat vor und stellte sich vor das Pendel. Die Klingen schwangen in rasenden Bögen.

… *Wusch* …

… *Wusch* …

… *Wusch* …

Savage ergriff sie hinten am Arm. »Alyssa, bitte seien Sie vorsichtig.« Als sie sich umdrehte, konnte sie erkennen, dass

Savages Bitte ernst gemeint war. »Ich muss es tun«, sagte sie zu ihm.

»Ich weiß. Passen Sie einfach auf. Sie haben nur einen Versuch.«

Die Wand schob sich weiter.

Nachdem sie genickt hatte, machte sie noch einen Schritt vorwärts, bis sie dreißig Zentimeter vor dem ersten Pendel stand und sich davor positionierte.

… *Wusch* …

… *Wusch* …

… *Wusch* …

Sie schloss die Augen und zwang sich, Ruhe zu finden, während sie den Luftzug des Schwungs der Klinge auf ihrer Haut spürte und erfasste, wann sie ihr am nächsten kam.

… *Wusch* …

Als der Luftzug der vorübergleitenden Klinge wiederkam und sich im Bogen von ihr zu entfernen begann, machte sie einen schnellen Schritt vorwärts.

… *Wusch* …

Die Klinge beschrieb einen Bogen hinter ihr. Alyssa spürte jetzt die gewölbten Luftzüge der ersten und zweiten Klinge vor und hinter sich. Sie war in der Mitte gefangen; eine Klinge lief nach rechts, die hinter ihr lief nach links; die Pendel wechselten sich in ihrer Schwungrichtung ab.

»Sie machen das gut, Alyssa«, sagte Savage.

Sie holte wieder Luft und wartete auf den genauen Moment, in dem sie glaubte, dass die zweite Klinge von ihr fortschwang.

… *Wusch* …

Sie machte noch einen Schritt, der sie diesmal zwischen der zweiten und dritten Klinge ankommen ließ.

… *Wusch* …

… *Wusch* …

Ihr Herz raste. Ihr Kopf hämmerte. Sie schlang ihre Finger so fest um die Kopien aus dem Tagebuch ihres Vaters, dass sie taub wurden.

… *Wusch* …

Und dann machte sie ihren dritten Schritt. Ihre Bewegungen waren allerdings zu langsam, zu berechnet. Die Wand rückte näher.

»Beeilen Sie sich, Ms. Moore, bevor wir alle in die Klingen gedrückt werden.« Hall klang ernsthaft verängstigt.

… *Wusch* …

Sie machte einen vierten Schritt. Noch eine Klinge war übrig und der Ausgang weniger als zehn Meter entfernt.

… *Wusch* …

Und dann machte sie den letzten Schritt.

… *Wusch* …

Sie stand allein auf der anderen Seite, sah zu den anderen, die kopierten Seiten aus dem Tagebuch ihres Vaters fest an ihren schlanken Körper gedrückt. »Ihr schafft das«, rief sie. »Wenn ihr spürt, dass die Klinge wegschwingt, macht einen Schritt vorwärts! Die Pendel sind ungefähr einen Meter voneinander entfernt! Seid einfach vorsichtig!«

»Sie haben verdammt leicht reden!«, sagte Aussie. »Sie sind schon da drüben!«

Die Wand rückte näher. Der Raum, der einmal so groß wie ein Ballsaal ausgesehen hatte, war jetzt noch nur noch halb so groß wie zu dem Zeitpunkt, als sie ihn betreten hatten.

Butcher Boy versammelte die übrigen sechs. Natürlich verstanden Eser und Harika kein einziges Wort Englisch, aber gewisse Handlungen und Eigenarten waren universell: Der Moment war entscheidend. »Wir müssen jetzt da rüber«, sagte er mit Seitenblicken auf die näherkommende Wand. »Uns bleiben vielleicht noch Minuten, bis die Wand da ist.«

Hall schien das zu beunruhigen, also bildete er mit den Händen einen Trichter um den Mund und rief Alyssa zu: »Ms. Moore, ist da drüben eine Art Schalter oder irgendwas, das dieses Ding abstellen wird?«

Sie suchte rasch nach etwas, irgendetwas, sogar im Durchgang, aber es war zu dunkel. Die Wände und der Boden um sie herum waren so glatt wie die Oberfläche von Eis. Falls es einen Hebel gab, konnte sie ihn nicht finden.

»Nein!«

Butcher Boy schnappte sich Aussie und Hall und zog sie näher. »Wir haben keine Zeit, um das einzeln zu machen. Also gehen wir immer zu dritt. Savage, Sie folgen uns mit den beiden Türken. Klar?«

»Klar genug.«

Die Wand ragte unmöglich riesig über ihnen auf.

»Los geht's«, sagte Butcher Boy. »Aufstellen!«

Butcher Boy und Aussie stellten sich knapp dreißig Zentimeter vor die dahinfegende Klinge. Hall jedoch hatte Hemmungen. »Hall, kommen Sie in die Reihe.«

»Ich kann das nicht«, sagte er und zeigte in Richtung der Pendel.

»Wie Sie wollen. Ich werde nicht mit Ihnen streiten. Savage, übernehmen Sie oder einer der Türken seinen Platz.« Savage ergriff Harikas Unterarm und führte sie zum Platz zwischen Butcher Boy und Aussie. Durch seine Handbewegungen und sein freundliches Lächeln schien sie die Absicht hinter dem, was er zu vermitteln versuchte, zu begreifen.

Sie nickte und schenkte ihm ein schwaches Lächeln.

Aussie drehte sich wieder zu Hall um. Und aus dem Mundwinkel sagte er: »Schau an, Kumpel. Die Türkin hier hat dickere Eier als Sie.«

… *Wusch* …

… *Wusch* …

… *Wusch* …

… *Wusch* …

… *Wusch* …

»Okay, Leute«, sagte Butcher Boy. »Packen wir es an! Und haltet eure Lampen nah bei euch! Nicht die Arme ausstrecken, es sei denn, ihr wollt sie verlieren!«

Die Soldaten schlangen sich die Waffen über die Schultern und standen stramm. Harika machte es ihnen nach. Wie

Alyssa schlossen auch sie die Augen und warteten auf einen günstigen Moment.

... *Wusch* ...

Gleichzeitig machten sie einen Schritt nach vorne und landeten zwischen der ersten und zweiten Klinge.

... *Wusch* ...

»Gut, Leute«, sagte Butcher Boy. »Wartet auf den nächsten Schwung.«

... *Wusch* ...

Sie machten einen weiteren gleichzeitigen Schritt vorwärts.

... *Wusch* ...

... *Wusch* ...

Noch drei.

Savage drehte sich um und sah, dass die Wand näherrückte. »Wir müssen uns jetzt aufstellen!«, rief er. »Eser!« Er zeigte auf den Platz neben sich und Eser verstand.

Butcher Boy und Co. machten ihren abgestimmten dritten Schritt zwischen das dritte und vierte Pendel. Die Klingen schnitten Schneisen in die Luft.

»Ich kann das nicht«, sagte Hall mit Blick zurück auf die Wand. »Tun Sie etwas!«

»Tun Sie selbst etwas«, sagte Savage. »Stellen Sie sich in die Reihe oder wir lassen Sie zurück!«

Jetzt begann der Boden unter ihren Füßen zu grollen. Die Wand war so nah.

»Hall, stellen Sie sich in die Reihe, oder wir lassen Sie hier! Ich sag's Ihnen nicht noch mal!« Hall trat widerwillig in die Reihe.

»Wir kümmern uns nicht um die Wand«, rief Savage. »Wir konzentrieren uns nur auf das, was vor uns liegt.«

Auf der anderen Seite schafften es Butcher Boy, Aussie und Harika hinter das letzte Pendel. Savage konnte sehen, wie Harika in Alyssas Arme fiel.

»In Ordnung, Jungs«, sagte Savage. »Wartet, bis ihr spürt, wie die Klinge vorbeischwingt. Keinen Moment eher.«

… *Wusch* …

»Jetzt!«

Sie alle machten einen Schritt vorwärts.

… *Wusch* …

… *Wusch* …

Savage hielt eine Hand hoch, um sie anzuweisen. »Waaaartet … Waaaartet … Waaaartet …«

… *Wusch* …

»Jetzt!«

Sie machten ihren zweiten Schritt. Klingen schwangen vor und hinter ihnen.

»Gut gemacht, Leute. Noch drei übrig.«

Die Wand näherte sich zügig – sie war nur ein kleines Stück vom ersten Pendel entfernt.

»Ich glaube, Sie müssen ein bisschen Gas geben, Prediger!«, rief Aussie.

Savage hielt wieder die Hand hoch und wartete auf die nächste Gelegenheit.

Schließlich kollidierte die Wand mit der ersten Klinge und zerschlug sie in so kleine Stücke, dass sie sich über dem schwarzen Silikatboden verteilten wie Diamanten auf schwarzem Samt. Das Geräusch von berstendem Glas war ohrenbetäubend.

Hall und Eser drehten sich um, um hinter sich zu sehen. Ihr Paniklevel stieg.

»Nicht zurücksehen!«, rief Savage. »Augen nach vorne! Wir schaffen das!«

Sie positionierten sich wieder und warteten auf den richtigen Moment.

… *Wusch* …

»Jetzt!«

Jetzt standen sie zwischen der dritten und vierten Klinge.

»Gut gemacht! Weiter so! Wir haben's fast geschafft!«

Und dann erklang das Geräusch von explodierendem Glas, als das zweite Pendel unter der Antriebskraft der Wand detonierte. Diamantgroße Kristallstücke verteilten sich überall, schwirrten von den schwingenden Klingen fort und sprangen in alle Ecken des Raums. Manche trafen Savage und Eser.

Eser drehte sich um, die Augen vor Entsetzen weit aufgerissen.

Die Wand war direkt hinter ihnen und näherte sich schnell.

»Eser, nein!« Savage versuchte, ihn zu packen, und verfehlte ihn.

Aus einem Selbsterhaltungstrieb heraus machte Eser einen katastrophalen Schritt nach vorn, nur um in den Pfad und den Schwung der Pendelklinge zu geraten. Sie traf ihn mit solcher Wucht, dass er ausgelöscht wurde, als wäre er auf eine Sprengfalle getreten. Blutige Stücke verteilten sich in alle Richtungen, während Gliedmaßen von den anderen Pendeln in kleinere Teile geschnitten wurden. Blut spritzte überallhin, traf Savage und Hall. Esers Lampe wurde in unzählige Stücke geschlagen, nachdem sie von anderen Pendeln abgeprallt war.

Irgendwo schrie eine Frau. Natürlich war es Harika. Savage sah hinter sich. Die Wand war unaufhaltsam, ihre Geschwindigkeit konstant.

Und dann sah er Hall an, dessen Gesicht eine Maske des Elends war. »Wir packen das«, sagte er ruhig zu ihm.

»Wie zum Teufel schaffen Sie es, so gefasst zu bleiben?«

»Sind Sie bereit? Wir haben noch zwei vor uns. Und wir werden uns beeilen müssen«, sagte er. »Sind Sie dabei, Hall?«

Er nickte.

Das Kratzen auf dem Boden hinter ihnen wurde lauter.

… *Wusch* …

»Jetzt!«

Sie machten einen Schritt nach vorne. Die Klinge schnitt jedoch ein Stück von Halls Hemd ab, den hinteren Zipfel. Die schiere Überlegenheit der Kraft der Wand löschte das dritte Pendel aus. Das Geräusch von explodierendem Glas war laut und Kristall flog überall hin. Diesmal schnitt er kleine Wunden in Savages Gesicht. Eine Klinge war noch übrig.

»Sind Sie bereit, Hall? Uns bleibt keine Zeit.«

Halls Antwort bestand aus dem entsetzten Ausdruck auf seinem Gesicht.

»Bereithalten«, sagte Savage. Er hob eine Hand.

Die Wand wurde schneller. Und gerade als das vierte Pendel unter ihrem Angriff zertrümmert wurde …

… *Wusch* …

»Jetzt!«

… sprangen sie.

Beide Männer landeten unversehrt, während sich zerbrochener Kristall im kontinuierlich schrumpfenden Raum verteilte. Butcher und Aussie halfen Savage und Hall genau in dem Moment hoch, als die Wand durch das fünfte Pendel raste und drohte, sie alle an der anderen Wand zu zerquetschen.

»Los!«, rief Butcher Boy.

Kaum dass es alle in den Durchgang geschafft hatten, knallte die bewegliche Wand gegen diejenige, die ihr einst gegenübergestanden hatte; sie trafen sich schlussendlich wie ein Schraubstock.

Während alle dasaßen und Atem schöpften, schluchzte Harika in Alyssas Schulter.

Savage jedoch sah Butcher Boy und Aussie an. Die Männer teilten einen gemeinsamen Gedanken: *Und da waren's nur noch sechs.*

–30–

WESTTÜRKEI

Leviticus und sein Team von Rittern landeten unbemerkt in Ankara und begaben sich dann nach Malatya, wo sie sich wegen des Semtex mit ihrer Kontaktperson trafen.

Diese war ein übergewichtiger Mann türkischer und ungarischer Abstammung mit einem freundlichen Wesen, der immer lächelte. Leviticus hatte durch Erfahrung gelernt, dass man solchen Männern nicht vollkommen vertrauen sollte. Mahir Şahin war jedoch die Ausnahme zu dieser Regel.

Das Innere eines heruntergekommenen Lagerhauses, dessen Glasfenster mit Kaninchendraht abgedeckt waren und dessen Stützbalken nicht länger haltgebend aussahen, war der perfekte Ort für den Austausch von Explosivstoffen.

Mahir Şahin war ein Ex-Militär, der während des letzten Jahrzehnts, nachdem er seine Einheit verlassen hatte, um sein Glück am Schwarzmarkt zu versuchen, nachlässig geworden war. Wann immer er lachte, bebten das Fettgewebe seiner Wangen und der Wulst seines Doppelkinns. Er besaß auch die Art von Bauch, der weit über seine Gürtelschlaufe hing.

Şahin kannte Leviticus unter dessen echtem Namen, Daniel Henshaw, und so hatte er ihn schon vor langer Zeit, als sie noch Geheiminformationen bestätigt hatten, Danny Boy genannt.

»Tja, Danny Boy, du siehst gut aus.«

Leviticus betrachtete Şahins außerordentlichen Bauch. »Du auch«, log er. »Hast du, worum ich gebeten habe?«

»Ich habe das Semtex«, antwortete er lächelnd. »Und die Zahlung ist bereits auf mein Konto erfolgt.« Sie gingen zum Heck eines Lieferwagens. Die Türen waren geöffnet. Darin standen vier Warenkisten mit den Standmaßen von hundertzwanzig mal hundertzwanzig Zentimetern. In ihnen befanden sich mehrere Blöcke Semtex.

»Ist das genug?«, fragte Şahin.

Leviticus nickte. »Mehr als genug«, sagte er.

»Es ist das beste Zeug, das man für Geld kriegt«, kommentierte Şahin. Und dann drehte er sich zu Leviticus um. »Darf ich fragen, warum du eine so große Menge brauchst?«

»Abriss«, sagte er nur.

»Abriss, Danny Boy? Ernsthaft?«

»Abriss«, bestätigte er. »Niemand wird dabei zu Schaden kommen, Mahir Şahin. Das verspreche ich.«

Er nickte. »Das ist gut.«

»Und der Transport?«

»Zwei Helikopter«, sagte Şahin. »Diese Blöcke werden in ein paar Stunden verladen sein. Und dann werdet ihr vom Malatya Central aus zu euren spezifischen Koordinaten geflogen, was weitere sechs Stunden dauern wird.«

Leviticus nickte. »Ich mache mein Team bereit«, sagte er.

»Sehr gut.«

Leviticus schlug dem Mann auf die Schulter und verließ das Lagerhaus, um sein Team zu versammeln. *Morgen zu dieser Zeit,* überlegte er, *wird das Semtex tun, wofür es gedacht ist, und einen Teil der Wüste und dieses Gebäude in ein besseres Erdloch verwandeln.*

Harika war distanziert geworden, betrauerte Esers Tod, aber Alyssa saß nah bei ihr, um ihr Trost zu spenden.

Ungefähr zehn Meter entfernt saßen Butcher Boy, Aussie und Hall dicht zusammen. Hall wirkte lebhaft, wie er demonstrativ mit den Armen fuchtelte.

Savage trat neben Alyssa, fragte, ob der Platz neben ihr frei sei, und nahm ihre Einladung, sich zu setzen, an.

Sie hielt noch immer die Kopien aus dem Tagebuch ihres Vaters fest.

»Wichtig?«, fragte er neugierig und zeigte auf ihre Papiere.

Sie schüttelte den Kopf. »Kopien aus dem Tagebuch meines Vaters«, antwortete sie.

Savage betrachtete seine Umgebung, die dunklen Schatten. »Das ist anders, als Sie erwartet hatten, oder? Vermutlich auch anders, als Ihr Vater erwartet hatte. Aber ich denke nicht, dass er irgendwas hiervon aufgegeben hätte. Unter keinen Umständen.«

Sie starrte direkt geradeaus. »Eden zu finden war immer sein Traum gewesen«, sagte sie abwesend. »Aber solange ich diese Papiere bei mir habe, ist er auch bei mir. Er sieht zu.«

»Er sieht zu? Ich dachte, Wissenschaftler stützten das gesamte Leben auf Fakten anstelle von Spiritualität?«

»Nicht alle Wissenschaftler sind Atheisten, müssen Sie wissen. Es gibt tatsächliche Beweise für das Leben danach.«

»Wirklich?«

»Auf strikt wissenschaftlicher Ebene; denken Sie doch mal darüber nach. Alles ist Energie. *Wir* sind Energie. Und da Energie weder erzeugt noch vernichtet werden kann, muss sie irgendwo hingehen, wenn wir sterben. Die einzige Frage ist: Wenn die Energie fortgeht, nimmt sie das Bewusstsein mit?«

»Und was glauben Sie?«

Sie zögerte. »Ich weiß, was ich gerne glauben würde«, sagte sie. »Ich würde gern glauben, dass es ein *irgendwo anders* gibt. Ich würde auch gern glauben, dass ich, wenn meine Zeit gekommen ist, meinen Vater wiedersehen darf. Und Montario und Noah und all die guten Menschen, die in meinem Leben waren.«

»Wow.«

»Was?«

»Ich sitze hier neben einer Wissenschaftlerin, die an etwas jenseits von dem hier glaubt.« Er machte eine kurze Handbewegung, um auf den Tempel zu verweisen. »Während ich beim Vatikan in Anstellung stehe und meinen Glauben erst noch finden muss.«

»Vielleicht sollten Sie genauer hinsehen«, sagte sie. »Vielleicht ist der Mann mit dem mangelnden Glauben blind für die Tatsache, dass er sich vom Gewicht seines Gewissens statt dem Gewicht von Befehlen eines Vorgesetzten leiten lassen sollte.« Sie sah ihn zum ersten Mal an. »Ich habe gesehen, was Sie vorhin getan haben.« Ihre Stimme war sanft und tröstlich, ein Tonfall, der beruhigte. »Sie führten Ihre Reihe unter unmöglichen Bedingungen vorwärts.«

Er seufzte. »Ich habe Eser verloren.«

»Sie haben Eser verloren, weil er in Panik geriet. Die Wand war direkt hinter Ihnen und kam näher. Aber Sie blieben ruhig. Und aus diesem Grund verwandelten Sie eine Situation, in der drei Menschen hätten getötet werden sollen, in eine, in der zwei Menschen überlebten. Das haben Sie gut gemacht, John Savage.« Sie wandte den Blick ab. Dann sagte sie leise: »Danke.«

In der Ferne gestikulierte Obsidian Hall weiter lebhaft, während ihm Aussie und Butcher Boy gleichgültig zusahen. Harika war verloren und allein, blieb nah bei Alyssa, und Savage ertappte sich dabei, sich emotional von Alyssa angezogen zu fühlen.

Sie war klug und schön und bewegte sich mit anmutiger Eleganz. Sie besaß auch Kühnheit und den Mut, ihre Meinung zu sagen, wenn es der Moment verlangte, und oft für andere einzutreten.

»Alyssa?«

»Ja?«

»Es tut mir leid.«

»Was denn?«

»Dass ich die Dummheit und Charakterschwäche besaß, zu versuchen …«

»… mich zu töten«, beendete sie seinen Satz.

Er schämte sich durch und durch. »Ja.« Sie blieb still. »Ich hoffe, Sie können mir vergeben«, sagte er und stand auf.

»Warum?«

Er begann, sich zu entfernen. »Es würde mir viel bedeuten.«

Sie sah ihm nach. Obwohl der Mann geschickt worden war, um sie zu ermorden, wusste sie, dass er ein guter Mann war … aber auch einer, der komplett vom Weg abgekommen war. Trotzdem glaubte sie aufrichtig, dass er langsam seinen Weg ins Licht wiederfand.

»Ich vergebe Ihnen«, flüsterte sie.

Die Kreaturen versammelten sich am Eingang, den ihre Beute gerade betreten hatte. Der Weg war jetzt blockiert. Sie waren blutrünstig; ihre feinen Sinne nahmen den Geruch von Blut und zerkleinertem Fleisch auf, frisch und zart. Sie scharrten mit ihren raubvogelartigen Krallen an der Wand, zerkratzten sie so, wie ein Diamant die Oberfläche von Glas einschneiden würde.

Und dann, als besäßen sie ein kollektives Bewusstsein, wurden alle gleichzeitig so reglos wie Steinstatuen.

Ihre Kragen stellten sich auf wie Antennen und absorbierten die Erschütterungen, die auf sie zukamen, die Schritte von etwas Größerem, Schnellerem und Tödlicherem, etwas, das sich an ihrem Fleisch weiden würde, wenn Nahrung knapp war.

Mit einem durchdringenden Kreischen stieß eine der Echsen eine Warnung aus, was die anderen dazu veranlasste, sich wie Nagetiere in alle Richtungen zu zerstreuen.

Die Kreatur war schnell zu Fuß, besaß den Gang eines Alphamännchens. Mehr noch, sie war die Weiterentwicklung eines Alpharäubers, dem man sich nicht widersetzte.

–31–

Sie hatten nur noch fünf Lampen übrig und das Licht war eine kostbare Quelle, die ihren Wert rasch verlor. Als es noch zehn Lampen waren, gab es mehr Licht. Fünf Lampen bedeuteten weniger als einen Lichtkreis, dessen Radius schwand.

In Halls kleiner Gruppe befanden sich drei Lampen. Eine war in Aussies Besitz und die andere unter Butcher Boys Kontrolle. Das Licht warf einen Kreis aus, der gerade groß genug war, um kaum mehr als ein Schutzschild von fünf bis sieben Metern zu bilden. Alles Mögliche konnte in den Schatten hinter diesen Grenzen lauern.

»Wie werden wir hier rauskommen?«, fragte Hall, der wie ein Kind quengelte und wild mit den Armen gestikulierte. »Wohin wir uns auch wenden … diese Dinger, die beweglichen Wände und Böden …«

Aussie glaubte, dass der Mann den Tränen nahestand. »Lassen Sie sich mal ein paar Eier wachsen, Kumpel. Die verdammte Türkin da drüben hat mehr Mumm und Zähigkeit bewiesen als Sie. Es wird eine Schande sein, wenn ich sie töten muss.«

»Wir sind fast da«, sagte Butcher Boy. »Nachdem wir die Herausforderung eben gemeistert haben, können wir alles durchstehen.«

»Seien Sie sich da mal nicht so sicher«, sagte Hall monoton. »Sie haben zwei Ihrer Männer verloren und wir haben unser Ziel noch nicht erreicht.«

Butcher Boy holte tief Luft und atmete durch die Nase aus. Der Mann hatte recht. Sie waren erst auf der zweiten Ebene und hatten noch einen weiten Weg vor sich, um auf die nächste zu gelangen. Schlimmer noch, sie wurden von etwas unglaublich Gefährlichem verfolgt und ihnen ging die Munition aus.

»Wir werden es erreichen«, sagte er schließlich.

Halls einzige Reaktion bestand darin, sich nervös mit den Fingern durch die Haare zu fahren.

Während er aufstand, sah Butcher Boy Aussie an, der angewidert den Kopf über Hall schüttelte.

»Wir müssen uns in Bewegung setzen«, sagte Butcher Boy. »Diese Wand ist nur eine temporäre Barriere. Früher oder später werden diese Dinger einen anderen Weg um sie herum finden.« Dann rief er: »Ms. Moore!«

Savage entfernte sich gerade von ihr, als ihr Name gerufen wurde. Harika saß dicht neben Alyssa, unbeweglich, aber still wie immer. »Ja?«

»Wir müssen los«, sagte er. »Und wie es scheint, können wir nur eine Richtung einschlagen.«

Sie sah in die Dunkelheit jenseits des Lichtkreises, stand auf, wischte sich mit den Händen über den Hintern und half Harika hoch. »Sie kann nicht vorgehen«, sagte Alyssa zu ihm. »Sie steht unter Schock.«

»Tja, dann sagen Sie ihr, sie soll ihren Schock überwinden. Sie übernimmt die Führung«, forderte er.

Ihre Blicke trafen sich einen Moment lang, und dann hielt Alyssa die Lampe hoch, während sie Harika führte, den Arm um sie gelegt.

»Was machen Sie?«, fragte er.

»Was Sie mir aufgetragen haben.«

»Ich sagte, die Türkin soll die Führung übernehmen. Nicht Sie. Sie sind zu wichtig.«

»Sie schafft das nicht allein. Sie steht unter Schock.«

»In Ordnung.« Butcher Boy richtete die Spitze seiner Waffe auf Savage. »Okay, Savage, Sie sagten zu mir, Sie würden Dinge tun, weil Sie ein anständiger Mensch sind, nicht als Soldat. Tja, das ist Ihre Chance, Sie Teufelskerl. Gehen Sie rüber und ersetzen Sie Ms. Moore an der Spitze.«

Obwohl es ihm nicht gefiel, Befehle von Butcher Boy oder sonst jemandem entgegenzunehmen, tat er es doch gerne, wenn es Alyssa aus der Gefahrenzone brachte. Nachdem er sie von ihrer Verantwortung, auf Harika aufzupassen, befreit hatte, zog er die leitende Archäologin dicht an sich, während er die Lampe mit der freien Hand hochhielt.

»Sehr schön«, sagte Butcher Boy. »Und jetzt los.«

Savage ging voraus. Sie hatten noch einen weiten Weg vor sich.

Er war fast zehn Meter lang, oder dreiunddreißig Fuß, was selbst an den Maßstäben des *Megalania prisca* gemessen außerordentlich groß war.

Er war seit fünfzig Jahren König seines Reichs. Und wenn das Fleisch knapp wurde, gehörte Kannibalismus zu seiner Lebensweise. Und dieser Spitzenräuber spürte seine eigene Art auf und verzehrte ihr Fleisch mit Genuss. Nachdem er das erste Mal gefressen hatte, wusste er, dass er nie wieder hungern würde, denn von seiner Art gab es reichlich in den Hallen des Tempels.

Aber jetzt lag eine neue Fährte in der Luft, etwas, das seine Rezeptoren aufnahmen, etwas, das wunderbar köstlich war und den Kupfergeruch von warmem Blut besaß und das ihn weitertrieb.

Während die meisten seiner Art im Durchschnitt nur etwa halb so groß waren wie er, war er in seinem Königreich einzigartig, denn seine Untertanen vermieden diese brutale Kreatur mit dem höchsten Maß an Selbstschutz.

Der Geruch in der Luft war anziehend anders und verlockend, eine neue Herausforderung, zu reißen und zu verschlingen.

Während sie sich auf die Quelle zubewegte, blieb die Echse oft stehen und stellte ihren Kragen auf wie eine Satellitenschüssel. Ihre Rezeptoren nahmen Signale auf und leiteten sie dann an ihr Gehirn weiter, sagten ihr, wie sie vorgehen musste.

Da sie wusste, dass sie keinen Rivalen hatte, folgte sie der Richtungsvorgabe ihres Sonars ohne Vorsicht. Der Tempel war im Grunde ein Puzzle mit freien Stellen und Nischen, die gefüllt wurden, wenn er durch die Bewegung von Gewichten und Gegengewichten zum Leben erwachte. Während sich ein Durchgang schloss, öffnete sich ein anderer, und bot so Möglichkeiten, sich frei von einem Ort zum anderen zu bewegen.

Als sich die Tempelwände verschoben, öffnete sich ein riesiger Durchgang, der der Kreatur Zugang zu neuen Fluren und Gängen ermöglichte.

Und so hastete sie vorwärts, um sich einer neuen Herausforderung zu stellen. Die Schritte ihres neunhundert Kilo schweren Körpers ließen den Boden erzittern, während sie rannte, um ihre Beute zu treffen.

Sie bewegten sich, Savage an der Spitze, mit überraschend gutem Tempo aufs Zentrum der Pyramide zu. Obwohl sie sich leise verhielten, war sich Alyssa ihrer Umgebung deutlich bewusst.

An den Wänden befanden sich Zeichen, antike Schrift, kaum entzifferbar, aber der allgemeine Gedanke war, dass der Tempel mehr als nur eine Andachtsstätte war. Sie war auch eine Bibliothek, in der die schwarzen Silikatplatten als Seiten eines Buchs dienten – unzählige Jahre der Geschichte auf Mineralwänden niedergeschrieben.

Sie war entzückt, während die »Wissenschaftlerin« in ihr das Augenmerk für die Gefahren, die sie verfolgten oder vor ihnen lagen, verlor.

»Sie wirken fasziniert«, sagte Hall.

Sie weigerte sich, ihn mit einer Antwort zu würdigen.

Nach einem fünfundvierzigminütigen Marsch ins Herz des Tempels erreichten sie etwas, das wie der Eingang zu einem Mausoleum wirkte, der mit fließenden Designs und Dekorationen an den Barockstil erinnerte. Er besaß schwungvolle Linien und Flachreliefs umgaben die Tür. Der Bulle, die Echse, der Bär, sie alle besaßen perfekte Formen. Den Eingang zum Mausoleum umgaben mehrere bunte Edelsteinplatten, von denen jede ein einzigartiges Symbol trug.

Über dem Mausoleum befand sich eine uralte Inschrift:

∑ыбарতাস যতার
।পনা সমূহককФіў,дра цоўতকিাএক
তাতকিাданьнеьайвыдаক ।চীনকাকসিাকরি
ейшых паэтаў, філёзафаў, палкаводцаў,
অবযিই вялікіх цহহকনিী ароўяк цтва

Alyssa stand da und sah nach oben, während ihr Verstand arbeitete.

»Gibt es ein Problem, Ms. Moore?«, fragte Hall.

»Das könnte man so sagen«, antwortete sie und zeigte auf den antiken Text. »Es ist noch ein Rätsel.«

»Können Sie es entziffern?«, fragte Butcher Boy.

»Ich versuch's.«

Hall begann umherzuschlendern und die Trittplatten zu betrachten, die zum Eingang des Mausoleums führten.

Grün für Smaragde, rot für Rubine, blau für Saphire. Auf den Platten befanden sich einzigartige und altertümliche Motive.

»Gehen Sie nicht zu nah ran, Kumpel«, sagte Aussie. »Haben Sie letztes Mal Ihre verdammte Lektion nicht gelernt?«

Hall hob kapitulierend die Hände und wich zurück.

»Tja«, sagte Alyssa schließlich. »Es ist definitiv ein Rätsel.«

»Können Sie es lösen?«

»Hoffentlich.« Sie trat näher, war aber vernünftig genug, sich von der gefärbten Platte fernzuhalten. Eine Lampe wurde hochgehalten, damit sie den Text lesen konnte. »Auf den Thronen eines herrlichen Königreichs sitzen die drei Könige des Wesens des Menschen: Wahrheit, Lüge und Weisheit. Der König der Wahrheit sagt immer die Wahrheit; der König der Lüge erzählt immer eine Lüge; der König der Weisheit sagt manchmal die Wahrheit und erzählt manchmal eine Lüge. Jedoch sehen die drei Könige exakt gleich aus, sodass sie niemand voneinander unterscheiden kann. Um die Kammer der Ersten zu betreten, muss das Rätsel um die Bestimmung der drei Könige durch die Antworten auf drei Fragen gelöst werden: Fragt man den König auf dem linken Thron ›Auf welchem Thron sitzt der mittlere König?‹, so antwortet er: ›Ich bin Wahrheit‹. Fragt man den König auf dem mittleren Thron ›Wer bist du?‹, so antwortet er: ›Ich bin Weisheit‹. Fragt man den König auf dem rechten Thron ›Wer ist der mittlere König?‹, so antwortet er: ›Ich bin Lüge‹. Wenn du deine Antwort und deinen Pfad klug wählst, so tritt vor und du sollst die Ersten erblicken.«

»Ist das Ihr Ernst?«, sagte Hall. »Wie sollen wir das lösen?«

»Mit Geduld«, antwortete sie. *Wahrheit, Lüge und Weisheit, die drei Komponenten des Wesens der Menschen.* »Okay, also, was wissen wir bisher?«, fragte sie in die Runde.

Savage trat vor. Sein Blick konzentrierte sich auf den Text über der Tür. »Wir wissen, dass der König links gesagt hat, dass der König in der Mitte Wahrheit ist.«

»Und das bedeutet?«, fragte Hall.

»Es bedeutet, wenn der linke König sagt, dass der mittlere ›Wahrheit‹ ist, dann kann der linke König nicht ›Wahrheit‹ sein, weil es keine zwei Könige ›Wahrheit‹ geben kann.«

»Richtig«, antwortete Alyssa. »Wenn das also stimmt und wenn der mittlere König sagt, er sei ›Weisheit‹, kann er nicht ›Wahrheit‹ sein. Damit bleibt der rechte König als ›Wahrheit‹ übrig.«

Savage nickte. »Und laut dem rechten König, dem König der ›Wahrheit‹, ist der mittlere König also ›Lüge‹ …«

»Und damit bleibt der linke König als ›Weisheit‹ übrig«, unterbrach sie ihn.

»Genau.«

Alyssa ging zu den bunten Platten und betrachtete die Symbole darauf. »Also, was haben wir?«, fragte sie rhetorisch. »Wir haben ›Weisheit‹ links, ›Lüge‹ in der Mitte und ›Wahrheit‹ rechts.«

Sie starrte die Platten an. Links gab es mehrere, aber nur eine, auf der stand: der König der Weisheit.

Sie trat auf eine smaragdgrüne Platte, die ein paar Zentimeter tiefer sank. Darüber hinaus passierte nichts. *Das ist ein gutes Zeichen,* überlegte sie.

Hinter ihr hielten alle kollektiv den Atem an.

In der Mitte befanden sich mehrere rubinrote Platten. Doch nur auf einer stand: der König der Lüge.

Sie machte einen prompten Ausfallschritt, bis sie sicher stand; es war ein weiteres gutes Zeichen, als die Platte sich einige Zentimeter senkte und nichts sonst passierte.

Damit blieb der ›König der Wahrheit‹ auf einer der saphirblauen Platten auf der rechten Seite übrig. Drei der Platten waren jedoch schwer zu deuten.

»Ist alles in Ordnung, Ms. Moore?« Butcher Boy kam einen Schritt näher.

»Ich kann nicht rausfinden, welche der drei Platten die richtige ist.«

Sie schwenkte den Strahl ihrer Lampe in alle Richtungen, als würde der richtige Lichteinfall sie aufklären. Eine der fraglichen Platten befand sich von ihrem Standpunkt aus außerhalb ihrer Reichweite. Also musste es die Platte direkt vor ihr oder die rechts hinter ihr sein. *Welche? Welche Platte?*

Ihr Blick wechselte zwischen den beiden Platten hin und her, um eine Entscheidung zu treffen.

Welche …?

Und dann wurde es ihr plötzlich klar. *Wenn du deine Antwort und deinen Pfad klug wählst, so tritt vor und du sollst die Ersten erblicken.*

Die rechte Seite gehörte zum ›König der Wahrheit‹. Also konnte die Antwort nur wahr *sein.*

Tritt … *vor* … und du sollst die Ersten erblicken.

… *Vorwärts* …

Alyssa hob den Fuß und machte einen direkten Schritt auf die Platte vor sich. Die Platte senkte sich einige Zentimeter unter ihrem Fuß.

Und dann begann die Erde zu beben. *Oh nein!*

Der Spitzenräuber spürte eine Bewegung.

Die Wände, der Boden unter seinen riesigen Pranken, bebten und vibrierten, was ihm verriet, dass sie erneut in Bewegung waren, sich verlagerten, den Tempel zu neuen und erstaunlichen Formen umgestalteten.

Aufgeregt erhob sich der *Megalania prisca* auf zwei Beine, mehr als fünf Meter hoch, sechzehn Fuß, den Schwanz nicht mitgezählt. Sein Kragen vibrierte wie ein Tamburin, während seine Rezeptoren versuchten, die Quelle zu erfassen, die sich überall gleichzeitig zu befinden schien, was ihn verwirrte.

Und dann stand die Erde still. Die Umgestaltung war abgeschlossen.

Der *Megalania prisca* blieb aufrecht stehen. Sein Kragen fächerte sich auf und erfasste neue Eindrücke.

Seine Beute war nah. Ihre Fährten waren recht deutlich.

Aber sie befanden sich hinter Wänden aus schwarzem Silikat, was *Prisca* nur die Option übrig ließ, durch ein Wirrwarr aus Gängen zu laufen, um zu seiner Beute zu gelangen.

Dann ließ er sich in seinen natürlichen vierfüßigen Stand sinken, setzte sich mit einer Geschwindigkeit, die für etwas so Großes unglaublich war, in Bewegung, und bahnte sich mit Leichtigkeit einen Weg durch den Mantel der Dunkelheit, als besäße er volles Sehvermögen.

Mit jedem Schritt, den er machte, wurde die Fährte deutlicher.

–32–

OSTTÜRKEI

Der Bell UH-1 Iroquois ist ein von einem einzigen Wellenturbinenmotor angetriebener Militärhelikopter mit doppelten Haupt- und Heckrotoren. Für sämtliche Zwecke abgesehen vom Transport war er mittlerweile jedoch in der Kriegsarena antiquiert.

Leviticus und sein Team schwebten in einem Iroquois über den genannten Koordinaten; die Semtex-Blöcke warteten im zweiten Helikopter.

Leviticus führte die Gruppe an, indem er sich als Erster auf das felsige Terrain abseilte. Isaiah und Nehemia folgten, und Micha und Hiob waren hinter ihnen. Staub und Sand wurde vom Rotorenabwind in alle Richtungen geweht. Die Sicht am Boden war außerordentlich schlecht. Nachdem sich Leviticus und sein Team von ihren Seilen gelöst hatten, wurden die Blöcke vorsichtig aus dem zweiten Helikopter heruntergelassen und von ihren Sicherungsleinen entfernt. Sobald die Aufgabe erledigt war, drehten die Helikopter nach Osten ab, wo sich rosige Bänder aus Morgenlicht abzuzeichnen begannen.

Nachdem sich der Staub gelegt hatte, fanden sie sich am Fuß eines Sandhügels wieder, der eine konstante Höhe besaß und sich auf allen vier Seiten in einer gleichmäßigen Länge von einem halben Kilometer erstreckte.

»Was ist das für ein Ort?«, fragte Hiob.

»Das ist unser Ziel«, antwortete Leviticus. »Das ist alles, was du wissen musst.«

Als sie den Rand des niedrigen Hügels erklommen hatten und dort standen, konnten sie etwas von großem Umfang erkennen.

Das flache Land, das aus Felsen und Erde bestand, war vollkommen quadratisch, und was darunter lag, besaß eine Fläche von möglicherweise mehreren tausend Quadratmetern.

»Das wird eine gewaltige Aufgabe«, kommentierte Isaiah.

Leviticus trug leichte Kleidung, doch bereits jetzt begann der Schweiß, Flecken auf seinem Rücken und unter seinen Armen zu hinterlassen. Es würde ein heißer Tag werden und die Sonne musste erst noch den Horizont erklimmen.

»Wir haben genug Blöcke, um sie an der Außengrenze anzubringen, damit wir den gewünschten Schaden verursachen können, sofern die Ladungen gleichmäßig verteilt sind. Aber ich will mehrere Blöcke im Zentrum haben und zusätzliche Ladungen fächerförmig davon ausgehend, sodass sie wie eine Reihe von Dominosteinen vom Mittelpunkt zu den Rändern hin losgehen. Wenn wir mit der Implosion fertig sind, will ich nur noch einen riesigen Krater sehen«, sagte Leviticus. Dann wandte er sich an Nehemia. »Wie lange wird es deiner Meinung nach dauern?«

Nehemia überschlug es rasch mithilfe eines Blicks in die eine, dann in die andere Richtung. »Dieser Ort wirkt viel größer als noch vom Helikopter aus.«

»Wie lange?«

»Ich muss die Grenze abgehen und einige Messungen zu gleichmäßigen Abständen vornehmen. Ich würde sagen, für etwas von dieser Größe vielleicht zehn oder zwölf Stunden.«

»Fang an, die Grenze abzugehen«, sagte Leviticus. »Hoffentlich können wir bei Sonnenaufgang damit beginnen, die Ladungspositionen zu planen. Ich weiß jetzt schon, dass es heiß werden wird.«

Nehemia sah zum Himmel und wischte sich die Schweißperlen, die auf seiner Stirn auftauchten, mit dem Unterarm ab. »Ja«, sagte er. »Da hast du recht.«

Und dann begann er, den Ort für die Implosion vorzubereiten.

Die Erde hörte auf zu beben. Und hinter den Wänden standen unsichtbare Gewichte und Gegengewichte still. Alle, die vor dem Mausoleumseingang standen, konnten wieder normal atmen.

Alyssa wagte es jedoch nicht, sich von der Platte, auf der sie sich befand, wegzubewegen.

Savage kam neben sie und fasste sie behutsam am Arm. »Sind Sie okay?«

»Was ist passiert?«

»Sie haben es geschafft. Der Eingang zum Mausoleum ist aufgegangen.«

Sobald sie die Augen geöffnet hatte, erkannte sie, dass die Tür tatsächlich offenstand. Der Zugang zur unteren Ebene war gewährt – das Rätsel war korrekt gelöst worden.

»Sie lagen goldrichtig mit der Antwort«, sagte Savage leise zu ihr.

Erst dann stieß sie ein Seufzen der Erleichterung aus.

Doch das Gefühl war nur von kurzer Dauer, da die Erde erneut zu beben begann.

»Was jetzt?«, fragte er.

Alyssa sah sich um. »Das sind nicht die Wände«, sagte sie. »Es ist nicht der Tempel.«

Die Vibrationen wurden heftiger.

Dann sagte sie mit einer Stimme, die leiser als ein Flüstern war: »Es ist etwas anderes … und es kommt auf uns zu.«

Der *Megalania prisca* war im vollen Lauf. Sein Gewicht knallte mit jedem Schritt hart auf den Boden. Er hatte sich von seinen olfaktorischen Sinnen geleitet durch die Gänge manövriert. Seine Beute war so nah, dass er das Salz in ihrem Schweiß riechen konnte, die chemischen Verbindungen ihrer Angst wahrnahm, die durch die Poren ihrer Körper quollen.

Voll unbändigem Hunger preschte er weiter, sprang mit Riesenschritten durch die Korridore; sein massiver Körper prallte gegen die Wände.

Trotz seines schlechten Sehvermögens erkannte er einen Lichtkranz im Gang vor sich.

Und dann stieß er ein Brüllen aus, das tief und kehlig war, ein verfrühter Siegesschrei. Sein Kragen fächerte sich um seinen Kopf herum auf, während er zum entscheidenden Schlag ansetzte.

»Was in drei Teufels Namen war das?«, fragte Aussie und hob seine Waffe.

Im nächsten Augenblick betrat die Echse die Kammer, brüllend, das Maul weit genug aufgerissen, dass ein rosafarbener Schlund im Lampenlicht sichtbar wurde. Als Reaktion auf die Helligkeit schwang sie ihre Pranke in einem weiten Bogen. Ihre Klaue erwischte nichts als Luft; das Licht war eine Quelle so fein wie Nebel.

Dann erhob sie sich auf ihre Hinterbeine – ihr Kopf berührte fast die Decke – und brüllte wieder.

Aussie und Butcher Boy bewegten sich mit zum Töten bereiten Waffen vor und drückten ab.

Kugeln prasselten über den Unterbauch der Kreatur, aber sie bewegte sich trotzdem weiter, machte einen Schritt, dann noch einen; das Licht war kein Schutzschild mehr. Und dann ließ sie sich auf alle vier Beine herunter und verschwand in einem anderen Teil der Kammer.

Aussie und Butcher Boy verloren den Sichtkontakt. So schnell war sie.

»Wo in drei Teufels Namen ist das Ding?«, rief Aussie, der die Umgebung mit vor- und aufwärtsgerichteter Waffenmündung absuchte.

Es brüllte wieder auf. Doch diesmal klang es, als käme das Geräusch aus allen Ecken des Raums gleichzeitig. Das Brüllen war so kehlig, dass die Luft vibrierte.

»Geht auf die untere Ebene!«, rief Butcher Boy.

Hall zögerte nicht. Er war als Erstes im Durchgang, und seine Bewegung löste ein weiteres Brüllen von der Kreatur aus und lockte sie aus einem der dunklen Verstecke ringsum hervor.

Der Geruch von Kordit füllte die Luft, als die Soldaten eine zweite Salve entfesselten. Die Kreatur bewegte sich so schnell, dass die Kugeln die Wand hinter ihr bombardierten und das schwarze Silikatgestein in Stücke schlugen; die Kreatur war eben noch da, dann fort.

»Dieses Ding ist so verdammt schnell!«

Als Aussies Waffe leergeschossen war, warf er das Magazin mit einer geschmeidigen und geübten Bewegung aus und schob ein neues ein. Dann entfesselte er einen weiteren Schusshagel, während er mit der Überheblichkeit eines Kriegers schrie.

»Willst du aufs Maul? Hä? WILLST DU EIN PAAR AUFS MAUL?«

Der *Megalania prisca* sprang von Schatten zu Schatten, von einem dunklen Versteck zum nächsten, nutzte die Schwärze als Tarnung, bis das Mündungsfeuer ihn verriet.

Hinter Aussie und Butcher Boy eskortierte Alyssa, die ihrerseits von Savage eskortiert wurde, Harika zum Eingang.

Die Zahl der Beutetiere der Kreatur schrumpfte.

In unkontrollierbarer Rage betrat die Kreatur den Lichtkreis mit vollständig ausgebreitetem Kragen und öffnete das Maul weit. Sie wurde von Schüssen übersät, die blutende Wunden erzeugten. Mit einer schnellen und geschmeidigen Bewegung drehte sich die Kreatur auf allen vieren um und schlug mit dem Schwanz nach der Quelle der Schüsse, nach Aussie und Butcher Boy.

In blitzschnellem Bogen sauste er vorbei, verfehlte die Soldaten, die sich im letzten Moment duckten, und löschte die obere Hälfte des Mausoleums aus; Brocken und Stücke explodierten unter der Wucht des massiven Aufpralls; die Oberseite des Grabs war verschwunden.

»Verdammte Scheiße«, rief Aussie. Von dort, wo sie knieten, feuerten sie weitere Schüsse ab. Blut floss aus den

Schusswunden in der Haut der Kreatur, aber die Treffer schienen sie nicht zu beeindrucken.

»Mir geht die Munition aus!«, rief Butcher Boy.

»Nicht nur dir!«

Die Kreatur schlug wieder mit dem Schwanz. Diesmal zertrümmerte sie das Mausoleum, bis nichts mehr davon übrig war außer einer gezackten Basis aus schwarzem Silikat.

»Geh zum Eingang!«, rief Butcher Boy, doch seine Stimme war über die Schüsse hinweg kaum zu hören. Aussie begann, sich zur Tür zurückzuziehen, den Sichtkontakt aufrecht haltend, den Finger am Abzug, schießend.

Butcher Boy tat das Gleiche.

Noch ein Schlag vom Schwanz des *Megalania prisca*, schnell und kräftig, ein Todesschlag, wären die Soldaten nicht aufgestanden und hätten sich von ihrer Position zurückgezogen.

Aussie erreichte die Öffnung zuerst, schob seine Waffe auf den Rücken und sprang hinein.

Während Butcher Boy noch schoss, näherte sich die Kreatur; jeder Schritt war ein Versuch, ihn mit seinem zuschnappenden Maul zu packen.

Gerade als der *Prisca* zubiss und sein fauliger Atem so nah war, dass Butcher Boy ihn riechen konnte, verschwand er in der Öffnung.

Die Kreatur umkreiste, was vom Fundament des Mausoleums übrig war, schnappte nach dem Zugangsloch und scharrte mit seiner raubvogelartigen Klaue über den Boden, zog Furchen ins schwarze Silikatgestein. Wütend versuchte sie, den Kopf ins Loch zu stecken, schaffte es nicht und hob dann den Kopf und kreischte mit solcher Wut, dass es durch den gesamten Tempel hallte und andere *Priscas* in sicherere Winkel rennen ließ.

Obwohl er Schaden erlitten hatte, informierte ihn sein Geruchssinn, dass seine Verletzungen eher geringfügig waren und er in der Lage war, weiterzugehen.

Seinen Kragen nutzend, um seine Beute aufzuspüren, begriff er die Tatsache, dass sie sich jetzt auf der Ebene unter ihm befanden. Dann schnüffelte der *Megalania prisca* mehrmals am Eingangsloch, hob den Kopf wieder und lief dann mit mächtigen Sätzen davon, um eine Öffnung zu finden, die groß genug war, um ihm Zugang zur unteren Ebene zu bieten.

»Verdammte Scheiße!«, sagte Aussie, während er sich bemühte, zu Atem zu kommen. »Das war nicht das gleiche Ding, das Red getötet hat, oder?«

»Doch, genau das«, antwortete Alyssa. »Es war das Alphatier.«

»Wie viel größer werden diese Dinger?«, fragte Butcher Boy.

»Genau genommen ist dieser *Megalania prisca* eine Kuriosität. In der Evolution passiert das manchmal«, sagte sie. »Solche Dinge – wenn sie uns eine Laune vorsetzt – erinnern uns daran, dass die Natur nicht immer perfekt ist.«

»Eine verdammte Laune? So nennen Sie das?« Aussie sah seine Waffe an. Und dann warf er sie beiseite. »Keine verdammte Munition mehr«, sagte er niedergeschlagen.

»Aber Sie haben noch mehr, nicht?« Hall klang verzweifelt.

»Wenn ich mehr hätte, dann hätte ich wohl kaum meine Waffe weggeworfen, oder?«

»Was sollen wir denn jetzt tun?« Hall begann, auf und ab zu gehen und sich mit den Fingern durch die Haare zu fahren.

Butcher Boy warf sein Magazin aus und zählte die Kugeln: nur fünf übrig. Er setzte das Magazin mit einem festen Stoß wieder ein. »Wird knapp«, war alles, was er sagte, und dann griff er an seinen Rücken und holte Savages Glock hervor. Er gab sie Aussie.

»Und was soll ich mit diesem beschissenen Pusterohr anfangen? Damit kitzle ich nicht mal an seiner Haut.«

»Hast du vor, mit bloßen Händen zu kämpfen?«

Aussie tätschelte seine Messerscheide, sein KA-BAR-Kampfmesser. »Weißt du was, Kumpel, ich mag mein Messer, weil dem nie die Munition ausgeht«, sagte er.

»Ja, aber damit es effektiv ist, musst du auf Tuchfühlung gehen. Bist du dazu bereit?«

»Ich bin bereit, alles Nötige zu tun, um verdammt noch mal am Leben zu bleiben«, antwortete er.

Savage trat neben ihn. »Glauben Sie, es sucht nach einem anderen Weg hier runter?«

»Ich weiß es«, antwortete er. »So wie dieser Ort immer wieder zum Leben erwacht, bin ich sicher, dass es überall Zugänge gibt. Und dieses Ding weiß das auch.«

»Dann müssen wir uns in Bewegung setzen.«

»Sehe ich auch so.«

Am Fuß der Treppe, an dem sie sich versammelt hatten, befand sich ein schmaler Gang, der zum Rand eines Fünfundvierzig-Grad-Gefälles führte, eine ziemlich steile Schräge ohne Stufen, nur eine glatte, nach unten führende Fläche. Alyssa streckte die Lampe hoch vor sich aus. »Ich kann das Ende nicht sehen.«

»Sie wissen, dass es irgendwo hinführen muss«, sagte Hall.

Harika stand wie immer stumm da, aber seit sie Eser verloren hatte, war sie anders. Sie war so abwesend, dass sie angestupst werden musste, um in eine bestimmte Richtung zu gehen. Alyssa hatte Angst, dass Butcher Boy sie als Bürde bezeichnen und sie zurücklassen würde.

Sie zog Harika an sich, bis sich ihre Hüften berührten.

Dann erteilte Butcher Boy Savage einen Befehl, indem er die Spitze seiner Waffe auf das Ende der Schräge richtete. »Wann immer Sie wollen, Mr. Savage.«

Savage übernahm mit vor sich ausgestreckter Lampe die Führung.

Die Schräge bestand nicht aus schwarzem Silikat, sondern aus einer Art Gemisch, das schwarz und glanzlos war, etwas, das einem porenfreien Stein von unheimlicher Glätte ähnelte.

Die Wände bestanden aus dem gleichen Gemisch, das solider als Silikat wirkte. In allen Wänden befanden sich Rillen, die sich nach dem Neigungswinkel des Bodens ausrichteten und über die gesamte Länge der Schräge und einen Meter über dem Boden verliefen.

»Sehen Sie die Wände?«, fragte Savage.

»Ich sehe sie«, antwortete Butcher Boy.

»Auf beiden Seiten sind Rillen. Wozu gehören die Ihrer Meinung nach?«

»Passen Sie einfach auf, was Sie machen, und lassen Sie es uns nicht rausfinden.«

Sie bewegten sich über das Gefälle hinunter, während ihre Lampen ein absolutes Minimum an Licht ausstrahlten; das Ende war nirgends zu sehen.

Wie tief runter führt dieses Ding?, fragte sich Savage.

Endlich erschien am Rand des von seiner Lampe ausgehenden Lichts eine Art Tor.

»Was ist das?«, fragte Hall.

Savage kniff die Augen zusammen. »Ich bin nicht sicher«, sagte er und ging weiter. Doch etwas lag vor ihnen. Sobald sie in Reichweite kamen, erkannten sie eine prachtvolle Pforte mit drei Türen.

Über jeder Tür befand sich die prunkvolle Steinmetzarbeit eines der drei Könige: der König der Wahrheit, der König der Lüge und der König der Weisheit. Sie alle erschienen in Form und Haltung gleich, alte Männer, die Bärte hatten und deren Gesichter nichts preisgaben: Wahrheit, Lüge und Weisheit als ein einziges Konzept.

Unter dem Bogen des mittleren Tors befand sich eine weitere Reihe archaischer Schriftzeichen.

найстараতব ককা жытнымপৃবৈীর i
তাতকিা হক কা। ўяўленьнямі бпа২০০৭ ўц
তাতরকে чанасьউইতকতপতা ।, ці дасканал
।কত асьমু ціцудаў жанр কাততিনতমযত

»Was jetzt?«, fragte Hall, der von den Symbolen eindeutig genervt war. Alle versammelten sich in der Nähe.

»Es ist noch ein Rätsel«, sagte Alyssa.

»Was soll das mit diesen verdammten Rätseln?«

»Sie sind da, um die Weisheit, die Stärke und den Mut einer Person zu prüfen und jene auszusortieren, die unwürdig sind. Sie entledigen sich ihnen durch Fallen und gewähren nur denen, die diese Werte besitzen, das Privileg, die Kammer der Ersten zu betreten.«

Savage hielt die Lampe hoch. Auf dem mittleren Tor befand sich eine knöcherne Drehscheibe. Keines der anderen Tore besaß ein solches Instrument. »Also, was tun wir?«

Sie las die Inschrift, so gut sie konnte, indem sie mehrere Symbole zusammenfügte.

»Beschreibe einen Kreis vor den Königen des Selbst; der Sand beginnt zu fließen; löst du das Rätsel, bevor die Zeit verrinnt, sodann dein Weg zu den Ersten beginnt. Wählst du das Tor weise, wirst du das Licht erblicken; wählst du das Tor unklug, wird es dich in ewige Dunkelheit schicken.«

»Was zum Teufel soll das heißen?«

»Das ergibt nicht viel Sinn«, sagte sie und las die Zeilen noch einmal. »›Löst du … das Rätsel … bevor die Zeit verrinnt.‹« Im Moment war diese Zeile vage. Was klar war, war jedoch *›wählst du das Tor weise, wirst du das Licht erblicken; wählst du das Tor unklug, wird es dich in ewige Dunkelheit schicken‹*. Offensichtlich war das ein Hinweis auf eine der drei Pforten. Wählte man die falsche, bedeutete das den Tod – *wird es dich in ewige Dunkelheit schicken.*

»›Löst du das Rätsel …‹« und dann begriff sie es. »Es ist ein Rätsel innerhalb eines Rätsels«, sagte sie. »Sucht nach einem anderen Rätsel. Sucht nach einer weiteren Inschrift!«

Alle außer Harika, die stillstand, verteilten sich. Sie gingen mit ihren Lampen auf und ab und fanden nichts.

Savage zuckte mit den Schultern. »Ich kann nichts entdecken.«

Alyssa nagte sachte an ihrer Unterlippe. »Die Antwort ist direkt vor uns. Ich weiß es.«

»Tja, denken Sie sich was aus, Ms. Moore«, sagte Hall. »Wir können auf keinen Fall zurückgehen. Und es scheint auch nicht so, als könnten wir uns mit Gewalt einen Weg durch dieses Tor bahnen.«

»Wir können das nicht überstürzen«, entgegnete sie. »Der gegebene Hinweis sagt, dass wir weise wählen müssen, was bedeutet, dass wir nur eine Chance haben.«

»Und wenn wir nicht weise wählen?«

»Dann wird es uns in ewige Dunkelheit schicken. Offensichtlich wartet eine tödliche Überraschung hinter den beiden Eingängen, die falsch sind.«

»Wenn Sie ›tödliche Überraschung‹ sagen, meinen Sie dann den *sicheren* Tod?«

»Laut der Hinweise, die auf diesem Stein stehen, ja. Wir müssen die richtige Tür aussuchen.« Sie begutachtete den Text noch einmal. *Beschreibe einen Kreis vor den Königen des Selbst; der Sand beginnt zu fließen; löst du das Rätsel, bevor die Zeit verrinnt, sodann dein Weg zu den Ersten beginnt. Wählst du das Tor weise, wirst du das Licht erblicken; wählst du das Tor unklug, wird es dich in ewige Dunkelheit schicken.*

Die Könige des Selbst waren direkt vor ihnen.

… Beschreibe einen Kreis …

Beschreibe einen Kreis? Sie betrachtete die Knochendrehscheibe. Offensichtlich war sie da, um einem Zweck zu dienen. Mit zitternder Hand griff sie danach.

»Vorsichtig, Ms. Moore.«

Langsam drehte sie die Scheibe im Uhrzeigersinn; ihr knöcherner Griff rieb an der Steinwand, an der sie befestigt war. Nachdem sie eine volle Umdrehung gemacht hatte, trat sie zurück.

Nichts passierte. Alle sahen sich um und erwarteten, dass sich der Ort umformte.

Doch dann geschah es in der Form winziger Risse und Spalten, die sich über die Platte erstreckten, in die das erste Rätsel eingraviert war, bis sie herunterfiel und ein zweites Rätsel darunter enthüllte.

»Da ist es!« Savage zeigte darauf. »Das zweite Räts…«

Plötzlich begann die Erde zu beben. Die Wände gerieten in Bewegung.

Beschreibe einen Kreis vor den Königen des Selbst; der Sand beginnt zu fließen …

Das Ziffernrad war ein Fallenauslöser. Einmal aktiviert, begannen die Gewichte und Gegengewichte, ihre Umgebung zu verändern und zu verwandeln. Der Sand war die Kraft und das Gewicht, das die Wände an ihren Platz schob, aber ebenso ein Zeitmaß wie in einem Stundenglas. Was geschah, sobald der Sand seine Aufgabe erfüllt hatte? Der Tempel erzitterte, während Alyssa das neue Rätsel las.

»Beeilen Sie sich, Ms. Moore«, drängte Hall. »Wer weiß, was uns diesmal widerfahren wird.«

ейшых паэтаўфілёзафаў
палкаводцаў, অবযিই вялікіх цহহকা
নী ароўяк цтва дыцыйны ы ্জনত হেই грэцкай
элiнiстычнаহকেক й паэзіі і йооду пহকেক

Dort stand: *Ich bin recht, nie verkehrt, und jedes lebende Wesen hat mich. Was bin ich?*

»Ms. Moore!«

»Halten Sie den Mund, Hall! Sie sind keine Hilfe!«

Die Erde bebte weiter.

Die Zeit lief ihnen davon.

… Ich bin recht, nie verkehrt, und jedes lebende Wesen hat mich. Was bin ich? …

Ich bin … recht. Sie drehte sich um und sah zum skulptierten König auf, der auf dem rechten Thron saß: der König der Wahrheit.

Er lügt nie.

Ihr Verstand begann zu vernebeln.

… Jedes lebende Wesen hat mich …

… Was bin ich? …

»Ms. Moore!«

Und dann hörte das Beben auf. Stille herrschte, was noch beängstigender war.

Kurz darauf erklang ein schwaches Grollen, als sich eine Deckenplatte am oberen Eingang der Kammer zurückzog. Etwas Langes glitt aus der Decke und über die vertikalen Rillen an beiden Wänden hinunter. Es erstreckte sich durch den Raum wie eine Achse, von Wand zu Wand, und fügte sich in die Rillen, die dem Abwärtswinkel der Schräge folgten. Langsam, und da die Schräge fünfundvierzig Grad betrug, begann die Achse abwärts zu rollen, und die an ihr befestigten Kristallmesser drehten sich mit dem tödlichen Drall einer Ackerfräse, um zu zerhacken und zu zerkleinern.

Ein von Wand zu Wand reichender Tod rollte direkt auf sie zu, und sie konnten nirgendwo hin.

»Ms. Moore!«

Sie drehte sich um.

Die Achse nahm Fahrt auf. Die Klingen waren nicht mehr zu sehen, weil sie jetzt in blitzschnellen Umdrehungen rotierten.

Sie sah das Rätsel an. Ihr Herz schlug ihr schwer bis zum Hals. »Ich bin recht, nie verkehrt, und jedes lebende Wesen hat mich. *Was bin ich?*«

Niemand bemerkte, dass sich Harika umdrehte und begann, die Schräge zu erklimmen, mit einem langsamen Schritt nach dem anderen.

»Ist das das Rätsel?«, fragte Savage.

»Ja!«

»Eine rechte Seite!«, rief er. »Jedes lebendige Wesen hat eine rechte Seite!«

Alle sahen zum rechten Eingang – zum König der Wahrheit, der nie lügt.

»Alle zum rechten Tor!«

Die Achse rollte sehr schnell und drehte sich wie wild.

Harikas Verstand registrierte etwas, aber sie war so abwesend, dass es ihr Realitätsempfinden ziemlich außer Kraft setzte.

Der Eingang unter dem König der Wahrheit öffnete sich und alle gingen mit eingezogenen Köpfen hindurch. Als Alyssa bemerkte, dass Harika nicht neben ihr war, drehte sie sich um und erkannte, dass sie im direkten Pfad der uralten Ackerfräse stand.

»Harika!« Sie wollte zu ihr laufen, sie wieder in Sicherheit ziehen, doch Savage hielt sie zurück.

»Es ist zu spät«, sagte er traurig. »Es tut mir leid.«

Harika drehte sich auf der Schräge um, lächelte und winkte ihr dann zu. Alyssa wusste nicht, ob sie winkte, um zu bestätigen, dass sie sie gehört hatte, oder schlicht, um Lebewohl zu sagen.

Die Achse traf sie so schnell, die Messer so heftig, dass Teile von Körper und Gewebe und Blut und Innereien zerstückelt wurden, bis nichts mehr von Harika übrig war, das größer als ein paar Zentimeter war. Alyssa schrie, während Savage sie in den Eingang zog.

Einen Moment später traf die Achse auf die Pforte, die ihren Schwung bremste.

Sie hatten die Prüfung eines weiteren Rätsels bestanden.

–33–

Savage war still, Alyssa schluchzte, Hall ging auf und ab, und Butcher Boy und Aussie schöpften Atem.

Da waren's nur noch fünf.

Während Alyssa langsam zur Besinnung kam, während Obsidian Hall umherstreifte, während John Savage stumm blieb, standen Butcher Boy und Aussie auf. Aussie hatte sein Messer und Savages Glock. Und Butcher Boy hatte seine Schnellfeuerwaffe und was von seiner Munition übrig war.

Staubig und schmutzig sahen sie jetzt wie eine bunt zusammengewürfelte und über alle Vorstellungskraft hinausgehend erschöpfte Truppe aus.

»Äh, Leute«, sagte Butcher Boy. »Ms. Moore, Sie sagten, wir hätten uns jetzt das Recht verdient, zur Kammer der Ersten weiterzugehen?«

»Das hat die Inschrift gesagt.«

»Bedeutet das, dass keine Tricks mehr auf uns warten?«

»Das kann ich nicht garantieren«, sagte sie und wischte sich den Schmutz von den tränenfleckigen Wangen.

»Dann riskieren wir es.« Er richtete seine Waffe auf Savage. »An die Spitze, Mr. Savage. Sie haben es jetzt ganz nach oben auf die Liste der Entbehrlichen geschafft. Sie sollten mit sich zufrieden sein.«

»Ich bin sehr stolz«, sagte er sarkastisch.

Die Schräge endete nicht beim Tor. Sie führte noch hundert Meter weiter, bevor sie zu einem ebenen Gang abflachte.

Die Lampe hochgehoben ging John Savage zur Kammer der Ersten voraus.

Der Spitzenräuber war frustriert. Seine Beute war auf der Ebene unter ihm. Und die Wände schienen sich in konstanter Veränderung zu befinden. Öffnungen, die sich einst an bestimmten Stellen befunden hatten, waren nicht mehr da. Mit beispielloser Geschwindigkeit und Agilität bewegte er sich suchend durch alte und neue Gänge. Und hielt an einem Ort an, an dem der Geruch auf dieser Ebene am stärksten war. Der Duft seiner Beute war insgesamt schwach – der Boden zwischen ihnen fungierte als Puffer –, aber die Fährte war noch da.

Er umkreiste den Bereich auf dem Boden und versuchte, den genauen Standpunkt seiner Beute unter ihm zu bestimmen. Den Kragen voll ausgebreitet und die olfaktorischen Sinne im vollen Einsatz, war es dem *Prisca* möglich, einen genauen Ort zu bestimmen. Nachdem er noch einige Kreise gezogen hatte, hob er seinen Schwanz und schlug ihn auf den Boden. Die volle Wucht seines holzstammgroßen Schwanzes erschuf eine sternförmige Kerbe im Boden, eine Spalte. Und dann machte er mit einem weiteren verheerenden Schlag weiter. Der Spalt wurde jetzt zu Rissen, die begannen, sich über den Boden zu auszubreiten.

Noch ein Schlag mit seinem mächtigen Schwanz – hoch, dann runter; der Boden bebte; die Risse wurden tiefer, länger; das schwarze Silikatgestein gab langsam nach. Während es sich mit weiteren Hieben einen Weg bahnte, brüllte das Biest seinen kehligen Siegesschrei, als der Boden zu Scherben und Brocken wurde, die wie schwarze Kohlestücke aussahen. Die Haut an seinem Schwanz wurde von den kontinuierlichen Schlägen rot und wund; das Fleisch verwandelte sich in offene Wunden.

Aber das war ein Alpharäuber, der keinen Widerspruch und keine Ablehnung duldete.

Dieses Mal würde er fressen. Also sauste der Schwanz des *Prisca* wieder … und wieder … und wieder auf den Boden hinab.

»Wie kommen wir voran?«, fragte Leviticus.

Nehemia antwortete mit einem Schulterzucken und einem Brummen. Die Sonne brannte heiß, was das Vorgehen des

Teams ein wenig behinderte. »Wir machen Fortschritte«, sagte er. »Aber nicht so schnell, wie ich gehofft hatte. Es ist zu heiß.« Leviticus sah zum Horizont und betrachtete, wie er flirrte, während große Hitze von der Erde aufstieg. »Uns bleibt noch viel Zeit bis zum Anbruch der Dunkelheit«, sagte er. »Das Wichtigste ist Sicherheit. Sorge dafür, dass alle genug Wasser haben.«

Nehemia nickte.

»Also, wie weit sind wir bisher?«

Nehemia zeigte zur Mitte der quadratischen Struktur. »Wir haben Ladungen am Mittelpunkt angebracht, so platziert, dass sie zuerst losgehen. Wir haben andere Ladungen, die sich von diesem Punkt aus verzweigen und sich auf die Außengrenze zu arbeiten. Das wird die zweite Explosionswelle sein, die losgeht. Die Grenzladungen sind als Letzte dran. Im Moment ist nur noch die Grenze zu präparieren. Aber das wird Zeit brauchen, wenn man den Umfang bedenkt.«

»Wie lange noch?«

Nehemia sah zum Himmel, als stünde die Antwort auf dem blauen Baldachin geschrieben. »Sechs, vielleicht sieben Stunden«, sagte er schließlich. »Wir sollten die Sache bis zur Abenddämmerung erledigt haben.«

Leviticus sah auf seine Uhr. »Dann werde ich den Helikopter direkt nach Sonnenuntergang herbestellen.«

Nehemia zeigte ihm einen erhobenen Daumen. »Passt für mich.« Und er ging davon.

Leviticus warf einen Blick auf den Horizont. *Sieben Stunden.*

–34–

»Wartet«, sagte Butcher Boy mit erhobener Hand. Alle standen still, lauschten.

»Hört das jemand?« Es war ein wiederkehrendes Stampfen. Es kam nicht aus der Nähe, war aber auch nicht allzu weit weg. »Noch eine Falle irgendwo?«, schlug er vor. Sie lauschten weiter.

»Ich bezweifle es«, sagte Alyssa. »Wer sollte sie ausgelöst haben?«

»Vielleicht eins von diesen Dingern«, sagte Hall.

Sie schüttelte den Kopf. »Es braucht eine Art manuellen Auslöser. Sie besitzen nicht die gleichen physikalischen Möglichkeiten wie wir, um eine Tempelveränderung zu verursachen.«

»Dann sind wir vielleicht nicht allein.«

»Wir sind allein.«

»Und was verursacht dann diesen Krach?«

… Bumm … Bumm … Bumm …

»Ms. Moore?«

Sie zuckte die Achseln. »Ich weiß es nicht.«

Sie bewegten sich mit Savage an der Spitze weiter. Die Ebene schien ohne Herausforderungen zu sein, ohne todbringende Rätsel. Der Korridor war so tiefschwarz wie alle anderen. Doch hier herrschte eine unbeschreibliche Ruhe, von der Art, wie sie eine Person in ein falsches Gefühl der Behaglichkeit lockte. Die an ihnen haftende Last eines Leichentuchs war verschwunden. Doch nicht alles war ruhig. Das Klopfen dauerte an und veranlasste Alyssa, einen Blick über die Schulter zu werfen. *Was ist das?*

»Was ist los, Ms. Moore? Werden Sie nervös?«, fragte Butcher Boy.

Sie schüttelte den Kopf und log. »Nein.«

Er schenkte ihr ein schiefes Lächeln zur Antwort, eines von der Art, die sagte, ich weiß es besser.

Auch Savage verspürte eine persönliche Ruhe – ein unbeschreibliches Gefühl des Friedens, das ihm schon seit Jahren versagt geblieben war. Er sah Alyssa an und lächelte. Was seine Stimmung noch weiter hob, war, dass sie sein Lächeln mit einem Grinsen erwiderte. Sie näherten sich etwas Wunderbarem. Ob sie von Erwartung oder etwas anderem, Unverstandenem geführt wurden, wussten sie nicht.

Endlich erreichten sie den Eingang zu einer Kammer ohne Rätsel oder Hindernisse. Über dem Durchgang standen Worte, die sagten: *Die Kammer der Ersten*, Alyssas Herz machte einen Satz; ohne es zu bemerken, sie legte eine Hand an ihre Brust. »Die Kammer der Ersten«, flüsterte sie voll Ehrfurcht.

Savage trat beiseite, um ihr Platz zum Eintreten zu machen. »Ihnen sollte das Privileg gebühren«, sagte er und gestikulierte wie ein Matador, der einen Bullen an sich vorbeiziehen lässt.

Sie betrat einen unglaublich riesigen Raum, viel umfangreicher als die ballsaalgroße Kammer über ihnen. Die Decke war gewölbt und funkelte im Schein der Lampen mit sternförmigem Glanz. Die Decke war mit Splittern aus purem Kristall überzogen, die die Sternkonstellationen perfekt kopierten: Die gesamte Decke war ein Planetarium.

Jeder Quadratzentimeter der schwarzen Silikatwände war als Tafel genutzt worden, voller Buchstaben einer präsumerischen Sprache, Piktogrammen, Keilschriften, prähistorischen Formen und Hieroglyphen. Im Zentrum des Raums befand sich eine Anhöhe mit Stufen rundherum, die zur Hauptebene hinauf führten.

Sie waren voller Ehrfurcht. Der Kristall an der pechschwarzen Decke war so real, wie es ein Universum nur sein konnte. Aussie und Butcher Boy senkten ihre Waffen und fühlten sich seltsam zufrieden.

Obsidian Hall rannte umher wie ein kleiner Junge in einem Süßwarenladen und schlug alle Vorsicht in den Wind. Savage stand nah bei Alyssa, die für den Augenblick vergessen zu haben schien, dass die Menschen um sie herum existierten.

»Das ist … außergewöhnlich«, sagte er.

Alyssa ließ ihren Rucksack von den Schultern rutschen, holte die zerknüllten Papiere ihres Vaters heraus und drückte sie an sich. *Für dich, Daddy. Wir tun es gemeinsam.* Sie betrat die Stufen zur Hauptebene.

Dort oben war es sogar noch überwältigender. Die Ebene beschrieb einen perfekten Kreis und fungierte als Plattform, die die gleichen unglaublichen Statuen beherbergte, die sie auf der Tempelebene entdeckt hatten, die Steinmetzarbeiten vom Bullen und vom Bären und von der Echse, ebenso wie anderer Kreaturen, die als Flachreliefs auf den Säulen Göbekli Tepes entdeckt worden waren. Sie sah zur Decke über den Statuen und verstand augenblicklich. Sie waren Repräsentationen bestimmter Sternbilder: der Bulle: Stier; der Bär: Ursa Major; und die Echse: Skorpion – die Vorderklauen und der gebogene Schwanz des *Megalania prisca* waren mit der Zeit versehentlich für die Himmelsform eines Skorpions gehalten worden. Es gab einen Zusammenhang zwischen Himmel und Erde, zwischen den Sternen und der in Eden heimischen Fauna, ein einzelnes Konzept einheitlicher Existenz.

»Das ist erstaunlich«, flüsterte sie niemand Bestimmtem zu. »Absolut … unglaublich.«

»Hier gibt's kein Gold!«, rief Aussie. »Überhaupt kein verdammtes Gold!«

Innerhalb des Skulpturkreises, im Mittelpunkt des Podests, standen zwei Kapseln von ungefähr einem Meter zwanzig Höhe. Sie waren eiförmig und schienen aus gemasertem Marmor zu bestehen. Doch das war nicht der Fall. Sie waren aus dem porenfreien Gemisch gefertigt.

Vorsichtig ließ sie eine Hand über vollkommen makellose Oberflächen gleiten. Kein einziger Fleck, Kratzer oder Splitter verunstaltete das glatte und geschmeidige Äußere der Kapseln. Sie blickte direkt auf die Ansammlung miteinander verbundener Kristalle hinauf, die die Sonne darstellten, die Lebensspenderin. Dann zurück zu den eiförmigen Kapseln.

Sie standen in der Mitte der Plattform. Die Eier waren symbolhaft für den Beginn des Lebens, den Mittelpunkt einer jeden Existenz, die zu allen Lebewesen heranreift: der Bulle, der Eber, die Echse – alle vom Himmel und der Sonne versorgten Kreaturen, eine in perfekter Harmonie handelnde Einheit.

Dies war wahrhaftig die Wiege der Menschheit, dachte sie, wo das Leben mit dem einfachen Mittel eines Eis begann, einem einzelligen Organismus, der unter den wachsamen Augen der himmlischen Götter heranwuchs.

Sie war begeistert.

Hier waren die ersten Hinweise auf eine Religion. Die Planetarien, die Platzierung der Kapseln, die Skulpturen unter ihren jeweiligen Sternbildern, waren symbolische, wenn auch primitive Andeutungen. Doch Alyssa realisierte schnell, dass es mit den ersten kleinen Kinderschritten von der Wiege weg vergleichbar war.

Die Menschheit lernte.

Obsidian Hall stand vor einer Wand voller Piktogramme. Auf einer Strecke von fünfzehn Metern zeigte die Wand Bilder von Menschen mit lang gezogenen Köpfen. Andere Darstellungen zeigten Männer in streitwagenähnlichen Gefährten, deren hintere Enden lange Flammenspuren ausstießen.

»Die Streitwagen der Götter«, kommentierte er. »Wie … reizend.«

Nichtsdestotrotz waren die Abbildungen auf diesen Wänden wichtige Aufzeichnungen der ersten Bilder der Menschheit und ihres Platzes im Universum, und etwa achttausend Jahre, bevor man überhaupt an die ägyptischen Pyramiden gedacht hatte, entstanden. Solch ein unschätzbares Artefakt der Geschichtsschreibung, selbst in Einzelteilen, würde sich gut in einem der Räume auf der *Seafarer* machen. Er legte die Handflächen an die Wand. Es gab so viele unbezahlbare Artefakte zur Auswahl.

Er trat zurück und begutachtete die Wand noch einmal in ihrer Gänze, eine Piktogrammgeschichte über heidnische Götter mit ovalen Köpfen, die in feuerbetriebenen Streitwagen über den Himmel zogen.

Eden, dachte er, hielt viele Wunder bereit.

John Savage stand mit hinter dem Rücken gefalteten Händen neben Alyssa. Es war wundervoll, dachte er, sie so begeistert und glücklich zu sehen. Es war, als beobachte ein Vater sein Kind dabei, wie es sich an einem Ereignis erfreut; die Freude eines anderen war auch seine eigene und etwas, das sie teilten.

Er trat neben sie. Und dann fuhr er mit den Händen über die Oberfläche einer der Kapseln. »Es ist wie Glas«, sagte er. »Es ist so glatt.«

»Sie stellen das Zentrum des Lebens dar«, sagte sie. »Das Wunder der Geburt aus einer einzelnen Zelle. Das Konzept des Lebens vom Moment der Empfängnis an. Der wahre Anfang der Menschheit.«

»Sind Sie glücklich?«, fragte er sie.

Als sie ihn ansah, erkannte er das Leuchten in ihren Augen; ihr Ausdruck schrieb die Faszination einer neuen Welt auf ihr ganzes Gesicht. »Sie haben keine Ahnung, wie viel mir das bedeutet«, sagte sie.

»Vielleicht schon«, antwortete er.

»Ms. Moore!«

Das war Butcher Boy. Sie machte einen Schritt von den Kapseln weg.

»Da sind mehrere Löcher im Boden. Ist das etwas, weswegen wir uns Sorgen machen müssen?«

Sie nickte. »Was Sie da sehen, sind Entwässerungslöcher«, sagte sie zu ihm. »Die gibt es oft in Pyramiden, die in bekannten Überschwemmungsgebieten errichtet wurden, und am häufigsten in den Pyramiden in Mesoamerika. Dass sie hier sind, legt nahe, dass dieses Gebiet einst riesige Niederschlagsmengen erlebt hat.«

»Dann müssen wir deswegen nicht beunruhigt sein? Keine sich verschiebenden Wände oder rumfliegenden Dolche?«

»Ihnen passiert nichts«, sagte sie zu ihm und ging dann zu den Kapseln zurück.

»Wie tief sind diese Löcher?«, fragte Savage leise.

»Ich weiß es nicht. Warum?«

»Vielleicht sind sie unser einziger Fluchtweg«, antwortete er. »Wenn wir unsere Nützlichkeit für Hall erschöpft haben, hält er es vermutlich für angebracht, dass wir getötet werden. Sicher will er nicht, dass wir der Welt erzählen, dass er Noahs Tod angeordnet hat. Oder dass er zugab, den Mord an Montario befohlen zu haben.«

Sie konnte spüren, wie ihre Aufregung erlosch.

»Ich werde meine Lampe reinwerfen, um die Tiefe abzuschätzen«, sagte er leichthin. »Bin gleich zurück.«

Alyssa stand zwischen den Kapseln, eine Hand auf die eine gelegt, während die andere die kopierten Aufzeichnungen ihres Vaters festhielt. Sie streckte die Seiten vor sich aus. »Wenigstens sind wir bis hierher gekommen«, erklärte sie.

Savage stand über einem der Entwässerungslöcher. Der Schlund war vollkommen schwarz, beinahe bodenlos. Mit einer lässigen Bewegung warf er, als niemand hinsah, die Lampe ins Loch.

Er erwartete, dass sie ewig fallen würde, dass das Licht zu einem Staubpartikel schrumpfte und dann verschwand.

Doch die Lampe landete ungefähr drei bis vier Meter tiefer. Noch verblüffender war, dass sie im Wasser landete und in dessen Tiefe ein paar Meter weiter driftete. Allerdings war die Strömung geräuschlos. Er stand über dem Loch und warf gelegentliche Blicke auf die Menschen, die durch die Kammer liefen, während er beobachtete, wie die Lampe langsam von der Strömung weggetrieben wurde.

Und alle Strömungen, das wusste er, mussten irgendwo hinführen. Er lächelte.

»Ms. Moore?«

Sie könnte schwören, dass sie jedes Mal, wenn sie Halls Stimme hörte, eine Gänsehaut bekam. »Was?«

»Haben Sie die Piktogramme gesehen?«

»Ich werd sie mir noch anschauen.«

»Ich glaube, Ihr Vater erwähnte, dass Sie ihren Glauben infrage stellen würden, falls Sie die Wahrheit herausfänden. Vielleicht erzählen die umliegenden Wände eine wichtige Geschichte, auf die er sich bezogen haben könnte. Eine äußerst interessante Geschichte, möchte ich meinen.«

»Mein Vater ist nie so weit gekommen. Er stellte nur Hypothesen aufgrund der antiken Inschriften an den Wänden oben auf. Er sagte auch, dieser Ort sei eine Grabkammer. Doch wie Sie sehen, ist er das nicht.«

»Könnten Sie mir dann einen Augenblick Ihrer Zeit schenken?«, fragte er. »Ich bin sehr an der Schilderung auf der Wand interessiert, an der Geschichte hinter den gezeichneten Szenen.«

Sie willigte ein, sie zu deuten. Stumm gingen sie zur Wand. Der Gedanke, mit Hall reden zu müssen, widerte sie auf grundlegendste Weise an, eine, die ihr Übelkeit verursachte.

»Bitte«, begann er in seinem arroganten Tonfall, »erklären Sie mir diese Bilder.«

Die Bildsprache war einfach und umfasste die Welt von primitiven Stammeshöhlen über die Pyramiden in Ägypten bis zu den Pyramiden in Mesoamerika. Die ovalen Schädelformen repräsentierten die Kopfbindetechnik antiker Königshäuser. Die Streitwagen, die hinten Flammen ausstießen, suggerierten einen königlichen Schutzherren auf seiner Reise in ein himmlisches Jenseits. Es wurde theoretisiert, dass die Flammen in Wirklichkeit Zeichnungen von Kometenschweifen oder von in der Atmosphäre verglühenden Meteoriten waren, die den Eindruck erweckten, dass die Feuerspuren übernatürlich seien, während sie in Wirklichkeit eine *Magie* waren, bei der es sich um noch nicht verstandene *Wissenschaft* handelte.

»Man glaubte, dass Nofretetes Kopf durch Abbinden geformt wurde«, sagte sie.

»Abbinden?«

»Es ist eine Art permanenter Körperänderung, bei der das Kranium absichtlich deformiert wird. Das erreicht man, wenn man das natürliche Schädelwachstum eines Kleinkinds durch Druckausübung stört, indem man seinen oder ihren Kopf zwischen zwei Holzstücken festbindet, um diese konische Form zu erschaffen. Und das wird gemacht, wenn der Schädel am nachgiebigsten ist, wenn das Kind etwa einen Monat alt ist, und es wird für etwa sechs Monate fortgeführt.«

Er betrachtete die Bilder genauer. »Wirklich?«

»Die frühsten Beispiele für absichtliche Schädeldeformation datieren bis ins Jahr 4500 vor unserer Zeitrechnung zurück, bei Schädeln von Neandertalern. Absichtliche Schädeldeformationen des protoneolithischen Homo sapiens, die etwa aus dem zwölften Jahrtausend vor unserer Zeitrechnung stammen, wurden in der Shanidar-Höhle im Irak gefunden. Es gibt für alles eine plausible und wissenschaftliche Erklärung«, schloss sie.

»Trotzdem glauben Sie an ein Leben nach dem Tod.«

»Das ist meine persönliche Meinung, ja.«

»Dann bin ich neugierig«, fuhr er fort. »Warum sollte Ihr Vater sagen, dass Sie Ihre Spiritualität verlieren könnten, wenn Sie die Wahrheit entdecken, wenn es für all das eine plausible Erklärung gibt? Lag er falsch? Ein Mann von solchem Ansehen?«

Ihre Blicke trafen sich. »Sind wir fertig? Habe ich Ihre Fragen beantwortet?«

Sein schiefes Lächeln zierte seine Mundwinkel. »Die meisten«, sagte er. »Aber nicht alle.«

»Wenn Sie mich dann entschuldigen würden.« Ohne Halls Antwort abzuwarten, drehte sie sich um und eilte davon.

»Sie sind entschuldigt«, rief er ihr nach.

Sie schaffte es, sich mit genügend Entschlossenheit zu entfernen, um sich davon abzuhalten, eine folgenschwere Bemerkung zu machen, da Obsidian Hall die kaiserliche Macht besaß, ihr Leben mit einem gesenkten Daumen zu beenden. Doch das hielt ihren Verstand nicht davon ab, ihn bewusst mit jedem respektlosen Wort zu beschimpfen, das ihr einfiel.

Im schwarzen Silikatboden befand sich ein großes Loch, wo die Kreatur ihren Schwanz als Ramme eingesetzt und Mineralien zu Stücken geschlagen hatte, die in der Kammer verstreut lagen. Obwohl sie nicht durchgebrochen war, stand sie kurz davor. Sie wanderte um das Loch herum und überprüfte ihr Vorankommen. Ihre Sinne rieten ihr, die Aufgabe zu beenden, indem sie ihren Schwanz hochriss, dann nach unten schlug, bis das Loch groß genug war.

Mit einigen kräftigen Atemzügen durch ihre Nüstern war es ihr möglich, den Geruch ihrer Beute aufzuspüren. Da der Boden durch das dauernde Hämmern erheblich dünner wurde, wirkte er weniger wie ein Puffer; die Fährte schien stärker und kräftiger. Doch der Verstand der Kreatur konnte nicht die nötigen Gedankensprünge vollbringen, um das zu begreifen. Er verarbeitete nur die Tatsache, dass ihre Beute in der Nähe war.

Den Umstand ignorierend, dass sie ihren Schwanz stellenweise zu rohem Fleisch geschlagen hatte, den Umstand ignorierend, dass die Pockennarben der Einschusslöcher langsam ausbluteten, ließ die Kreatur nur ihrer Motivation den Vorrang.

Den Kopf weit nach oben reckend und den Kragen voll ausbreitend, brüllte der *Prisca*, um andere fernzuhalten. Das war sein Territorium. Und er würde alles tun, um es zu beschützen.

Nachdem er das Loch noch ein paarmal umkreist hatte, positionierte sich der *Megalania prisca* schließlich, hob den Schwanz weit in die Höhe und ließ ihn mit einem krachenden Schlag nach unten sausen, was die erste Bresche im Boden erzeugte. Von der Decke der darunterliegenden Kammer begannen winzige Partikel aus schwarzem Silikatgestein auf den Boden zu rieseln. Und dann ertönte ein lautes Knacken gleich dem Geräusch eines übers Eis rasenden Risses, der die Oberfläche aufbricht. Von fast vollständigem Wahnsinn getrieben, war der *Megalania prisca* der Erfüllung seiner Bedürfnisse schon viel näher.

–35–

»Dafür hab ich zwei Männer verloren?«, fragte Butcher Boy. »Für ein paar uralte Kratzer in der Wand, ein paar Skulpturen und zwei …« Er zeigte auf die Kapseln. »… was immer die sind?«

»Alles, was Sie hier sehen, meine Herren, ist unbezahlbar«, sagte Hall.

»Was uns überhaupt nichts bringt«, entgegnete Aussie, »weil alles zu verdammt groß und schwer ist, um es wegzutragen.«

»Schon ein kleiner Teil von dem, was Sie hier sehen – selbst ein Andenken – kann mehrere Millionen auf dem Markt einbringen. Und glauben Sie mir, meine Herren, es gibt für alles einen Markt.«

»Das bedeutet *gar nichts*, Hall, wenn wir das hier nicht überleben«, merkte Butcher Boy an.

»Machen Sie Ihren Job, meine Herren. Dafür habe ich Sie bezahlt. Das haben wir vereinbart.«

»Unsere verdammte Vereinbarung bedeutet mir langsam immer weniger. Ich sage, wir verziehen uns von hier.«

»Mr. Aussie, auf Ihrem Bankkonto liegen zwei Millionen meiner Dollars, mit dem Versprechen von drei zusätzlichen. Sie verziehen sich, wenn ich Ihnen sage, dass Sie sich verziehen. Das waren die Bedingungen unseres Vertrags.«

»Welchen beschissenen Teil von *es bedeutet mir langsam immer weniger* haben Sie nicht verstanden?«

»Ihr Job ist es, dafür zu sorgen, dass ich überlebe. Dem haben Sie in dem Augenblick zugestimmt, als Sie mein Geld annahmen. Die Bedingungen waren klar und deutlich, und Sie hatten die Möglichkeit, davon Abstand zu nehmen. Aber das haben Sie nicht. Sie waren so von Ihren Fähigkeiten überzeugt, dass Sie sich dazu entschlossen, Ihre wertlose Seele an den Altar des Teufels zu nageln.«

Aussie zog sein KA-BAR-Kampfmesser. »Vielleicht sollte ich Ihnen direkt hier die Scheißkehle durchschneiden«, sagte er mit zusammengebissenen Zähnen.

Hall hatte wirklich Angst. Aussie war kein Papiertiger, wenn es darum ging, Drohungen zu machen. Er hielt die Hände gegen seinen Vorstoß hoch. »Aber Sie haben den Bedingungen wissentlich und bei Ihrer Soldatenehre zugestimmt.«

Aussie blieb stehen. »Das hab ich, Kumpel.« Er steckte sein Messer in die Scheide. »Aber wir haben den Vertrag unterzeichnet, weil Sie uns nichts von dem hier erzählt haben. Sie sagten, es wäre ein einfacher Job.«

»Halten Sie mich einfach am Leben, meine Herren, nehmen Sie ein kleines Stück von Eden mit, ein kleines Pfand, und ich verspreche Ihnen, Sie werden einen Markt finden.« Halls Stimme bebte, sein Selbstvertrauen war dahin. »Es wird die Mühe wert sein, das verspreche ich.«

Aussie bedachte ihn mit einem Seitenblick aus seinem entstellten Auge. »Wir können keine Wunder wirken«, sagte er. »Uns geht die Munition aus und wir wissen nur, dass wir wieder da hochgehen müssen, um hier rauszukommen … an diesen Dingern vorbei.«

Einen Moment lang maßen sie sich mit Blicken. Dann machte Aussie eine wegwerfende Handbewegung in Halls Richtung und sagte: »Aaah«, bevor er wegging.

Halls Schultern sackten zusammen. Die Spannung fiel von ihm ab.

»Entspannen Sie sich nicht zu sehr«, sagte Butcher Boy. »Wir sind noch nicht hier raus.« Und dann ließ er den Milliardär alleine. Er stand weit von allen anderen weg und fühlte sich zum ersten Mal in seinem Leben furchtbar verletzlich. Daher beschloss er, zu den anderen zu gehen, da eine Gruppe immer größere Sicherheit bot.

Sie wusste, dass John Savage ihr etwas mitteilen wollte, weil er ihr mit einem einzelnen Kopfnicken etwas bedeutete, das sie als etwas Positives verstand. Also hob sie verstohlen einen Daumen nach oben, die Hand neben ihrem Körper, sodass nur er es sehen konnte; die Geste fragte, ob alles in Ordnung war.

Er neigte leicht den Kopf.

Und das mussten sie tun, während Butcher Boy und Aussie ihren Lichtkreis bei den Kapseln betraten.

»Das sind seltsame Dinger«, sagte Aussie, der mit einer Hand auf eine der Kapseln schlug, was Alyssa zurückschrecken ließ. »Ist so scheißhart wie Stein, das da. Sieht wie verdammter Marmor aus.«

»Ist es nicht«, entgegnete sie.

»Was ist es dann?«

»Eine Art Gemisch. Ich weiß es noch nicht genau.«

»Und ich dachte, das hier wäre eine Grabkammer mit Bergen von Gold zum Abgreifen. Das ist nichts anderes als ein verdammtes Museum.«

»Es ist mehr als nur ein Museum, Mr. Aussie, wenn das überhaupt ihr *verdammter* Name ist.«

Er fasste ihr Nachäffen des Wortes *verdammt* als Angriff auf. »Werden Sie nicht unverschämt, Missy.«

»Schauen Sie sich um«, sagte sie. »Das ist die Wiege der Menschheit. Das ist Eden. Eine bemerkenswerte Zivilisation mit einem prächtigen Planetarium, mit Wänden, die eine unglaubliche Bibliothek bilden, die Nachrichten und Informationen von vor der Geschichtsschreibung enthält …«

»Was mich einen Scheiß interessiert«, sagte er nachdrücklich. »Ich bin für einen Schatz hergekommen – vielleicht ein Anhänger oder eine andere Spielerei. Etwas, das mir das Leben verschaffen könnte, von dem ich immer geträumt habe – in dem ich ein anderer sein kann, als der, der ich bin.«

Eine merkwürdige Stille legte sich zwischen sie. Es war das erste Mal, dass sie Aussie angreifbar erlebte, hörte, wie er zugab, mehr sein zu wollen, wenn nicht gar besser, als er war. Ihre Blicke trafen sich. Und sie konnte erkennen, dass er sich seines Eingeständnisses nicht schämte.

Sie betrachtete es sogar als Katharsis, vielleicht der Anfang einer Art Läuterung.

Als Aussie wegsah, funkelte der rosa Teil seines Auges im Licht der Lampe, reflektierte ein Glitzern. Und dann zögerte er kurz, als würde er nachdenken, bevor er sich in die Schatten aufmachte.

»Sei vorsichtig«, rief Butcher Boy. Doch Aussie antwortete nicht.

»Er ist ein Mann mit vielen Stimmungen«, sagte Savage rhetorisch.

Butcher Boy ließ das so stehen, während seine Aufmerksamkeit hauptsächlich auf die Kapseln gerichtet war.

»Ms. Moore – da, unten an dieser Hülle«, sagte er und zeigte darauf. »Es ist sehr undeutlich. Aber da ist etwas. Sehen Sie es?«

Sie sah tatsächlich etwas. Es waren einige Zeichen einer uralten Schrift. Sie ging in die Hocke und wischte mit der Hand über die Buchstaben, um den Staub zu entfernen. Es waren sechs Symbole.

»Können Sie das lesen?«, fragte Savage.

»Ich kann es mir auf jeden Fall zusammenreimen«, sagte sie. »Ich erkenne die Symbole gut genug wieder, um sie zusammenzusetzen.« Sofort überprüfte sie die zweite Kapsel und entfernte den Staub. Auch auf ihr befanden sich Symbole, aber nur vier davon, und es waren andere Zeichen.

»Noch mehr Rätsel?«, fragte Butcher Boy. Sein Vertrauen in den Tempel war offensichtlich geschwunden, so argwöhnisch wie er klang.

»Nein. Das ist etwas anderes«, sagte sie und griff in ihren Rucksack, um einen Stift zu holen. Sie wühlte herum, fand einen, nahm eine Seite der Kopien ihres Vaters und schrieb die Symbole auf, bei der Kapsel mit den sechs Zeichen angefangen.

»Haben Sie etwas entdeckt, Ms. Moore?« Hall kam auf ihre Ebene.

»Alles in Ordnung«, sagte sie, während sie die erste Buchstabenreihe aufschrieb.

€ ╥ῴ Ƕ Ʒ ¤

Und dann die zweite Gruppe aus vier Buchstaben:

ῴ Ƕ Ῑ ῴ

Mit sorgfältiger Überlegung begann
sie den Übersetzungsprozess.

€ ╥ῴ Ƕ Ʒ ¤
ADEIAM

Und die zweite Gruppe:

ῴ Ƕ Ῑ ῴ
EIVE

Und dann schnappte sie nach Luft, während ihre Hände zitterten und ihr Herz raste. Savage packte sie in dem Moment, in dem ihre Knie nachzugeben begannen.

»Was ist los?«

Sie zeigte auf das, was sie aufgeschrieben hatte: ADEIAM und EIVE.

Adam und Eva.

»Die Kammer der Ersten! *Die Kammer der Ersten!* Adeiam und Eieve! Adam und Eva!«, rief sie aus. »Das sind Monumente für die Ersten!«

Nachdem sie wieder Aufschwung bekommen hatte, löste sie sich aus Savages Griff und ging zu den Kapseln. Mit dem Ärmel ihres Shirts begann sie, den Staub von der Oberfläche zu reiben. Die schwungvollen Muster, die wie eigenwillige

Zeichnungen im geaderten Marmor schienen, waren überhaupt nicht zufällig, begriff sie, sondern ein verblichener Schriftzug, der den altertümlichen Texten an den Wänden im gesamten Tempel glich.

Obwohl die Symbole stark verblasst waren, konnte sie die Inschrift entziffern: *Im Land Eden liegt der Garten Gottes, das Einzig Wahre Paradies.*

Ihr stockte vor plötzlicher Ehrfurcht der Atem.

»Was ist, Ms. Moore? Was sehen Sie?«, fragte Hall.

Sie ging sofort zur zweiten Kapsel und rieb sie sauber. Die geaderten Zeichnungen nahmen Buchstabenformationen an. Auf ihr stand die gleiche Inschrift: *Im Land Eden liegt der Garten Gottes, das Einzig Wahre Paradies.*

»Es steht alles genau hier«, flüsterte sie. »In dieser einzelnen … einfachen … Zeile.«

»Was denn?«, fragte Savage.

»Das Konzept der ersten Religion, von dem sich die drei Hauptzweige trennten und zu eigenen Religionen entwickelten«, antwortete sie. »›Im Land Eden‹ steht im Zusammenhang mit dem Katholizismus; ›der Garten Gottes‹ ist mit dem Judentum verbunden; und der letzte Vers der Zeile über das ›Einzig Wahre Paradies‹ steht im Islam.« Die Arme weit ausbreitend, um auf die gesamte Halle hinzudeuten, sagte sie dann: »Und hier hat alles begonnen – die Texte, die Sprachen, die modernen Religionen, alles begann an diesem Punkt als einzelnes Modell, bevor es sich mit dem Fortschritt der Menschheit aufteilte.«

Ihre Augen wirkten größer und strahlender, glänzten von auftauchenden Tränen. Ihr Vater hätte hier sein sollen, dachte sie. Die Kopie aus seinem Tagebuch an sich zu drücken, war nicht genug. Es war nicht das Gleiche, und so sah sie zu den unzähligen in der Decke eingeschlossenen Kristallen auf, die als zahlreiche Stecknadelkopflichter im schwachen Schein der Lampen strahlten. *Bist du da, Dad?*

Sie wollte glauben, dass er es war.

Während sie weiter himmelwärts blickte, fuhr Obsidian Hall mit den Fingern über die Oberfläche der Kapseln; seine Fingerspitzen glitten über etwas, das ein Haarriss zu sein schien. »Ms. Moore, ich glaube, ihr kleines Monument hier ist nicht ganz perfekt«, sagte er. Eine Sache, von der Hall absolut besessen war, war Perfektion. Ein Fundstück wie dieses wäre ein perfektes Ausstellungsstück unter einer Schienenbeleuchtung an Bord der *Seafarer* gewesen. Doch es besaß einen Makel, und noch dazu einen inakzeptablen.

Er ließ seine Finger den Riss nachzeichnen und untersuchte dabei seinen Verlauf. Die Linie schlug jedoch keine Route ein, wie es Risse normalerweise taten, in wilden und zufälligen Mustern. Diese nahm die geometrische Form eines Ovals an, das den Umrissen der Kapsel folgte.

Was ist das? Alle sahen zu, selbst Aussie, der beschlossen hatte, auf die Ebene zurückzukommen.

»Haben Sie was entdeckt, Kumpel?«

»Einen … Riss?« Doch als er das sagte, tat er das in Form einer Frage, weil er von seiner Einschätzung nicht überzeugt war.

Alyssa ging neben der zweiten Kapsel in die Hocke und suchte. Und da war er – der Haarriss, der um die Vorderseite der Kapsel herum verlief wie der Saum eines Eingangs. Sie suchte nach einem Riegel, einem Hebel, irgendetwas, das ihr Zugang gewähren wurde, wenn es sich wirklich um eine Art Öffnung handelte. Doch sie fand nichts. Die Kapseln verfügten über keinerlei Mechanismen.

»Tja, Ms. Moore, einen Moment lang hielt ich das für die Konturen einer Zugangsplatte«, sagte Hall. Er klang enttäuscht.

Sie hatte das Gleiche gedacht. Doch als Aussie mit dem unteren Ende seines Messers auf die Oberfläche klopfte, klang es, als sei die Kapsel hohl. »Hat man Töne«, sagte er. »Das verdammte Ding ist leer.«

»Öffnen Sie sie«, verlangte Hall von Aussie. »Benutzen Sie Ihr Messer, um die Ränder aufzuhebeln.«

»Das können Sie nicht tun!«, protestierte Alyssa. »Sie werden die Oberfläche beschädigen.«

»Ich sagte aufmachen!«

Aussie umrundete die Kapsel, rammte die Spitze seines Messers in die Spalte und bewegte es, bis es tief darin steckte. Nach ein paar pumpenden Handbewegungen löste sich die Platte. Luft drang zischend in die Kapsel und Sauerstoff füllte das Vakuum, das seit zwölftausend Jahren bestanden hatte.

Eine Hand auf den Rand der Zugangsplatte gelegt öffnete Hall die Tür zur Kapsel. Ein kollektives Keuchen erklang, gefolgt von ungläubigem Flüstern.

»Tja, Ms. Moore«, sagte Hall schließlich. »Es scheint, dass Ihr Vater doch recht hatte. Es ist eine Grabkammer.«

Der *Megalania prisca* schlug sich zum Preis einiger unwichtiger gebrochener Knochen in seinem Schwanz einen Weg durch den Boden. Er umkreiste das Loch aufgeregt. Die Fährte seiner Beute war stark und köstlich.

Er kletterte hinein; die scharfen Kanten des schwarzen Silikats, das in Wirklichkeit Glas war, zerkratzten seine dicke Haut. Als er mehr als halb hindurch war, ließ er sich fallen, landete hart in einem Korridor, den er in den fünfzig Jahren seiner Existenz noch nie gesehen hatte, da es zuvor noch nie einen Auslöser gegeben hatte, der das Gleichgewicht des Tempels gestört hätte. Es war ein Land, das ihm zugleich fremd und vertraut war. Es war ein Ort, der Abscheulichkeiten beherbergte, die nicht hierher gehörten.

Er breitete seinen Kragen aus; seine Rezeptoren nahmen die Vibrationen von Bewegungen auf. Und so verarbeitete sein Gehirn, das nicht größer als eine Grapefruit war, aber anders als beim Menschen zum Großteil benutzt wurde, die Daten seiner Beute und konzentrierte sich auf ihren Aufenthaltsort. Nachdem er ihre Position bestimmt hatte, bewegte sich der Alpharäuber durch die Gänge.

Er war nur Augenblicke von der Kammer der Ersten entfernt.

–36–

»Nun, Ms. Moore, sagen Sie mir: Wo ist Ihr Glaube jetzt?«, fragte Hall.

In der Kapsel lag ein kleines Wesen, vielleicht einen Meter zwanzig groß, wenn es aufrecht stand. Seine Gliedmaßen waren dünn und schmächtig und seine Finger lang und spitz zulaufend. Sein Kopf war lang gezogen und oval und die Augenhöhlenknochen waren groß genug, dass ein Pfirsich in jede Höhle gepasst hätte. Sein mumifizierter Körper war nackt und geschlechtslos und in einem Zustand der Zersetzung, in dem die Haut zu einem glatten und wächsernen Aussehen gebräunt war.

Und dann sagte Alyssa in einem Ton, der kaum mehr als ein Flüstern war: »Adam.«

»Adam?«, sagte Hall. »Sehen Sie es sich genau an, Ms. Moore. Es ist eine Abscheulichkeit, die den Piktogrammen an den Wänden entspricht. Es ist kaum menschlich.« *Aber was für ein wundervoller Zusatz es für meine Sammlung wäre.*

»Es handelt sich offensichtlich um ein Kind«, sagte sie zu ihm, »das die Kopfabbindetechnik der antiken Königshäuser durchlitten hat, was in diesem Fall Sinn ergibt. Sie waren eindeutig die ersten Monarchen ihrer Zeit. Die Länge der Finger, seiner Gliedmaßen, sind eine natürliche Erscheinung des Zerfalls. Sobald der Körper Flüssigkeit verliert und zu dehydrieren beginnt, schrumpft die Haut und zieht sich eng über dem Skelett zusammen.«

»Und wie erklären Sie dann diese recht unmenschlichen Augen?«

Sie betrachtete die Orbitalränder, die so groß waren, dass nur ein riesiges Auge die Leere ausfüllen konnte. »Kraniofaziale Neurofibromatose«, sagte sie. »Das ist eine Deformation der Knochen, die den Augenhöhlenbereich umgeben. Was Sie hier sehen, ist eine eindeutige Auswirkung dieser Gesichtsverformung.«

Alle starrten den Körper an. Er wirkte kaum menschlich. Veteranen wie Savage und Aussie und Butcher Boy hatten im Einsatz schon Schlimmeres gesehen, aber das war, nachdem die Leichen verstümmelt worden waren. Dieser Körper war anders.

»Kranio…«

»Kraniofaziale Neurofibromatose«, sagte sie.

»Und das glauben Sie ehrlich? Sie haben keine anderen Theorien?«

»Hall, es ist nichts Unirdisches daran, wenn Sie darauf anspielen. Es gibt plausible Erklärungen für alles. Und die habe ich Ihnen genannt.«

Nichtsdestotrotz war Hall fest entschlossen, es zu einem Teil seiner Ausstellung zu machen. Er hatte den Heiligen Gral aller Fundstücke entdeckt, aller Relikte und Artefakte, die Körper von Adam und Eva.

Die Krypten von Eden wären sicher, nachdem er den Tod von Alyssa Moore und John Savage befohlen hätte. Nur ihm und zwei anderen, Butcher Boy und Aussie, wäre der Standort bekannt. Er würde den Eingang versiegeln, ihn verstecken und dann mit einem gut ausgerüsteten Team zurückkehren, das mehr als fähig wäre, es mit allem aufzunehmen, natürlich oder anderweitig. Er würde auch die notwendige Ausrüstung mitbringen, um so viel wie möglich von Eden zu bergen und abzutransportieren, und nichts als nackte Gänge zurücklassen.

»Öffnen Sie die zweite Kapsel«, sagte Hall ruhig.

Aussie führte das Messer auf die gleiche Weise wie bei der ersten Kapsel in die Spalte ein, bis es fest darin steckte, und bewegte es, bis er den Zugang öffnete. Als sich die kleine Zugangsplatte löste, saugte die Kapsel mit einem Geräusch, das wie ein menschliches Seufzen klang, Luft in den Hohlraum.

»Jetzt schieben Sie die Platte zurück«, sagte Hall. »Aber behutsam.«

Aussie tat es und zog die Tür ganz auf.

Im Inneren der Kapsel lag eine Kopie des anderen Körpers. Er hatte braune und wächserne Haut, Finger, die lang und spitz zulaufend waren, einen Kopf, der oval und langgezogen war, und die Orbitalknochen der Gesichtsdeformation. Der einzige Unterschied bestand darin, dass seine Brüste zu ledrigen Hautfalten an seinem Brustkorb geschrumpft waren. Etwas, das dem anderen Körper fehlte.

»Eva«, kommentierte Hall. Seine Sammlung wurde mit jedem Augenblick prachtvoller. »Das ist mehr, als ich mir je hätte vorstellen können.« Seine Miene erhellte sich mit dem Ausdruck eines Verliebten, doch das Einzige, das Obsidian Hall je geliebt hatte, außer sich selbst, waren die materiellen Güter, mit denen er sich umgab.

»Sie haben Ihre Sache gut gemacht, Ms. Moore. Sie haben uns zum Zentrum der Anfänge der Menschheit gebracht, und das ist alles, was ich verlangen konnte. Unglücklicherweise für Sie und Mr. Savage, haben Sie beide Ihren Wert für mich und mein Team erschöpft. Da die Fallen ausgelöst wurden, nehme ich an, die Rückkehr an die Oberfläche wird eine schnelle und sichere sein.«

»Sie haben eine Sache vergessen«, sagte Savage.

»Ich habe nichts vergessen«, erwiderte Hall. »Diese Echsen werden, wie die meisten Kreaturen, von Blut angezogen. Sie und Ms. Moore werden hier sein, in dieser Kammer, langsam verbluten, und diese Dinger zu sich locken, während der Rest von uns zur Oberfläche abhaut.«

Aussie zog langsam sein Messer; das Geräusch der an der Scheide entlanggleitenden Metallklinge zog sich in die Länge. »Die Missy gehört mir«, sagte er. »Sie haben sie mir versprochen, Hall.«

»Und Sie sollen sie wie vereinbart bekommen. Aber ich kann Ihnen nicht erlauben, sie zu töten.«

»Machen Sie sich deswegen keine Sorgen, Kumpel. Ich schneide sie mit tausend kleinen Schnitten auf – lasse sie schön langsam bluten.«

»Und dann schneiden Sie beiden die Achillessehnen durch«, fügte Hall hinzu. »Ich will nicht, dass einer von ihnen diese Kammer verlässt.«

»Das wäre mir eine verdammte Ehre«, sagte er und lächelte voller Vorfreude.

Savage schob Alyssa hinter sich.

»Und was wird das?«, fragte Aussie und drehte das Messer in seiner Hand. »Sie spielen bis zum blutigen Ende den Helden, was?«

Mit einer geschmeidigen Bewegung ließ sich Savage auf ein Knie hinunter, holte das Messer hinter seinem Rücken und das an seinem Knöchel steckende hervor, und positionierte sich mit einem KA-BAR in jeder Hand.

Aussie und Butcher Boy schienen davon überrumpelt, genau wie Hall, der einige Schritte aus Savages Reichweite zurückwich.

»Diese verdammten Messer haben Sie von Red und Carroll geklaut, nicht wahr? Von toten Soldaten. Wie beschissen tief kann man sinken?«

»Sagen wir einfach, ich hab sie mir ausgeliehen«, sagte er. »Ich verspreche Ihnen, ich geb sie Ihnen sofort wieder. Ist es okay, wenn ich sie Ihnen in die Brust stecke?«

»Sie halten sich für so gut, Kumpel?«

»Besser.«

Butcher Boy johlte wie ein Cowboy. Seine MP-7 richtete sich auf Savage. »Das wird ein Spaß.«

»Bleiben Sie neutral?«, fragte Savage ihn. »Haben Sie vor, mich mit Ihrer MP niederzumähen, oder lassen Sie zwei große Jungs ran?«

Er senkte seine Waffe. »Ich hab noch fünf Kugeln, Savage. Aber ich glaub nicht, dass ich sie brauchen werde«, sagte er. »Ich weiß ganz genau, dass Sie große Erfahrung im Umgang mit zweischneidigen Waffen haben. Aber was Sie nicht wissen ist, dass Aussie genau so erfahren ist. Es gibt kaum etwas Ursprünglicheres, als zwei Männern dabei zuzusehen, wie sie einander umbringen. Es hat eine gewisse makabre Faszination, finden Sie nicht?«

»Und wenn ich gewinne?«, fragte Savage.

»Ich werde Sie nicht töten«, erwiderte Butcher Boy bestimmt. »Aber ich werde Ihnen in die Knie schießen und Sie für diese Dinger zurücklassen, wie Hall vorgeschlagen hat. So oder so, Savage, Ihre Zeit ist abgelaufen.«

»Nur dass es so aussieht, als hätte Mr. Savage hier den beschissenen Vorteil, weil er zwei Messer hat und ich nur eins.«

»Dann gleichen wir das Feld mal ein bisschen aus, oder?« Butcher Boy zog sein KA-BAR und schob es über den Boden zu Aussie.

Aussie hob es auf. Es fühlte sich gut in seiner Hand an. »Jetzt ist es fair«, sagte er.

»John ...« Alyssa hatte Angst.

Er sprach über die Schulter zu ihr, mit Worten, die kaum mehr als ein Flüstern waren, Worte außerhalb der Hörweite von allen anderen außer ihnen beiden. »Wenn das losgeht, will ich, dass Sie durch eins der Entwässerungslöcher fliehen.«

»Sie könnten tief sein.«

»Sind sie nicht«, flüsterte er. »Sie fallen ungefähr drei Meter tief in fließendes Wasser ab. Das Wasser muss irgendwo hinfließen, nicht wahr?«

»Los geht's, Kumpel. Oder wollen Sie mit Ms. Moore den ganzen verdammten Tag lang weiter labern?«

»Gehen Sie«, schloss er und nahm dann eine aggressive Haltung ein.

»Was ist mit Ihnen?«

Er antwortete nicht. Der Mann, der geschickt worden war, um sie zu töten, hielt jetzt die Stellung, um sie zu beschützen. Sie wich zurück, aber nicht weit von den wachsamen Blicken von Butcher Boy oder Obsidian Hall.

Aussie umkreiste Savage und schwang ein Messer in seiner Hand in einer Serie von Achtern, eine Bewegung, um Savages Aufmerksamkeit abzulenken. Doch Savage war erfahren und hielt den Blick ruhig. Aussie griff sofort an und ging mit tödlichen Hieben auf ihn los, doch Savage begegnete ihnen blitzschnell, parierte die Messer; der Kontakt ließ Funken sprühen, als die Klingen gegeneinander prallten, als Metall auf Metall traf. Alyssa blieb vor Staunen der Mund offen stehen, während sie zusah, wie ihr Held tödliche Stöße mit mühelosem Eifer abwehrte.

Mit unheimlichem Geschick wurden Savages Bewegungen schneller. Seine kreisförmigen Bewegungen schlugen Hiebe zurück, die immer schneller und mit viel roherer Kraft zu kommen schienen. Zentimeterweise drängte er Aussie zurück. Der Australier verlor Boden und die Hiebe erreichten einen Punkt, an dem sich ihre Arme verschwommen und mit blitzschnellen Umdrehungen bewegten. Funken sprühten mit unzähligen winzigen Flammen, bevor sie erstarben. Und dann fand sich eine ungeschützte Stelle.

Mit chirurgischer Präzision zog Savage den Rand seiner Klinge über Aussies Bizeps und zerschnitt den Muskel. Der Mann schrie vor Schmerzen auf, fiel auf ein Knie und zog sich dann von der Kampflinie zurück, nachdem er das Messer fallen gelassen hatte.

Aussie stand da und wirkte weniger zuversichtlich. Und er schien stark außer Atem zu sein.

Aus dem Augenwinkel konnte Savage sehen, dass Butcher Boy den Lauf seiner MP-7 hob. Aussie hielt sein verbliebenes Messer hoch.

Die Botschaft war deutlich. Savage schuf einen Ausgleich, indem er eins seiner Messer beiseite warf. Die Klinge schlitterte irgendwo tief in die Schatten davon.

Die Männer begannen, einander zu umkreisen. Aussie, den besorgten Blick auf seinen Widersacher gerichtet, hielt seinen verwundeten Arm nah am Körper, während Blut der Länge nach an ihm herunter und auf den Boden floss. Wieder schwang er das Messer in einem Muster aus Achtern. Savage lächelte. Manche Angewohnheiten starben nie.

Und dann trafen die Männer aufeinander, mit zustoßenden Klingen.

Während der Kampf weiter tobte, schien Savage Fahrt aufzunehmen, statt Kraft zu verlieren. Seine Bewegungen waren flink und gezielt. Der Kampf beider Klingen schien zu Savages Gunsten zu stehen, während er Aussie an den Rand der Ebene zurückdrängte. Ihnen ging der Platz aus.

Aussie suchte Savage nach einer ungedeckten Stelle ab, versuchte, ihn zu umkreisen, und fand, was er für eine Chance hielt. Er versuchte, den Mann mit einem ausladenden horizontalen Bogen über den Bauch aufzuschlitzen, bevor Savage überhaupt realisieren würde, dass er ausgeweidet worden war. Doch Savage packte das Handgelenk seines Angreifers, zwang den Arm des Mannes über dessen Kopf, was die Achsel freilegte, und trieb die geschärfte Spitze der siebzehn Zentimeter langen Klinge tief hinein, bis der Knauf des Messers sie stoppte.

Aussies Augen weiteten sich, als Dunkelheit aufzog; sein Mund stand vor Entsetzen über seine eigene Sterblichkeit weit offen.

Der große Mann ging in die Knie und kippte dann vornüber gegen Savages Beine. Savage zögerte kurz, bevor er einen Schritt nach hinten machte, was den Australier vorwärts umfallen ließ, tot, das Messer tief ihn im steckend.

Butcher Boys Miene wirkte ausdruckslos, starr und distanziert. Bis er seine Waffe hob und die Mündung auf Savages Knie richtete. Savage spähte über seine Schulter. Alyssa war fort.

Braves Mädchen. Dann drehte er sich Butcher Boy zu, der jetzt einen Finger am Abzug hatte. Savage lächelte. Er hatte seine Arbeit getan.

Alyssa stand am Rand eines der Entwässerungslöcher. Es war so schwarz, wie es nur sein konnte, doch sie hatte keine andere Wahl, als auf John Savage zu vertrauen.

Sie wartete auf einen günstigen Moment. Zumindest redete sie sich das ein. Doch in Wahrheit war sie schrecklich um John Savage besorgt. Der Mann opferte sich für sie.

Lange Zeit beobachtete sie, wie sie kämpften, sah zu, wie Savage mit Aussie spielte und ihn zum Rand der Ebene zurückdrängte. Und dann beobachtete sie den lähmenden Angriff auf Aussies Arm, der ihn nutzlos machte. In jedem Fall, überlegte sie, standen die Chancen zu John Savages Gunsten, doch nur bis zu dem Moment, in dem Butcher Boy ihn mit Schüssen durchbohren würde. Es spielte keine Rolle, wie gut er kämpfte, weil er am Ende schließlich verlieren würde, und das war etwas, das zu bezeugen sie nicht ertragen könnte.

Sie schaute ins Loch, dann zu Hall und Butcher Boy, die vollkommen vertieft waren, und ergriff die Initiative, indem sie hineinsprang.

Der Sturz war eine kurze Reise, wie John Savage behauptet hatte, nur drei Meter, bis sie Wasser erreichte. Doch der Fluss war nicht tief, nur etwas über einen Meter. Beim Aufprall auf dem schlammigen Boden schlug sie sich den Knöchel heftig an und verdrehte ihn. Sie biss die Zähne gegen den Schmerz zusammen und drückte fest die tränenden Augen zu.

Nachdem sie ein paar Meter weit vorwärts gewatet war, fand sie die Lampe, die John Savage weggeworfen hatte, zwischen einer Steinansammlung verkeilt. Sie hob sie auf und überprüfte das Leuchtmittel. Alles funktionierte einwandfrei.

Dann richtete sie die Lampe auf das Loch, durch das sie gesprungen war, konnte das Klirren von Metall hören, das auf Metall traf.

Und dann das Einsetzen einer furchtbaren Stille.

Der Kampf war vorbei.

Lebe wohl, John Savage.

Durch herrlich kühles Wasser kämpfte sich Alyssa Moore auf einem Knöchel, dessen Verletzung mit jedem Schritt, den sie machte, schlimmer wurde, gegen die Strömung vorwärts.

John Savage wartete auf den Einschlag der Kugel, auf den Anblick von nichts weiter als nachfolgender Dunkelheit. Doch Butcher Boy kam mit auf ihn gerichteter MP-7 auf ihn zu.

»Wir brauchen ihn lebend«, sagte Hall.

»Maul halten!« Butcher Boy näherte sich mit echter Wut. Seine Augen traten ihm aus den Höhlen, die Muskeln in seinem Kiefergelenk arbeiteten, die Y-förmige Ader auf seiner Stirn pochte im Rhythmus seines beschleunigten Herzschlags. Der Mann war vollkommen in Rage.

Savage schloss die Augen und wartete.

Aus den Tiefen der Kammer stürzte der *Megalania prisca* hervor und schnappte Butcher Boy mit dem Maul. Knochen gaben unter dem Druck nach; sein Rippenbogen gab hörbare Knacklaute von sich. Als die Kreatur den Kopf schüttelte wie ein Hund, der mit einer Puppe spielt, flog Butcher Boys Waffe in die Luft.

Dann schwang die Kreatur ihren Schwanz in einem Bogen, verfehlte Hall, zerschlug aber Evas Gruft und jagte die eiförmige Kapsel mit solcher Wucht von ihrem Sockel und himmelwärts, dass sie bei ihrer Landung zu Keramikscherben explodierte, die über den Boden rutschten. Evas Körper war schlaff, eine puppenhafte Figur, die zwischen der gipsartigen Substanz zu merkwürdigen Formen verdreht war.

Hall war außer sich, hielt sich die Hände vors Gesicht; der materielle Wert Evas war für immer verloren.

Während Hall jammerte, schrie Butcher Boy aus vollem Hals, bis Blut aus seinem Mund strömte. Mit kraftlosen Versuchen schlug er auf die Schnauze der Kreatur ein, doch der *Prisca* hielt durch, hatte die Absicht, seine Beute in seiner Umklammerung sterben zu lassen.

Savage wich zurück, warf Blicke auf das Loch, während er gleichzeitig versuchte, ein wachsames Auge auf die Kreatur zu haben; eine schwierige Aufgabe. Als er den Rand erreichte, zögerte er nicht. Er zog die Schultern ein, brachte die Arme vor seinen Körper und sprang.

Sein letzter Anblick, bevor er verschwand, war der von Obsidian Hall, der bei der verbleibenden Kapsel in die Hocke ging, und Savage dachte daran, wie sehr er alles verdient hatte, was er bekam.

Mit diesem Gedanken landete er spritzend im Wasser. Es war kühl.

Doch wo war Alyssa?

Butcher Boy war so schlaff, wie es eine Leiche nur sein konnte, mit willkürlich umherpeitschenden Armen und Beinen, während die Kreatur ihm das Leben aus dem Körper schüttelte. Hall war vor Angst von Sinnen, aber nicht so sehr, dass sein Hang, seine persönlichen Bedürfnisse zu stillen, seiner zugrundeliegenden Panik unterlegen wäre.

Links von ihm, nicht zu weit weg, wo Evas Kapsel gestanden hatte, bevor die Kreatur sie umgeworfen hatte, lag das KA-BAR, das Aussie fallen gelassen hatte, als Savage ihn im Kampf geschlagen hatte. Mit exaktem Timing flitzte er über die Ebene, schnappte sich das Messer, und flitzte dann zurück hinter den Schutz, den Adam bot.

Die Kreatur riss Butcher Boy auseinander. Überallhin spritzte Blut. Sogar so viel Blut, dass Hall sich fragen musste, woher es kam. *Im menschlichen Körper ist doch bestimmt nicht so viel davon, oder?*

Das Messer in beiden Händen haltend, die Spitze nach unten gerichtet, wusste er, dass seine Zeit begrenzt war. Er warf einen verstohlenen Blick über die Kapsel hinweg auf den *Prisca* und dann sah er Adam direkt an.

»Sorry, Junge, aber ich muss los.« Mit dem KA-BAR griff Hall in die Kapsel, um seine Neigung zu befriedigen.

–37–

Alyssa arbeitete sich zu einem nahegelegenen Ufer vor, wo sie sich erschöpft auf den Rücken legte. Als sie die Kraft gefunden hatte, sich aufzusetzen, hielt sie die Lampe hoch. Sie befand sich in einer Höhle, die vom Überrest des Zuflusses des Gihon erschaffen worden war, der unter dem Tempel entlangfloss. Innerhalb der nächsten fünfzig Jahre, vielleicht weniger, würde er vollständig austrocknen. Doch der Zufluss hatte die Erde unter dem Tempel bis zu dem Punkt erodiert, an dem das Fundament als Decke der Höhle diente. Mit Ausnahme der Erdwände entlang der Außengrenze des Tempels gab es keine Stützen. Irgendwann wäre das Gewicht zu viel, als dass die Ränder es noch tragen konnten, und eines Tages würde der Tempel einstürzen. Eden wäre für immer verloren.

Sie griff in ihre Tasche und seufzte erleichtert, dass sie die Papiere ihres Vaters noch hatte, wenngleich sie in schlechtem Zustand waren, tropfnass. Soweit es sie betraf, hatte sie diese Reise Seite an Seite mit ihrem Vater unternommen, nicht ein Mal geglaubt, dass er sie verlassen hätte. *Jetzt muss ich es nur noch zu Ende bringen und hier rauskommen,* dachte sie.

Sie kämpfte sich weiter. Ihr Knöchel pochte, der Schmerz wurde unerträglich. Sie setzte sich hin, obwohl sie wusste, dass es eine unkluge Entscheidung war. Direkt außerhalb des Lichtrands glitzerte etwas, ein funkelnder Widerschein, ein rasches Blinzeln von etwas, das offensichtlich aus Metall war. Sie rutschte auf dem Hosenboden zu der Quelle, vor Schmerz mit den Zähnen knirschend. Und dann erkannte sie es. Ihr Herz raste in ihrer Brust, als sie begriff, dass das Wasser die Hauptgrundlage des Lebens war. Wo es Wasser gab, gab es Leben.

Vor ihr lagen mehrere Speiballen, die Uhren und Ringe und Zähne und Haare enthielten. In einem anderen Speiballen befanden sich eine Gürtelschnalle, eine Männerhalskette und ein Brillengestell. Sie war ins Lager eines *Megalania prisca* gestolpert. Sobald die Nahrung verdaut war, würgte die Echse massenweise Dinge, die nicht vollständig zu verdauen waren, in einem stinkenden Ball hoch.

»Oh nein!« Sie wich schnell zurück, ließ die Speiballen hinter sich, bis sie in der Dunkelheit verschwanden.

Hinter ihr rührte sich etwas.

Sie drehte sich um und leuchtete mit der Lampe, und dann schrie sie, als sich etwas innerhalb des Lichtkreises bewegte und auf sie zueilte.

Die große Echse warf Butcher Boys Körper mit so wenig Aufhebens beiseite, als vernichte sie ein Insekt. Blut und Innereien waren überall; die Schläuche von Butcher Boys Gedärmen wirkten unmöglich lang, wie sie über dem Podest verstreut dalagen. Dennoch war die Kreatur vom Akt des Tötens nicht befriedigt. Es waren noch andere in ihrem Territorium übrig, Abscheulichkeiten, die sich wie im plötzlichen Schein eines Taschenlampenlichts eingefangenes Ungeziefer zerstreuten. Sie ging zur übrig gebliebenen Kapsel und beschnüffelte ihr Inneres. Der Kadaver war zu alt für ihren Geschmack, zu faulig, nachdem sein Fleisch über Jahrtausende hinweg verdorben war.

Mit einem ablehnenden Schnauben ging sie von Entwässerungsloch zu Entwässerungsloch und erkannte, dass sie zu schmal waren, als dass sie sie hätte betreten können. Doch sie besaß die instinktive Erkenntnis, dass ihre Beute in die Höhle unter ihr vorgedrungen war.

Und das war alles, was der *Prisca* wissen musste. Seinen Kragen maximal um seinen Kopf herum ausgedehnt, raste er aus der Kammer der Ersten und in die Gänge, die zur Höhle darunter führten. Der Abstand zwischen ihm und seiner Beute verringerte sich zügig.

Obsidian Hall rannte wie der Wind durch die Gänge, vom Adrenalin angetrieben. Sein Herz hämmerte gegen die Mauern seiner Brust und der Mann keuchte, während er seine Lampe in die Höhe hielt; seine Beine bewegten sich, ohne die Absicht zu haben, langsamer zu werden. Da die Fallen auf ihrer Abwärtsreise zur Grabkammer aktiviert worden waren, stellten sie für den Rückweg zur Oberfläche keine Bedrohung mehr dar. Der Tempel hatte sich während der Umgestaltungen in viele Formen verwandelt und neue Wege geschaffen, wo vorher keine gewesen waren.

Schweiß troff von ihm, während er leichtfertig durch die Gänge rannte – er hatte Angst, aber gleichzeitig hatte er keine Angst – und er fragte sich dauernd, ob etwas in den Schatten vor oder hinter ihm lauerte, darauf wartete, seine raubvogelartige Klaue auszustrecken, um sie über seinen Bauch zu ziehen und ihn mit einem sauberen Schnitt auszuweiden.

Doch nichts von all dem spielte eine Rolle für ihn, während er seinen Rucksack gegen die Brust gedrückt hielt und auf das Licht der Erlösung zurannte, durch Gänge, die weniger wie ein Labyrinth wirkten als zuvor. Seine Flucht an die Oberfläche verlief schnell und ungehindert.

Auf der obersten Ebene, als er den ersten Gang erreichte, sah er einen Lichtkreis am anderen Ende: den Weg hinaus. Während er versuchte, zu Atem zu kommen, und seine Lungen nach Luft rangen, drückte Hall seinen Rucksack fest an sich, hielt die Lampe hoch und rannte dann mit torkelnden Schritten auf den Ausgang zu. Der Mann war vollkommen erschöpft.

»Fast da … fast da … fast da …«

Der Eingang war ein wunderbarer Anblick. Das Licht der Außenwelt schien hinein wie ein Hoffnungsschimmer. Nachdem er durch das Loch geklettert war, rutschte er über den sandigen Hang hinunter. Die Sonne über ihm war kochend heiß.

Ich hab's geschafft! Ich hab's tatsächlich geschafft!

Als Obsidian Hall zu lachen anfing, klang es wie die Harmonie des Wahnsinns.

»Ich bin es nur«, sagte Savage, der den Kreis von Alyssas Licht betrat. Als er sich neben sie hockte, fiel sie ihm schluchzend in die Arme.

»Ich dachte, sie hätten dich getötet«, rief sie.

»Es war knapp. Aber das Ding ist zurückgekommen. Es tauchte aus dem Nichts auf und schnappte sich Butcher Boy, bevor er die Gelegenheit hatte, den Abzug zu drücken.«

»Und Hall?«

Er zuckte die Schultern. »Er war noch am Leben, als ich in das Loch sprang.«

»John, wir müssen hier raus. Schnell!«

»Warum? Was stimmt nicht?«

Sie leuchtete mit der Lampe in Richtung der Speiballen. »Weißt du, was das ist?«

Er sah das Aufblitzen von Metall im Licht.

»Das wird Speiballen genannt«, sagte sie. »Wenn bestimmte Echsen ihre Beute fressen, würgen sie Gegenstände aus, die nicht verdaut werden können. Das ist der Ort, an dem sie fressen, John. Es ist ihr Lager.« *Hier haben sie meinen Vater hergebracht.*

Er streckte eine Hand nach ihr aus, um sie auf die Füße zu ziehen. Doch als sie versuchte, aufzutreten, schrie sie vor Schmerz auf und fiel wieder hin. Sie hielt sich ihren Knöchel.

»Alyssa …«

»Ich hab ihn mir beim Sprung verletzt«, sagte sie, zusammenzuckend. »Ich weiß nicht, ob er gebrochen ist oder nicht.«

Er nahm die Lampe und stellte sie neben ihren Fuß. Der Knöchel war böse angeschwollen und zerschrammt. »Das ist nicht gut. Kannst du gar nicht damit laufen?«

Sie schüttelte den Kopf. »Bitte lass mich nicht allein, John.«

Er sah die Tränen in ihren Augen und an deren Rändern aufwallen. Mit dem Daumen strich er ihr behutsam über die

Wange und schob eine verirrte Haarlocke beiseite. »Ich hab nicht die Absicht, dich zurückzulassen«, sagte er zu ihr. »Wenn ich dich auf dem Rücken hier raustragen muss, dann werde ich das tun.«

»Und wenn sie kommen?« Er zog ein Messer, aber sie wusste, dass es ein nutzloses Instrument war. Und dem Blick in seinen Augen nach wusste er das auch. »Wir müssen los«, sagte sie.

Er betrachtete die Überreste des Flusses, die Geschwindigkeit, mit der er floss. »Wir werden Folgendes tun«, sagte er. »Wir werden ins Wasser gehen und uns von der Strömung treiben lassen. Sie muss irgendwo hinführen.«

»Es gibt kilometerweit keine Anzeichen für eine Oase.«

»Möchtest du lieber hierbleiben?«

Er hatte recht. Er half ihr in eine Position, bei der sie auf einem Fuß stand, und dann hüpfte sie zum Flussrand. Langsam stiegen sie ins Wasser und wateten hinein, bis sie brusttief darin standen, dann lehnten sie sich nach hinten und ließen sich von der Strömung mitnehmen.

Am Ufer neben ihnen und Schritt haltend, rannte der *Megalania prisca*. Er wusste genau, wohin sie unterwegs waren.

Niemand aus Leviticus' Team hatte gesehen, wie Obsidian Hall seine einsame Reise durch die Wüste in Richtung Westen angetreten hatte. Das Team wurde vollständig vom Hügel verdeckt, während es Sprengladungen an den anderen Seiten der Tempelaußengrenze anordnete.

Obwohl die Sonne zu sinken begann, war es am Nachmittag immer am heißesten. Die Hitze flirrte in Wellen über dem Land und erschuf die Illusion, dass sich die Wasseroberfläche eines Sees in der Ferne kräuselte, der grausame Scherz einer Fata Morgana. Halls Kehle war furchtbar ausgetrocknet, sein Gehirn kochte in seinem Schädel, und seine Haut begann, aufzuplatzen und sich abzuschälen, besonders an den Lippen.

Trotzdem hielt er den Rucksack an sich gedrückt. Er hatte den Verstand noch nicht so weit verloren, dass er nicht mehr realisierte, dass das, was darin war, so kostbar war, dass es vielleicht mehr wert war als sein eigenes Leben. Er hielt den Rucksack mit beiden Armen an die Brust gedrückt. Und er gab unsinnige Silben von sich, dem Anschein nach Worte, doch wertlos, nicht mehr oder weniger als Gestammel. Als die Sonne nahe am Rand des Horizonts hing, brach er schließlich im Sand zusammen und schloss die Augen.

Selbst mit geschlossenen Lidern konnte er erkennen, dass ein Schatten auf ihn fiel. Als er sie öffnete, sah er Adskhan über sich stehen und den Zügel eines Kamels halten, das ihn mit der gleichen Gleichgültigkeit ansah. »Wo ist Ms. Moore?«, fragte er in abgehacktem Englisch.

Obsidian Hall versuchte, sich mit einer Zunge, die so trocken wie ein Teppichstreifen war, über die Lippen zu lecken. Er murmelte etwas, aber es war unverständlich.

»Wo ist Ms. Moore?«, wiederholte Adskhan.

»Lass meinen Rucksack … in Ruhe«, lautete Halls Antwort, und dann zog er ihn an sich und aus Adskhans Reichweite.

Adskhan schüttelte den Kopf. *Fremde!* Und dann nahm er einen Lammhautbeutel, der mit Wasser gefüllt war, und bot ihn Hall an, der gierig trank. »Sagen Sie mir jetzt, wo Ms. Moore ist?«

»Tot«, flüsterte er. Seine Kehle war trocken und wund. »Im Tempel …«

Adskhan blickte nach Osten und sah nichts als flaches Land. »Wie weit sind Sie gelaufen?« Hall stand unsicher auf, den Blick noch nicht auf seine Umgebung fokussiert.

»Wie weit sind Sie gelaufen?«, fragte Adskhan wieder.

»Ich weiß es nicht.«

Adskhan starrte ihn lange an, dann sagte er: »Sie reiten das Kamel.«

»Was?«

»Sie reiten das Kamel.«

Adskhan nahm seine Reitgerte und tippte dem Kamel ans Bein, bedeutete ihm, sich hinzusetzen und sich darauf vorzubereiten, dass jemand aufsaß. Als es das tat, half Adskhan Hall auf den Rücken des Tiers und begann, Hall und das Kamel mit einem Ruck am Zügel wegzuführen.

Hall ließ den Rucksack nicht ein Mal los oder erlaubte ihm, aus seinem Griff zu rutschen. So stumpfsinnig er auch war, er hielt ihn den ganzen Weg bis in sicheres Gebiet fest.

–38–

Alyssa und Savage sahen den *Megalania prisca* am Ufer neben ihnen Schritt halten. Die Kreatur machte Sätze wie ein Welpe beim Spielen, ihr Kopf drehte sich gelegentlich in ihre Richtung; die Rezeptoren in ihrem Kragen verrieten ihr, dass sie da waren, dass sie nah waren.

»John!«

»Ich sehe es!«

Sie streckten die Hände nacheinander aus und hielten sich fest, damit sie nicht von der Strömung auseinandergetrieben wurden. In der Ferne hörten sie etwas, das sie sofort wiedererkannten. Es war das unablässige Rauschen von Wasser, das über den Rand einer Schlucht stürzt.

»John, es ist ein Wasserfall!«

Der *Megalania prisca* brüllte auf. Sein Kragen schüttelte sich vor Erregung. Er war dabei, seine Beute zu verlieren.

»Schwimm ans gegenüberliegende Ufer!«, rief Savage.

Die Strömung wurde stärker, riss sie schneller mit. Das Tosen des Wasserfalls wurde lauter. »Wir werden es nicht schaffen!«

»Schwimm!«, trieb er sie an.

Sie schwammen unter Einsatz jeder Faser in ihrem Körper zum Rand, mit aller Kraft, die sie aufbringen konnten, kämpften sich zum Ufer auf der anderen Seite des *Prisca.*

Sie waren drei Meter entfernt. Der Fluss wurde seichter. Doch der Rand des Wasserfalls wurde sichtbar.

Sie waren fünfundzwanzig Meter davon entfernt.

»John!«

… Zwanzig Meter und wir kommen immer näher …

Der *Megalania prisca* war fuchsteufelswild. Gleich wäre seine Beute für immer verloren.

Nachdem sie sich auf zwei Beine erhoben hatte, sprang die Kreatur ins Wasser. Echsen waren im Allgemeinen gute

Schwimmer, anmutig und elegant in Wasserläufen, und nutzten den Schwanz als Ruder. Ihr Kopf blieb über der Wasseroberfläche; sie kam näher; ihr Schwanz bewegte sich schlangengleich hin und her.

»John, es kommt!«

Sie waren dem Ufer nah, nur etwa einen halben Meter entfernt. Alyssa gab ihnen wegen ihres Knöchels Auftrieb.

Der *Prisca* kam näher.

Die Strömung wurde stärker, schneller.

Und Alyssa rutschte ab. »John!«

Das Tosen des Wasserfalls war ohrenbetäubend, kam ihnen gefährlich nahe.

... Zehn Meter ...

Und dann erreichte Savage das Ufer, krallte sich in eine trockene Oberfläche, während seine andere Hand Alyssa kaum noch festhielt, während die Kraft der Strömung drohte, sie von ihm fortzureißen, aus seinem Griff.

Der *Prisca* kämpfte gegen die Strömung an, indem er versuchte, direkt dagegen anzuschwimmen. Mithilfe mächtiger Schwanzschwünge hatte er sich halb über den Fluss bewegt, aber er kämpfte weiter gegen die zunehmende Kraft der Strömung an, die ihn näher an den Rand zog ... er war fünfzehn Meter vom Wasserfall entfernt.

Er brüllte.

Savage schaffte es, Alyssa an beiden Händen zu packen und sie ans Ufer zu ziehen.

... die Kreatur war zehn Meter vom Wasserfall entfernt ... näherte sich ... jetzt war sie zu zwei Dritteln über den Fluss. Ihr Schwanz fegte dahin.

Über ihnen befand sich eine kanalschachtgroße Öffnung, die es einem Streifen Licht ermöglichte, einzufallen. Dorthin zu gelangen wäre jedoch schwierig, weil es ein fast senkrechter Aufstieg war, ein Ding der Unmöglichkeit mit Alyssas Knöchel.

Sie las seine Gedanken. »Du weißt, dass ich das nicht kann.«

Der *Prisca* war fünf Meter vom Rand des Wasserfalls entfernt.

»Es wird runterfallen«, sagte sie. Doch sie lag falsch. Der *Prisca* schaffte es ans Ufer und fixierte sie.

Savage sah zur Wand, zum Aufstieg. »Du hast keine Wahl!«, sagte er zu Alyssa. »Du musst es versuchen!«

Und dann kam der *Megalania prisca* auf sie zu.

Leviticus, Nehemia und der Rest des Teams waren mit dem Aufbau der Sprengladungen fertig und hatten sie so eingestellt, dass sie in einem koordinierten Muster detonierten, angefangen mit der zentralen Explosion, dann nach außen auf die Grenze zu, sodass das Bauwerk in sich selbst zusammenfallen und einen klaffenden Krater hinterlassen würde.

»Noch ungefähr eine Stunde bis Sonnenuntergang«, sagte Nehemia. »Wir liegen genau im Zeitplan.«

»Der Helikopter ist unterwegs«, sagte Leviticus. »Warten wir also noch ein paar Minuten, bevor wir es in die Luft jagen. Wir wollen die Behörden nicht zu schnell mit den seismischen Werten herlocken. Ich will sicherstellen, dass wir längst weg sind, wenn die Daten aufgezeichnet werden.«

»Dann zehn Minuten?«

Leviticus sah zum Horizont. »Zehn Minuten«, bestätigte er.

Der *Megalania prisca* war nur Augenblicke von einem letzten Riss entfernt, als ihn die Rezeptoren seines Kragens darüber informierten, dass seine Beute zu entkommen versuchte.

Alyssa und Savage waren ungefähr drei Meter über dem Boden und Alyssa kämpfte um sicheren Halt. Ihr verletzter Knöchel war eine Beeinträchtigung und der Aufstieg extrem langsam. John Savage war unter ihr und sorgte dafür, dass sie vorankam. In seiner Hand befand sich das KA-BAR. Unter ihm sah der *Prisca* mit wie bei einem aufgeregten Hund über dem Boden hin und her schwingendem Schwanz zu ihm auf. Seine Kiefer waren weit aufgerissen, mit seinem rosa Schlund und den nadelspitzen Zähnen, und er wartete auf den Absturz.

»Du schaffst das, Alyssa.«

Sie beklagte sich nicht. Mithilfe der Stärke in ihren Arme und ihrem gesunden Bein zog sie sich hoch. Ihr unverletzter Fuß fand eine Lücke, die sie sicher an der Wand festhielt.

Er schob sich hinter ihr hinauf und warf Blicke auf die Echse unter ihm. Das Ding war riesig, überlegte er, also wäre das Messer im Grunde wirkungslos, wenn man die Toxizität eines einzigen Bisses bedachte. Und dann begann er, im gleichen schrecklich langsamen Tempo wie Alyssa zu einer Öffnung zu klettern, die so weit weg und so völlig außer Reichweite schien.

Das Loch war mindestens zehn Meter entfernt und das Licht verblasste schnell, während der Winkel der untergehenden Sonne die Helligkeit auf ein schmales Band reduzierte.

Die Kreatur wurde mutiger.

»Es tut mir leid, John! Uns läuft die Zeit davon! Das hat keinen Sinn! Du musst an mir vorbei und rausklettern!«

»Ich lass dich nicht zurück!«

»Du denkst nicht rational!«

»Ich bin ein Mann! Wir sind nie rational!«

Der *Prisca* begann erwartungsvoll unter ihnen auf und ab zu gehen.

»Kletter, Alyssa! Wir können es schaffen!«

Sie zog sich hoch, strengte jeden Muskel in ihrem Körper an und gewann den Kampf. Sie bewegte sich einen weiteren Viertelmeter hinauf. Und dann noch einen.

Doch das Licht wurde schwächer und verwandelte düsteren Flecken in der Höhle in Becken aus vollständiger Dunkelheit. Als der *Megalania prisca* den günstigen Moment erkannte, als das Licht seinen schwächsten Punkt erreichte, begann er die Wände zu erklimmen, indem er seine Krallen wie Kletterhaken einsetzte.

Als er nach unten sah, um seine Position einzuschätzen, fand sich John Savage plötzlich direkt dem Schlund seines Jägers gegenüber. So nah war er.

Nehemia hatte den Daumen auf dem Schalter und den Blick auf Leviticus gerichtet, während er auf das Okay wartete.

»Das ist dein Baby«, sagte Leviticus zu ihm.

Es wurde dunkel. Die Sonne war halb hinter dem Horizont verschwunden, was bedeutete, dass der Helikopter unterwegs war.

Nehemia nickte. »Volle Deckung!« Und dann drückte er den Knopf.

Als die mittlere Ladung hochging, bauschte sich eine Pilzwolke aus Staub himmelwärts. Und dann explodierten die nachfolgenden Ladungen der Reihe nach. Die Explosionen arbeiteten sich eine nach der anderen über den Hügel, vom Zentrum zur Außengrenze des Tempels.

Die Mitte des Gebäudes stürzte ein, und dann folgten die Ränder. Das Loch wurde größer, während weitere Sprengladungen explodierten.

Schmutz und Stein und Wüstensand wollten die Lücke füllen, doch das Loch war zu tief. »Was war das da unten?«, bemerkte Isaiah leise und mehr an sich selbst gerichtet.

… Bumm … Bumm … Bumm …

Das Semtex zündete weiter.

… Bumm … Bumm … Bumm …

Staub begann wie in einem Sturm in alle Richtungen über den Wüstenboden zu rollen, dicht und üppig. Die Sicht wurde problematisch; die Dinge in ihrer Nähe verwandelten sich in undeutliche Schatten.

Sie husteten und wedelten unnütz durch die Luft, wie um Raum zu schaffen, um frei atmen zu können. Es war bestenfalls ein vergeblicher Versuch, während die Staubwolken heranrollten.

Als sich alles zu beruhigen begann und die Welt weniger braun und undeutlich wurde, gingen die Ritter des Heiligen Ordens zum Rand des Kraters. Was einmal eine Anhöhe gewesen war, war jetzt ein wenigstens zwölf Meter tiefes Loch. Welche Hohlräume auch darunter lagen, sie waren vollständig gefüllt.

Die Männer staunten augenblicklich, als sie am Rand standen und nach unten sahen. Das Loch war riesig.

»Ein bisschen Semtex bringt es weit«, sagte Nehemia.

»Scheint so«, erwiderte Hiob.

Leviticus sah auf die Uhr. Der Helikopter war nur Minuten entfernt. »Macht euch bereit, Freunde. Es wird Zeit für den Rückzug.« Sie gingen, um ihre Ausrüstung zu holen.

In den dunklen Nischen des Tempels von Edin gerieten die *Megalania prisca*, die sich den Bauch bis zu einem Stadium von Verdauungsträgheit vollgeschlagen hatten, oder diejenigen, die Zuflucht vor dem Spitzenräuber gefunden hatten, in Aufruhr, als die Tempelwände erzitterten. Das war nicht wie früher bei kleineren Veränderungen, sondern viel katastrophaler.

Zahlreiche Risse sausten über die Wände und die Decke aus schwarzem Silikatgestein, unter dem vernichtenden Druck einer erschütternden Explosion, die so mächtig war, dass sie den Großteil der Echsen sofort tötete. Andere starben, als die Wände und Decke einstürzten, der gesamte Bereich nach innen und unten implodierte, und die Kreaturen nicht in der Lage waren, irgendeine Zuflucht zu finden.

Als es vorbei war, war der Tempel zerstört, zusammen mit den Kreaturen, die seit zehntausenden Jahren in dieser Gegend heimisch gewesen waren.

Eden war verschwunden.

Der Spitzenräuber schwang seine raubvogelartige Klaue nach Savages Füßen und verfehlte sie. Seine Krallenspitzen trafen den Felsen hinter ihm und hinterließen einen tiefen Riss.

Alyssa gab alles, um sich so schnell wie möglich zu bewegen, aber ihre Herkulestat war nicht genug; sie war zu langsam und der *Prisca* schloss die Lücke zügig.

Savage schwang die Klinge seines KA-BARS. Die Spitze traf die Schnauze der Echse, schnitt darüber und hinterließ ihren eigenen Riss. Der *Megalania prisca* brüllte und schüttelte aufgeregt seinen breiten Kragen. Er holte wieder mit der Klaue aus und traf wieder den Stein.

Die Öffnung war viereinhalb Meter entfernt. Die Sonne war beinahe untergegangen. Und dann ertönte eine Reihe gedämpfter Knalle in der Ferne.

... Bumm ... Bumm ... Bumm ...

Die Höhle erzitterte heftig, während Erschütterungswellen hindurch fegten und das Gebiet mit der Intensität eines Erdbebens von hohem Ausmaß erschütterte. Steine lösten sich von den Wänden, Staub stürzte in Kaskaden von der Decke herab, und die Erde bewegte sich.

John verlor sein Messer. Das KA-BAR prallte ab und hüpfte über die Felsen und landete bei einer Gruppe von Stalagmiten. Mit seiner freien Hand griff er nach Steinen, die nicht völlig stabil in der Wand saßen. Alyssa presste sich fest gegen die Wand, während Kiesel und Steine sie von oben bombardierten.

Die Wellen wurden schlimmer. Und dann wurden die Instabilität der Steine und das Gewicht der Bestie zu viel für die Wand. Die Felsen gaben nach und das Tier stürzte ab, löste sich von der Wand und fiel auf den Boden darunter.

Da die Spitzen der Stalagmiten abgeflacht waren, spießten sie die Kreatur nicht auf, sondern zerbrachen wie Kalkstäbe unter ihrem Gewicht, als sie landete. Nachdem sie den Kopf geschüttelt hatte, um sich zu sammeln, sah sie zu Alyssa und Savage auf und brüllte mit blanker Wut.

Dann barst die Decke und löste sich ab, während Risse über die Erddecke über ihnen rasten. Felsbrocken stürzten herunter. Die Erde implodierte von oben und ergoss sich nach unten wie der Sand in einem Stundenglas.

Die Kreatur brüllte, während sie lebendig begraben wurde. Ihr Ärger war verschwunden, sobald sich ihr Selbsterhaltungstrieb eingeschaltet hatte. Sand und Steine ergossen sich, die Höhlendecke brach ein, während Alyssa Moore und John Savage sich weiter fest an die Wand klammerten.

Das Einzige, was von der Kreatur noch zu sehen war, war ihr Kopf. Der Rest war begraben, während die Sandebene weiter herabrieselte, um die Kreatur vollständig zu bedecken. Sie wand sich. Sie kreischte. Sie unternahm alles in ihrer Macht Stehende, um sich zu befreien.

Und dann gab die gesamte Decke nach. Das Gewicht unzähliger Tonnen fiel auf die Kreatur und löschte ihr Leben aus.

Als die Erde zu beben aufhörte, öffnete Alyssa die Augen. Was einmal eine Öffnung von der Größe eines Kanalschachts gewesen war, war jetzt der Rand eines Kraters. Sie konnte den gesamten Himmel sehen und die Farbübergänge, die den Moment eines beginnenden Sonnenuntergangs kennzeichneten. In diesem Augenblick hielt sie es für das Schönste, was sie je gesehen hatte.

Sie kämpften sich weiter und schafften es schließlich an die Oberfläche. John half Alyssa auf flachen Boden weit vom Kraterrand entfernt. »Geht es dir gut?«, fragte er?

Sie fiel ihm in die Arme. Und John Savage empfing sie bereitwillig. Dann starrte er zum Horizont. Es wäre nahezu unmöglich, mit Alyssa und ihrer Verletzung durch die Wüste zu wandern – der Weg war unglaublich weit, besonders ohne Wasser.

Sie löste sich von ihm. »Was jetzt? Du weißt, dass ich nicht laufen kann.«

»Dann werd ich dich tragen. Vielleicht haben wir Glück und begegnen Schafhirten oder so.«

Sie setzte ein trauriges Lächeln auf. »Danke, John. Danke, dass du mich nicht zurückgelassen hast, als du es gekonnt hättest.«

»Ich hab's dir doch gesagt. Ich bin ein Mann. Und Männer sind irrational.« Ihr trauriges Lächeln wich einem echten.

»In Ordnung«, sagte er. »Ich kann dich die Nacht hindurch auf dem Rücken tragen. Dann wird es kühler sein …«

»Du wirst sie überhaupt nicht tragen müssen«, sagte eine Stimme hinter ihnen.

Als sich Savage umdrehte, um den Sprecher anzusehen, erblickte er ein schwer bewaffnetes Soldatenkontingent.

Leviticus war sprachlos vor Wut. Ihm war versichert worden, dass bei dem Einsatz niemand zu Schaden kommen würde, doch gewisse Aspekte des Auftrags waren mit päpstlicher Absicht ausgelassen worden.

Als der Helikopter sie in Sicherheit hob und Alyssas Knöchel versorgt worden war, erzählte Savage Leviticus alles über den Tempel von Eden, von dem Moment seines Einverständnisses, den Mord an Alyssa durchzuführen, bis zu dem Augenblick ihrer Flucht. Er ließ nichts aus.

Leviticus sah Alyssa an und beugte sich dann zu Savages Ohr vor. »Wie ich sehe, hast du dein Ziel verfehlt«, flüsterte er mit einem zweideutigen Grinsen. »Obwohl sie nur drei Meter von dir entfernt ist.« Er sagte das im Scherz, als kleine Spitze gegen Savage.

Savage lächelte. »Treue über alles«, sagte er, »außer Ehre. Du hattest recht, Leviticus. Es gibt mehr als nur die Verpflichtung anderen gegenüber. Es gibt auch eine Verpflichtung einem selbst gegenüber.«

Dem stimmte er zu. »Den Unterschied zwischen richtig und falsch zu kennen, John, heißt Ehre zu kennen.«

Savage sah zu Alyssa, die mit dem Verband um ihren Knöchel spielte. Sie bekam nichts von ihrer Unterhaltung mit. »Papst Leo hatte unrecht«, sagte er zu Leviticus.

»Leo hatte Angst. Und wenn Männer Angst haben, kommen sie vom rechten Weg ab.«

Wie ich?, dachte Savage. *So wie ich vom rechten Weg abgekommen war?*

»Aber er wird ihn wiederfinden«, sagte Leviticus. »Das tun gute Männer normalerweise, bevor es zu spät ist.«

Savage lehnte den Kopf zurück und lauschte den Rotoren, bis das Geräusch ihn schließlich in den Schlaf wog.

–39–

AM DARAUFFOLGENDEN TAG
KAHRAMANMARAS SUTCU IMAM
UNIVERSITÄTSKRANKENHAUS
SÜDÖSTLICHE TÜRKEI

Alyssa Moore lag mit hochgelegtem Fuß und Knöchel im Bett. John Savage setzte sich bei seinem Besuch neben sie. Sein Gesicht hatte ein paar Kratzer und Schnitte, die Spuren ihrer gemeinsamen Reise.

Es war durch Röntgenbilder bestätigt worden, dass sie einen minderschweren Bruch hatte, eine Haarfraktur, und noch einen Tag im Krankenhaus verbringen musste. Sie lächelte ihn an. »Bist du hergekommen, um mich zu töten?«

Er stieß ein Lachen aus. Es war wundervoll, wie sie jetzt auf etwas so Schreckliches zurückblicken und es mit Humor betrachten konnten. Er hob seine Hand und ahmte eine Waffe nach, winkelte den Daumen an und sagte dann: »Peng.«

Sie fiel mit den Händen über der Brust in ihr Kissen zurück, den Tod simulierend.

»Wie fühlst du dich?«, fragte er ernst.

»Ich darf morgen hier weg. Aber du kennst mich.«

»Du willst jetzt hier weg.«

»Ganz genau. Ich glaube, sie behalten mich hier, um die Rechnung aufzublähen. Was meinst du?«

Er zwinkerte ihr zu. »Wer sollte dich nicht behalten wollen?« Eine Pause entstand zwischen ihnen; die Stimmung wurde ernst.

»Hall ist am Leben«, sagte er zu ihr. »Er hat es irgendwie rausgeschafft.«

»Ich weiß«, sagte sie. »Adskhan hat es mir erzählt.«

»Du weißt, dass er eine Bedrohung für uns ist, oder? Wir wissen von seinem illegalen Museum voller gestohlener

Antiquitäten auf seiner Jacht und dass er die Morde an Noah und Montario autorisiert hat.«

Sie ließ den Kopf ins Kissen sinken, den Blick starr nach oben gerichtet.

»Er weiß, dass wir am Leben sind«, fügte er hinzu. »Deine Rückkehr hierher hat große Schlagzeilen gemacht. Die Frau, die Eden entdeckte«, sagte er und beugte die Finger, um Anführungszeichen zu markieren.

»Nur dass es kein Eden gibt und niemand mir glaubt.«

»Außer Obsidian Hall, der, davon bin ich überzeugt, alles in seiner Macht Stehende unternehmen wird, damit sein kleines Geheimnis sicher bleibt.«

Sie sah Savage direkt in die Augen und entdeckte Entschlossenheit. »Was wirst du tun?«, fragte sie ihn.

»Was man mit einem Mann wie ihm schon vor langer Zeit hätte tun sollen.«

»Tu ihm nicht weh.«

Er nahm ihre Hand sanft in seine. »Hör mal, Hall ist ein Mann der berühmt-berüchtigten Sorte und wird alles tun, um sein Imperium zu schützen. Tja, diesmal nicht«, sagte er nachdrücklich. »Menschen wie Montario oder Noah werden ihn nie wieder fürchten müssen. Gute Menschen. Menschen wie du.«

Sie wollte ihm so viele Fragen stellen. Doch andererseits wollte sie die Wahrheit gar nicht hören.

Er stand auf.

»Wo gehst du hin?«

»Ich muss ein paar Dinge erledigen«, sagte er und strich ihr mit der Fingerkante über die Seite des Gesichts.

Sie griff nach seiner Hand und drückte sie an ihre Wange. Sein Herz pochte. »Sei vorsichtig«, sagte sie nur.

»Keine Sorge«, sagte er. »Ich komme wieder.«

»Ab morgen werde ich bei der Göbekli-Tepe-Ausgrabung sein.«

»Ich werde ein paar Tage lang wegbleiben. Aber wir treffen uns dort.«

»Versprochen?«

Er nickte und lächelte ein Lächeln, das seine Zahnreihen zeigte. »Ich verspreche es«, sagte er. Und dann war er fort.

DER VATIKAN
VATIKANSTADT

Nach einem langen und anstrengenden Tag kehrte der Papst in sein Amtszimmer zurück, nur um John Savage wartend in einem Sessel sitzend vorzufinden.

Nachdem er die Tür hinter sich geschlossen hatte, sah der Papst Savage fragend an, dann zur Tür, dann wieder zu Savage. »Wie sind Sie an der Schweizergarde vorbeigekommen?«

»Sie wissen, wer ich bin«, sagte er ruhig zu ihm. »Sie kennen meine Fähigkeiten.«

»Das tue ich«, sagte Papst Leo und setzte sich dann ihm gegenüber hin. »Ich bin froh, dass Sie wohlauf sind.«

»Soweit ich das verstehe, habe ich das nicht Ihnen zu verdanken. Sie wussten, wo ich war.«

»Ich war nicht sicher, weil Sie von der Bildfläche des SIV verschwunden waren. Aber ich vermutete es.«

»Also hielten Sie es für das Beste, die Sache zu Ende zu bringen, ungeachtet der potenziellen Verluste an Menschenleben?«

»Ich tat, was ich für das Beste im Interesse der Kirche hielt«, entgegnete er. »Und es vergeht kein Moment, in dem ich mich nicht mit dieser Entscheidung quäle. Nicht einer.«

Zwischen ihnen entstand eine peinliche Pause, in der die Männer einander anstarrten, bis der Pontifex Savages fehlende Amtskleidung bemerkte. »Sie tragen Ihren Kragen nicht«, sagte er.

»Das liegt daran, dass ich ihn dem Griff eines Mannes überlassen habe, der ihn mehr brauchte als ich.«

»Also sind Sie hier, um Vergeltung zu üben?«

John winkte wegwerfend mit der Hand. »Natürlich nicht.«

»Warum sind Sie dann hier?«

»Nur um Ihnen zu sagen, dass ich zu wissen glaube, wovor Sie Angst haben. Und dass ich am Leben bin und die Geschichte erzählen kann, falls es nötig ist.«

»Eden existiert nicht mehr. Und niemand wird Ihnen glauben, falls die angeblichen Hinweise auf das, was in diesen Krypten liegt, der Wahrheit entsprechen.«

»Sie meinen Adam und Eva?«

Dem Papst blieb der Mund offen stehen.

»Ganz genau«, sagte Savage. »Sie haben die Krypten von Adam und Eva zerstört. Mehr noch, ich hatte die Gelegenheit, sie anzusehen, bevor Sie den Ort dem Erdboden gleichmachen ließen.«

»Adam und ...« Seine Worte hingen in der Luft.

»Und Eva.«

»Nein«, flüsterte er gequält.

John sagte allerdings nichts über die Deformationen. »Wie wird Gott Sie jetzt betrachten?«

»Ich dachte, ich täte ... was getan werden musste.«

»Einschließlich des Mordes an einer unschuldigen Frau?«

Der Papst sah ihn mit dem Blick eines Mannes an, der während der letzten Tage exponentiell gealtert war. »Ich bin froh, dass es Ihnen gut geht«, stieß er aus. »Und ich bin gewiss froh, dass Sie nicht Ernst gemacht und Ms. Moore verletzt haben.«

»Ich hätte fast mehr getan, als sie nur zu verletzen.«

»Das verstehe ich. Ich verstehe auch, dass Sie meinen Anweisungen im Namen der Kirche pflichtbewusst folgten, wofür ich die volle Verantwortung übernehme. Meine falsche Entscheidung, John, hat mich für immer in eine Dunkelheit gestoßen, mit der ich meine Seele vermutlich in den Feuersee verdammt habe. Bitte glauben Sie mir, wenn ich sage, dass keine Minute vergeht, in der ich mich das nicht frage. Und ich hoffe, Sie können mir meine Sünden vergeben.«

»Vergeben?« Er lächelte. Er erinnerte sich an den Moment, in dem er Alyssa gesagt hatte, dass Vergebung ihm eine Menge bedeuten würde, und sie hatte sie ihm gewährt, einen guten Mann unter dem hart gesottenen Äußeren gesehen. »Ich kam her, weil ich Führung auf meiner Suche nach innerem Frieden brauchte, Erlösung. Aber ich fand sie nicht – zumindest nicht hier. Meine Erlösung kam in der Form der fünfundvierzig Kilo schweren Frau, die zu töten Sie mich ausgesandt hatten, um ein Geheimnis zu hüten. Und am Ende vergab sie *mir* meine Sünden. In dem Moment, als sie das tat, verspürte ich eine wunderbare innere Stärke, die ich für unmöglich gehalten hatte. Seien Sie sich daher also gewiss, eure Heiligkeit, dass Sie *meine* Vergebung bekommen.«

Der Ausdruck des Papstes schien sich in Erleichterung aufzulösen, allerdings nicht vollständig.

»Ich glaube, dass Sie Angst vor der Aussicht auf die Entdeckung hatten und aus Verzweiflung handelten, um die Interessen der Kirche zu wahren, weil es das ist, was Ihre Position von Ihnen verlangt. Sie sind beim besten Willen kein böser Mensch, sondern Sie waren nur von einem Moment schlechten Urteilsvermögens fehlgeleitet.«

»Nichtsdestotrotz traf ich die Entscheidung. Und deswegen, obwohl Sie mir meine Fehlentscheidung in dieser Angelegenheit vergeben, frage ich mich, ob ich das Recht, die Welt von Licht und liebenden Seelen zu betreten, erhalten werde.«

»Ein weiser Mann sagte mir einmal, dass ein wahrhaft reuiger Mensch ein guter Mensch ist. Und ein guter Mensch wird immer seinen Weg finden.«

»Sie sprechen von Leviticus, nicht wahr?«

»Das tue ich.«

»Leviticus ist ein guter Mann, der mehr Recht besitzt, auf dem Papststuhl zu sitzen, als ich im Moment.«

Savage setzte ein Lächeln auf und stand auf.

»Ich vermute, dass ich Sie nicht wiedersehen werde?«

»Da vermuten Sie richtig«, antwortete er.

»Bevor Sie gehen«, sagte Papst Leo, »verraten Sie mir, wie sie waren? Was haben Sie gesehen?«

»Ich sah etwas, das man nie wieder sehen wird«, sagte er. »Ich sah … eine Offenbarung.«

Und dann verließ er die Papstgemächer.

–40–

AN BORD DER SEAFARER
FÜNF KILOMETER VOR DER KÜSTE IZMIRS
TÜRKEI

Direkt bei seiner Ankunft im Krankenhaus, noch während er gegen Dehydration behandelt wurde, ließ Hall seine beiden Gorillas an der Krankenhaustür Wache stehen. Nicht zu seinem eigenen Wohlergehen, sondern um den Inhalt seines Rucksacks zu schützen.

Als er zur *Seafarer* zurückkehrte, die fünf Kilometer vor der türkischen Küste und irgendwo im Ägäischen Meer auf ihn wartete, hatte er seinen Schatz in einen Glasbehälter gestellt und diesen hermetisch verriegelt, was bedeutete, dass Sauerstoff heraus und Argon hinein gepumpt werden musste, um das Material zu konservieren.

Fast zwei Stunden lang saß er dem Glasbehälter gegenüber und bewunderte seinen unbezahlbaren Fund mit einem Kristalltumbler voll teurem Cognac in der Hand. Es war, zweifellos, sein größter Schatz.

»Es kann nur Ihnen einfallen, etwas so Ruchloses zu tun«, sagte eine vertraute Stimme.

Hall schoss von der teuren Couch hoch. John Savage stand im Eingang. Er trug einen Neoprenanzug. Sein Gesicht verzierten die Abdrücke einer Tauchermaske, die eng angelegen hatte. In seiner Hand befand sich eine Schusswaffe mit befestigtem Schalldämpfer.

»Savage«, sagte Hall nur. »Also haben Sie letztlich doch überlebt. Und hier sitze ich und denke, dass es nur Ms. Moore rausgeschafft hätte, da die Medien Sie nie erwähnt haben, nur sie.«

»Tut mir leid, Sie zu enttäuschen.«

»Nicht doch«, sagte er. »Es wird mir Vergnügen bereiten, zuzusehen, wie Sie getötet werden, genau so sehr wie bei ihr. Ein Mann wie ich kann Dinge nicht unerledigt lassen, müssen Sie wissen.«

»Dem stimme ich zu, was der Grund ist, weswegen ich hier bin – um die Dinge zu Ende zu bringen.«

Hall kicherte. »Sie befinden sich auf der *Seafarer*«, sagte er zu ihm. »Vertrauen Sie mir. Ganz gleich, wie Sie an Bord kamen, man hat Sie gesehen.«

»Das weiß ich.«

»Dann wissen Sie auch, dass meine Männer höchstwahrscheinlich in diesem Augenblick eine Waffe auf Sie gerichtet haben. Aber so viel gebe ich zu: Ich bin überrascht, dass Sie so weit gekommen sind.«

Jetzt war es an Savage zu lächeln. »Sie meinen Ihre beiden Affen, die vermutlich etwa in diesem Moment den Grund des Ozeans erreichen?«

Halls Lächeln verschwand. »Was?«

»Ihre beide Schläger. Sie wissen schon – diese großen Typen. Sie liegen auf dem Grund der Ägäis.«

»Sie haben sie getötet?«

»Tja, ich hatte nicht vor, zuzulassen, dass sie mich töten. Das wäre nicht richtig gewesen.«

Hall war fassungslos, verängstigt. »Was werden Sie tun?«, fragte er.

»Was schon vor langer Zeit hätte getan werden sollen«, antwortete Savage. »Setzen Sie sich.«

Hall tat wie geheißen. Savage bewegte sich mit auf Halls Brust gerichteter Waffe ins Zimmer.

»Machen Sie sich keine Sorgen um den Rest Ihrer Crew«, fügte er hinzu. »Denen geht es gut. Sie haben sich mit den kleineren Booten in Sicherheit gebracht.«

»Sie wissen, dass ich viel Geld besitze. Ich kann Sie bezahlen. Und ich werde Ms. Moore nichts antun. Sie haben mein Wort darauf.«

»Ihr Wort? Hall, ich würde nicht mal dann etwas von dem glauben, was aus Ihrem Mund kommt, wenn Ihre Zunge notariell beglaubigt wäre.«

»Dann sind Sie also hier, um mich zu töten?«

»Tatsächlich nicht. Ich bin hier, weil ich will, dass Sie lange genug am Leben bleiben, um etwas zu bezeugen«, sagte er. »Und dann werde ich der Natur ihren Lauf lassen.«

»Der Natur?«

Savage sah zum Glasbehälter und dem, was darin war. Mit einer geschmeidigen Bewegung beugte er sich darüber und zerschlug das Glas mit dem Griff seiner Pistole. Hall schoss in die Höhe.

Savage drückte die Mündung seiner Waffe umgehend an Halls Stirn. »Hinsetzen!«, sagte er.

Hall tat es, langsam und widerwillig. »Und was werden Sie damit tun?«

»Es teilen«, sagte er. »Anders als Sie. Ich nehme an, Sie haben etwas, in dem ich es transportieren kann?« Hall antwortete nicht. »Macht nichts. Ich werd was finden.« Savage steckte die Schusswaffe in sein Schulterholster und zog sein Messer. »Strecken Sie Ihren Arm aus.«

»Was?«

Savage machte einen Schritt nach vorne, packte Hall am Handgelenk, präsentierte seinen ungeschützten Unterarm und zog die Klinge über das Fleisch, schnitt hinein. Hall schrie auf, während er seinen Unterarm wegzog und ihn an sich drückte.

»Die Natur«, kommentierte Savage, »ist, was Sie verdient haben.«

»Wovon reden Sie da?«

Savage behielt sein hämisch vergnügtes Lächeln bei. »Manchen Männern können ihre Taten nicht vergeben werden«, sagte er und zog eine kleine, polierte, metallische Box aus einer Seitentasche. »Und Sie sind einer davon.«

»Was haben Sie vor?«

»Was ich vorhabe? Ich werde Ihre Welt zerstören, Hall. Alles, was hier drinnen ist, Ihr Lebenswerk aus gestohlenen Dingen, Ihre private kleine Nische, Ihre Komfortzone, kam zum Preis von wie vielen Menschenleben?« Er hielt die metallische Box hoch. Sein Daumen lag auf einem Schalter.

»Das ist doch nicht das, wofür ich es halte?«

»Vielleicht.« Als er den Schalter umlegte, wurde eine Reihe gedämpfter Knalle nacheinander ausgelöst.

… Eins, zwei, drei …

… *Bumm* … *Bumm* … *Bumm* …

Hall legte den Kopf schief. »Was war das?«

»Das Geräusch Ihres Lebens, das untergeht wie ein sinkendes Schiff.«

Halls Augen traten aus ihren Höhlen. »Nein!« Er stand auf und geriet in große Aufregung, während es ihm egal war, dass er auf den Berberteppich ausblutete. Er rannte von Gegenstand zu Gegenstand, von Schatz zu Schatz, während das Schiff langsam Schlagseite nach Steuerbord bekam.

Als er sich umdrehte, um Savage zu konfrontieren, war der Mann fort, und ebenso das Objekt, das Hall am meisten schätzte. »SAVAGE!«

Gegenstände fielen aus ihren Schaukästen und ihren Halterungen und von ihren Sockeln, als sich die Jacht nach rechts neigte. Obsidian Hall stand da und sah zu, wie ihm sein Leben entglitt. Sein Arm blutete, und dieses Blut tropfte in einem konstanten Rhythmus auf den Boden.

Nachdem er sich klargemacht hatte, dass nichts zu retten war, rannte er an Deck. Die Jacht war verlassen, wie Savage gesagt hatte. Die Rettungsboote trieben auf den Wellen. In dem Moment, in dem sich die Jacht gefährlich weit nach rechts neigte, sprang er ins Wasser und schwamm so weit er konnte vom Sog weg, während das Schiff nach unten gezogen wurde.

In einiger Entfernung begann er, Wasser zu treten, beobachtete, wie seine Jacht sich einen Moment lang auf die Steuerbordseite legte, bevor ihr Heck sank. Die Bewegung hob den

Bug über die Oberfläche, und dann war die *Seafarer* fort, hinterließ nichts als einen Strudel aus schäumenden Blasen.

»Sie sind ein toter Mann, Savage«, sagte er zu sich selbst. Und dann lauter, aus vollem Hals. »Sie sind ein toter Mann!«

Und dann sah er sie, die beiden Rückenflossen der Bullenhaie, die auf ihn zukamen. Er hob seinen verletzten Arm, sah das Blut aus der Wunde fließen. Ein Hai konnte einen Tropfen Blut aus hunderten Metern Entfernung riechen und die exakte Stelle anpeilen. Die Flossen schnitten eine Schneise in die Wasseroberfläche, näherten sich schnell.

Die Natur, dachte er. Savage hatte gesagt, dass er der Natur ihren Lauf lassen würde. Und gerade als ihm dieser Gedanke kam, waren die Bullenhaie bei ihm und rissen Hall auseinander, bis nichts weiter von ihm übrig war als kleine Stücke von Fischködern.

Alyssa war wieder an der Ausgrabungsstelle von Göbekli Tepe und trug einen Stützstiefel um den Knöchel. Ihre Beweglichkeit war auf den Hügeln und Senken des Geländes eingeschränkt, aber sie kam zurecht.

In ihrem Zelt dokumentierte sie die neusten Funde der Ausgrabung, glich die Flachreliefs auf den Tempelsäulen mit den Sternkonstellationen ab, da der Himmel und die Erde in einer symbiotischen Beziehung zueinander standen – die Kreaturen auf dem Land, die Sterne am Himmel.

»Man sagte mir, du wärst fleißig am analysieren.«

Alyssa drehte sich um und sah Savage das Zelt betreten. In seiner Hand hielt er einen Rucksack. Als sie aufstand, stolperte sie bei dem Versuch beinahe.

»Vorsichtig«, sagte er und ließ die Zeltklappe hinter sich zufallen. Er konnte an der Art, wie ihre Augen funkelten, wie sie lächelte, erkennen, dass sie sich auf einer Ebene, die weit mehr als platonisch war, freute, ihn zu sehen.

»Du bist zurückgekommen«, sagte sie.

»Das hatte ich doch gesagt.«

Sie kam näher. Ihre Blicke trafen sich. Und dann fiel sie in seine Arme. Er hatte sich nie wohler oder so gestärkt gefühlt. Er wusste, dass er frei war. Nachdem er ihr erlaubt hatte, sich von ihm zu lösen, zeigte er ihr den Rucksack. »Den hab ich von Halls Jacht«, sagte er.

»Ich hab vom Sinken der *Seafarer* gehört. Wie es scheint, wird Hall vermisst. Ich nehme nicht an, dass du etwas darüber weißt, oder?«

»Nein.« Und dann: »Vielleicht.« Und schließlich: »Ja. Aber das können wir später besprechen. Erst mal möchte ich dir etwas zeigen.«

Er ging zu ihrem Tisch, legte den Rucksack hin und öffnete den Reißverschluss. »Hall hatte das hier in seiner Sammlung«, sagte er. »Ich konnte nicht zulassen, dass er es behielt, zumindest nicht, wenn noch so viele Fragen beantwortet werden müssen.« Als er den Rucksack öffnete, legte Alyssa die Hände an die Brust und keuchte.

Adams Kopf starrte zu ihr hinauf.

»Anscheinend besaß er genug Geistesgegenwart, um den Kopf mitzunehmen, während ich ins Loch sprang, um zu entkommen«, sagte er.

Sie griff hinein und holte den Kopf mit solcher Vorsicht heraus; Savage glaubte, dass sie ihm Ehre erwies. Und vielleicht tat sie das, überlegte er, und zurecht, als sie den Kopf auf die kleine Fläche der Arbeitsplatte legte.

Die Haut war braun und wächsern, die Augenbereiche waren missgebildet und die Lider waren in die Augenhöhlen gesunken und verhüllten sie wie eine Decke. Der Bereich, an dem der Kopf vom Körper abgetrennt worden war, war ein sauberer Schnitt. »Hall hätte ihn in Ruhe lassen sollen«, sagte sie leise.

»Das sehe ich auch so. Aber es wäre viel schlimmer gewesen, zuzulassen, dass er ihn zur Schau gestellt hielt.«

Sie ließ die Finger behutsam, mit einer bewundernden Berührung, über den Schädel gleiten.

»Alyssa, willst du denn nicht wenigstens die Wahrheit wissen?«

»Ich kenne die Wahrheit schon.«

»Nur ein DNS-Test«, sagte er. »Mehr braucht es nicht, um seinen wahren Ursprung herauszufinden. Unseren wahren Ursprung.«

»Ich kenne die Wahrheit schon«, wiederholte sie.

»Komm schon, Alyssa. Es gibt so viele Fragen. Die Wahrheit ist uns wortwörtlich zum Greifen nahe.« Sie blieb stumm, während sie mit den Fingern über die deformierten Wölbungen des Schädels strich. »Wie erklärst du die Erschaffung eines Tempels, der vollständig aus schwarzem Silikat besteht, einer Substanz, die auf der anderen Seite des Planeten zu finden ist?«

»Eden stand an der Quelle vier bedeutender Wasserstraßen«, sagte sie. »Es war der erste wahre Knotenpunkt einer fortschrittlichen Zivilisation, für die die Wasserwege zum Mittelpunkt eines Transportgewerbes wurden. Das Silikat war ein Mineral für den Handel mit kulturellen Gütern, der schließlich den Erdball von den Häfen Ägyptens bis nach Mesoamerika umspannte, wo manche dieser Kulturen ähnliche Aspekte von Architektur und Schrift teilen.«

»Selbst du hast Zweifel, Alyssa. Ich weiß es, und das ist der Grund, warum ich dir das gebracht habe. Nur ein Test.« Er konnte ihr ansehen, dass sie mit sich rang. »Was hätte dein Vater getan?«

Sie fuhr ihn wütend an. »Ich bin nicht mein Vater!«

Er hielt geschlagen die Hände hoch und wich zurück. »Das war nicht fair, das weiß ich. Aber trotzdem …« Er zeigte auf den Schädel. »… liegt die Wahrheit vor uns.«

Sie streckte die Hand aus, griff nach seinem Hemd und zog ihn näher. »Es tut mir leid«, sagte sie zerknirscht. »Ich werde nie wie mein Vater sein. Er war ein besonderer Mann.«

Er strich ihr sanft übers Haar. »Und du bist eine besondere Frau, Alyssa, also stell dein Licht nicht unter den Scheffel. Wenn du die Wahrheit herausfinden willst, dann liegt die

Chance dazu vor dir. Ich werde dich nicht zu etwas zwingen, das du nicht tun willst. Es ist deine Entscheidung.«

Ja, dachte sie. *Es ist meine Entscheidung.* Sie seufzte.

Alyssa Moore war zu einem Gebiet gefahren, das entsetzlich karg war und etwa sechseinhalb Kilometer von der Göbekli-Tepe-Ausgrabung entfernt lag. Sie war alleine und hatte den Jeep genommen.

Als sie geparkt hatte und ausgestiegen war, erzeugte der Wind plötzliche Staubhosen, kleine Trichterwolken, die durch die Landschaft kreiselten und Staub aufwirbelten. Sie humpelte zum Heck des Jeeps, nahm eine Schaufel und einen Rucksack und machte sich auf den Weg zu einem Punkt, an dem sie das Schaufelblatt in den Wüstensand steckte. Von da grub sie ein Loch, etwas über einen Meter tief. Solche Mühen fielen ihr nach jahrelanger sorgfältiger Arbeit an Ausgrabungen leicht.

Als sie fertig war, sah sie himmelwärts und wischte sich mit der Hand über die Stirn. Die Sonne stand hinter einer Reihe dahinjagender Wolken und es war nicht so heiß, wie es hätte sein können – ein Segen. Dann holte sie ihr GPS-Gerät, bestimmte ihren genauen Standort und zeichnete ihn in der Speicherbank des Geräts auf. *Manche Dinge waren nicht dazu gedacht, verstanden zu werden,* dachte sie. Und dann legte sie den Rucksack vorsichtig und ehrfürchtig in das Loch, zusammen mit den fotokopierten Seiten aus dem Tagebuch ihres Vaters.

Nachdem sie das Loch aufgefüllt hatte, nachdem sie die Erde mit der flachen Seite der Schaufel festgeklopft hatte, warf sie die Schaufel in den Jeep, ließ ihn an und machte sich auf den Weg zurück nach Göbekli Tepe, die einzige Person, die den Verbleib von Adams sterblichen Überresten kannte.

– 41 –

ANKARA, TÜRKEI

Alyssa sah umwerfend schön aus, herausgeputzt in einem Abendkleid, das sich an ihre schlanke Figur schmiegte und sie betonte. Sie trug ihr Haar offen und Lichtkränze vom Widerschein der Deckenlampe, die auf den Tisch herabschien, tanzten über ihren Scheitel.

John Savage war ebenso charismatisch herausgeputzt und trug einen Smoking. Sein Haar war konservativ geschnitten, keine Strähne in Unordnung, und seine Augen besaßen einen gewissen Glanz. Sie hielten sich über den Tisch hinweg an den Händen, während sie auf den ersten Gang eines türkischen Abendessens warteten.

»Du hast es nicht getan, oder?«

Sie schüttelte den Kopf. »Ich konnte es nicht.«

»Tja, ich schätze, es gibt wichtigere Fragen.«

»Welche denn?«

Ihm fielen keine ein.

»Ich bin Wissenschaftlerin«, sagte sie zu ihm. »Ich suche nach Fakten. Aber mit dem, was ich getan habe … habe ich die gesamte wissenschaftliche Gemeinde enttäuscht.«

Er hörte etwas in ihrer Stimme mitschwingen, und so entlockte er es ihr. »Aber?«

»Aber manche Dinge sollten nie gefunden werden, wie Montario sagte. Das glaube ich wirklich.«

»Bist du glücklich über das, was du getan hast?«

»Ich glaube schon, ja.«

»Du glaubst es?«

Sie dachte noch mal darüber nach. »Ich weiß es.«

»Wenn du glaubst, das Richtige getan zu haben, und niemand dabei zu Schaden kam, dann ist das alles, was zählt.«

Sie nickte. »Und was ist mit dir?«, fragte sie.

»Was soll mit mir sein?«

»Du bist arbeitslos.«

»Es gibt genug Jobs. Ich bin nicht vollkommen unfähig, musst du wissen.«

»Wirklich?«

Er lächelte. »Wirklich.«

»Tja, ich kenne ein archäologisches Institut, das jemanden einstellen möchte. Aber derjenige muss Erfahrung mit bestimmten Arbeiten haben.«

»Mit welchen denn?«

»Sind Sie für ein Bewerbungsgespräch zu haben, John Savage?«

»Das hängt ganz davon ab. Gibt es Vorteile?«

Sie lächelte. »Tolle«, sagte sie.

»Dann fragen Sie los.«

Sie lehnte sich zurück und straffte die Schultern, dann kicherte sie, als sie realisierte, wie albern sie sich benahm. »Mr. Savage, haben Sie jemals eine Spitzhacke benutzt?«

»Nein. Aber ich hab schon mal eine gesehen.«

»Haben Sie je an einer archäologischen Ausgrabungsstätte gearbeitet?«

»Noch nie.«

»Was bedeutet *Stratigrafie*?«

»Ich habe keine Ahnung.«

»Wo befindet sich das Tal der Könige?«

»Sprechen wir von den Sacramento Kings?«

Sie lächelte. »Wissen Sie was, John Savage?«

»Was denn?«

Sie beugten sich über den Tisch und küssten sich. Nur widerwillig lösten sie sich schließlich voneinander.

»Sie sind eingestellt.«

– E N D E –

DIE **JOE HAWKE** ABENTEUER

Atemlose Action, verknüpft mit mythologischen Themen und ein gehöriger Schuss Humor machen Rob Jones' Schatzjägerreihe zu einem absoluten Geheimtipp für Fans von JAMES ROLLINS, ANDY McDERMOTT oder CLIVE CUSSLER.

LUZIFER
VERLAG